ELOGIOS PARA

Que Bailen Sus Espíritus •

"Un relato acerca de la fuerza del amor y la fe, de la familia y del compromiso. Una encantadora y alentadora primera novela."
—Sybil Downing, *Denver Rocky Mountain News*

"En esta primera novela de Duarte se tejen magistralmente y sin pretensiones la inteligencia, el humor y las pasiones familiares dejándonos con una huella indeleble en el corazón."
—Maureen Jones-Ryan, *Today's Arizona Woman*

"Stella Pope Duarte es una escritora que llegará lejos. La novela deriva su fuerza de un vasto amor y de una conmovedora exploración. Se trata de una novela que explora una época despiadada y problemática con la intención de ayudarnos a entenderla, y lo logra."
—Ron Carlson, autor de *The Hotel Eden* y *At the Jim Bridger*

"Un espléndido e importante libro . . . entre los mejores sobre las guerras de los Estados Unidos."
—Rigoberto González, *El Paso Times*

"Duarte es una mágica tejedora, de mano segura y corazón puro."
—Jacquelyn Mitchard, autora de *The Deep End of the Ocean*

"Una apremiante imagen de pérdida, dolor y esperanza."
—Ann Brown, *Arizona Daily Star*

"Duarte se nos revela como una escritora con un magnífico estilo y una singular voz que esperamos siga hablando por la raza."
—Gaile Robinson, *Ventura County Star*

"Inteligente, sencilla y conmovedora."
—*Kirkus Reviews*

"¡La vida late como una verdad absoluta en la novela de Stella Pope Duarte! ¡Los personajes me mantuvieron hipnotizado!"
—Víctor Villaseñor, autor de *Lluvia de oro* y *Trece sentidos*

"Una primera novela conmovedora y maravillosamente elaborada."
—Marc Leepson, VVA Veteran

"La novela de Duarte es un espejo de la realidad. Es cómica y nos obliga a compartir las vidas de estas conflictivas y estridentes personas, especialmente la madre, cuya sabiduría y bondad son tan irresistibles al lector como lo son para su familia."
—Edward G. García, *Dallas Morning News*

"Nos llega al alma y frecuentemente nos conmueve, se trata de una impresionante primera novela."
—*Booklist*

"Una fabulosa primera novela."
—Charlene Taylor, Reader's Oasis Bookstore, Phoenix, Arizona

Acerca de la Autora •

STELLA POPE DUARTE recibió una Creative Writing Fellowship de la Arizona Arts Commission para su primer libro, *Fragile Night,* 1998, una colección de relatos. Recientemente recibió la misma beca para *Que Bailen Sus Espíritus.* Fue una finalista para el Pen West Award y fue nominada para el Pushcart Prize in Literature. Vive en Phoenix, Arizona.

QUE BAILEN SUS

STELLA POPE

ESPÍRITUS·

DUARTE

Una rama de HarperCollins*Publishers*

El traductor agradece la valiosa ayuda de Antonio Morillo.

Fotografía de la autora © 2002 por Tom Story

Diseño del libro por Judith Stagnitto Abbate / Abbate Design

Este libro fue publicado originalmente en inglés en 2002 en Estados Unidos por Rayo.

PRIMERA EDICIÓN

Impreso en papel sin ácido

Library of Congress ha catalogado la edición en inglés como:
Duarte, Stella Pope.
    Let their spirits dance / Stella Pope Duarte.—Rayo 1st ed.
    p. cm
    ISBN 0-06-018637-2
        1. Vietnamese conflict, 1961–1975—Participation, Mexican American—Fiction. 2. Vietnamese Conflict, 1961–1975—Registers of dead—Fiction. 3. Vietnam Veterans Memorial (Washington, D.C.)—Fiction. 4. Mexican American families—Fiction. 5. Washington (D.C.)—Fiction. 6. Phoenix (Ariz.)—Fiction. [1. Soldiers—Family relationships—Fiction.] I. Title.

PS3554.U236 L48 2002
813'.54—dc21   2001057879

ISBN 0-06-054824-X

03 04 05 06 07 DIX/RRD 10 9 8 7 6 5 4 3 2 1

DEDICADO A LA MEMORIA DEL

SARGENTO TONY CRUZ Y A TODA LA RAZA

QUE PERDIÓ LA VIDA EN VIETNAM.

No los olvidamos …

Agradecimientos •

Antes que nada gracias a John Gutiérrez, que sentado conmigo en una cafetería Starbucks me dijo, "¿Por qué no dejas que nuestros muchachos chicanos le hablen a la nación desde el Muro Memorial de Vietnam?" De allí nació *Que Bailen Sus Espíritus*. Gracias también por hacer conmigo el viaje a Nuevo México y por compartir recuerdos, fantasmas y momentos inolvidables de esta guerra que me ayudaron a encontrar un nuevo título. Gracias por todo, John.

Gracias a John Ruiz por viajar a través de la nación conmigo y con mi hijo John hasta el Muro y trazar el camino, construir los personajes, aceptar los Estados Unidos y ver conmigo tantos videos de la guerra que podríamos reescribir la historia de la guerra de Vietnam.

Gracias de corazón a la familia del sargento Tony Cruz, a su madre María Escoto, sus hermanas Gracie Valenzuela y Cristina Cáñez, su hermano Joe Cruz, y su mejor amigo David Reyes, por compartir la creencia de Tony que un día leeríamos acerca de él, y de que algún día, algún libro honraría la memoria de los chicanos que atravesaron el mar para nunca regresar. Gracias muchachos.

A los muchachos que compartieron conmigo sus experiencias en el campo de batalla, especialmente Robert Ramírez, Rayo Reyes, José Little, Ted Lloyd, Frank Díaz, Ernie Chávez y Henry Villalobos. Gracias muchachos; sé que ustedes lo hicieron todo por sus compañeros. Y a Danny Alday que me contó la historia de su hermano Frank.

Gracias a Tony Valenzuela que me contó la hazaña de Francisco "Pancho" Jiménez, nacido en México y recipiente de la Medalla de Honor del Congreso. A Lionel Sánchez representante del diputado estatal de Arizona, Ed Pastor, por su sugerencia de visitar el Muro durante la noche. Sí, allí hay algo sagrado a esa hora.

A Rubén Hernández, que hizo conmigo el viaje para poder ver el Muro de noche, bajo una temperatura glacial. También por ponerme en contacto con Rosalío Muñoz, que participó personalmente en la Moratoria Chicana de los Ángeles y que fue mi primer lector, gracias por tu apoyo.

Mil gracias a Natalie Zeitlin que me presentó a su hermano, el doctor Jack Shulimson a quien entrevisté en Washington, D.C. Gracias, Dr. Shulimson por compartir conmigo sus experiencias durante la Ofensiva Tet.

Asimismo tengo una deuda de gratitud con Tom y Carol Miles, que nos llevaron a mí y a mi hijo John a Vietnam. ¡Gracias por guiarnos y ayudarnos a cruzar las atestadas calles de la Ciudad Ho Chi Minh! Especialmente a Tom por toda su perspicacia sobre la guerra que conoció tan bien. Hiciste dos recorridos.

Cám on, gracias a mis tutores del vietnamita, Chan Pho y su esposa Thom Pham, que me enseñó pacientemente durante seis meses. Ron Carlson, ¿por dónde empiezo a darte las gracias? Ron, descalzo, se sentó conmigo en un Starbucks, masticando una galleta y dibujándome un trenecito para que entendiera cómo estructurar el borrador final. ¡Es admirable! "Corta y pega," me dijo y me dio una confianza increíble en que lo podría hacer sola. Gracias, Ron.

Hay tantos amigos a quienes les envío mi agradecimiento. Kathy Muñoz Téllez por venir a escucharme la primera vez que leí en el valle, cuando caía una tormenta afuera, una tormenta rara que inundó la ciudad. Mientras leía, lo único que veía era su cara, después de eso nunca dejó de asistir, a pesar de muchas cosas, a mis lecturas. Belén Servín ha estado desde la secundaria a mi lado para ayudarme a salir de los problemas serios que he pasado. Su fe es lo que me ha iluminado una y otra vez. A Martisa y Mark Vignali que creyeron que mi libro iba a tener éxito, lo que me alentó a seguir escribiendo cuando creí ya no poder hacerlo. Ann y Andrew Thomas, joyas, firmes creyentes que Dios me iluminaría a contar la historia de la manera que debía ser contada. A María Alvarado, vieja amiga que ha compartido su camino y ha iluminado mi visión. Nunca olvidaré a Lisa Ruiz, colega escritora que compartió viajes conmigo a D.C. y a Little Saigon conmigo y que siempre me decía que lo estaba haciendo bien. Y a su hermana, Marisa Ruiz, mi estudiante de primer grado que ya es toda una dama y que me prestó su departamento en D.C. Angie Camarena, como una hermana que escuchó toda mi palabrería, los relatos que corrían en círculo dentro de mí y aún así ella me escuchaba. Phil Mandel que me dijo lo que debía de hacer después, "¡Consíguete un agente!" Me alegro de haberlo escuchado. Para Severiano Rodarte, amigo, colega escritor y una inspiración para nuestra comunidad.

Diane Reverend. Fue una bendición tener a Diane como mi primera editora en HarperCollins. En realidad su perspicacia es lo que hizo el libro lo que es hoy. Gracias, Diane, por la abierta y sincera aceptación de mi trabajo. Para Loretta Barret, mi agente, que ya se interesaba en la guerra de Vietnam mucho antes de conocerla. Hubo tantos milagros y uno de ellos fue el que Loretta fuera mi agente. Gracias y un abrazo a René Alegría de Rayo, el editor que me dijo tantas cosas bellas sobre el libro. ¡Empecé a creerlas!

Gracias con mucho amor a mis hijos, Vince, Monica, Deborah y John. De la misma manera para mis nietos, Angelo, Alyvia, Elaine, Gavin y Marcelo por alentarme en mi jornada con sus "Te quiero" que significaron tanto para mí. Para mis hijos políticos Valerie, Paul "Rocky" y Miguel "Nacho." Para mis hermanas Rosie, Mary, Lena, Lupe y las que se nos adelantaron, Linda y Sophie y mi hermano Frank. Creo en nosotros como familia, como lo que representamos el uno para el otro y para el mundo. Sin ustedes el viaje hubiera sido sombrío y el camino insoportable.

Gracias a tantos otros que han hecho posible este libro con su aliento y apoyo. Kent Franklin, bibliotecario en la preparatoria Carl Hayden, Betsy Lehman, bibliotecaria en la escuela César Chávez, mis incomparables amigos en el "Phoenix Union High School District," a mis estudiantes en la Universidad de Phoenix y Arizona State University, "Writers Voice of Arizona," "Arizona Comission on the Arts," y gente de todas partes de Arizona que me ha mostrado afecto.

A mi padre Francisco Moreno Duarte, sí papá, por el sueño que tuviste y que me hizo comprender que estaba destinada a escribir, gracias de corazón.

A mi madre, Rosanna Pope Duarte, la belleza latina irlandesa que me inundó el corazón con su amor y me enseñó que "Dios obra en todo." Y es verdad, mamá. De veras lo es.

LLEGUÉ DE LAS SIETE CUEVAS,

DEL PRIMER LUGAR, DONDE REINABA LA MAGIA,

MIS PASOS VIENEN DE ALLÍ,

DE DONDE VINIERON LAS TRIBUS.

"Canción de los Mimixcoa" • *de Poemas de los aztecas*

Índice •

QUE BAILEN SUS ESPÍRITUS·

1968 ·

L a enredadera de la pasión floreció hasta finales de noviembre del año en que murió Jesse. Fue algo extraordinario. Todas las mañanas caminaba por la áspera losa de concreto que conducía al enrejado de madera que estaba recargado contra el lado de la casa para ver si había nuevas flores. Los días cálidos de septiembre de Arizona estimulaban el crecimiento de la enredadera y los días frescos de octubre debieron haberle servido de señal para que dejara de florecer. De todos modos en 1968 la verdad estaba suspendida, inconclusa, y la enredadera de la pasión se esforzaba por echar nuevas flores durante los días fríos y grises de noviembre. Cada nueva flor vivía por un día. Tanta belleza para sólo un día.

Los primeros misioneros vieron el misterio de la pasión de Cristo en el intricado diseño de la flor. Los pétalos simbolizan los diez apóstoles presentes durante la crucifixión, los rayos de la corona son la corona de espinas, las cinco anteras las heridas, los tres estigmas los clavos, los zarcillos en espiral las cuerdas y los látigos, y las cinco hojas lobuladas las manos crueles de los perseguidores. La flor estaba completamente abierta: un disco morado y blanco, translúcido en el amanecer gris. Gotas de rocío brillaban en sus pétalos. Tenté el delicado estambre de la flor y sentí polen en las yemas de los dedos; los pétalos se sentían gruesos, como de hule. El olor a hojas muertas, tierra mojada y madera húmeda permanecía en el aire.

Tirité, pues estaba descalza y en camisón. Tenía la cara entumecida.

Sabía que la nariz se me estaba poniendo roja. Brillaban el árbol siempre verde del patio del frente y el enclenque árbol del paraíso al lado del cobertizo para herramientas. En la luz tempranera de la mañana, al otro lado de la calle, Fireball, el gallo de los Williams cantó. El Cielito, mi antiguo barrio, revivía torpemente como un dinosaurio poniéndose de pie.

Vi a Duke, nuestro viejo pastor alemán, que venía hacia mí del patio de atrás. Jesse había llamado a nuestro perro Duke por la canción *Duke of Earl,* la cual practicábamos a bailar en la sala. Hicimos girar el viejo disco de 45 r.p.m. tantas veces que se rompió la aguja. Valió la pena porque todos nuestros pasos y vueltas estaban sincronizados a la perfección y Jesse se sentía tan confiado de su baile que hasta le pidió a Mary Ann que bailara con él durante su baile de graduación del octavo grado.

Jesse decía que Duke tenia el equivalente a setenta y siete años en años de perro. Eso fue hace dos años. Pobre Duke, con razón caminaba tan lentamente, arrastrando más de setenta años de corretear gatos y carros. Bostezó una vez y se me acercó silenciosamente. Verme allí no le ocasionó ninguna sorpresa. Duke escogió un camino paralelo a la manguera que iba por la tierra apisonada a una hilera de arbustos al lado de la cerca de tela metálica y que separaba nuestra propiedad de la de los vecinos, los Navarro.

Duke llegó hasta mí y se restregó contra mi pierna. Acarició con su nariz húmeda el dobladillo de mi camisón. El perro tenía la espalda parda con lagunas de espacios sin pelo y meneaba la cola entre las patas traseras como un péndulo melancólico. "Qué perro más lindo," le dije acariciándolo. "Siéntate Duke. Siéntate aquí." Señalé un sitio al lado mío. Jesse le había enseñado a Duke a sentarse, a brincar sobre las sillas del jardín, recoger una pelota de béisbol y espantar al cartero.

Con Duke a mi lado, miré fijamente la enmarañada enredadera de la pasión y a través de su telaraña de tallos y hojas, la ventana de la recámara de mi madre cerrada al mundo exterior por cortinas descoloridas por el sol. Sabía que mi madre estaba en su recámara llorando. Llorar era todo lo que hacía desde que mataron a Jesse en Vietnam.

Apenas si la reconocía ya. Me había acostumbrado a todas las expresiones de su cara, todos los sube y baja de sus cejas, y la manera en que las arruguitas de la barbilla se le alisaban cuando sonreía. Ya no podía describir su cara. No quería hacerlo. Tuve que forzarme a dejar de querer escucharla cantar por las mañanas mientras nos hacía el desayuno a mí, a Priscila y a Paul, preparaba el café para papá y hacía ruido con los platos hasta que todos nos levantábamos. Ni siquiera podía contarle a Jesse mi preocupación por mi mamá, a menos que me acercara a la enredadera de la pasión.

Sabía que mi padre no estaba en la recámara con mi madre. ¿Cómo iba a estar? Sólo pudo aguantar sus lágrimas un tiempo, después se alejó, retirándose a sus propios pensamientos, al anillo de humo que hacían los cigarrillos que se le olvidaba terminar. Dejaba que se le enfriara su café con leche. Había cenizas de cigarrillo por toda la mesa de la cocina. Cuando sentía que el cigarrillo le quemaba los dedos, lo apagaba bruscamente en el cenicero y le daba otro trago al café, pero no regresaba a la recámara con mamá. Mis padres vivían como extraños en la misma casa mucho antes de la muerte de Jesse.

Había algo además de la muerte de Jesse que separaba a mis padres. Era Consuelo. Desde que yo podía recordar, el nombre de Consuelo se susurraba, se gritaba y se barría hacia fuera de la casa como basura una y otra vez, y reaparecía como una telaraña que obstinadamente se aferraba a una oscura esquina de la sala. La telaraña resistió las ráfagas de viento que salían del ventilador hidroeléctrico y que hacía ruidos al resollar con dificultad cuando subía la humedad. Eso me recordaba que Consuelo estaba allí enredándonos en una red de mentiras y vergüenza, manteniéndonos cautivos, embrujando a mi padre, dijo tía Katia, con su propia fotografía y un alfiler enterrado exactamente en el corazón.

El enojo era como un puño cerrado entre mis pechos. Me daban ganas de hacer pedazos la enredadera de la pasión, alcanzar a mi madre a través del cristal y obligarla a callarse. No había nadie, excepto Duke, vigilando. Era muy temprano para que los borrachitos de El Cielito empezaran su camino cotidiano por el callejón hasta la licorería. Faltaban dos horas para que tomara el autobús para ir a la prepa Palo Verde donde terminaba mi último año. Faltaba una hora para que los vecinos que trabajaban en la construcción tuvieran que levantarse. Quería hacer pedazos la enredadera, destruir las flores que contaban la historia de sufrimiento y muerte, con Duke como mi único testigo.

Sin embargo la flor de la pasión que tenía en las manos me fascinaba. ¿Cómo podía algo tan bello estar lleno de recuerdos de tanto sufrimiento? Espinas, clavos, sangre, hace tanto tiempo, Cristo, arrancado de su existencia humana. ¿Por qué? ¿Por qué tanto sufrimiento? La pregunta me inundaba, instigándome, obligándome a aplastar la flor que tenía en la mano, la evidencia de un asesinato. Mi cuerpo estaba completamente tenso y mis sollozos me daban dolor de garganta y me hacían temblar el estómago. Lloré sobre el dorso de la mano soltando la flor. Fue la primera mañana en la que decidí no hacerla pedazos. La flor vivió en esa fría mañana de noviembre, evidencia sólida de que el sufrimiento estaba vivo y coleando. Más tarde me dio gusto el no haber aplastado la flor porque fue la última flor que la enredadera de la pasión dio ese año. Después de eso la enredadera se secó y durmió durante el invierno como tenía que haberlo hecho desde un principio. Me di vuelta y me puse de rodillas abrazando a Duke. "Que buen perro, Duke. Así, cuidándome como lo hacía Jesse." Duke se quedó inmóvil y me dejó llorar en su cuello lanudo.

El Cielito •

El sueño sobre mi oído izquierdo fue lo que empezó todo. Lo tuve justo antes de la Navidad de 1996, dos noches antes que mi madre oyera las voces y que yo tuviera un enfrentamiento con Sandra. El sueño me reveló una mancha en medio de la cabeza que no había visto antes. La mancha era un depósito microscópico de líquido claro acuoso que me corría por el oído izquierdo. Me recordaba el agua del Río Salado. Cuando tenía siete años por poco y me ahogo en el Río Salado y pensé que todavía tenía agua en los oídos—¡imagínate después de todos estos años! Así son los sueños. Te muestran una época de tu vida que olvidaste del todo, el recuerdo de un tiempo que tenías atorado por dentro y que nunca había salido a la superficie a respirar. El sueño me hizo bien; me limpió el oído para que pudiera escuchar, escuchar atentamente lo que no podía ver. Me aclaró los pensamientos treinta años después de la muerte de Jesse y afloró los sentimientos que tenía escondidos tan secreta, tan dolorosamente. El sueño me hizo valiente y temeraria, sólo que no lo sabía entonces. Estaba tan acostumbradaa vivir en aguas encharcadas en mi interior que no sabía cómo vivir en agua pura y vibrante, rebosante de vida. Y por esto el sueño se propuso enseñarme.

. . .

• LA CALLE ESTÁ OSCURA, es una caverna en la que me podría perder si no fuera por los hilos de luces del porche del frente de las casas de los vecinos y la estrella de Belén destellando sobre la casa de Blanche Williams para mostrarme el camino. La neblina se aferra al aire frío, tan densa que hace que las luces opuestas del camino parezcan como si estuvieran separadas por millas. No me explico por qué hay humedad en el aire—No hay nada de agua cerca a El Cielito.

El aire neblinoso me impide ver, o tal vez sean las lágrimas que empiezan a brotarme. Al llegar manejando al frente de la casa de mi madre alargo la mano buscando los Kleenex en mis piernas. Me presiono con el Kleenex el labio herido y maldigo a Sandra y a Ray. La sangre me brota del labio empapando el montón de Kleenex. El dolor me penetra la quijada.

En mi mente veo claramente a Ray en el escenario de Riverside. La camisa con el cuello abierto, desabotonada hasta la mitad del pecho. De cerca, los vellos de su pecho saltan a la vista, excitantes, indisciplinados. Abraza la guitarra en sus brazos, como si fuera un arma cargada que él calma e incita, la rasguea tierna, intensamente, hasta que el instrumento explota en sus manos haciendo vibrar los altavoces arriba del escenario con los sones de salsa del Latin Blast. La cara de Ray cambia de color. La luz sobre el escenario es de color azul y entonces la cara de Ray se vuelve roja, morada y ambarina, colores que reflejan las aperturas de un globo de aluminio suspendido del techo que gira sobre la pista de baile.

Esa noche yo no estaba allí para verlo tocar con Latin Blast. Estaba allí para verla a ella—a Sandra, la mujer cuyo nombre ya estaba cansada de escuchar. Ray jura que la mujer es sólo una admiradora del grupo, una mujer fea, una doña nadie que paga para verlo tocar. Descubrí que Sandra no sólo no es fea, es atractiva y desafiante en lo que a Ray se refiere. Miré a Ray poner la guitarra al frente, blandiéndola al estilo de Elvis mientras la banda tomaba un descanso entre canción y canción. Noté que Sandra, sentada en una mesa cercana, le daba un sorbo a su margarita. Una mujer gritó, "¡Oye, Sandra, Ray te quiere en el escenario!" Las dos mujeres se rieron y Sandra dijo, "¡Dile a Ray que ya voy!" Le dio otro trago a su margarita, pero se reía tanto que la escupió. De repente sólo pude ver un color frente a mis ojos: ROJO. Un resplandor de rojo iluminó a Sandra y me arrojé sobre ella tirándola al piso de madera del bar y golpeándole la cara mientras ella se defendía. La agarré del cabello y me llené las manos de la laca barata que usaba. Apestaba tanto como su perfume, además de ser pegajosa. La gente gritaba. Oí que se rompían vasos. Caímos entre los taburetes del bar. Sandra me pegó en la boca y me esculpió tres cortes largos a cada lado de la cara. A estas alturas yo estaba golpeándola repetidamente para sacarme toda la injuria y el dolor de la traición de mi esposo y los años que Consuelo había poseído a mi padre. Oí cómo se me rasgaba el vestido al montarme a horcajadas sobre la cintura de Sandra y le rasgué hábilmente el vestido, como si lo estuviera sacando de su gancho. Sus pechos quedaron al descubierto y quise reírme de sus pequeños pechos que se elevaban al aire; sus pezones no eran más que dos protuberancias cafés, pequeños círculos en forma de disco en el pecho. ¡No podía imaginarme a Ray interesado en ella, el señor que tanto ama las tetas grandes! El dolor me quemaba la boca y no logré hacer que mis labios esbozaran una sonrisa. De cualquier manera la sonrisa hubiera sido falsa, hasta obscena, si consideramos lo humillada que estaba. Un guardia de seguridad detuvo la pelea y nos separó. El gerente del lugar salió y le gritó a Ray, "¡Controla a tus viejas o te cancelo el contrato!"

"No hace falta eso," le dije. "¡Nunca más me volveré a ver aquí!" Las palabras del gerente me hicieron enojar—tus viejas—como si hubiera todo un estadio lleno de mujeres que ansiaban a Ray. Les di la espalda a todos y ni siquiera me paré en el baño para arreglarme la cara. Alguien me pasó un Kleenex. Al salir escuché la voz de un hombre que gritó, "No maneje así, la policía la va a detener."

"Que se atrevan," le contesté con otro grito. Aceleré el motor y logré salir del estacionamiento, sin pensar en la gente que se arremolinaba a la entrada y me miraba salir disparada. Al llegar al frente de la casa de mi mamá puedo ver en el espejo retrovisor los rasguños que las uñas de Sandra me dejaron en la cara, tres largos cortes rojos que me bajan por ambos lados de las mejillas. Los del lado izquierdo casi me llegan al labio. ¿Necesitaré cirugía plástica? Estoy segura de que mi sangre se coaguló bajo las uñas de Sandra porque la suya se coaguló bajo las mías. Me sacudo las greñas de su cabello del vestido mientras paro el carro y apago el motor. Las manos me tiemblan tanto que tengo que entrelazarlas para que se estén quietas. Me aliso el pelo y me acuerdo de que dejé el suéter en el Riverside. Qué bueno que está oscuro y nublado.

Hay una luz encendida en la casa al lado de la de mamá. La casa le pertenecía a la familia de Ricky Navarro pero ahora la habitan un montón de inquilinos holgazanes que apenas si pueden pagar la renta. Por primera vez me alegro que Ricky y su madre Sofía no vivan más allí. Ricky era mi príncipe azul, el muchacho con el que jugaba a planear meriendas con té detrás de nudosas buganvillas y enredaderas "miguelito". Era difícil pensar que Ricky perteneciera al áspero mundo de El Cielito cuando lo veía balancear delicadamente una taza de té entre el pulgar y el índice.

Ricky regresó de Vietnam en el 66; Ricky el loco, lo llamaban. Regresó con diez encendedores Zippo que había recogido de soldados estadounidenses muertos. Tenía quemaduras en las manos y en los brazos pero no parecían molestarle. Se arrancaba las costras abriéndose nuevas heridas. Cuando regresó de Vietnam Ricky era un cuerpo torcido y distorsionado, violento; y no se afeitaba. Nadie podía convencerme de que era el mismo Ricky que yo conocía. Cuando hablábamos ya no me veía. Sus ojos verdes miraban fijamente sobre mi cabeza o sobre mi hombro como si estuviera esperando que algo pasara. "Los chicanos son como un tiro al blanco esperando la siguiente bala, Teresa," me dijo. "Vamos al ejército con tanto gusto, ¿y para qué? Para que al regresar nos traten como basura. ¡Nada ha cambiado!"

Finalmente Ricky se mudó a California para alejarse de los policías que le impedían pelear cuando estaba drogado con mota o intoxicado con pastillas. Lo metieron y lo sacaron tantas veces de la cárcel que su chaqueta de soldado era dos tallas más grande de la que necesitaba debido a todo el peso que perdió. Había rumores de que Ricky se había incorporado a una comuna de *hippies* en California. La madre de Ricky era mesera de barra en el restaurante La Casita y no le aguantaba sus pendejadas. Aun así, quería mucho a Ricky, a su bebé de ojos verdes. Un día desapareció y todos dijeron que se había ido a buscar a su hijo en California.

Cholo, el perro de la familia, está ladrando en el patio delantero, corriendo en círculos, agachándose hacia el piso y ladrando de nuevo. Es lo opuesto del lento Duke que ladraba como si estuviera escupiendo flema.

"¡Soy yo, tonto, deja de ladrar!" Cholo gruñe, se agacha y vuelve a ladrar. Dejo caer el montón de Kleenex mientras lucho para abrir el candado del portón. Por un momento me pregunto si tengo la llave adecuada. Estoy en la casa de mi mamá. ¿Por qué me ladra el perro? Ya debería reconocerme. Me tiemblan las manos mientras vuelvo a tratar de acomodar la llave en el candado. Tal vez mi mamá lo cambió y no me dijo. Finalmente se abre y entro caminando al jardín delantero de la casa de mamá con Cholo brincando a mi alrededor, lo que dificulta que pueda sostener mi vestido. Miro hacia abajo buscando el montón de Kleenex y no lo encuentro.

La luz del cuarto de mi madre está encendida pero el resto de la casa está a oscuras. ¿Qué pasó con la luz del porche? En la ventana no hay árbol de Navidad. Desde que Paul se fue de la casa mamá no ha puesto árbol de Navidad. La casa se ve tan oscura como la cueva de Belén. Veo la orilla de la cortina moverse, ligeramente, pero sé que mamá está viendo a hurtadillas. Es más de lo que hacía hace años cuando me paraba fuera de su ventana viendo las descoloridas cortinas a través de la enrevesada enredadera de la pasión. Miro el lugar vacío donde estuvo en un tiempo la enredadera de la pasión y donde Duke me hacía compañía cuando hacía una vigilia privada en memoria de Jesse. A la enredadera de la pasión se la llevó el viento hace años, cuántos, no recuerdo exactamente. Un viento inesperado se la llevó, una tormenta parecida a un huracán barrió el valle, desenterrando todo lo que no tenía raíces profundas o estaba anclado con concreto. Miro el sitio y siento escalofríos por todo el cuerpo. Jesse está allí mirándome regresar a casa, recordando cómo aplasté el sufrimiento, de flor en flor, hasta que dejé de hacerlo y la enredadera de la pasión se adormeció por sí sola, haciendo que el sufrimiento parara en seco, por lo menos durante el invierno.

Me dirijo rápidamente hacia la puerta de la cocina con Cholo pisándome los talones. Tengo la llave en la cerradura y abro la puerta antes de que mi madre entre a la cocina. Cuando era adolescente, acostumbraba a entrar a hurtadillas silenciosamente. Algunas veces cuando no estaba enojada conmigo, Priscila dejaba la puerta sin llave. Y ahora toda esta fanfarria. Todo lo que necesito es un redoble de tambor.

"*¡Mija!*" Mi madre jadea y se esfuerza al máximo para mantener el equilibrio con el bastón. Su pelo es un laberinto de pequeñas marañas blancas alrededor de la cara. La bata de dormir le cuelga hasta los talones dejando ver los calcetines blancos que lleva puestos. Tiene la mano sobre la boca mirándome fijamente, horrorizada. "No es nada mamá . . . absolutamente nada." Siento cómo mi labio hinchado forma cada palabra. Las sílabas se enredan como hilos enmarañados en donde mi labio se siente entumecido.

"¿Cómo . . . *mija* . . . qué pasó? ¡Dios mío!"

De una patada me quito los tacones y dejo que el vestido se me resbale por el cuerpo. Quedo parada frente a mamá en sostén y falda.

"Te vas a congelar," me dice mamá. "Ve a ponerte mi bata que está en el baño." Camino por el pasillo hacia el baño mientras hablo con mamá, y alcanzo una bata vieja que cuelga de un clavo. La bata es acolchada y de rayón color de rosa con un deshilachado listón en el cuello.

"Está bien mamá, sólo que tuve un problema allá donde Ray toca . . . en el club."

"¿Con Ray? ¿Fue él quien te hizo esto? ¡Llama a la policía!"

"No, Ray no me hizo esto." Regreso al fregadero de la cocina y empapo unas toallas de papel presionándomelas contra la cara.

"Pensé que habías venido porque habías visto a Jesse."

"¡Jesse!" Las toallas de papel parecen colgarme congeladas sobre la cara. El pronunciar su nombre me da escalofríos. Su nombre me sale como un grito. Miro a mi madre con la vaga esperanza de ver a Jesse parado detrás de ella. Ella sonríe. Las arrugas de su barba han desaparecido y sus ojos parecen mirar fijamente a un recién nacido—suave, tierno.

"¡Oí su voz—esta noche! Ay, es tan hermosa como siempre. ¿Te acuerdas, verdad Teresa?"

Mamá me pone la mano sobre el hombro y lo sacude, tratando de hacerme creer lo que acaba de decirme. No sabe que jamás he olvidado la voz de Jesse. Me la grabé en la mente cuando todavía era la voz de un niño y no la de un hombre.

"¡Ay, mamá, me duele el hombro!"

"Ay, *mija,* como te pudo pasar esto, y esta noche, ¿por qué esta noche?"

"No sé, tal vez sea parte de un plan más extenso. No importa; a ella le fue peor."

"¿A quién? ¿A Sandra? No me digas que te peleaste con esa mujer en un bar."

"No es un bar, mamá, es un club—el Riverside."

"Pero peleando . . . *mija* . . . ella es más grande que tú. ¿Por lo menos le pegaste unos buenos golpes? ¡Que Dios me perdone!"

"¡Se va a acordar de mí el resto de su vida! También le rasgué el vestido; la puta, se lo merecía."

"¡No digas malas palabras, *mija!* Ray es como tu padre que tenía a otra mujer a su lado. Sandra es para ti lo que Consuelo fue para mí."

"¡Ni siquiera pronuncies ese nombre, mamá! ¡No quiero oírlo." Mamá me jala del brazo. "Mira, déjame enseñarte . . . ¡tu hermano está de visita esta noche!" Camino con ella mientras mantiene el equilibrio fácilmente con su bastón. Hace años que no la veo caminar tan rápido.

"Ten cuidado mamá, te vas a caer." Me ignora y entra caminando a su recámara conmigo a su lado. La habitación está iluminada por parpadeantes veladoras frente a la imagen del Santo Niño de Atocha, un nombre elegante para el Niño Dios. El Niño Dios tiene puesta una bata azul sencilla y una capa café sobre los hombros. Lleva una espiga de trigo en una mano y en la otra un cetro coronado por un globo terráqueo. Su pelo, oscuro y ondulado, le llega a los hombros y enmarca su pequeña y sombría cara. La foto descansa encima de una cómoda de roble cubierta por un manto blanco. Cada Navidad, mi madre pone un altar en honor al Santo Niño y reza la novena. La luz de las velas es blanca, acogedora. Me tranquiliza pero aun así siento la necesidad de dispersar las sombras y estirar el brazo hasta el interruptor de la luz.

"¡No, *mija,* a los espíritus no les gusta la luz brillante!"

"¿Espíritus?"

"Mira." Me lleva a la ventana y levanta una esquina de la cortina.

"¿Qué ves?"

"Nada, sólo veo a Cholo actuando como si tuviera rabia."

"Mira con cuidado." La voz de mi madre tiene cierta urgencia.

Miro atentamente. Me alegro que no haya nadie cerca que me vea al lado de mi madre. Tengo la cara roja, en carne viva. La bata de rayón color de rosa me queda apretada en los hombros y el listón deshilachado del cuello me cuelga sobre la clavícula. No quiero ni pensar lo que mis colegas de la Primaria Jiménez dirían si me vieran así. Qué ironía, después de haber trabajado con toda la escuela en una lección sobre la no violencia. Ya me preocupa que la cara no me haya sanado para cuando regrese a mi clase de segundo año después de las vacaciones de Navidad.

Los árboles están inmóviles, no se mueve ni una hoja. A través de la niebla veo la estrella de Belén, al otro lado de la calle, destellando sobre la casa de Blanche. Emite una luz multicolor, roja, azul, amarilla. Distingo los postes blancos del corral de madera blanca en el patio de atrás de Blanche, el patio del orgulloso gallo, Fireball. Después que la ciudad cambió la zonificación del barrio de residencial a industrial, Blanche tuvo que deshacerse de todos sus animales, incluyendo a Chiva, la cabra blanquinegra que les daba leche a sus niños. Fireball había desaparecido mucho antes; había sido atrapado y convertido en sopa de pollo por un vecino cansado de que lo despertaran a las cuatro de la mañana.

Un Malibu de potencia aumentada con un mofle que suena como motocicleta llega a la cochera de los inquilinos vagos de al lado. Un hombre abre la puerta y sale furtivamente.

"Veo a un hombre salir de un coche al lado."

"Ese no importa," me dice mi mamá exasperada de que yo no vea nada más. "Entran y salen de esa casa toda la noche."

Cholo está parado en el lugar donde estaba la enredadera de la pasión y me ladra al verme mirar por la ventana.

"¡Cállate, perro sarnoso!" El perro corre en un medio círculo y ladra hacia la cerca de alambre, se arrastra, gruñe y vuelve a ladrar.

"¿Qué le pasa al perro?"

"Es que ve el espíritu de Jesse. Los animales ven el mundo espiritual."

Los ladridos de Cholo hacen que todos los perros del barrio empiecen a ladrar también. Uno a uno los perros empiezan a ladrar. Unos más alto, otros más suave hasta que se oye un ruido pavoroso y el último perro deja de ladrar.

"Todo esto me espanta."

Mamá insiste, "¿Ves a mijito? ¿Trae puesto su uniforme?"

"No mamá, no veo a Jesse." Miro cuidadosamente, buscando en la oscuridad, esperando hallar ¿qué?

"Escuché su voz esta noche. La voz de Jesse."

"Estabas soñando."

"¡No! Tenía los ojos abiertos. Apenas si lo podía oír, pero era él hablándole a alguien—a otros hombres. Voces. Me lo prometió, ¿no te acuerdas Teresa? ¡Me prometió en el aeropuerto que volvería a oír su voz!"

"Con calma, mamá. Cálmate. Jesse decía muchas cosas. Dijo también que leeríamos acerca de él en un libro."

"Si sólo hubiera escuchado con más atención. No sé que era lo que trataba de decirme." Mi madre se echa a llorar. La cortina se le cae de la mano. Cholo deja de ladrar y comienza a gemir. Un perro solitario ladra a lo lejos y después se calla.

"¡Ay, ya se va!" Mamá se da la vuelta y se encamina lentamente a su cama apoyándose en mi brazo. De repente vuelve a ser una mujer débil, frágil. Le ayudo a acostarse sosteniéndole la cabeza para que la ponga sobre la almohada. Llora y los hombros se le convulsionan con cada sollozo. Saco un Kleenex de su caja en el buró, se lo doy y prendo la luz. En la luz, me doy cuenta de que tiene la cara roja. Le pongo la mano en la frente y la siento caliente. Sé que el dolor de sus piernas es horrible, pero es testaruda y no quiere tomar las pastillas que le recetan para el dolor. Me pregunto si debo llamar al doctor Mann para contarle de las alucinaciones de mamá. Hay algo en mí que me hace pensar que todo esto es una pesadilla y que pronto voy a despertar.

"¡Ay, Teresa, se te ve horrible la cara! Necesitas ver a un doctor."

"No te preocupes por mi cara. ¿Crees que tienes calentura? ¿Te duelen los pulmones?" La miro detenidamente buscando señales de la fatiga que he llegado a asociar con la pulmonía que le ha dado ya dos veces este invierno.

"Mamá, estabas soñando. Duérmete."

"No, escuché la voz de tu hermano."

"¿Para qué te va a despertar Jesse?" Le sigo el juego para tratar de manipularla. No da resultado. No sirve de nada tratar de forzar la realidad. Lo real y lo irreal son reinos de los cuales mi madre entra y sale sin notar la diferencia. Me mira indiferentemente.

"¿Pues qué razón pudiera tener alguien para despertarme? Jesse tiene algo que decirme, él y sus amigos."

"¿Amigos?"

"Voces . . ." Busca en la oscuridad de nuevo, haciendo un gran esfuerzo para escuchar.

"¿Qué decían?" le pregunto.

"¿Qué sé yo? ¡Estaban susurrando! ¡Ay, Santo Niño, ayúdame!" dice llorando. "¿Qué debo hacer?" Mira hacia la imagen del Santo Niño y de nuevo empieza a llorar. Le seco las lágrimas, imaginándome que yo soy la madre y ella la hija. Me pregunto si Elsa, mi hija mayor, pensará lo mismo de mí algún día. Me mirará y pensará que estoy loca por despertarla a media noche.

"Algo me duele en el pecho, *mija*. Hay algo que tengo que hacer."

Desde la muerte de Jesse, mi madre siente todos sus dolores en el esternón. Le viajan por el centro del pecho y se juntan en la espalda entre los omóplatos. Aguanta el dolor con una mano.

"No pienses en eso. Necesitas descansar."

"¿Cómo puedo descansar cuando hay algo que tengo que hacer? ¿No oíste nada?" Me agarra la mano y escucha una vez más. Esto me hace levantar la cabeza para escuchar también. ¡Si sólo pudiera oír la voz de mi hermano ahora, en esta casa! La cogería con la mano y la enterraría para siempre entre las capas de yeso de las paredes.

"¿Crees que Jesse me perdonó? ¡Ay, mijito! Sufrió tanto por mí, ¡qué pena! ¿Por qué no corrí a tu padre de la casa?" Se sienta y empieza a toser, resollando sin aliento.

"¡Mamá, deja de culparte! Te hace daño." Le doy palmaditas en la espalda y un vaso de agua.

"¿Está calientita la recámara para ti?" Miro la bobina anaranjada del calentador eléctrico. ¡Hace tanto frío en esta casa! Mi padre, como siempre, se murió sin arreglar nada.

"No importa, *mija*. El otro mundo ya me está alcanzando, nada más piensa, tal vez tenga que aguantar a tu padre y a Consuelo después de que muera. Sólo Dios sabe, debí haber enterrado sus huesos juntos."

"Probablemente están en el infierno, mamá. No los verás nunca."

"Tal vez sí y tal vez no. Dios sabe lo que hará con esos dos. ¡Que descansen en paz, aunque a mí nunca me dejaron en paz!" Con cuidado me palpa la cara adolorida. "Ves, aquí está mi pesadilla . . . tu cara, para decirme que debí haber dejado a tu padre hace años. ¿Por qué no luché contra ellos? Es por eso que Jesse se fue a Vietnam. ¡Ya no lo podía aguantar! ¿Me perdonará mi hijo algún día?"

"Mamá, ya te perdonó. ¡Ya deja eso! Mírame. ¿Piensas que me enorgullezco de lo que pasó esta noche? Hice mal, mamá, perdí el control. Me he guardado las cosas por tanto tiempo incluyendo lo de Jesse."

"Me recuerdas a tu nana. ¿Recuerdas como alegaba con Consuelo en la iglesia? ¡Imagínate . . . ¡y en el día de Nuestra Señora! ¡Ay que mi mamá! Espera, deja que te ayude *mija*. Tengo medicina en la cocina: peróxido."

"No mamá, tú lo que necesitas es descansar. Yo voy por la medicina, No te preocupes, también descansaré en mi antiguo cuarto."

"¿Y qué va a pasar con los niños? Y Ray, *mija*. ¿Lo vas a dejar?"

"Esta vez para siempre, mamá, mañana hablaré con los niños. Hace mucho que Cisco ha querido que deje a su padre. Lisa y Lilly tienen sólo catorce años. Son tan jóvenes para tener que pasar por todo esto. Y Elsa, bueno ella se enojará conmigo."

"Elsa es la más cercana a Ray. Es su consentida. ¿Recuerdas cómo lloró él cuando ella nació? Siempre ha defendido a su padre."

"Igual que yo algunas veces."

"¿Tú querías que dejara a tu padre?"

"Mamá, eso fue hace mucho tiempo. Deja de torturarte ma'." Al decir esto, suena el teléfono.

"Es Ray, ya está llamando," dice mi mamá.

¿No va a terminar nunca esta noche? Camino al teléfono mirando de reojo la imagen de Santa Rita que cuelga en el pasillo. Santa Rita es la santa para los casos desesperados y su cara tiene el aspecto piadoso de alguien que sufre profundamente. Fue famosa por aguantar al cruel de su marido. Tan grande era su amor por la pasión de Cristo que pidió sufrir así como lo había hecho Él. Como respuesta a su petición, una espina de la corona de Cristo se le incrustó en la frente causándole un horrible dolor hasta su muerte. ¡Imagínense, querer sufrir! Me paso la mano por la frente, probablemente el único sitio de la cara que no me duele. A mí no se me ocurriría pedir que una espina se me clavara en la frente. Santa Rita se ganó el Cielo por todos sus sufrimientos. Lo único que parece que estoy ganando por mis sufrimientos es el infierno.

Agarro la bocina del teléfono de la pared y escucho a Ray gritando del otro lado.

"Gracias por el escándalo que hiciste en el club. ¡El gerente me canceló el contrato! ¡Qué puta!"

"¿Te lo canceló? ¡Mentiroso! Vas a estar tocando allí la semana próxima al lado de Sandra. ¡No me vengas con esas pendejadas!"

"Si me escucharas . . ." Tiro la bocina en el receptor y desconecto el teléfono de la pared. Ray siempre me ha acusado de no escucharlo. Para mí, él es el que nunca me ha escuchado. Nunca le conté a Ray mi sueño sobre el oído izquierdo y que esta noche estaba tratando de escuchar en la oscuridad voces que mi mamá dice que oyó. Nunca le he contado a Ray ninguno de mis sueños. Traté de hacerlo algunas veces y apenas si me escuchaba, como si estuviera oyendo unas noticias que no le importaban. Las lágrimas se me asoman por las comisuras de los ojos y me resbalan por la cara haciéndome arder la carne viva, hinchada, donde me cortaron.

Abro la puerta de la cocina y Cholo corre hacia mí moviendo la cola y brincándome a las piernas. Las orejas de Cholo apuntan directamente hacia arriba como las puntas de las tijeras de podar de mi madre. Es peludo como un *husky* de Alaska y bajo como un *cocker spaniel*. Su piel es color trigo excepto por una cruz blanca en el pecho que parece el trabajo del pincel de un artista. Recuerdo a Duke y el movimiento melancólico de su cola, el lento Duke que vivió hasta los cien años en años de perro. Cholo brinca y me huele las piernas. "Bájate, chavo, bájate." Corre a las adelfas que crecen al lado de la cerca de atrás y empieza a ladrar de nuevo.

"¿Jesse?" susurro su nombre. Una brisa me atraviesa la bata anaranjada de rayón.

"Mamá está enferma, Jesse. Y mírame. ¡No soy una chulada! Ray y Sandra. ¿Te acuerdas de Consuelo? Bueno, pues la hija salió igualita a la madre. La única diferencia es que la mía se llama Sandra." Puedo saborear las lágrimas que me escurren hacia mis labios hinchados. Hago una pantomima en la oscuridad buscando lo invisible con la mano. Pretendo que he hallado la mano de Jesse y la agarro fuertemente hasta que mis nudillos se ponen blancos. Miro hacia el cielo. Las nubes son enormes manchas de tinta que flotan sobre mí. Todo está silencioso. Cualquier cosa que estuviera allí, ya ha desaparecido. Escucho un disparo en la distancia, luego otro. Cholo se espanta y aúlla. Mi bienvenida a El Cielito, el lugar al que dije sólo regresaría de visita. Jesse se sorprendería de descubrir que últimamente, su antiguo vecindario suena igual a Vietnam ya que todos tienen pistola.

De camino a la cama paso por la habitación de mamá. Está completamente despierta. El resplandor de las veladoras la hacen parecer fantasmal.

"¿Hallaste el peróxido? Y el hielo, *mija*. No se te olvide ponerte una bolsa de hielo. Tantos problemas, pero Ray recibirá su merecido. Recuerda todos los problemas que tuvo tu padre. Sandra nunca se comparará contigo, *mija*. Esto le va a pesar a Ray. Le va a poder. Ahora trata de dormir. Jesse cumplirá su promesa."

Quiero preguntarle cuál es la promesa que va a cumplir Jesse, pero no digo nada. Después de todos estos años mi mamá no sabe que he guardado el secreto de Jesse como la espina de Santa Rita enterrada en mi corazón. La voz de mamá me suena distante.

"En la mañana el Santo Niño me va a decir lo que significa todo esto." Miro la imagen del Niño Dios y me pregunto cómo se oirá Su voz.

El Hombre Solitario •

La primera semana de enero de 1968 atravesamos El Cielito rumbo a Sky Harbor Airport yendo por Buckeye Road. Nana va sentada en el asiento delantero entre mamá y papá. Jesse, con Paul en las piernas, va en el asiento de atrás entre Priscila y yo. Paul tiene ya nueve años y mi mamá dice que ya está muy grande para ir sentado en las piernas de Jesse. Papá gruñe y dice que no hay lugar donde ponerlo a menos que lo ponga en la parte de atrás de la camioneta, arriba del equipaje de Jesse.

Jesse es moreno, como mi papá, y no es mucho más alto que yo. Siempre fue un niño delgado que usaba camisas a cuadros para que se le viera más ancho el pecho. Finalmente cuando se metió a boxear se le ensancharon los hombros. Sus cejas son dos líneas rectas y lisas, no gruesas como las de papá. Cuando habla, su voz me llega al oído como la de un caracol marino.

"Imagínate. En este momento los Tres Reyes Magos están en casa repartiendo regalos," dice nana. "Tendremos que abrirlos más tarde y enviarte slos tuyos por correo, *mijo*," le dice nana a Jesse tratando de hacernos reír.

"Sí, los Tres Reyes Magos," dice Jesse. "Se me habían olvidado . . . claro, mándamelos por correo, nana."

La mañana está fría y oscura, parece que va a llover o quizá sean lágrimas que salen. No sé si lo que estoy haciendo ahora es parte de los funerales de Jesse o de su bienvenida a casa.

El viejo Pérez está sentado en una silla de jardín afuera de su tintorería. Con su sombrero Stetson que lava en seco una vez al año parece un maniquí.

"El tacaño," dice mi papá.

"Pobrecito," dice mi mamá. "¿Qué edad tendrá?"

"Quién sabe. Lleva cien años sentado allí."

"¿No era su hija una coqueta, una cabroncita que perseguía cualquier palo de escoba con pantalones?" pregunta nana. Sé que le está echando una indirecta a mi papá al hablar de Consuelo sin mencionar su nombre. Papá no dice nada; se mantiene con las manos en el volante.

"Está casada," dice mamá.

"¡No me digas!" dice nana. Lo dice como si fuera una gran broma.

Pasamos el autocinema El Rancho donde se puede encadenar el carro a un altoparlante para escuchar la última película de misterio. Los tipos con auto son los que tienen suerte. Llevan a sus novias al anticuado El Rancho, apodado El Rancho Grande, y fingen ver la película. Todo lo que quieren hacer es cachondear y ver si pueden hacerlas ceder. Es muy fácil saber qué muchacha ha cedido. La novia abandona la escuela y al poco tiempo la vemos trabajando en Woolworth's para poder pagar los pañales y la comida de bebé. Y si no ha habido un casamiento a la fuerza, el galán está de nuevo en El Rancho Grande con otra chica.

Los chamacos del vecindario se encaraman a los techos para ver la película toda la noche. Inventan diálogos y brincan de techo en techo a ver cuál es el mejor ángulo para ver la película. Estos hombres—araña chicanos tienen memorizadas las caricaturas. En las noches de luna llena juegan a ser astronautas y a descender sobre la luna. Abajo de ellos, los adultos se sientan en sillas de jardín sorbiendo Kool-Aid o cervezas y hablando acerca de cuando un gran canal fluía allí mismo donde estaban ahora los altoparlantes de la hilera del centro. "Es admirable," dicen, "que los altoparlantes no electrocuten a nadie porque de seguro que hay agua allí abajo."

"¿Qué están pasando?" pregunta Jesse. "¿Oye, qué? ¿Qué es lo que dice?"

De veras quiere saber. Me agacho bastante para ver la marquesina desde la ventana de la camioneta Ford de mi padre. "Aah, S—O—M—B—R—A—S, ¡Ah, *Sombras Oscuras!*" le digo.

"Tengo que verla cuando regrese," dice y sonríe. "Relájate hermanita, relájate."

El gimnasio Golden Gate Gym está adelante. El edificio parece mojado en los lugares donde la pintura se ha descolorado. La puerta aún no está abierta. No puedo ver el *ring* donde Jesse boxeaba. Recuerdo el olor agrio de los guantes de boxear y los zapatos tenis.

"¿No se lavaban nunca los pies esos vatos?"

"Algunos de ellos no tenían ni jabón con que lavárselos," dice Jesse. "A propósito, dile a Trini que le voy a ganar cuando regrese. ¡No se podrá meter con un sargento!" Entonces se ríe. "Quiero mucho a ese viejo. Me consiguió buenas peleas."

"¿Cuáles buenas peleas?" pregunta mamá. "¿Qué me dices de esa cicatriz que te dejó Andrés El Animal?"

"Fue una pelea pareja, mamá."

"¿Te la puedo tocar, Jesse?" pregunta Paul.

"Ándale," Paul pasa suavemente el dedo sobre la apenas visible cicatriz sobre la ceja izquierda de Jesse. La cicatriz es la obra de arte de El Animal cuando Jesse se llamaba El Gato y boxeaba en el peso pluma de los Guantes de Oro.

Pasamos rápidamente por Pete's Fish n' Chips, pero no abren si no hasta las once. "Caramba y yo quería pescado y papas," dice Jesse.

"¿Después de todos los tamales de anoche?" pregunta Priscila.

"Sí, qué bueno sería envolver todos esos tamales y llevármelos a Vietnam, Baby Doll."

Priscila sonríe porque Jesse todavía la llama Baby Doll a pesar de que ya está en primero de secundaria.

"Yo te voy a mandar algunos en Navidad, mijito," dice nana desde el frente. Por el retrovisor, sigue viendo a Jesse sentado en el asiento trasero. Jesse la saluda con la mano. "¡Quiubo nana, quiubo! ¡Cómo quiero a esa viejita!" Estira la mano y le da masaje en el cuello. Mamá le agarra la mano y se la besa volteándose lo más que puede para verlo en su uniforme verde. "Te ves tan guapo, *mijo*. No dejes que esos gabachos grandotes te atropellen. Ya sabes cómo pueden ser esos tontos."

"No, ma', tengo muchos amigos allí, además de Chris. Todos tenemos el mismo trabajo que hacer, así que tenemos que mantenernos unidos."

"¿Ya regresó Armando de Vietnam?" pregunta papá.

"¿Quién, el hijo de Betty? ¿O quién?" pregunta mamá.

"Sí, regresó," les digo, "yo hablo con su hermana en la escuela."

"¿Estaba en el *Army?*"

"No," dice Jesse, "en el *Air Force.*"

"Como te dije, Jesse. El *Air Force* es lo mejor. Fue así que pude sobrevivir durante la Segunda Guerra Mundial. Los hicimos pedazos antes que pudiera llegar el *Army.*"

Jesse suspira, "Sí papá, ya me dijiste". Veo la quijada inclinada de mi papá. Ahora no va a pelear. Lo sé. Están pasando muchas cosas; no hay tiempo para eso.

"¿Te acuerdas de cuando la gente iba a la estación de trenes para despedir a los hombres que iban a partir a la Segunda Guerra Mundial?" pregunta mamá.

"Encendían fogatas toda la noche en espera de los trenes," dice nana. "Todos se abrazaban entre sí y las mujeres rezaban la Oración del Justo Juez para que protegiera a los hombres."

"Allí estabas tú, Alicia, para despedirme," dice papá, "¿te acuerdas de la canción?"

"¿Qué canción?" le pregunto a mi mamá.

"*Sentimental Journey,*" dice mamá. "En ese entonces, todos la cantábamos. Todos éramos sentimentales entonces, incluso las que no tenían hombres que partían a la guerra."

"Nadie la cantaba como tu mamá," dice papá. "Me fui con su voz aquí mismo." Se apunta al corazón. Mi mamá lo ve. Nana se encoge de hombros.

"Cántala mamá," dice Paul.

"Quizá más tarde . . . más tarde."

"Cuando regrese," dice Jesse, y me mira. "¿Cómo se llama la hermana de Armando, Teresa?"

"¿Te refieres a Annie?"

"Sí, Annie. Es bonita. Dile que me escriba."

"Espi te va a escribir."

"Espi es tu amiga. La conozco de toda la vida."

"¿No ha regresado su hermano Ray de Vietnam?" pregunta mamá.

"Regresó hace apenas tres semanas. Está empezando su banda otra vez."

"Te estás poniendo roja," me fastidia Jesse.

"Pero si Ray no me gusta. ¡Es muy viejo!"

"¡Sí, claro!"

"¿Era del *Air Force?*" pregunta papá.

"Era del *Army.*"

"Debió haberse enlistado en el *Air Force.*"

"Escríbenos, Jesse," dice mamá, "todos los días, si puedes *mijo.*" Le tiembla la voz. Ambas mujeres se echan a llorar.

"¿Qué es esto? ¡Dejen de llorar las dos!" Jesse pone una mano en el hombro de nana y la otra en el de mamá.

Nana empieza a sollozar, "Ay, mijito . . . Ay Dios, ¿por qué no te quedaste en la universidad? ¡Eres tan inteligente!"

"No empieces mamá," dice mi madre.

"¿Tienes la Oración del Justo Juez, *mijo?*" pregunta nana.

"Sí."

"Guárdatela en el bolsillo. Que no se te olvide la oración. Dios te protegerá. Tus enemigos ni siquiera podrán verte. ¿Por qué hay guerra? Ni siquiera sé nada de vietnamita. ¿Por qué tienes que ir allí?"

"Soy un patriota, nana . . . escucha: *Oh, say can you see by the dawn's early light . . .*" Jesse canta la primera línea del *Star Spangled Banner*. "Este es un chicano que todos recordarán, ya verás. Voy a compensar por todos los que han sido despedazados."

Mamá y nana lloran aún más.

"Que inoportuno," le digo.

"No me va a pasar nada, mamá," dice Jesse tratando de subir la voz por encima del llanto. "Mira, ahí está la escuela Herrera."

"Ya mujer, deja de llorar por favor," papá le dice a mamá. "Yo lo conocí a él—al mismísimo Silvestre Herrera. Se ganó la medalla de honor en la Segunda Guerra Mundial. Un gran hombre."

"Su equipo de béisbol era bueno, pero el nuestro era mejor," dice Jesse. "Les ganamos muchas veces en béisbol, ¿te acuerdas, Teresa? Chris asistió allí cuando recién llegó a Phoenix, después adquirió un poco de sentido común y se cambió a Lowell, con nosotros. Cabeza de alcornoque. Le tomó un tiempo. ¿Te acuerdas de aquel juego de béisbol en que lancé, un partido en el que no le permití batear a nadie? Esos escamones estaban aterrorizados. Jamás habían visto manos tan rápidas."

Jesse abraza a Paul con un abrazo de oso y los dos se ríen.

"Chris quería bailar contigo anoche, Teresa, pero te portaste muy pesetuda, como si no te importara un carajo. Yo le dije, ah, es una porrista presumida, cree que tiene suficientes chavos para aventar para arriba."

"¡Cómo te atreves!"

"Chris bebe demasiado," dice mi mamá sonándose la nariz con un Kleenex.

"Sólo anoche, ma'. Ya sabes cómo son las cosas. El vato es buena gente."

"¿A ti no te cae bien, Teresa?"

"A la mejor sí, a la mejor no."

"Quiere que le escribas."

"Lo pensaré. Ser demasiado guapo es un problema. Todas las muchachas lo persiguen.

"Quisiera tener esa maldición," dice Jesse riéndose. Entonces se inclina sobre mí y me susurra, "No creo que vaya a regresar, Teresa, cuida a mamá."

Me siento como si alguien me acabara de clavar una aguja en el brazo.

"¿Qué?"

"¿Qué pasa, Teresa?" pregunta nana. Me ve de reojo por el retrovisor. "Parece que acabaras de ver al demonio."

"Nada," respondo. Las manos se me han puesto frías. Riéndose, Jesse lucha con Paul como si no me hubiera dicho nada. Cuando lo miro se pone un dedo en los labios.

"Oigan todos, ¿saben que un día voy a ser famoso?" dice en voz alta. "Van a leer acerca de mí en un libro. Voy a ser importante."

"¿De veras, *mijo?*" pregunta mamá. El llanto se convierte en lloriqueo.

Jalo a Jesse de la manga. "¡Vas a regresar!" le murmuro, tratando de no llamar la atención de nana. Él me contesta murmurando también. "No lo creo, pero tú actúa según las circunstancias." Tengo ganas de gritar, *Papá para el carro y déjame salir, AHORITA. Ya no aguanto más.* Le tomo la mano a Jesse y se la aprieto. "Tú sí vas a regresar," insisto. Sé lo que quiere. Es un secreto que tengo que guardar.

"Tienes la mano fría," me la aprieta, calentándola con la suya.

"Sí, ma', seré famoso, ya verás."

Todos nos reímos porque todo parece irreal. Ni siquiera sabemos cómo es el aeropuerto. Nunca hemos estado allí. Toda la gente que conocemos vive en Arizona. Vamos camino a San Antonio o a los Jardines Japoneses para conseguirle a mamá unos chícharos de olor.

"¿Qué tan lejos queda Vietnam?" pregunta Paul.

"En el otro lado del mundo. ¿Qué te imaginabas?" dice Jesse. "La gente camina de cabeza. ¡Por eso es que usan esos sombreros en forma de cono, para balancearse!" Todos nos reímos como si fuera el chiste más divertido del mundo, incluso papá. Estamos pasando el Smitty a donde Jesse y yo íbamos en bicicleta a comprar Coca-Cola de la máquina. La autopista Black Canyon da la vuelta por el sur de la tienda a unos cuantos pies de Food City, el lugar más barato de la ciudad para comprar comestibles. Son las siete de la mañana y el tráfico empieza a aumentar. El sol está subiendo sobre la autopista, llenando de vida el día.

Mi papá frena en el semáforo y vemos a Tortuga cruzando la calle.

"Baja la ventana, Teresa, tengo que despedirme de Tortuga." Jesse grita por la ventana abierta, *"Quiubo, quiubo Tortuga, ¿ya no me conoces, ese?"*

Tortuga lleva puesta una chaqueta de faena del ejército sobre unos *jeans.* Parece una tortuga, lleva el pescuezo hundido en el cuello de la chaqueta verde que parece una concha sobre su escuálida espalda. Lleva puestas botas del ejército sin agujetas. Se acerca a la ventanilla y mira hacia adentro. Pone la cara a sólo unas pulgadas de la mía. Tiene un aliento de lavadero tapado.

"¡Buenos días! ¡Miren esto, toda la familia Ramírez! ¿Cómo están todos?"

"¿A qué se debe la chaqueta de faena del ejército, Tortuga?" pregunta Jesse. "Yo soy el que va a Vietnam."

"*Órale*, Jesse, ¿de veras vas a Vietnam?"

"¿Qué te parecen mis trapos? ¿De dónde sacaste tu chaqueta?"

"Mi sobrino, ya lo conoces, Leo. Anda por allá. Él me la mandó."

"¿Quién, Leíto? ¿El niñito? Pensaba que sólo tenía diecisiete años."

"No, Jesse, cumplió dieciocho y se enlistó."

"Me lleva."

"Oye, Jesse, hazme un favor. Cuéntale que a su mamá le dan ataques de nervios cuando ve las noticias. Más vale que se venga pronto antes de que se muera . . . ¿Tienes un par de dólares, Jesse? Mi vieja me corrió de la casa anoche, ¡esa pinche vieja!"

"No digas maldiciones de tu esposa, Tortuga," dice nana. "Es una buena mujer."

"Es un pequeño demonio, abuela, no la conoces."

"Toma." Jesse saca un billete de veinte dólares. "Cómprale comida a Mauricio, toma."

"Muchos *tenquius*, Jesse, ¡siempre fuiste a toda madre! Oye, *cuate*, no te olvides de El Cielito, ¿*Okay*? Aquí te estamos esperando, hermanito." Los ojos de Tortuga se llenan de lágrimas. Rodea el carro y se echa a correr por la banqueta.

"No se aguanta las ganas de ir por su botella de licor," dice papá.

"El pobre," dice mamá. "Su hijo Mauricio debe costarle una fortuna. ¡Pesa como doscientas libras! ¿Te imaginas? ¡Tortuga se pasa la vida bebiendo y su hijo se está matando de tanto comer! ¡Qué par!"

"Veo a Mauricio en la escuela y todos los niños se burlan de él, mamá," dice Priscilla. "Pobre Mauricio, ni siquiera cabe en el escritorio."

"Nada de pobre." dice nana. "¿Quién le manda? Nadie lo obliga a comer como marrano."

Más adelante vemos el letrero Sky Harbor Airport. El estómago me da una vuelta gigante como de rueda de la fortuna. Mamá y nana empiezan a llorar de nuevo. Yo me agarro de Jesse y él me da palmaditas en el brazo. "Cálmate *manita*. Todo está bien, Teresa." Yo observo todos sus movimientos. Quiero que me guiñe el ojo. Quiero que me dé una señal para hacerme saber que lo que me dijo no es verdad, pero no lo hace. Sólo sonríe. Me dan ganas de sujetarle la cara entre las manos y obligarlo a mirarme a los ojos y que me diga que va a regresar. Sé que no quiere que lo haga. Yo no le suelto la mano, y Priscila lo tiene agarrado de la otra. Paul lo tiene abrazado del cuello.

"No sabía que me querían tanto," Jesse canturrea. "¡Amor, amor, amor . . . oigan, yo también los quiero!"

Papá estaciona el carro. Nos quedamos paralizados por unos segundos mirando pasar soldados, infantes de marina y algunos marineros. Escuchamos los sollozos de mamá y nana. Nadie quiere ser el primero en salir hasta que papá abre la puerta y enseguida todas las demás puertas se abren al mismo tiempo. Somos figuras de madera, con las rodillas entiesadas nos esforzamos por salir del carro. Jesse agarra sus maletas de la parte de atrás y le da la más chica a Paul.

El padre Ramón, rubicundo y carirrojo, ya nos está esperando con tres de las guadalupanas, amigas de nana, mujeres viejas que parecen golondrinas grises. Pertenecen a la cofradía de la Iglesia de San Antonio que venera a la Virgen Morena, la Virgen de Guadalupe. Parecen pájaros sobrevolando en círculos antes de aterrizar, golondrinas piando el sonsonete de la oración del rosario. Saben lo que tienen que hacer. Han venido para rezar, para asegurarse de que Jesse esté protegido con la bendición de Dios.

Irene, la mejor amiga de mamá del otro lado del callejón, no vino. Es la madrina de Jesse, su nina. Está acongojada, afligida por la muerte de su hijo Faustino que murió en Vietnam apenas el año pasado. Todo lo que pudo hacer fue hablar con Jesse por teléfono antes de que partiera. Irene todavía duerme con la bandera americana que cubría el cajón de su hijo bajo la almohada y con una veladora encendida enfrente de la imagen del Sagrado Corazón rogando por el alma de su hijo. Miro alrededor para ver quién está viendo a las guadalupanas y veo a Chris con otros dos muchachos. Se despidió de sus padres en Albuquerque y voló a Phoenix para viajar en el mismo vuelo con Jesse. Nos saluda con la mano y nosotros le regresamos el saludo. Por todas partes hay mujeres que no quieren soltar a sus hombres. Nosotros nos apretamos alrededor de Jesse, quien pone sus dos maletas en un remolque lleno de equipaje. Un soldado arregla las maletas amontonadas.

"¿Ya tienen etiqueta?"

"Sí."

"Entonces eso es todo."

Pasamos por el gran letrero de bronce a la entrada: BIENVENIDOS A PHOENIX ARIZONA EL VALLE DEL SOL. Por todas partes hay mujeres llorando o a punto de llorar. Los hombres, en su mayoría, están parados apenas con una apariencia de desdicha. Kleenex y pañuelos blancos ondean como banderas de miniatura.

Las paredes del aeropuerto tienen murales de la colonización del Suroeste. Cortés, el conquistador español en su armadura completa saluda al emperador azteca Moctezuma, quien viste una túnica esmeradamente trabajada y un enorme penacho de plumas. En otra pintura se ve al legendario dios azteca de la guerra, Huitzilopochtli, atrayendo con engaño a sus víctimas para ser sacrificadas en la parte superior de una pirámide. En la parte superior de la pirámide espera un verdugo que lleva una capucha negra y un puñal de obsidiana en la mano. A unos cuantos metros de esta pintura, aparece el padre Kino que lleva una túnica negra y sandalias con un crucifijo en alto, bendiciendo a un campesino indígena que se ha hincado a sus pies. Al lado del padre Kino están unos pioneros toscos en sus carretas cubiertas viajando hacia un lejano horizonte cubierto de rascacielos y autopistas congestionadas. Los senadores Carl Hayden y Barry Goldwater nos miran fijamente desde la altura. El trasfondo está compuesto de saguaros, chollas, órganos, una pintoresca puesta de sol y un correcaminos huyendo de un coyote. Al final hay una pintura del Gran Cañón del Colorado, el orgullo de Arizona. El aeropuerto está repleto de gente apresurada por todas partes. Aspiro el aroma de los desayunos que se cocinan y del café que se prepara en los restaurantes de comida rápida. THE COPPER STATE SOUVENIR SHOP exhibe orgullosamente a la venta recuerdos en forma de macetas y ceniceros de cobre.

Mamá besa a Jesse, acariciándole las manos una por una, besándole cada dedo y finalmente la palma de las manos. Se inclina sobre su pecho para escuchar los latidos de su corazón, le arregla los hombros a su almidonado uniforme y solamente lo deja para que mi papá lo abrace fuertemente. Escucho el abejeo de las guadalupanas, las penitentes, rezando para que la guerra se acabe, buscando ser escuchadas por Dios. "Por este, por este hombre. Sí, por favor líbralo de todo mal, Virgencita. Justo Juez, padre de Dios. Santa María, madre de Dios, ruega por nosotros los pecadores ahora y a la hora de nuestra muerte. Amén, amén . . ." Apenas si se les mueven las arrugas alrededor de los labios. Sus salmodias vuelven sagrado todo el recinto. Casi puedo oler incienso, que penetra por las rejillas del aire acondicionado crea una fragante nube para mitigar el espíritu de Dios destrozado por la guerra y retar las garras emplumadas del dios azteca de la guerra.

Somos una procesión fúnebre que camina con la esperanza de no llegar al lugar en donde tendremos que despedirnos. Entonces Jesse llora. Se seca las lágrimas con el dorso de la mano. Mamá todavía lo sujeta como si de ello dependiera su vida. Escucho un gemido que viene de nana. Se mueve de un lado a otro como si estuviera arrullando a Jesse para que se durmiera.

"Lleva la oración cerca del corazón, mijito. La oración del Justo Juez.

Que no se te olvide que te queremos mucho. ¡Ay Dios mío! ¡Ay mijito!" Le
da la bendición a Jesse una y otra vez haciendo pequeñas señales de la cruz
con el pulgar. Jesse me abraza fuertemente una vez más. Respiro profundamente para inhalar el aroma de mi hermano para siempre, para mantener su
espíritu en lo más profundo de mi ser.

 "No se te olvide lo que te dije," murmura. "Cuida a mamá." Yo asiento
con la cabeza. El cabello se me enreda en uno de los botones de su chaqueta. Nos reímos.

 "Te quiero," decimos al mismo tiempo.

 Me mira a los ojos. "Es sólo un presentimiento, *okay*, a lo mejor me
equivoco." Me alisa el pelo hacia atrás. "No te preocupes, todo va a salir
bien."

 Quiero discutir con él, convencerlo. "Jesse, por favor, regresa. . . ." Se
voltea para besar a mamá y se hinca para abrazar a Paul. Paul esconde la cara
en el hombro de Jesse que se saca la gorra del bolsillo de atrás y se la pone a
su hermanito. "Ves, ya eres grande. Todo está bien, hombre. Sólo acuérdate
de cuidar a los más chicos y de ayudar a mamá." Hace el simulacro de estar
boxeando con él. "¡Sí, tienes madera! Mamá, háblale a Trini de Paul, él también será un buen boxeador."

 Cuando Jesse se levanta, Priscila y nana lo abrazan. "No llores, muñe-
quita," le dice a Priscila.

 "No te vayas," dice Priscila lloriqueando.

 "Tengo que irme, pero ya sabes que te quiero. ¡Me tienes que escribir
cada que puedas! Y sigue practicando los deportes, tal vez hasta puedas
hacer que Teresa te lance unas cuantas bolas de vez en cuando."

 Jesse se voltea hacia nana que mantiene el pañuelo pegado a las narices.
No trae puestos sus lentes.

 "Nana, ¿dónde están tus lentes?" le pregunta Jesse.

 "En el bolsillo, mijito. No los necesito. ¡Todo lo que quiero ver es que
regreses a casa! Voy a rezar por ti cada segundo, todo el tiempo, siempre.
Lleva la oración del Justo Juez cerca de ti. También le di la oración a Chris."

 "¡Ay que mi nana, no llores tanto! ¡No quiero que por mi culpa te sal-
gan más canas!"

 Detengo a Jesse antes que regrese con papá y mamá. "Jesse, ¿no te va a
pasar nada, verdad?"

 Me mira. "¡No, claro que no!" Sonríe ampliamente. Su sonrisa me hace
sentir bien y yo también sonrío.

 Ahora vuelve a los brazos de mamá. "¡Mamá, mamá . . . por Dios,
mamá deja de llorar tanto! No va a pasar nada malo. 'Te quiero . . . eres la
mejor mamá del mundo, ma'." Le besa la frente.

"Ay mijito, *mijo* . . . lo eres todo para mí. ¡Ay mijito, tienes que volver! La guerra no me importa. ¡Eres tú al que quiero volver a abrazar! ¡Es tu voz la que quiero volver a oír!"

"La vas a oír, mamá. Te lo prometo, la vas a oír."

Ahora es papá el que abraza a Jesse, palmoteándole los hombros fuertemente. "Ponte ojos por atrás de la cabeza, *mijo*. No dependas de que nadie te cuide. Si tienes que hacerlo, corre como endemoniado. No quiero ningún héroe de la guerra, quiero a mi hijo."

"Está bien papá . . . *okay,* cuídalos a todos, sobre todo a mamá." Jesse mira a papá a los ojos y papá entiende que Jesse quiere que se mantenga alejado de Consuelo.

"Sí mijo. Seguro, claro. Voy a estar al lado de tu mamá." Ambos sonríen a la vez. Es la primera vez que los veo mirarse cara a cara y despedirse como amigos.

Empezamos a caminar de nuevo, papá y mamá a cada lado de Jesse y yo al lado de mamá. Dos mujeres con idénticos vestidos floreados pasan al lado nuestro. Se están despidiendo de un marinero. Las pasamos. Jesse, papá, nana, Priscila, las guadalupanas, el padre Ramón, todos, caminamos juntos hasta que tenemos que dejar partir a Jesse. El padre Ramón se nos adelanta y levanta la mano sobre la frente de Jesse para darle la bendición oficial de la iglesia. Traza en el aire una gran señal de la cruz. El padre Ramón se parece al padre Kino dándole la bendición a un recién converso. Miro a mi alrededor para ver si alguien nos está observando fijamente. Todo el mundo está ocupado con sus propias despedidas. Las novias y las esposas abrazan a sus hombres. Jesse quería que Mary Ann viniera al aeropuerto, pero ella no quiso. Trató de conseguir una novia, pero no lo logró.

A fuera de los grandes ventanales veo el avión: US AIRBORNE. Es un avión comercial y va a hacer dos paradas antes de llegar a Vietnam. La autopista Black Canyon se extiende en la distancia, bordeada por las cumbres moradas de las South Mountains. Chris llega hasta donde estoy y me da un gran abrazo. Como es alto tengo que estirarme para ponerle los brazos alrededor del cuello. Tiene una cara bella y facciones perfectamente esculpidas.

"¡Teresa, eres la chica más hermosa que jamás haya visto!" Me susurra. "Escríbeme, ¿sí?"

"Lo haré," contesto sin pensarlo. Chris me sonríe de un modo que me da escalofríos. Priscila me echa una mirada queriendo decir, "¡Sabía que te gustaba!"

"Siento lo de anoche," le digo.

"¿Qué es lo que sientes?" Nos reímos y se despide con un beso, un beso sencillo, el tipo de beso que se puede dar enfrente de los padres de uno.

El padre Ramón está al lado de mamá mientras Jesse y Chris se alejan. Chris se voltea, se despide de mí con la mano y me manda un beso. Todos a la vez nos despedimos con la mano. Yo también le envío un beso. Es tan natural. Todo el mundo lo hace. Caminando hacia atrás, como si estuviera balanceándose en una cuerda floja, Jesse sonríe y se despide de todos nosotros con la mano. Entonces los dos desaparecen entre un grupo de paisanos y algunos uniformes verdes, figuras mudas, presas para el dios de la guerra. Ya no puedo distinguir a Jesse de los demás.

Todos se apresuran a los ventanales para ver a los hombres abordar el avión. Ahora podemos distinguir a Jesse de los demás porque van caminando en fila y él es más bajo que la mayoría de los demás. Veo unos nubarrones negros acercarse por el este y me preocupa que el avión tenga que pasar por una tormenta. Las alas planas del avión parecen estar dormidas. Parece irreal, un avión de papel con puntos negros por ventanas. Las luces rojas del avión se prenden y se apagan. Jesse sube por los escalones y gira una última vez hacia las ventanas para despedirse con la mano. No nos puede ver, pero sabe que estamos allí.

"¡Ay mijito, hijo mío, *mijo* . . . Ay Dios, mi hijo!" Mamá está salmodiando su propio lamento.

Se detiene abruptamente y empieza a hurgar en su bolsa. Me agarra del brazo, "¡Corre, Teresa!" me grita. "Se me olvidó darle el *cochito* a Jesse," la galleta favorita de Jesse envuelta en una servilleta de papel, pan de jengibre en forma de un cochinito.

"Ya se va el avión, mamá. No me van a dejar dárselo." No sé cómo explicarle sobre el *cochito* al piloto.

"¡Inténtalo *mija,* inténtalo!" Mamá está llorando, rogando. No tengo otra alternativa que agarrar el *cochito* y correr zigzagueando hacia el hombre que está en la puerta. Cuando llego, ya todo el mundo me está mirando.

Respiro con dificultad abriendo la boca. "¡Tengo que darle algo a mi hermano. Está a bordo del avión que va a Vietnam!"

"Lo siento, pero ya abordaron el avión." El hombre me sonríe ampliamente.

"Tiene que darle esto a mi hermano. ¡Mi madre se está volviendo loca!" Le enseño la galleta.

"¿Qué es?"

"Un *cochito.*"

"¿Un qué?"

"Un cochinito . . . como un hombre de pan de jengibre . . . excepto que es un cochino. Es la galleta preferida de mi hermano. Va camino a Vietnam." Hablo tan rápido que apenas si puedo decir las palabras.

El hombre me ve como si me hubiera vuelto loca. "Lo intentaré," dice. Lo escucho en el radio emisor y receptor. "Tengo algo para uno de los hombres que va a Vietnam. ¿Eh, puedes mandar a alguien que lo recoja? . . . Cambio."

Abre la servilleta y observa fijamente al *cochito*.

"*Roger.* ¿Qué es lo que es? Cambio."

"Un *cochito*. Cambio"

"¿Un qué? Cambio."

"Quiero decir, es en forma de cochinito. Es una galleta, Ralph, ¡por Dios! ¿Nunca has oído el cuento del hombre de pan de jengibre?" Lo veo sonreír de nuevo. "En cualquier caso, su madre se lo quiere dar a toda costa. Cambio."

"¿Quién es el tipo? Cambio."

"El sargento Jesse Ramírez," digo.

"Un sargento, Jesse Ramírez. Cambio." Repite el hombre.

"*Roger,* claro, por un sargento lo haré. Cambio y fuera."

Esperamos unos minutos. Mi madre está congelada en su lugar y mi padre a su lado. Casi puedo oír el sonido del redoble de un tambor mientras esperamos a que aparezca una azafata. La gente se nos queda mirando. El hombre le entrega el *cochito* a la azafata.

"Un *cochito*," dice. "¡Qué bonito!"

Le sonrío. "Gracias."

La azafata se da vuelta y se va. Un gran silencio se extiende por toda la gente detrás de las ventanas. Esperamos hasta que la azafata aborda el avión y el avión rueda por la pista levantándose hacia el cielo oscuro. Oigo sollozos y gente que habla de nuevo. Somos actores, estamos en el escenario y no nos sabemos nuestros papeles. Lentamente la gente empieza a alejarse de los ventanales. Veo que a mamá se le doblan las rodillas repentinamente como si se acabara de sentar en un lugar donde debía haber una silla. Por primera vez en mi vida veo a mi papá levantar a mamá en sus brazos como si fuera una niña pequeña.

• MÁS TARDE ESE MISMO DÍA nos reímos de que Jesse hubiera retrasado el avión. Si fuéramos más listos hubiéramos secuestrado al piloto y lo hubiéramos convertido en un puerco de verdad. En vez de eso nos fuimos a casa y prendimos las noticias de la tarde que decían que la guerra se intensificaba y que el fin no se veía por ningún lado. Me comí las uñas de los dedos. Estaba atrapada entre una violenta guerra y las palabras de Jesse. Hice a un lado sus palabras y me dije que no era cierto. No podía ser cierto. Había dicho eso solamente en caso de que pasara algo. No podía pensar en el fin de Jesse. Lo había visto desde la cuna y dibujaba en la mente sus facciones antes de que aprendiera a caminar.

"¡Apágala! gritó papá. "¡Apaga esa pendejada!" El resto de la noche, Priscila y yo nos quedamos en nuestra recámara, escuchando la canción preferida de Jesse, *Solitary Man*.

Tlachisqui •

La noche en que el avión de Jesse salió para Vietnam, don Florencio, el viejo vidente de El Cielito, dijo que vio una parvada de murciélagos salir volando de la Cueva del Diablo. Estaban enloquecidos, chillando y cruzando el cielo como flechas, y dándole vuelta a la cara de la luna cuatro veces. Los murciélagos buscaban en las cuatro direcciones, dijo don Florencio, norte, sur, este, oeste, negro, azul, rojo y blanco, buscaban sangre.

"¡Les grité con todas mis fuerzas, *mija!* ¡Váyanse sanguijuelas chupasangre! Váyanse, váyanse, vuelen a Vietnam . . . ¡ALLÁ ESTÁ MI RAZA! Y se fueron, *mija,* y no pude hacer más que corretearlos agitando los brazos y gritando como loco. Y lloré, lloré lágrimas de sangre, lágrimas de viejo para que Dios me viera. Si me ve, razoné, se le partirá el corazón y detendrá la guerra."

• EL ÚNICO VIDENTE QUE Jesse y yo conocimos jamás fue don Florencio. Vivía a orillas del Río Salado y nadie lo visitaba a menos que estuviera enfermo y necesitara el alivio de alguno de sus antiguos remedios, o si borracho, se tropezaba con su jacal en la oscuridad. El viejo era moreno, bajo de estatura, y tenía el cuerpo endurecido por todas las millas que caminaba o que trepaba y porque se ganaba la vida gracias a su ingenio. Su largo pelo negro olía a cenizas de madera de mesquite. Las piernas se le arqueaban un poco y siempre usaba botas. Decía que sus piernas eran prueba fehaciente de todos los pesos que su gente había tenido que cargar para sus patrones españoles. Don Florencio podía hablar náhuatl, la lengua de los antiguos aztecas que antes se llamaba mejicano; la misma lengua que la Malinche le enseñó a Cortés cuando desembarcó en México. Don Florencio se decía descendiente directo de los aztecas y se hacía llamar *tlachisqui* de los mexicas, o sea la gente de razón, como eran conocidos. Nos contaba cuentos de magia, visiones de hombres que se podían convertir en animales y acerca del poder de las fuerzas invisibles del bien y del mal.

El jacal del viejo daba al este de la ribera rocosa del Río Salado. La Cueva del Diablo, un enorme agujero ahuecado en la base de una colina rocosa, daba al norte. Muchos años después, la Cueva del Diablo fue tapiada, condenada y después desapareció dinamitada, pero cuando éramos niños era un profundo boquete negro que vomitaba la pestilencia de los excrementos de los murciélagos.

La Cueva del Diablo no produjo nada sino piedras negras pedernalinas y carcajadas de los mofadores que se burlaban de los que se habían tomado la molestia de internarse allí con pico y pala para trabajar arduamente durante días bajo el sol ardiente en busca de oro. "¿Por qué no buscan oro en las riberas del Río Salado?" decían los mofadores, y algunas personas lo buscaban. Don Florencio decía que eran todos unos tontos como los hombres de Marcos de Niza. No existían las Siete Ciudades de Cíbola, o ciudades de oro como habían contado los indígenas. Después de todo, los últimos en reírse fueron los muertos. La tierra era el oro, pero los españoles no lo podían ver.

Todos decían que en la Cueva del Diablo habitaba un fantasma que dormía al lado de una gran cantidad de oro enterrado y olvidado, o que había muerto antes de poder regresar a desenterrarlo. Siempre fue un misterio para mí entender para qué necesitaba dinero un fantasma. Aun así, durante años el fantasma se posesionó de la tierra, de la cueva y del oro enterrado. La gente le temía al fantasma y no se acercaba a la Cueva del Diablo y al jacal de adobe de don Florencio. El viejo sólo se reía y decía que descendíamos de gentes que habían hecho sus casas en siete cuevas y que vivían en armonía con todos los seres vivientes, en Aztlán, la tierra de la blancura, la tierra de los aztecas, la gente de razón. Aztlán quedaba al norte de lo que ahora conocemos como México, y nadie ha podido determinar nunca qué tan al norte se extendían sus fronteras.

Tata O'Brien, mi abuelo materno irlandés, hizo amistad con don Florencio. Los compañeros viejos de tata O'Brien incluían indígenas, mexicanos, los pura sangre y mestizos que mantenían una amistad con el único propósito de desafiar los tiempos modernos. Los viejos, ajenos al código del progreso, se agrupaban agachados en un círculo en el patio de atrás pasándose la pipa de palo de hierro de don Florencio cuyo cañón tenía unos rostros esculpidos y estaba llena de tabaco, un ingrediente de aroma dulce, artemisa fragrante. En el invierno se escondían entre gruesas cobijas tejidas por sus esposas indígenas y se calentaban delante del fuego vivo de leños de mesquite. Algunas veces las esposas venían con ellos y se sentaban en el callejón de al lado de nuestra casa con sus hijos, caras indígenas pasivas, inmóviles. Algunos de los ancianos habían peleado al lado de Jerónimo o de Pancho Villa o de Zapata. Para este entonces las diferencias entre las rebeliones eran borrosas y el haber peleado en cualquier guerra era mejor que no haber peleado en ninguna. Después de todo eran descendientes de guerreros, de guerreros legendarios que pelearon hasta el fin por el privilegio de montar en la cresta del sol naciente.

El concreto, el hierro y el acero no impresionaban a los ancianos. Habían vivido entre ladrillos de lodo en casas de adobe que los mantenían calientes en el invierno y frescos en el verano. Trocaban con tata O'Brien madera de mesquite, cobijas y ollas de cerámica a cambio de verduras y chiles del famoso Victory Garden o Jardín de la Victoria del tata, así llamado en honor a las milagrosas cosechas que producía durante los años de la Gran Depresión. Al tata le fascinaba cultivar chiles. Plantaba jalapeños, chile japonés, chile de árbol, serranos, chile piquín, y chile tepín. Estos dos últimos siempre me parecieron iguales. Se molestaba fácilmente por las plantas y se preocupaba porque no iban a ser lo suficientemente picosas o porque la siembra sufriera algún daño por el frío o por las heladas. Quería que cuando yo creciera fuera la embajadora de los Estados Unidos en Chile. Pensaba que un país con un nombre como "Chile" seguramente cultivaría los mejores chiles. "Tráete contigo las vainas, Teresa, ahí es dónde están las semillas. Yo me encargo de lo demás."

Cuando tata O'Brien estaba en su lecho de muerte, don Florencio vino e hizo una pequeña fogata en el patio trasero. Se inclinaba sobre ella y le echaba polvo sagrado de vez en cuando y fumaba su pipa de palo de hierro con las pequeñas caras esculpidas en el cañón. El aroma dulce y punzante del tabaco se mezclaba con el de los leños de mesquite de la fogata. Don Florencio hizo un ofrecimiento de humo en favor del tata a los cuatro puntos cardinales, norte, sur, este y oeste, y al sol y a la luna. Decía que en tiempos antiguos la gente se paraba en cada río antes de cruzarlo, y que los *huehues,* los líderes de la tribu, pedían permiso para cruzar el río bendiciéndolo con aguardiente antes de cruzarlo. "Siempre es bueno saludar a la naturaleza," decía, "sobre todo cuando el espíritu de un amigo está a punto de unírsele." Mi padre decía que don Florencio fumaba peyote y que fumaba su pipa para soñar con el otro mundo de la misma manera que los chinos usaban el opio. Nunca le creí a papá, porque todo lo que nos decía don Florencio a Jesse y a mí tenía mucho sentido.

Jesse y yo éramos los únicos chicos de El Cielito que lo visitábamos en su jacal de adobe. A mamá no le gustaba, pero tata nunca dio un paso atrás. ¿Qué era esa falta de respeto? le decía él a ella. El viejo era uno de sus amigos. Jesse y yo no podíamos alejarnos de él, era nuestro señuelo con su voz quebrada que le contestaba a la leña de mesquite ardiente. Era nuestro curandero particular, decía Jesse. Algunas veces don Florencio le echaba polvo sagrado al fuego haciendo aparecer estrellitas púrpuras y anaranjadas que chisporroteaban y bailaban ante nuestros ojos. Y nosotros bailábamos también, Jesse y yo, aunque no sabíamos ninguna danza indígena. De cualquier manera, brincábamos alrededor de la fogata mientras don Florencio tocaba su flauta de madera. Éramos poderosos, éramos las visiones que la gente tiene en las noches de fantasmas y nahuales que convierten sus espíritus en animales y caminan en el bosque a la media noche.

Don Florencio creía en Aztlán. Me contó la historia de Aztlán mientras atendía su pequeña fogata en las noches y fumaba su pipa de palo de hierro. Estábamos sentados en petates de costal. Las piernas de don Florencio eran troncos fuertes. Él se sentó muy tieso en una vieja silla de madera con un asiento de paja sostenido por hilo de cáñamo. Encendió su pipa y empezó.

"Sucedió así, *mijos,* ay, hace tantos años que no puedo ni recordarlo, pero Dios lo sabe. Nuestra gente vivía en paz en las siete cuevas de Aztlán, que están en algún lugar al norte de México. Los llamaban aztecas, la gente garza. Más tarde se convirtieron en la gente del sol. Había guerra entre ellos, *mijos,* un dios contra otro, pero más que eso, se trataba de hombres malos que trataban de tomar el mando de la tribu y asustar a la gente hasta esclavizarla. Quetzalcóatl fue desplazado por el dios de la guerra, Huitzilopochtli. Los sacerdotes de Huitzilopochtli eran dementes que hablaban por el dios. Envolvieron su cuerpo como si fuera momia y le dijeron a la gente que ahora ellos eran la voz del dios. ¡Qué estupidez! La gente hubiera podido preguntar por qué tenían que abandonar su hermosa patria, pero para ese entonces, los sacerdotes ya los tenían a todos bajo control. Viajen al sur, les dijeron, al sur hasta que vean la señal, un águila parada en un nopal con una serpiente en el pico; y allí construyan su ciudad. ¿Se pueden imaginar qué tan lejos tuvieron que viajar? Pobre gente de razón, con escasa comida, acurrucándose como borregos, escuchando a su dios. Cuando vieron un águila parada en un nopal con una serpiente en el pico, supieron que ese era el lugar donde debían construir su ciudad. Esto pasó en el año 2–Casa. En nuestro tiempo era 1325. Nombraron la ciudad Tenochtitlán y hoy la llamamos la capital de México. Más tarde los mexicas trataron de hallar Aztlán de nuevo, y hasta hoy día siguen buscándola."

"Fue en la época en que Quetzalcóatl, el dios azteca de la paz, también llamado Serpiente Emplumada, Ce Acatl Topiltzin, Nuestro Señor I-Carrizo, fue embaucado por las divinidades del mal para que tuviera relaciones incestuosas, una cosa terrible, y finalmente abandonó las playas mexicanas jurando regresar algún día. Cuando Cortés llegó a las playas de Yucatán en 1519, el emperador azteca Moctezuma creyó que se trataba de Quetzalcóatl, el dios de la piel blanca que regresaba para asumir el control de su imperio. ¿Se dan cuenta lo que eso significaba, *mijos?* ¡Moctezuma pensó que Cortés era un dios! Si sólo hubieran visto claramente, ay, mi gente, se habrían dado cuenta que no era dios, ¡sino un demonio!"

"De cualquier manera, era hora de que el imperio se destruyera, *mijos.* Huitzilopochtli era sanguinario. Consumía corazones humanos. Muchos de mis ancestros ya habían huido de la capital y se habían establecido en las montañas con otras tribus indígenas. Más tarde, siglos después, yo salí a cruzar la frontera y buscar Aztlán."

"¿Lo encontró?" le pregunté.

"¿Encontré qué?" preguntó, como si acabara de olvidar lo que había dicho.

"Aztlán."

"No, *mija,* todavía lo estoy buscando. Tal vez tú y Jesse serán los que lo encuentren, ustedes también son mexicas. Y mira," dijo señalando a Jesse. "Tu hermano tiene un *ixpetz,* un ojo privilegiado, que puede ver a través de la naturaleza de las cosas y descubrir su verdadero significado. En nuestro antiguo mundo sería reverenciado por su valentía e intrepidez."

Jesse se golpeó el pecho. "¡Ayy, ayy! ¿Qué te parezco, sueno como guerrero?"

"Bueno, casi," le dije.

Don Florencio dijo que esto lo sabía porque había visto el espíritu de un guerrero elevarse sobre el fuego cuando le echó alumbre el día que Jesse nació.

"Se elevaron tanto las llamas que me espanté y en el centro vi un guerrero con un penacho de plumas. ¡En ese momento tu tata llegó a mi puerta para decirme que había nacido Jesse!"

• • •

• EL DÍA DESPUÉS que mataron a Jesse caminé al jacal de don Florencio, forzándome a poner un pie delante del otro. Don Florencio estaba sentado afuera de su jacal de adobe en su vieja silla de madera. El sol se ponía y don Florencio miraba hacia el este. Quemaba copal en una fogata encendida. Sabía que era copal porque tenía un aroma dulce. El humo limpiaba el aire a su alrededor de espíritus malignos.

Me vio subir con trabajo hasta el jacal y no dijo ni una palabra. Fumaba su pipa de palo de hierro con las caras esculpidas en el cañón. Se me fue la voz. Me empezó un gemido de las profundidades del esternón. Nunca lo había escuchado antes. Me acerqué al anciano y me hinqué a su lado. Me colgué de su cuello abrazándolo fuertemente. Una y otra vez dejé escapar el tono de una melodía que nunca variaba. El diapasón era el mismo y me llegaba en grandes resuellos. Una y otra vez me venía y los pájaros me contestaban piando en los distantes álamos.

"Lloras igual que nuestros ancestros," me dijo don Florencio. "Ellos lloraban con el alma, no con los ojos. Esa es la manera de lamentarse, lamentarse con todo el corazón. Nos acusaron, *mija,* de sacrificar gente al dios sanguinario de la guerra; nuestros sacerdotes que les arrancaban el corazón. Era una cosa horrible, que no tenía nada que ver con las enseñanzas del verdadero dios y su madre Tonantzin que ustedes llaman la Virgen de Guadalupe. Pero mira, hoy día hay hombres codiciosos del poder, como los sacerdotes de Huitzilopochtli. Sacrifican a nuestros jóvenes, a tu hermano, y a muchos otros a la guerra; una guerra que no tiene esperanza de terminar, sanguinaria, ¡ja! ¡Y decían que éramos sanguinarios! Pero, no te preocupes, *mija,* Jesse regresará en una nueva forma. ¡Nuestra gente siempre ha caminado por la tierra!"

Pensé en las palabras de don Florencio cuando recibimos el ataúd de Jesse en el aeropuerto después de días de espera. El ejército dijo que habían enviado su cuerpo a la dirección equivocada. Aun en eso nos traicionaron, nos trataron como algo menos que humanos. Miré fijamente el cuerpo de Jesse vestido con su uniforme verde a través de la tapa de plástico. No tenía palabras para describir cómo me sentía, sólo gritos, tonos y diapasones que no había oído antes a nadie.

Don Florencio me hizo un té de una flor que me dijo tenía la forma de corazón, *yoloxochitl,* la flor amarilla del corazón que sana *tlazotlaliste,* la enfermedad del apego, la fiebre del afecto. Lo bebí y el llanto interior cesó y finalmente pude hablar de nuevo.

Enterramos a Jesse al lado de tata O'Brien. Más tarde, nana fue enterrada con ellos, y después de ella, Annette, la bebé de seis meses de Priscila. Don Florencio murió unos meses después en una de las cuevas que rodeaban las colinas cerca de su jacal. Fue justo que muriera en una cueva, decía que de allí veníamos, como Cristo que nació en una cueva. Se lo llevaron en bolsa para restos humanos como a los hombres que regresaban de Vietnam. Como no había parientes que lo enterraran, los vecinos que lo conocían hicieron una colecta y regatearon en Murphy's Funeral Home para que le dieran un entierro barato. Los Murphy competían con Phoenix First Funeral Home para recibir todos los cuerpos que regresaban a casa de Vietnam y a los de aquí que murieran de tristeza. Dios los castigó por su avaricia y Phoenix First Funeral Home ganó al fin. Todo sucedió porque Murphy no le cerró la cabeza a Esteban Luna después de su accidente en motocicleta y un líquido rosado rezumaba de una grieta por la circunferencia del cráneo. Después de esto nadie quería ser enterrado por Murphy porque no querían rezumar en sus ataúdes, aunque estuvieran muertos.

Cuando don Florencio murió los Murphy estaban en medio de una campaña para recuperar clientes. Toda la familia Murphy sonreía junta durante los servicios. Eran como un cordón de luces navideñas centelleantes. Cuando una cerraba el ojo, la otra pestañeaba. Por lo general se vestían de negro y sólo rompían el código de color usando azul marino cuando la gente moría durante las temporadas festivas. Esa era su vestimenta más efectiva. Su hija, Marie, era un escándalo. Tenía un pelo rojizo alborotado que escandalizaba a los otros miembros de la familia. Durante los funerales, a plena luz del día, parecía como si le hubieran prendido fuego. Finalmente, Marie escondió su cabello debajo de enormes sombreros y esto puso en paz a la familia.

Los Murphy enterraron a don Florencio en un viejo cementerio de pioneros por sólo cincuenta dólares como un servicio a la comunidad. El cementerio estaba invadido de hierbas malas y pequeños troncos con ramas de diferentes formas. Marcaron su tumba con una cruz de madera y con el tiempo el viento se llevó la cruz. Era justo. Don Florencio no estaba en su tumba de cualquier manera. Tampoco Jesse. *Una nueva forma . . .* se me había olvidado la profecía de don Florencio.

• ME ACUERDO ahora de lo que don Florencio dijo, las palabras de un anciano empapado de leyendas y magia. ¿Jesse, guerrero? Quizá. Yo no creo que los guerreros se hagan en el vientre materno y no me importa lo que el anciano haya visto. Existen planes, planes malignos que se apoderan de la voluntad de los hombres y buscan en las profundidades donde el odio está al acecho, listo para caer sobre su víctima. El principio de una guerra puede tomar lugar en un edificio de oficinas con ventanas que dan a la Casa Blanca, o en medio de la selva, en la choza más primitiva. Suaves manos manicuradas pueden firmar decretos de muerte y guerra, así como lo pueden hacer manos sucias llenas de costras de sangre en aldeas donde la gente ya no espera que salga el sol. La guerra es el campo de batalla del corazón humano donde se permite florecer la avaricia, el odio, la codicia del poder, del dinero del mundo. El hombre sin Dios empieza a sentir que su derecho a vivir como él ha escogido es la única manera de vivir. El desorden en su alma es el principio de la guerra.

La Guerra Privada •

La mañana llega y se va sin que se sepa nada del Santo
Niño. Mi antigua habitación se ha calentado lo suficiente
para darme ganas de quedarme bajo las cobijas. Si la cara
no me doliera tanto, probablemente lo haría. La adrena-
lina que me corría por el cuerpo anoche ha desaparecido dejándome una
delicada herida abierta. Pienso registrar la casa en plena luz del día y convencer a mamá de que las voces que oyó eran sólo un sueño. Me pregunto
si soy yo a quien trato de convencer. Descubro por medio de un informe
del tiempo que la niebla que había en el aire la noche de las voces se debía a
una zona de baja presión, una nube que se colgó muy cerca a la tierra.
Bueno, eso explica el aire nebuloso—¿pero, el resto?

Mi madre siempre ha sido una soñadora que sueña los sueños de todos,
¿por qué no habría de serlo esta vez? Mamá es buena para ver el interior de
las cosas. Tal vez sea como Jesse y vea con un *ixpetz,* un ojo privilegiado que
ve a través del cuerpo como si fuera de cristal. Ella podía ver las debilidades
de mi padre, su lado oscuro que lo alejó de ella, sólo para hallar la horma de
su zapato en su amante, Consuelo. Nunca podía ser el igual de mamá. Él era
tierra, piedra pedernaliza. Ella era viento, una corriente invisible que él
jamás podría aspirar a tocar. También conocía a sus hijos: nos miraba rápidamente el alma sin que nos diéramos cuenta. Si sabía que Jesse jamás regresaría, no lo dijo. Esa fue una frontera de la verdad que mamá nunca cruzó.

Mamá también tiene buena memoria. No olvidó nada de lo que nos dijo Jesse en el aeropuerto. Yo he tratado de olvidar lo que él dijo durante los últimos treinta años. Nunca entendí por qué me dijo que no volvería nunca. Sus palabras quedaron atrapadas en las cámaras de mi corazón y fluían a cada una de las células de mi cuerpo. Cada parte de mí lo sabía: la cabeza, los ojos, los pies y la piel. Mi mente se rehusaba a aceptar la verdad y me empezó una guerra interna. No hay nada peor que tener una guerra privada dentro de ti todos los días. Debí haberme subido al avión con Jesse, habría estado mejor en Vietnam, cerca de él, esperando que sus palabras se hicieran realidad. De cualquier manera estaba en mi propio Vietnam, aunque nadie más lo supiera.

¿Qué quieres de mí ahora, Jesse? No pude hacer nada para ayudarte en el 68. Pero aquí estoy cuidando a mamá. ¿No fue eso lo que me pediste que hiciera? Eso suena como si estuviera enojada. Tal vez debí haber estado aquí desde hace mucho tiempo, debí de haber dejado de vivir mi vida y regresar a este congelador de casa—fría en el invierno, caliente en el verano. Papá tuvo la desfachatez de morir antes de instalar una calefacción adecuada; así era él, no veía lo más necesario. ¡Así que ahora estoy hablando con espíritus! Esta casa ya se está apoderando de mí y estoy actuando como una niña.

Cuando menos para mí, la voz de Jesse no es más clara que las otras voces en las que pienso. Para mamá tal vez. Es ella la que cree en Houdini, en que se rompen las esposas antes de que empiece a ahogarse en el mar. Sale fuera Houdini, vivito y coleando. El Gran Artista del Escape, el número uno, pero no de la muerte, el gran Houdini no pudo escapar de la muerte. Desde el más allá le mandó un recado a su esposa, algo que tuvo que ser descifrado por un médium. ¿Es eso lo que está haciendo Jesse, mandándonos un mensaje?

Mi madre es paciente como la esposa de Houdini. No siempre fue así. Para mantener la paz en la casa, era un ratoncito tímido cuando yo era niña. Aún así yo sabía que ella podía ser tan vehemente como nana Esther y su hermana, mi tía Katia. La muerte de Jesse cambió todo eso. Había una parte de ella que se había subido al avión con Jesse y que nunca regresó. Después de la muerte de Jesse ya no le importó si mi papá venía a casa o no. Ya no cantaba canciones, corridos mexicanos cuando limpiaba la casa, canciones dulces cuando me mecía en sus brazos y estentóreos himnos en español en la iglesia. Cuando cantaba, su voz era una cálida mano enfundada en un blando guante de piel. A mi alma le venía perfectamente. Cuando yo era una bebé, me decía ella, podía aliviar mi peor ataque de cólico con una simple canción de cuna. Fue así como supe que oí a mamá cantar antes de nacer. Jesse no estaba allí—nada le importaba. Lentamente ella regresó a la vida después de meses y meses, dos años, una momia desenrollándose. Cuando terminó de hacerlo sus ojos eran dos agujeros en blanco que a los egipcios se les olvidó sellar.

Durante todo ese tiempo no le hablaba a nadie en particular, se limitaba a suspirar. Con el tiempo aprendió a gritar de nuevo como cuando le gritó a Jesse cuando se peleó con Ignacio poco antes de partir hacia Vietnam. Cada tercer día, Ignacio el hijo mayor de Consuelo, manejaba por el callejón en uno de los carros que había resucitado del montón de chatarra que tenía en el patio del frente de la casa de su madre. Era un lobo hambriento, delgado y huesudo como su madre. Manejaba por el callejón a un lado de nuestra casa para chiflarme. Ignacio llevaba un pequeño sombrero negro inclinado sobre un lado y tenía una perpetua sonrisa que decía: "¡Oye, qué puedo decir, tu viejo duerme en mi casa!"

Jesse estaba en casa con licencia de Fort Benning cuando vio el Chevy sin cofre café del 55 de Ignacio arrastrarse por el callejón. La siguiente vez que pasó el carro, Jesse estaba al final del callejón escondido en un árbol. Brincó del árbol al techo del carro, abollándolo exactamente sobre la cabeza de Ignacio, quien perdió su sombrero. Cuando se enojaba, cada uno de sus músculos tenía nombre propio. Sus instintos de boxeador se apoderaban de él y su energía se hacía para allá y para acá como un mercenario echando balazos. Se volvía El Gato de nuevo. Me alegraba ser su hermana y no su enemiga.

Antes de que Ignacio se diera cuenta de lo que pasaba, Jesse se había bajado del techo de un brinco y le había dado un golpe por la ventana abierta, haciendo que Ignacio no doblara en la calle y chocara con la cerca de alambre de Irene.

Mamá le gritó a Jesse tan alto como se lo permitían los pulmones. "¿Quieres que te maten? ¡Hay tres de ellos por cada uno de ustedes!"

"¡Él es el que está aquí! ¡Ya no aguanto más las pendejadas de mi papá! ¡Estoy cansado de que él te abuse tanto!"

"¡Tu padre no vale la pena! ¿Me ves llorando? No importa. Tu padre pagará algún día. ¡Dios no está ciego!"

Pasó mucho tiempo antes que las palabras de mi madre, que Dios no está ciego, se hicieran realidad. Años más tarde le dio cáncer a mi padre en la misma cadera que la Fuerza Aérea de los Estados Unidos le había operado después de la Segunda Guerra Mundial. Mi papá decía que no sabían lo que hacían al enterrarle alfileres en la cadera como si fuera un pedazo de carne colgando de un congelador. Al pasar los años se le volvió tan doloroso en su vejez que no podía ir a casa de Consuelo a menos que se arrastrara hasta allí. Consuelo iba a verlo al hospital cuando nosotros no estábamos allá.

"Déjala," decía mi mamá. "Ella también se está muriendo. ¿Qué pueden hacer, excepto agarrarse las manos y rezar para que Dios los perdone?"

Quiero doblarme en una posición fetal en mi antigua cama y expulsar todos los recuerdos de mi mente, pero no puedo porque me duele la cara si me acuesto de lado. ¡Quiero volver a oír a mamá cantar, ahora! Hace tanto tiempo que cantaba solos en la iglesia de San Antonio. Era un día caluroso y húmedo de junio cuando nos avisaron que Jesse había muerto. El ventilador eléctrico en el piso del coro apenas si movía el aire a nuestro alrededor. Entonces todo se volvió de un frío helado, la muerte se elevó frente a nosotros más grande que la cruz de Cristo, burlándose de nuestra obstinada fe. La voz de mamá se le congeló en la garganta y nunca más cantó.

La mañana está terriblemente fría hoy. Dedos invisibles me señalan acusándome de perder en el juego de la vida. Juro poner una orden de restricción a Ray para que no se aparezca por casa de mamá. Un instante después prometo ir a casa de Sandra y decirle lo puta que es. En ese momento los pensamientos se me cruzan y prometo dejar solos a Sandra y a Ray para que mueran como mi padre y Consuelo. Prometo llamar a Priscila y decirle que es una hija a todo dar pues viene una vez a la semana para ver qué se le ofrece a mamá. Prometo gritarle a Paul y decirle que la próxima vez que rompa su contrato de libertad condicional no le voy a dar nada. Prometo dejar de pensar en acostarme con Ray. Ave María, Santa María, Virgen de Guadalupe, ruega por mí para que no me vaya a congelar en esta casa y Ray no tenga el placer de enterrar un cuerpo azul con Sandra riéndose al lado de mi ataúd. ¡La puta se reiría como nunca! Dios perdóname por estos pensamientos. Realmente quiero ser buena. Nunca fue mi intención ensuciarme mi vestido de primera comunión. ¿De dónde me vino ese recuerdo? ¡Nunca! No fue mi culpa, se me cayó un vaso de ponche y manché la tela de seda abajo de la capa de encaje. Que lástima dijo mi mamá, ahora Priscila no podrá usarlo. A lo mejor por eso lo hice. ¡Perdóname Dios, en realidad quiero ser buena!

Me tiento la parte superior de la cabeza con la mano. Mi pelo está frío por el viento que entra por abajo de las cortinas. Me duele el pecho. He aprendido a aguantar el dolor en el esternón como mamá. Mamá es buena para dejar que lo invisible entre lentamente y se arrastre hasta su regazo. Desde lejos miro lo invisible, se mueve con precaución, siento miedo de dejarlo acercarse demasiado. Los pensamientos me dan vuelta en la cabeza, golpeando con sus largas colas, recolectando fragmentos de otros pensamientos, oraciones incompletas que rehúsan completarse. Lo imposible me causa miedo. No quiero luchar con cosas que no entiendo. Aun así no puedo negar que anoche había una energía en la casa, algo tangible en el aire, no era poderoso como un relámpago, sino constante y que absorbía espacio como gotas de agua que nunca caen a tierra. No escuché voces como mi mamá pero quería oírlas. Por unos segundos pude suspender mis pensamientos lógicos y aplacar mis pensamientos que dudaban de mi cordura. Con el oído izquierdo registré el aire, el que se me limpió en mi sueño. Tenía miedo de oír algo y me quedé desilusionada cuando no lo oí.

El recuerdo de mi hermano peleando con Ignacio fue sólo el principio de una avalancha de recuerdos que me asaltarían en casa de mamá. Los recuerdos se meterían a la fuerza, exigiendo mi atención, haciendo que todos aquellos lugares secretos donde escondí la muerte de mi hermano se levantaran e hicieran erupción en mí como la explosión de agua que vi en mi sueño.

• A LA MAÑANA SIGUIENTE llamo a Lisa y a Lilly, mis gemelas de catorce años. Se acaban de levantar y no saben que su papá y yo nos separamos.

"Estoy en casa de nana, empiecen a empacar sus cosas. Hablaremos más tarde."

"¿Por qué?" pregunta Lilly.

"Te diré más tarde."

"Dime ahora." Es tan testaruda como mamá.

"Déjame hablar con Lisa." Las muchachas son gemelas fraternas, iguales en muchos aspectos excepto en su personalidad. Se puede hablar más fácilmente con Lisa, es más razonable.

"Espérate, tengo una llamada en la otra línea."

Por fin hablo con Lisa y le explico a medias que se van a quedar conmigo en la casa de mi mamá.

"Hay muchas razones. Nana está enferma también."

"Tú y papá se están separando. Lo hemos sabido todo el tiempo. ¿Nos vamos a llevar a Cisco también?"

"No hay espacio. Él se puede quedar con su papá hasta que nos consigamos un lugar."

"Elsa se va a enojar."

"Elsa no me manda a mí. Se va a tener que acostumbrar."

Lisa suspira. "¿Estás bien?"

"No, pero ya me pondré bien. No te sorprendas cuando me veas. Se puede decir que estuve en un pequeño accidente."

Dos días después de Navidad un suplente de alguacil vino a casa para dejarme una citación para aparecer en corte por cargos de asalto.

"Yo debería de estar demandándola a ella. Míreme a la cara, ¿le parece que peleé conmigo misma?"

"No sé nada de eso señora," dijo sin interés. "Lo único que hago es entregar citaciones."

"Soy maestra de escuela. Nunca he tenido problemas con la ley."

"Nadie es criminal hasta que se le halla culpable, si la consuela eso. Si yo fuera usted me tomaría unas fotos . . . de su cara . . . usted sabe, antes y después. ¿Tiene testigos?"

"No puedo pensar en nadie."

"Si es su palabra contra la de ella, será difícil probarlo," dijo entregándome los papeles.

Islas Diminutas •

Mi madre no vuelve a oír las voces de nuevo, a menos que las oiga y no me diga. Les cuenta el suceso a Priscila y a Paul y a Irene, quien cree todo, incluyendo rumores de que se ha visto a La Llorona. Quién sabe si su hijo Faustino no era uno de los hombres con quienes hablaba Jesse esa noche, dice Irene. Mi madre está de acuerdo, sí claro, Faustino y Aurelio Domínguez, el muchacho que vivía a dos calles de la casa. Sus padres se regresaron a México después de su muerte. En realidad pudieron haber sido más, dice mamá, ¡fueron tantos! Mamá no tiene oídos para escuchar nada de lo que Priscila, Paul, o yo le decimos que no cuadre con lo que ella ha decidido creer.

No hay manera que pueda esconder la cara, todos la verán. Paul dice que ya soy una de las de su clase . . . los pleitistas callejeros que no temen pelear con un enemigo en público. Me miro la cara en el espejo y me aplico la crema que me dijo el doctor me pusiera tres veces al día. Los verdugones son ahora cicatrices púrpuras. Me siento poderosa y avergonzada a la vez. ¿Qué les estoy enseñando a mis hijos? ¿Qué ejemplo les estoy dando a mis hijas, especialmente a Elsa y a su esposo Julio y a Marisol, mi nieta de tres años? Elsa se va a enojar, dice Lisa. Claro que se va a enojar, es la consentida de su padre. Ahora me pregunto si me habría enojado yo con mamá si ella hubiera dejado a papá, y eso que yo no era su consentida, tal vez era Priscila. Debe ser doloroso ver a tus padres separados sin importar qué tan dura haya sido la vida entre ellos.

Paul dice que yo tenía razón en haber golpeado a Sandra, pero yo no estoy tan segura. ¿Existe alguna ocasión cuando la violencia es la única manera de resolver una situación? Y, sin embargo, ¿no es esa la razón para la guerra? A las naciones se les olvida el sentido común, los intereses comunes y se convierten en enemigos públicos la una de la otra.

• IRENE HABLA con mamá por teléfono todos los días y camina a su casa cuando menos cada tercer día, pero tiene sus propios achaques, venas varicosas que le bajan como cordones morados en cada pierna. Se pone gruesas medias color carne aun en el verano, cuando la temperatura sube a más de cien.

Priscila dice que mamá necesita una enfermera de tiempo completo para cuidarla. Le digo que mamá jamás permitiría que la cuidara nadie que no fuera de la familia, pero ella insiste. Si yo le hubiera dicho a Priscila que le iba a conseguir una enfermera a mamá, ella habría argüido que sólo un familiar podría hacerlo.

Priscila es tres años menor que yo, es delgada y baja, y tiene nudos de músculos en las pantorrillas. Cuando éramos niñas nadie nos buscaba en el mismo lugar, a la misma hora. En la secundaria tenía el pelo corto y brilloso y se le enroscaba en pequeñas volutas en las mejillas; el mío me llegaba a la mitad de la espalda y tenía ondas de pelo que empapaba de laca para que no se me amontonaran en la cabeza. Lo que separaba a nuestro perfil idéntico eran átomos entre un esbozo punteado: una frente y unas cejas que se conectaban con cada párpado con pelos regados que arrancábamos con pequeñas pinzas. Siempre pensé que los ojos de Priscila estaban más cerca uno del otro que los míos. Terminamos midiendo el espacio entre nuestros ojos con una regla y las medidas eran siempre las mismas. Priscila me criticaba la estatura y yo me reía de sus piernas cortas y le decía que las modelos eran altas y tenían cuerpos delgados y esbeltos por lo que a los hombres se les caía la baba. Logré incorporarme a las porristas en Palo Verde en mi segundo año de secundaria y ella jugaba en el primer equipo de tenis, bádminton y softball.

"Tú eres la hermana de Priscila. Se les nota el parecido." Todo el mundo lo decía y a espaldas de Priscila me decían que yo era la más bonita. Después de la muerte de Jesse se deshizo el esbozo punteado que nos conectaba. Si yo me iba a la derecha, Priscila se iba a la izquierda, si yo visitaba a mamá, Priscila no venía. Si yo no iba a casa de mi mamá, Priscila iba a verla. Estábamos siempre cruzándonos y yo no sabía por qué. "¿Por qué no puedes

acercarte más a Priscila?" Me preguntó mamá. "Ella es tu única hermana."
Entonces lo intentaba porque todavía me acordaba que cuando la peinaba
me hacía cosquillas en los labios con unos cuantos de sus cabellos al final de
la cola de caballo. Me acordaba de las noches en que dormíamos con mamá
en su cama, una en cada uno de sus brazos, mirando el patrón de luz de las
veladoras titilar en el techo, haciendo anillos como halos para santos a quienes bautizábamos con los nombres de nuestras muñecas. A veces enredába-
mos los brazos en el cuello de mamá y nos pellizcábamos para tratar de
hacernos retirar el brazo. Lo hacíamos hasta que mamá decía que íbamos a
acabar por estrangularla y nos quitaba los brazos de su cuello.

Había veces en que mamá insistía en que llamara a Priscila y yo terminaba por hacerlo. Me contestaba uno de sus novios. Siempre tenía uno
nuevo y eso hacía que se me hiciera un nudo en la garganta. Quería gritarle
que tuviera un poco de sentido común y que dejara de buscar el amor.
Sabía que si le gritaba a Priscila por teléfono no me iba a colgar como
mamá le colgó a tía Katia cuando se enojaron. Para ese entonces Priscila
tenía a su hijo Angelo y había perdido a su bebé Annette. La pérdida de Annette por poco vuelve loca a Priscila. La bebé tenía seis meses cuando
murió, aparentemente sin ninguna causa—muerte en la cuna, dijo el doctor. Todo lo que había pasado Priscila con la muerte de Jesse le regresó
cuando murió Annette. Era como si el tiempo no hubiera pasado para ella y
Jesse no hubiera ido a la guerra. Enterramos a Annette al lado de nana Esther y Jesse. Cuando Priscila vio la tumba de Jesse, se hincó y se abrazó a la
lápida y reclinó la cabeza sobre ella, como había puesto la cabeza sobre el
hombro de Jesse en el aeropuerto.

Paul, el menor de la familia, no tiene mucho que decir sobre la salud de
mamá. Piensa que nosotras las mujeres nos encargaremos de todo. Estuvo
en la cárcel hace algunos años debido a que hallaron drogas en su posesión.
Antes de la muerte de Jesse, Paul, el hermano menor que soñaba con ser
como Jesse, era un chico normal que amaba la vida y le hacía bromas a Priscila y a mí y crecía sin correr peligro. Cuando perdimos a Jesse, fue como si
hubieran echado a Paul en una jaula. Así me lo imaginaba yo, encerrado en
una jaula de tela metálica, viendo hacia afuera con sus ojos tristes y sus oscuras pestañas pegadas por las lágrimas. Se volvió un niño problemático en
la escuela, un niño que tenía que ver al consejero de la escuela. Después de
un tiempo los maestros le perdieron la paciencia, su mala conducta se convirtió en una abierta rebelión, y sus bromas se volvieron actos criminales:
destrozaba la escuela, manejaba con sus amigos en carros robados, y com-
praba bebidas alcohólicas cuando todavía era un menor. La vida de Paul era
una tormenta turbulenta y escandalosa, y estaba fuera de control.

Irónicamente el hijo de Paul, Michael, es un niño superdotado. Le hicieron unas pruebas en la escuela y resultó tener un *IQ* de más de ciento veinte. Durante los veranos, Michael se la pasa estudiando en un programa especial para niños inteligentes en Scottsdale. Michael ha crecido mucho, tiene ojos grises y el labio inferior se le monta sobre el superior cuando está pensando profundamente sobre algo. Su pelo es corto y parado en la parte superior. Recientemente le quitaron los frenillos de los dientes. El trabajo dental fue donado por un dentista que sufrió de dientes disparejos toda su vida y quería ayudar a niños con problemas similares. Tengo que darle crédito a Priscila por llevar a Michael a todas sus citas con el dentista, que fueron muchas. Cuando Michael se gradúe del octavo grado el próximo año, lo van a mandar a un programa de verano en la Universidad de Arizona para estudiar ciencia y matemáticas. La mamá de Michael fue alguien que Paul conoció en la secundaria. Ninguno de los dos terminaron la escuela. Al fin de cuentas, Paul obtuvo su Diploma Equivalente a Educación General en un programa de la prisión. Se encontraron años después y empezaron una relación. En esa época Tina vivía sola. Había sido una niña de orfanato por años, lo cual fue una vida difícil para ella. Después que tuvo a Michael se lo entregó a mamá y a Paul diciendo que necesitaba vivir su vida y que regresaría algún día. Hasta la fecha no hemos sabido de ella. Me pregunto de dónde le vino a Michael, el hijo de un exprisionero y de una huérfana toda esa inteligencia. La vida es extraña. Las apariencias son sólo ilusiones. La inteligencia no es un derecho de nacimiento, sino un don. Michael habla como si fuera un profesor universitario y tengo que recordar constantemente que es sólo un niño y que además es mi sobrino. Otra de las preguntas sin respuesta de la vida: ¿cómo es que Michael es tan inteligente cuando su padre ha tenido tantos problemas con la policía toda su vida? La relación entre ellos tiene altas y bajas pues Paul siente un placer maligno por la inteligencia de su hijo, pero a la vez, se siente frustrado de no poder entender a un niño tan brillante que es considerado genio. Cuando Paul estaba en prisión, Michael vivía con Priscila y era como un hermano para su primo Angelo de ocho años. Ahora se niega a vivir con Paul y trata a Priscila como si fuera su madre y a sus novios como sus tíos.

Durante los últimos cuatro años Paul ha vivido con Donna, una exdrogadicta a quien mamá apodó "la gringuita." La última vez que encerraron a Paul por haber violado su libertad condicional Donna lo sorprendió al hacerse miembro de la First Assembly Church of God y entregarle su vida a Jesucristo. Ahora sermonea a Paul todos los días y a él se le dificulta seguir consumiendo drogas. La corrió de la casa dos veces bajo el pretexto de que leía la Biblia demasiado y porque rezaba en lenguas extrañas. Después fue a buscarla a la iglesia porque se sentía culpable de haberla corrido sólo porque estaba tratando de vivir su nueva vida. "Ay, la gringuita," dice mamá. "Es tan blanca que parece un fantasma."

"Sí, excepto por los tatuajes," le recuerdo. Donna adora a mamá y no importa cuántas veces rompa con Paul, siempre está en la casa checando a mamá. El pastor de su iglesia le consiguió citas con doctores para empezar a quitarse los tatuajes. Donna dice que quiere estar limpia por dentro y por fuera. Ya me he acostumbrado a los tatuajes de Donna, sobre todo al del pequeño unicornio que tiene en el hombro izquierdo y que parece desplegar sus alas cuando mueve los brazos hacia arriba y hacia abajo. Pienso llamar a Donna y pedirle que me ayude a cuidar a mamá.

Tía Katia ayudaba a mamá antes de que le diera la embolia que la paralizó y finalmente la mató. Mamá se sentaba con ella, impotente, algunas veces con Irene a su lado, recitando monótonamente el rosario, mirando morir a su única hermana, deseando en voz alta que pudiera tomar su lugar. Tía Katia sufrió durante meses y no había nada que su progenie de hijos pudiera hacer por ella, excepto rociarle la boca con agua porque no podía tragar gotas enteras. Sus hijos discutían acerca de quién hacía qué por ella hasta que por fin ella no volvió a aceptarle agua a ninguno. La lengua se le puso plana como la paleta que usa el doctor para checarte la garganta, y el blanco de los ojos se le volvió amarillo.

Jesse y yo siempre consideramos a Bernardo, el esposo de tía Katia, como nuestro tío favorito. Murió dos años antes que tía Katia. Los huesos de su espalda formaban un promontorio de cartílago que le dificultaba la respiración. Entonces un día tuvo un ataque que lo mandó a la cama. El shock de la caída hizo que el tío Bernardo escupiera flema que no pudo limpiar de su garganta. Esto le impidió respirar del todo y tío Bernardo murió como siempre dijo que moriría, con los zapatos puestos. Todavía recuerdo la medio sonrisa de tío Bernardo, ladeada, tierna, sus dedos largos y puntiagudos podían ser las manos de un músico, sólo que su cuerpo deforme jamás le permitió tocar ningún instrumento. Sus dedos, calientes y reconfortantes, se entrelazaron entre los míos en el sepelio de Jesse y me mantuvieron de pie mientras regresaba a la limosina blanca que nos llevó rápidamente a la funeraria.

• LAS MISMAS FOTOS me ven todos los días desde las paredes de la casa de mamá: caras morenas, con huecos oscuros por ojos que me rondan. Jesse en uniforme, Priscila, Paul, mamá y papá y un sinfín de fotos de bodas.

Y también hay fotos religiosas, el Sagrado Corazón de Jesús, el Ángel Guardián guiando a los niños sobre el puente, Santa Rita, la Virgen de Guadalupe, el Santo Niño de Atocha y San Miguel Arcángel. Algunas veces las caras parecen compadecerse de mí, otras parecen estar enojadas conmigo o se ríen de mí, burlándose de lo que me pasó con Sandra. La traición de Ray—¿No la vi venir? ¿No la podía oler como las bolas de naftalina del clóset de mamá? ¿Con quién estaba peleando esa noche? ¿Con Sandra o con el fantasma de Consuelo? Pienso ahora que estaba peleando conmigo misma, golpeándome para despertar, haciendo resurgir el dolor, permitiendo que la explosión que vi en sueños se hiciera realidad como dinamita en mi cabeza.

En ese entonces, éramos una familia, las fotos lo demuestran—a pesar de que vivíamos bajo la sombra de papá y su amante, aun así estábamos unidos. Las tormentas eran algo que pasábamos juntos. Todo eso se acabó cuando mataron a Jesse. Jesse era el hilo que mantenía unida a la familia. Sin él estábamos sin timón, a la deriva en balsas separadas. Algunas veces nos separábamos tanto el uno del otro que nos convertíamos en islas diminutas. Nos perdimos de vista, deslizándonos en aguas oscuras y un cielo tenebroso y vacío como en el que voló Jesse cuando partió hacia Vietnam.

La última cosa que hicimos como familia fue esperar el regreso del cuerpo de Jesse de Vietnam. La quietud en la casa de mamá me recuerda cómo esperábamos. Esperamos tanto que casi perdimos la esperanza. El ejército había mandado su cuerpo a la dirección equivocada. En ese entonces observábamos la cuaresma en casa. La estatua de la Virgen de los Dolores con la daga que le atravesaba el corazón y la gran cruz de Cristo pasaban en procesión por todos los cuartos. Entonces entendí su dolor, el dolor de Nuestra Señora de los Dolores. En el recuerdo todavía veo la veladora que le encendí a Jesse en San Antonio—la veladora que me pedía en sus cartas. La llama delgada de la veladora titilaba tan débilmente en la enorme iglesia oscura que temía se fuera a apagar y que no vería más la cara de Jesse.

No recuerdo si comimos algo mientras esperábamos a que regresara a casa el cuerpo de Jesse. Sé que papá bebía café con tequila y fumaba. Sé que nana se mecía hacia adelante y hacia atrás en su silla mecedora apretándose las manos en la desesperanza. Sé que mamá se hundió en su cama, tapó las ventanas con cobijas y no encendió las veladoras. Se estaba preparando para la migraña más grande de su vida, la primera después de haber sido curada en la reunión de evangelistas del hermano Jakes cuando Jesse y yo éramos niños, y la última de su vida. Después de eso mamá mantuvo el dolor de la muerte de Jesse en lo más profundo de su esternón hasta el día en que murió. Priscila, Paul y yo no teníamos la fuerza para hablar por teléfono con los amigos. Papá les decía que estábamos dormidos. Perdí la voz. ¿Dónde? ¿Cómo desapareció? El agujero que apareció cuando mamá sufría migrañas había regresado. Bostezaba oscuro y amenazador en la cocina. Le puse las manos encima y sentí sus vibraciones de un frío helado. Yo lo esquivé y papá me preguntó si estaba loca.

El Ganso •

Entro al antiguo cuarto de Jesse en la casa de mamá. Hay cajas apiladas contra las paredes, toallas viejas, utensilios de cocina, tazones de plástico y platones, un par de pinzas médicas saliendo de una caja, álbumes de fotos en otra, una caja de antiguas revistas *Life,* tapetes para el baño, cubiertas del excusado que no hacen juego, cortinas de la regadera con anillos plásticos del mismo color, libros de niños de Lowell School Library y libros de texto de la escuela Palo Verde. En una bolsa de plástico están las cartas de Jesse sujetadas por ligas.

En el clóset cuelgan algunas ropas de papá. El olor a bolas de naftalina me pega en la cara cuando abro la puerta del clóset. Mamá todavía se ocupa de la ropa de papá. La ropa de Jesse ha desaparecido. Mi mamá la regaló toda después de haberla guardado todo un año. Guardó el suéter con el emblema de jugador de béisbol de la escuela cosido bajo el bolsillo izquierdo: Ramírez 1965. Guardó el suéter y lo colgó en su clóset detrás de toda su ropa. El piso, hecho de cuadros de plástico de vinilo beige, está vacío y polvoriento. Las cortinas que cuelgan en las ventanas están diseñadas con líneas diagonales amarillas y cafés. Mamá creyó que parecían cortinas para la habitación de un muchacho. Yo siempre pensé que esos diseños parecían pararrayos, todos del color equivocado. Levanto una de las esquinas de la cortina y miro fijamente el árbol lila de la China en el patio trasero de la casa de mamá. El árbol es una parte fija del paisaje. Sobrevivió a Jesse y a papá.

Cierro la puerta y leo las cartas de Jesse como si estuviera haciendo algo prohibido; abriendo de nuevo el pasado.

Querida mana,

No es como lo que ven en la tele. Es peor. El lugar es sucio, sin ningún sitio donde poder ir al baño en la selva, hormigas a paso lento por todas partes, los mosquitos por la noche. Estoy tratando de escribir lo más que pueda, pero hace tanto calor, sudo todo el tiempo y tengo sed. Disculpa la apariencia de las cartas. Sé que parece que las dejé caer en un charco. No puedo explicarte la sed que se tiene aquí, es como si estuvieras caminando en el desierto. Caminando sin ningún lugar a donde ir. Las colinas aquí tienen números. Algunas veces los mandamás se equivocan y no saben en qué colina estamos. La mayoría de los muchachos aquí son buena gente, pero hay algunos ojetes como el mayor Cunningham, un gabacho al que le gusta darse de voluntario para todo tipo de acción. Le dije, deje de ofrecer a nuestro pelotón como voluntarios, pendejo, ¿qué es lo que quiere, vernos a todos muertos? Ya tenemos mucho que hacer. El vato quiere ser un héroe célebre. Dicta las reglas desde la retaguardia y tú ya nos conoces, a los chicanos, estamos allí, en las líneas del frente. Les digo a los muchachos, disparen, pónganse a cubierto, pero es difícil cuando les ves la cara a los vietnamitas. Son campesinos, parecen un montón de peones migratorios agachados sobre los arrozales. Dan verdadera lástima. Los gabachos que ya llevan tiempo aquí dicen que es todo un engaño. Les dan de puñetazos, les dan palizas, incluyendo a las mujeres. Yo no puedo hacerlo, mana, sería como pegarle a mi nana o mi tata. Me cuido del enemigo, de Charlie, pero todos se ven iguales.

Te mando un retrato del delta del Mekong. Agua gris por todas partes. La jungla es tan densa que podrías estar a solo unos cuantos pies de alguien y aún así no te podrían ver. Se fían de eso, los del Vietcong. Me lleva si no pensé en El Ganso la otra noche. ¿Te acuerdas de su cuello largo y cómo nadó contigo de regreso a la ribera cuando casi te ahogas en el Río Salado? Se veía como un ganso grande y viejo, ¿que no? Temblaba, pensando que papá me iba a dar una paliza, aun después de ver que estabas bien. Aquí estaba yo caminando en agua que me daba a los codos. Me reí en voz alta y uno de los cuates me empujó la cabeza bajo el agua porque pensó que me había vuelto loco y me había olvidado que Charlie nos vigilaba de todas partes. Hubiera dado todo lo que tenía por verte a ti y al Ganso de nuevo.

Fíjate en la huella digital roja. La tierra aquí es roja. Es como las rocas rojas de Sedona. ¿Te acuerdas cuando fuimos a Slide Rock? Contamos estrellas de la parte de atrás de la camioneta de tía Katia de regreso a Pho-

enix. Phoenix. Les cuento a los compañeros que soy de Phoenix, Arizona y les parece que les digo que soy de Marte. Entonces les cuento de El Cielito y entienden porque los chicanos siempre vienen de algún barrio—Sierra Vista, El Wache, Los Molinos y muchos más. No puedo creer que fui un niño que jugaba en la tierra en El Cielito.

Te escribiré lo más que pueda. No le cuentes a mamá lo que te digo. No quiero que se preocupe, ya la conoces. Prende una veladora por mí en San Antonio. Nunca se puede uno equivocar si prende una veladora. Y no pienses en eso que te dije en el acropuerto. De ninguna manera quiero terminar como una estadística, y si me pasa, sé que puedo contar contigo para cuidar a mamá. No lo tomes a pecho, mana, no sé cómo decir las cosas. Nunca he estado en una guerra antes. Eres la mejor hermana que jamás haya existido.

SCUB,
Jesse

P.D. Chris dice que le escribas. Tiene una amiga en Albuquerque, así que te aconsejo que le escribas, si quieres, pero no dejes que el vato te engañe, mana. Dile a Espi que me escriba.

Llegué a conocer a mi hermano por sus cartas, las partes más íntimas que escondía tan bien en los Estados Unidos. Aprendí lo que quiere decir SCUB, "Sellado con un beso." Sabía que se sentía solo aunque había muchos compañeros a su alrededor. Más tarde me dijo que le convenía no tener demasiados amigos pues podrían estar muertos mañana. Lo que pensaba de la guerra distaba mucho de lo que le habían enseñado durante el entrenamiento. Estaba peleando contra gente que se parecía a gente que conocíamos. Visitaba aldeas con casuchas provisionales que no parecían ser el cuartel general del enemigo. Había cámaras y reporteros por todas partes. El Vietcong los estaba despedazando. La ofensiva Tet estaba incontenible y los muchachos todavía posaban hablando por teléfono con sus madres desde las junglas. Eran tan jóvenes. Con razón Estados Unidos estaba haciendo una película hollywoodense de esta tragedia.

Jesse se acordó del Ganso en su primera carta, pero se le olvidó mencionar a Inez.

• CASI ME AHOGO en el Río Salado la vez que fuimos a un *pícnic* con tía Katia, Bernardo, su esposo jorobado, y sus cinco hijos. Yo tenía siete años,

Jesse nueve y Priscila tres. Mamá estaba embarazada pero no con Paul. Su vientre se inflaba como una pequeña bola de masa que se quedó chica bajo su blusa y después desapareció. Fue el único bebé al que nunca vimos. "Algo no está bien," le dijo doña Carolina. "El bebé no podrá aguantar."

Doña Carolina, la curandera y la matrona de El Cielito, era una experta en cualquier cosa relacionada con el nacimiento de bebés. Tenía dedos cortos y planos y sus yemas se sentían calientes cuando nos daba su propia versión de un examen físico. "Los dedos piensan por sí mismos," me dijo un día, "es como estar conectado a diez alambres eléctricos." Los diez alambres eléctricos de doña Carolina le dieron el mensaje correcto a mamá porque perdió el bebé. Yo le había puesto Inez. Sabía que tenía que ser niña porque doña Carolina le había hecho una prueba a mamá columpiándole una aguja ensartada en un hilo sobre el ombligo para averiguar qué iba a tener. Si la aguja daba vueltas en el sentido de las manecillas del reloj, el bebé era niño; si la aguja giraba en sentido contrario, era una niña. La aguja dio vueltas de izquierda a derecha, así que me sentí confiada en llamarla Inez.

A la mejor mamá perdió a la bebé porque pasó un susto, un miedo cuando se enteró que por poco y me ahogo en el Río Salado. El miedo, según doña Carolina, podía causar la muerte de un bebé congelándolo en el mismo lugar. Tal vez por eso recetaba tomar agua inmediatamente después de pasar un susto para que las cosas siguieran moviéndose. Sólo que esta vez el agua no me hubiera hecho ningún bien a mí, ya que había tragado demasiada del Río Salado y la única cosa que podía hacer era sacármela de adentro.

Había vadeado por la parte baja del río sin ningún problema hasta que las piernas se me enredaron en unos junquillos que crecían cerca de la orilla. Los junquillos se amarraron a mis delgadas piernas como sogas, jalándome hacia la parte profunda y empecé a tragar cubetadas de agua del Río Salado antes de que nadie se diera cuenta. Mi primo Alfonso, apodado El Ganso por su largo cuello como de ganso, se tiró al agua cuando me vio desaparecer tras un montón de junquillos. Fue la única vez que me sirvió de algo el largo cuello de El Ganso. Me colgué de su cuello como si mi vida dependiera de ello y en efecto me monté en su espalda mientras íbamos hacia la orilla.

"Estabas toda güila, güila," me dijo. "Estabas tan delgada que no eras más grande que uno de esos junquillos. Te vi sumergirte, sumergirte y cuando no volviste a salir, pensé que iría a sacarte. Sí, sí, eso fue lo que hice." El Ganso hablaba como si estuviera cantando. Todos decían que era de una parte montañosa de México donde todos cantaban en vez de hablar.

Para El Ganso todo pasó porque así pasan las cosas y nunca se vanaglorió de haberme salvado la vida. Se limitó a bostezar y a seguir jugando baraja con el resto de los hombres. No le importaba ser un héroe. El Ganso murió dos años después cuando sólo tenía veinticinco años en un accidente en el Granero de Jones. Dicen que se cayó en un depósito lleno de granos y se sofocó antes que nadie pudiera ayudarlo. Pensé en eso y en lo injusto que había sido que me hubiera salvado la vida. La muerte ya empezaba a agolparse en mi vida, apagando a Inez y sofocando a El Ganso.

Después del rescate Jesse me esperaba en la orilla con una toalla. Me echó la toalla por encima y trató de envolverme como tamal. Tal vez pensó que podía sacarme el agua del Río Salado exprimiéndome. Nunca se alejó de mí durante todo ese tiempo. Tía Katia me comprimió el área bajo las costillas con las palmas de las manos para hacerme escupir toda el agua lodosa. "¡Ay, Dios mío, ayúdame!" gritaba tía Katia, gritaba implorando a Dios, a Su Madre, a los santos y ángeles y a cualquier otra divinidad en la que pudiera pensar para que me ayudara. Podía sentir las manos del tío Bernardo en la nuca. Le miré la cara y vi lágrimas escurriéndole por las mejillas. Me dolía cuando me esforzaba por expulsar el agua y podía oír el Río Salado precipitándose por mis oídos mucho después de haber sido rescatada.

Había lágrimas en los ojos de Jesse mientras me sostenía cerca de él y me secaba el pelo a golpecitos con otra toalla. "Ya, Teresa. Ya estás mejor. Ya, no llores. Mira allí está El Ganso riéndose y jugando baraja. No fue para tanto." Estaba empapado, goteando agua y temblaba, en parte porque tenía miedo de que me muriera y en parte porque pensaba en cómo explicarles a mamá y papá lo que había pasado.

Mamá y papá no lo tomaron a la ligera cuando les dijimos lo que había pasado. "Cuando éramos niños jugábamos allí," dijo papá, "y nunca se cayó nadie." Estaban listos para pelear con cualquiera que no me hubiera cuidado bien y le gritaban a Jesse por ser el mayor y no haber impedido que me cayera. Papá ya estaba manoseando la hebilla del cinturón y Jesse estaba poniendo cara de macho. Una vez se desencadenaba la furia de papá, no había nada que hacer. Me paré al lado de Jesse sabiendo que si empezaban a llover los golpes a mí me harían a un lado. Aun así si yo hubiera podido recibir aunque fuera uno de los golpes dirigidos a Jesse, lo habría hecho. La tez blanca de mamá se volvió de un blanco cadavérico. Se paró entre papá y Jesse con Priscila en los brazos.

"¡La culpa es de Katia! ¿Le vas a pegar a tu hijo porque mi hermana está loca?"

Enseguida, mamá llamó a tía Katia por teléfono. Le gritó tan fuerte que la tía Katia le colgó el teléfono. No habían pasado dos semanas cuando mamá sufrió este susto y perdió a Inez. Noche tras noche yo soñaba con el

Río Salado y sentía el largo cuello de El Ganso entre las manos. Más de una vez aparecía una bebé de plástico que iba conmigo en la espalda de El Ganso y yo estaba segura de que era Inez. Dos ojos azules vidriosos como los de mi muñeca me miraban. "Lo siento Inez. No quise hacerlo." No había respuesta. Me agarraba más fuerte del cuello de El Ganso escondiéndome de Inez. Cada vez despertaba del sueño con un brinco antes de que El Ganso llegara a la orilla. Ese fue el primero de muchos sueños que tendría del Río Salado y El Ganso.

• PARA 1968 YA TODOS estábamos ahogándonos. La raza estaba sumergida por la sociedad mayoritaria de los Estados Unidos, era un submarino vadeando bajo un mar de política, prejuicios y racismo. Los barrios como El Cielito, ignorados por el gobierno de los Estados Unidos, de repente aparecían en el mapa del Tío Sam. Chicanos de los que nadie se había acordado antes, estaban en la lista de conscripción. El dedo del Tío Sam los señalaba, ordenándoles ir a la guerra al otro lado del océano, una guerra que el Presidente seguía llamando "conflicto." Las minorías siempre llaman la atención cuando hay guerra, y los chicanos, descendientes de guerreros aztecas, siempre han encabezado la lista. Esto era más que *la jura,* la policía, que arrestaba a nuestros muchachos los sábados por la noche e inflaba los cargos en contra de ellos para "enseñarles a esos mexicanos una lección." Se trataba de un juego que decía, "Te vamos a pagar por estar allá, y si no quieres ir, te vamos a llevar en la conscripción forzada de todos modos. Así que, ¿por qué no te enlistas y te evitas todos los problemas? Sabes que de todos modos no te quieres quedar en la escuela." Y muchos no lo querían. Tenían familias que mantener y amigos allá. No podían hacer maletas y escapar.

Todo el mundo estaba en movimiento en los sesenta. Los chicanos, los negros, los americanos nativos, los *hippies* o *flower children,* los drogadictos, los que protestaban, todos tenían algo que decir. En El Cielito se saqueaban los corazones. La Llorona dejó de espantar allí por la noche buscando a sus hijos. Voló a Vietnam a través del Pacífico y finalmente sació su sed de niños a los que había ahogado hacía tanto tiempo. Envolvió con su sudario fantasmal a chicanos y a otros hispanos cuyos cuerpos estaban siendo desgarrados todos los días en la guerra y así finalmente se saciaba.

Antes habíamos dependido del humo de veladoras encendidas ante figuras sagradas para llegar a la nariz de Dios, para conmover el corazón del Justo Juez y acabar con la guerra. En vez de eso el humo giratorio se volvió un vapor detestable que lanzaba sombras estancadas por todas partes. No se trataba de nada formal ni planeado, era un mal caprichoso jugando con nuestras vidas. El Cielito era una carroza fúnebre negra, lisa y silenciosa. Veíamos calaveras mirándonos fijamente, haciendo gestos desde las ventanas. La muerte del presidente Kennedy no había sido suficiente, tenía que haber más. Más muertes que vimos como golpes contra los pobres: la muerte de Martin Luther King Jr. y las de Robert Kennedy, Che Guevara y otras más.

Los ataúdes envueltos en banderas americanas seguían llegando de Vietnam. Podíamos haber tocado las campanas con un toque de difuntos desde un lado del sur de Phoenix al otro. Nuestros muchachos no tenían escapatoria. La mayoría no tenía dinero para ir a la universidad. Eran víctimas fáciles de la conscripción forzada.

La ofensiva Tet estaba en su apogeo en Vietnam y esto volvió a mi madre más callada y débil de lo que nunca había sido antes. Nunca dejó de pensar en Faustino Lara, el hijo de Irene que murió en el 67. Había estado al lado de Irene ante la tumba abierta de su hijo, y ahora estaba sola esperando, guardando para si todos sus pensamientos. Irene no ayudaba nada porque cada vez que veía a mamá se echaba a llorar. "¡Ay, Alicia, que Dios no te haga pasar por lo que yo he pasado! Todos los días rezo por Jesse, mi ahijado, sí, todos los días para que Dios esté a su lado. ¡Que me escuche Dios, soy su madrina! ¿Pero por qué se llevó a mi hijo? ¿Por qué, Alicia, por qué?" Le pegaba con el puño al aire y mamá miraba para otro lado. Mamá nunca le contestó.

El hermano mayor de Espi, Ray Álvarez regresó de la guerra en el 67, el mismo año que mataron a Faustino. Lo conocí cuando todavía era una niña en la primaria y él empezaba su primer año en Palo Verde. Me parecía tan alto y sofisticado, nunca pensé que me casaría con él. Siempre estaba allí cuando yo pasaba la noche en casa de Espi. Le hablé de Jesse y él me platicó cómo eran las cosas en Vietnam. No vio mucha acción porque la mayor parte del tiempo se quedaba en la base trabajando como mecánico. Ray no estaba loco como Ricky Navarro. Cada vez que hablaba con él sentía que Jesse en realidad regresaría a casa. "Yo lo logré, Teresa," me decía, "Jesse no es ningún tonto. Sabe cómo cuidarse la espalda."

Ray tocaba la guitarra y cantaba en centros nocturnos. Espi me dijo que siempre había mujeres mirándolo, mujeres con pestañas falsas, aretes de piedras falsas y vestidos sin tirantes que querían acostarse con él. Espi me dijo que Ray nunca había mostrado gran interés en las mujeres hasta que me conoció. Al principio no podía creer que Ray estuviera interesado en mí. Era suave, tenía experiencia, un hombre que olía a English Leather y tabaco. Algunas veces usaba en el escenario un sombrero blanco de jipijapa que lo hacía parecer una estrella latina del cine. Me podía ver abrazando a Ray, pero no me podía imaginar besándolo, sino hasta después. Hubo tantas veces en que quise estar al lado de Ray porque era alguien que había logrado regresar y triunfar. Tal vez pudiera aprender algo de él, algo que trajera a Jesse de regreso a casa. Espi era la única persona que sabía lo que Jesse me había dicho antes de salir—que no regresaría. Después que Ray y yo establecimos una relación seria, él fue el segundo en saberlo. Me decía que las palabras de Jesse eran sólo una advertencia, algo que dijo solamente en caso de que pasara algo. De cualquier manera el secreto me roía las entrañas, me emponzoñaba. Volvía a ver a Paul caerse del moral del patio trasero después de que mamá me había dicho que cuidara de él. Paul se subió muy alto, encaramándose en una rama desnuda y quebradiza. Me di cuenta que se iba a caer y el miedo me congeló. El susto se apoderó de mi cuerpo y sabía que nunca podría salvarlo. Para cuando llegué allí, Paul estaba bocabajo en la tierra y tenía el labio magullado y ensangrentado. Si le decía a mamá que Jesse no iba a regresar a casa, me temía que le iba a dar un susto tan grande que moriría como la bebé Inez.

Para empeorar las cosas, Ricky Navarro, el vecino de al lado, empezó a dormir casi todas las noches en un catre fuera de su casa. Esto le preocupaba a mamá y se preguntaba si Jesse iba a regresar tan loco como Ricky. Según Ricky, no había suficiente espacio en su casa. Por alguna razón, después de su regreso de Vietnam, el espacio le era muy importante y no le gustaba estar apretado. "El mundo está loco, Teresa," me dijo un día. "La vida loca está por todas partes. No es diferente aquí que en Vietnam. ¡Esos hijos de su chingada madre trataron de matarme en el aeropuerto! ¡Eran nuestros propios ciudadanos estadounidenses que protestaban de acuerdo a la manera americana! ¡Si hubiera sabido que esos cabrones eran tan mal agradecidos, jamás habría ido allá!"

Yo detestaba a los que hacían demostraciones en contra de la guerra. Eran completamente unos desagradecidos. ¿No sabían que mi hermano estaba allá peleando para salvar sus pellejos? El acento sureño del presidente Johnson me daba náuseas. "Nuestros muchachos están aguantando en Kee Sung." Ni siquiera podía pronunciar los nombres correctamente. Me preguntaba si tenía algún pariente que estuviera peleando en Vietnam.

Había veces que veía las noticias en la tele y buscaba la cara de Jesse entre todos los muchachos que corrían a las trincheras, caminaban por zanjas y junglas. Quería verlo para saber que estaba vivo, una estrella de cine peleando por el bien cuando todo estaba equivocado, defendiendo a gente que corría a sus aldeas cada vez que podían y simulaban estar de los dos lados para sobrevivir. Si nosotros teníamos razón, entonces eso quería decir que los vietnamitas estaban equivocados. El poder torcido de la guerra dictaba que los que estaban equivocados tenían derecho a obstruir a los que tenían razón, no podía haber reglas, la razón debe ganar siempre.

• CHICANOS, MEDIO AZTECAS, medio europeos, con corazones palpitantes, guerreros del pasado, sacrificados a Huitzilopochtli, dios de la guerra, escribían sus nombres en sangre para alimentar al sol y hacerlo aparecer el día siguiente. Eso fue Vietnam para nosotros, para los mexicanos de Aztlán, la gente de razón, como decía don Florencio.

La Primaria Jiménez •

stamos empezando una lección sobre Vietnam, niños. ¿Alguien sabe algo de Vietnam? Vamos a pensar." Mira das inquisitivas se fijan en mí. Unas cuantas manos se levantan, la Guerra de Vietnam, el Muro de Vietnam, arrozales, sombreros de cono, China, guerra, la familia de Li Ann es de allí, ellos duermen cuando nosotros nos levantamos. "Vi la película *Born on the Fourth of July*" dice Andy. "¿Estaban tus padres contigo?" le pregunto. Andy niega con la cabeza. El segundo grado está cansado de pensar. Mi asistente Lorena Padilla y yo separamos a los niños en pequeños grupos para hacer investigaciones sobre ese país. Concordamos en que el final de enero es el mejor tiempo para hacer una lección sobre Vietnam. Podemos repasar la información sobre Tet, las festividades del Año Nuevo vietnamita celebrado a fines de enero. Lorena ignora que el vivir en casa de mamá me ha resucitado Vietnam. Las cartas de Jesse están narrando la historia de nuevo. Vietnam, tan lejos, siniestro pero hermoso, selló la suerte de mi hermano en tierra roja. Cuidadosamente dibujo con la punta de los dedos las manchas rojas en las cartas de Jesse. El tener a Li Ann Nguyen en clase ayudará a hacer las cosas más reales para los otros niños. Li Ann nació en Estados Unidos, pero su madre en Vietnam.

Observo a Lorena seleccionar de nuestro archivo las fotos que están relacionadas con la celebración del Año Nuevo en Vietnam y China. Lorena parece de veinte y tantos años aunque en realidad tiene treinta y algo. Casi siempre lleva cola de caballo, blusas apretujadas en *jeans* y zapatos tenis. Por ahora le debo un gran favor. Ayudó a varios maestros sustitutos durante las dos primeras semanas de enero mientras se me curaba la cara. Le gusta fastidiarme con que tuvo que aguantar a personas que parecían indigentes: uno que trajo un perico entrenado que se le posaba en el hombro, una mujer que todo mundo juraba que era la limosnera que se ve camino al trabajo, un hombre enorme, una réplica exacta de un asesino en serie anunciado en la oficina de correos y que terminó siendo el favorito de la clase. Toda esta gente desfiló por mi salón de clases mientras mi cara retomaba su aspecto normal. Todavía me quedan algunas líneas ligeras que alguien podría notar si tratara, pero las mantengo escondidas con maquillaje de Cover Girl.

La demanda por asalto está todavía pendiente. He hablado con un abogado llamado Sam Diamond. Me lo recomendó una amiga en el trabajo pues había defendido a su hermano cuando se metió en un pleito de cantina. Ella dijo que su apodo era Tramposo Sam y yo espero que su reputación me favorezca. Tramposo Sam me asegura que además de la vergüenza de lo ocurrido, qué me puede pasar? No me van a meter a la cárcel, me dice. Una hermosa mujer como tú, dice, una ciudadana ejemplar, una maestra, por Dios, un modelo a imitar para la comunidad que perdió su cordura en un ataque de ira, un crimen pasional. Sí, todo mundo entiende eso de la pasión, ¡mira al presidente Clinton! "Déjame verte la cara," me dice y se acerca tanto que puedo oler su pasta de dientes. "Qué maravilloso cutis," dice. "¿Has modelado alguna vez?"

Afuera, a través de las ventanas del salón veo a Orlando Gómez rumbo al recreo con su clase de primer grado. Deben estar haciendo su proyecto del Hombre de Nieve, como lo llama Orlando. Me doy cuenta de que algunos de los niños están todavía secándose las manos en la ropa, señal segura de que están trabajando con pintura o engrudo. Después de su proyecto del Hombre de Nieve los niños van a hacer tarjetas para el día de San Valentín para colgar en las paredes y van a inflar globos blancos y rojos. Después de eso se prepararán para los vientos de marzo, haciendo papalotes de papel con colas de estambre. La clase de Orlando es como un mecanismo de relojería, el proyecto del Hombre de Nieve, las tarjetas de San Valentín, los globos, los papalotes y finalmente una oruga enorme que hacen para el libro *Inchworm,* lo que los lleva a la primavera. Todo el mundo dice que Orlando debió haber sido un relojero, porque todo lo que hace funciona como las manecillas de un reloj, pero lo opacan los días cuando el bombero Bob y su famoso dálmata, Spotty, visitan la escuela para hacer sus presentaciones de los ejercicios contra incendios. Durante esos días Orlando se encierra en el salón de maestros y manda a su asistente Millie al auditorio con los niños. Hoy está contento, por supuesto, no hay interrupciones, sólo deberes cotidianos.

Todavía hace frío, aunque sé que muy pronto hará calor. Por ahora está como mi corazón, frío y duro. Ya he puesto la demanda de divorcio. Le llevaron los papeles a Ray al All Pro Auto Parts Shop, donde es el gerente. Sabía que recibir los papeles enfrente de sus empleados lo iba a hacer enojar, un poco de su propia medicina por lo de la citación de Sandra que recibí en casa de mamá. Además no pude hallar un oficial que le llevara los papeles al Riverside mientras que Ray estuviera tocando. Eso habría sido la mejor venganza. Tan cruel, diría, ¿qué es lo que estás tratando de hacer, arruinar mi carrera? Y yo le habría dicho que se lo merecía por todo lo que le hizo papá a mamá, por Consuelo, la telaraña que nunca desapareció de la casa, por Sandra, la admiradora del Latin Blast que se les adhirió fuertemente por demasiado tiempo.

Colgamos mapas de Vietnam por todo el salón con pequeños letreros que los identifican con información en español e inglés. Aquí y allá hay paisajes dibujados a creyón. Los niños aprenden que para un vietnamita el despedirse de mano en realidad quiere decir, "Ven aquí." Los apellidos vienen primero en vietnamita, y llamar a alguien con el dedo es un insulto porque así se llama a los animales. Lorena les ayuda a los niños a hacer sombreros vietnamitas apropiados para trabajar en arrozales imaginarios. Los niños piensan hacer hoyos de lodo en el patio de recreo para probar sus nuevos sombreros, pero yo los convenzo de no hacerlo y les prometo hablar con sus padres para que les den permiso de hacerlo en su hogar.

Les cuento de mi hermano mayor, Jesse, cuyo nombre verdadero es Jesús Antonio Ramírez. Les digo que siempre usaba Jesse y que perdió la vida en una batalla en las afueras de Saigón. Señalo en el mapa a Saigón, Ciudad Ho Chi Minh. Sucedió durante esa horrible matanza de 1968, después de Tet, el día festivo del año nuevo vietnamita.

"¡Uuuy! Eso pasó hace casi treinta años, Señora Álvarez."

"Sí, Brandon, pero parece que fue ayer. Cuando pierdes a alguien que amas tanto como yo amaba a Jesse, los años no significan nada. Nada." La última palabra me deja negando con la cabeza. Miro las imágenes de Vietnam alrededor de la clase, una puesta de sol contra palmeras en una, una casa sobre pilotes en otra, junglas y más junglas en el resto. Él estuvo allí. Las fotos me llegaron al corazón. Sin desiertos, sin Río Salado, sin Cielito, un mundo en el que nunca soñó vivir. No puedo imaginarme a Jesse bebiendo de un coco, durmiendo bajo la lluvia incesante, y mucho menos apuntando a matar. ¿Mi hermano un asesino? Me pregunto si alguna vez lo hizo. Si en verdad mató a alguien. Nunca lo sabré, pero si estuviera vivo lo sabría. Jesse me contaba todo.

Le llega el chisme al señor H., nuestro director, de que le conté a mi clase acerca de Jesse. El nombre del señor H. es William Horowitz. Para los niños su apellido se parece tanto a la palabra "horror" que les ha pedido que le digan señor H. Algunos de los niños y maestros dicen que la hache quiere decir "hell" o infierno.

"Contarles a los niños acerca de tu hermano puede afectarlos mucho, y aun a ti, Teresa. Es algo personal," dice mientras hablamos en su oficina una mañana. Se pasa los dedos por hebras de pelo indócil en la parte superior de la cabeza. Ha envejecido notablemente en los tres años que han pasado desde que tomó el puesto de director de la Primaria Jiménez. Es de cara delgada y le sobresale una nariz que sabe oler el peligro. Su ropa es de una talla más grande. Lo que antes era gordura es ahora pellejo.

El "Comité de Despidos" de la escuela está encabezado por una maestra apodada Annie Pistolas, quien es en parte responsable del lastimoso aspecto del director. El comité es un grupo de maestros que dominan la escuela sin importar quién sea el director. Algunos de ellos han estado tanto tiempo en el distrito escolar que podrían caminar por la escuela con los ojos vendados y nunca tropezar con nada. Debido al éxito del comité con el concejo del distrito escolar y con los padres, las posibilidades de que el señor H. continúe en su puesto son menos cada día. Los miembros del comité son fieles a su propósito cuando trabajan en una campaña y se reúnen diariamente en la casa de otros miembros o se mantienen en contacto por teléfono. Todos los días adquieren ímpetu en su esfuerzo por deshacerse de un "tirano que pronto estará arrastrándose," como dicen ellos. A mí no me pareció muy tiránico allí en su oficina, balanceando una taza de café y con un lápiz detrás de la oreja.

"Qué quiere decir algo personal," pregunto. "Es la verdad."

"Sí, pero los niños son tan susceptibles. ¿Te acuerdas de los que fueron atropellados hace dos años por un carro? Aún hoy día, los niños tienen pesadillas."

Irónicamente la escuela lleva el nombre de un recipiente de la Medalla de Honor, el cabo interino José Francisco "Pancho" Jiménez de la Infantería de Marina de los Estados Unidos. Jiménez nació en la Ciudad de México el 20 de marzo de 1946. A los diez años vino legalmente a los Estados Unidos y se crió en Red Rock, Arizona. Más tarde asistió a la escuela secundaria en el cercano pueblo de Eloy. La numerosa comunidad chicana votó unánimemente en darle a la escuela el nombre del héroe de la guerra que murió el 28 de agosto de 1969 en las inmediaciones de la provincia de Quang Nam. Jiménez, sin ninguna ayuda, destruyó a varios enemigos y silenció un cañón antiaéreo. Sus actos heroicos salvaron a varios miembros de su compañía. Fue enterrado en Morelia, Michoacán, México, y es el único recipiente de la Medalla de Honor nacido en México que peleó en la Guerra de Vietnam.

"Señor H., ¿en honor a quién se bautizó esta escuela?" pregunto.

"Estoy consciente de ello. Y eso es dar honores a quien los merece. Claro que eso no es decir que tu hermano no era un héroe. No me mal interpretes, Teresa. También tenemos que considerar a los estudiantes vietnamitas de la escuela."

"Tengo a Li Ann Nguyen en mi clase." Me empieza a doler la garganta. Me sorprenden los pensamientos malsanos que corren por mi mente. Una pequeña comadreja. Eso es lo que parece. ¡Una comadreja albina que se quedó en casa protestando contra la guerra mientras mi hermano estaba peleando en Vietnam para salvar su pellejo fofo! Cálmate. Tranquilízate. Los dedos se me ponen de un frío helado. Respiro profundamente deteniendo la emboscada de pensamientos. Cambio de posición en la silla. La pequeña comadreja se ve conmovedora, patética. Soy una tonta, siento lástima por el desvalido, lo mismo le pasaba a Jesse.

"Supongamos que consigo el apoyo de la familia de Li Ann. ¿Lo haría eso sentirse mejor?"

"No se trata de hacerme sentir mejor, Teresa. Se trata de lo que es mejor para los niños y sus padres. No queremos una guerra a muerte en el patio de recreo y no es mi intención hacer ningún juego de palabras. En estos días, parece que todo lo que digo le molesta a alguien, no importa cómo lo digo."

"No puedo creer lo que dice," me paro. Noto el pedazo de lápiz pegado a la oreja del señor H. Se ve estúpido. Eso me regresa al presente, disipa el pasado y así le puedo hablar sin querer matarlo. "Tiene un lápiz pegado a la oreja."

"Ah, gracias Teresa. Estaba rellenando unas hojas. Fechas límite—¡hay tantas fechas límite! Acabamos de terminar las pruebas del estado y ahora quieren que reestructuremos todas las pruebas del distrito. ¿No te interesaría trabajar con el comité, verdad?"

"¡Yo estaba en el comité que hizo las pruebas que están reestructurando! Qué manera de dar las gracias por todo el trabajo que hicimos. Pero supongo que tienen que gastar el dinero del distrito antes que termine el año."

Escucho voces airadas en el cuarto adyacente. Shirley, la secretaria de la escuela, entra jalando del brazo a uno de los muchachos de cuarto año. Le agradezco a Dios en secreto que no soy una maestra de cuarto año.

"¡Ay no, no Jason de nuevo!" dice el señor H. echándose café encima de los pantalones blancos.

"Estaba peleando de nuevo durante el recreo. Eric está en la oficina de la enfermera. Jasón le dio un golpe que le hizo sangrar mucho la nariz." Jason se zafa del control de Shirley mientras yo salgo. Tiene una reputación de comportamiento problemático en todo el distrito. El año pasado los maestros de otras escuelas hicieron una colecta y le pagaron la renta a su madre para que se mudara de su área. Los maestros de quinto año ya han echado suertes para ver a quién le toca Jason el año que entra y hay rumores de que el perdedor va a renunciar. Los otros maestros están pensando hacer demostraciones para obstruir su renuncia.

Miro que el señor H. se pone de nuevo el trozo de lápiz en la oreja. Mantener al asistente de director ocupado es otra treta empleada por el "Comité de Despidos" para darle todo el trabajo al señor H. ¡Otra prueba de éxito del "Comité de Despidos" y de Annie Pistolas!

Paso por la oficina de la escuela y veo el gran gabinete de vidrio con los recuerdos de Pancho Jiménez. En uno de ellos está en traje de cowboy, parado al lado de su madre, Basilia Jiménez Chagolla, y de su hermana menor, María del Pilar. Fue el único hijo que tuvo su madre. Su padre murió en un accidente algunos meses antes de que naciera Pancho. Pancho pudo haber obtenido una postergación del servicio militar por ser hijo único, pero no la quiso. Hay otro retrato que muestra al presidente Nixon presentándole a la madre de Pancho la Medalla de Honor en 1970. La lápida de Pancho en México no fue decorada con la Medalla de Honor sino hasta muchos años después debido a la impopularidad de la guerra de Vietnam. También hay fotos de los otros tres recipientes de la Medalla de Honor de Arizona colgadas en la pared: Jay M. Vargas, mayor de la Infantería de Marina de Estados Unidos; Nicky D. Bacon, sargento del Ejército Americano; y Oscar P. Austin, soldado de primera clase de la Infantería de Marina de los Estados Unidos. Una verdadera unión de lo mejor de Arizona en la guerra de Vietnam.

Clara, la secretaria, me entrega un mensaje telefónico color rosa cuando me acerco al escritorio del frente. "Su esposo, quiero decir su futuro ex esposo, llamó hace una hora y dijo que necesita hablar con usted antes de que salga de la escuela." Tomo el mensaje, lo hago bola y lo tiro en el basurero. Enseguida me arrepiento cuando veo brillar los ojos de Clara anticipando un nuevo chisme.

"Ya que estamos en eso, Teresa, usted quiere que la llamemos *señora Álvarez* o *señorita Ramírez?*" Subraya la palabra *señorita*. Clara me recuerda a un buitre que le pregunta a su víctima si tiene algunas últimas palabras que decir.

"*Señora Álvarez,* por ahora. Sería muy difícil para los niños llamarme por cualquier otro nombre tan avanzado el año escolar. El próximo año usaré *Ramírez.*"

"Debe ser difícil. Quiero decir el divorcio y todo eso . . . pero me alegra que haya regresado en una sola pieza. Quiero decir que se ve bien . . . Me imagino que lo que pasó durante las vacaciones fue una verdadera pesadilla, quizá . . ." Su voz desaparece como si quisiera que yo llenara los espacios en blanco.

"Sí, fue difícil." De repente me siento cansada. Cansada de pensar en el divorcio, en Ray, en Sandra, los niños, mi madre y ahora Jesse.

A Clara le encantan los chismes, vive de ellos. Leo las palabras del último chisme en su cara: *Ray está viviendo con esa chiquita caliente que encontró en una de sus presentaciones. Siempre una mujer más joven, qué chingaderas son esas, después de todo lo que le has aguantado. De todos modos, qué se puede esperar de los hombres.* "Aquí me tienes, Teresa, si necesitas mi ayuda." Claro. Ayuda de la "Reina del Chisme."

El Evangelio de las Dos Puertas •

Mi mamá guarda las medallas de Jesse escondidas en una vitrina donde la bailarina con las gotitas moradas está congelada en una pirueta perfecta. La bailarina tiene su propia historia que contar. La compramos de un descendiente de Carlos Peña Armínderez, el patriarca de un grupo de gitanos que tenían un terreno baldío al oeste de la vía del tren. Los gitanos nunca se quedaban mucho tiempo en ninguna parte. Cuando hacía más de tres años que se habían ido, los hermanos negros de la Iglesia del Evangelio de las Dos Puertas pensaron que eso significaba que habían abandonado la propiedad. El Evangelio de las Dos Puertas se apropió del terreno afirmando que era propiedad de la iglesia hasta que llegó un catrín de Buffalo ostentando escrituras que parecían auténticas. Juraba ser descendiente directo de Carlos Peña Armínderez y que el terreno le pertenecía a él. Puso una tienda en donde vendía chucherías importadas, bailarinas de porcelana que daban vueltas en contenedores de vidrio llenos de gotitas líquidas. No vendió nada y por eso se dedicó a vender cerveza hasta que los hermanos negros del Evangelio de las Dos Puertas lo convencieron de que la puerta que le quedaba, por toda la eternidad, era la que conducía al infierno. Lo sermonearon con una voz tan fuerte y con tal tono de superioridad moral y le cantaron tantas canciones que el descendiente de Carlos Peña Armínderez finalmente salió huyendo a medianoche y dejó atrás a las bailarinas de ballet. Durante mucho tiempo tuvimos una de las bailarinas en un estante que papá construyó. De vez en cuando yo le daba cuerda y la volteaba patas arriba para ver las gotitas moradas flotar alrededor de la delicada bailarina. Años más tarde mamá transfirió la bailarina a la vitrina que compró para las medallas de Jesse en la tienda de segunda. La bailarina ya no baila, pero si la volteas al revés, las gotitas flotan sobre su cabeza y parece como si estuviera cuidando las medallas de Jesse.

• EN EL VERANO DEL 57 el hermano Mel Jakes erigió una carpa de lona en el terreno abandonado por el clan de los Armínderez. Yo tenía nueve años y Jesse doce. Bajo la dirección del hermano Jakes la congregación mandaba parejas de evangelistas por todo el vecindario, en busca de pecadores, la mayoría de ellos indigentes, para llenar la carpa. La reunión de evangelistas era un llamado al arrepentimiento, era la oportunidad para que los hermanos escoltaran candidatos que pudieran caminar unas cuantas yardas desde sus hogares para hacerse miembros de la Iglesia del Evangelio de las Dos Puertas. La carpa era una atracción de circo, aunque no tenía un trapecista que hiciera suspirar de admiración. En vez de eso el hermano Jakes hablaba de lo que les pasaría a los que buscan el placer y se pasan el tiempo buscando divertirse y se olvidan de prepararse para la vida después de muertos. La imagen de los gusanos que salen arrastrándose de los ojos de los muertos se me quedó grabada aquella noche en que fuimos a escuchar al hermano Jakes.

"¡Ser libre es tan fácil como decir uno, dos, tres!" gritó el hermano Jakes, apuntando al cielo con el índice para darle más énfasis a sus palabras. "Hay dos puertas, dos portones y dos pasturas en las que todos ustedes pueden terminar. ¡Y algunos de ustedes pueden ya estar encerrados en donde no deberían estar! No sirve de nada tratar de esconderse. ¡Una vez que están en el lugar equivocado, no hay salida!"

Jesse y yo teníamos prohibido ir a la carpa del hermano Jakes porque éramos católicos. Se suponía que debíamos cuidarnos de los panderos y de la gente que da saltos en gran algarabía, cayéndose por todos lados, pero nos ganó la curiosidad. Durante los servicios regulares del domingo espiábamos a la congregación por las ventanas. A veces Jesse cruzaba las manos para darme algo en qué apoyar el pie y así poder ver mejor.

Mirando sobre el apoyo de la ventana buscaba a Hanny, una enorme mujer negra que vivía al lado de Wong's Market. El patio trasero del mercado de Chong Wong daba a la choza dilapidada de Hanny. Chong Wong lo había asegurado cercándolo con una cerca de tela metálica de seis pies de alto y con su propia marca de alarma contra bandidos, su dóberman, General Custer. Willy, el hijo de Chong Wong, era uno de los mejores amigos de Jesse. Traduciéndola al chino, Willy le había leído la historia de los Estados Unidos a su padre. Al señor Wong le gustaba mucho la parte del general George Custer y cómo los indios lo habían cercado en Little Big Horn, por eso llamó a su dóberman General Custer. Los vecinos le preguntaban todos los días, "¿Cómo está el general, Chong?" Chong Wong contestaba, "Él muy bien. ¡Come mucha calne, coletea indios todo el día!" Entonces se reía mostrando todos sus dientes negros. Yo me preguntaba cómo era que tenía los dientes negros con todo el arroz blanco que comía. Su esposa Xiu tenía dientes grises que nunca se le pusieron completamente negros. A veces los observaba cenar en la tienda con las narices en los tazones de arroz. Usaban los palitos chinos como palas metiéndose el arroz a la boca a sesenta millas por hora. Entre bocado y bocado hablaban un chino que sonaba como si estuvieran discutiendo. El verdadero nombre de Willy era Willard y él lo odiaba. Su padre dijo que lo había llamado Willard porque le sonaba como el nombre de un presidente americano. Los padres de Willy lo obligaban a usar tirantes y ninguno de los otros muchachos usaba tirantes. Me daba pena ver a Willy cuando llevaba los pantalones de su hermano mayor sostenidos por dos tirantes rojos.

Los Wong eran aficionados al *Ed Sullivan Show* y lo miraban todos los domingos en la noche. Les encantaba ver actuar a Sammy Davis Jr. y querían que Willy lo imitara. Le compraron un traje a Willy con un clavel artificial en el ojal. Willy cantaba en un micrófono hecho de palo de escoba *I left my heart in San Francisco* y todo tipo de canciones viejas. Chong Wong y Xiu lo acompañaban con las palmas, pero sus hermanos sólo se reían. Willy me dijo más tarde que lo único bueno del traje era que le tapaba los tirantes. Los Wong finalmente se dieron por vencidos con Willy y dijeron que Estados Unidos jamás aceptaría un Sammy Davis Jr. chino.

Los Wong guardaban algo de su dinero en el banco y algo, nos dijo Willy, en el cuarto frigorífico en donde congelaban la carne. "Es un gran secreto," dijo Willy. "No le digas a nadie, Teresa." Le dije que el refrigerador era un lugar extraño para guardar dinero. "Mi papá dice que si entran, se llevan la carne y se olvidan de buscar el dinero. Así son los chinos. ¡Deja que los demás piensen que están ganando!"

Willy hacía muchas cosas que muchos otros muchachos chinos no hacían. Se enlistó en la Infantería de Marina inmediatamente después de que Jesse lo hizo en el Ejército, aunque Chong Wong le dijo que los chinos ya habían estado en Vietnam y que nada bueno había resultado de eso. Fue un escándalo en su comunidad cuando Willy se enlistó en la Infantería de Marina. En los Estados Unidos los chinos eran conocidos por usar el cerebro, no los puños para ganarse la vida, pero Willy sólo quería ser como uno de los vatos de El Cielito. Chong Wong guardaba una foto de Willy en uniforme de infante de la Marina en la caja registradora y nunca dejaba de decir: "¡Este niño piensa que él amelicano. Este niño descuble en Vietnam, él es chino!"

Camino a la tienda de Wong los vecinos podían oír a Hanny en su choza zapateando y palmoteando las viejas melodías de la iglesia. El olor a pan de maíz horneado y pollo frito que salía de la choza de Hanny les hacía agua la boca. Un día le pregunté a mamá cuál era el verdadero nombre de Hanny, pero me contestó que ese fue el único nombre que sus padres le dieron en el sur. Que yo sepa, en algún lugar hay una lápida con el nombre HANNY escrito en ella.

Para ir a la iglesia, Hanny siempre llevaba el mismo sombrero enorme de paja con plumas de avestruz alrededor del ala. Me encantaba el elegante ondular de las plumas de avestruz y quería tocarlas, pero Jesse me decía que no. No importaba cuánto zapateara y palmoteara Hanny, las plumas de avestruz mantenían su propio movimiento fluido alrededor de su cara. Yo me imaginaba que se las habían arrancado a la cola de un avestruz mientras estaba con la cabeza enterrada en la arena.

"Traigan a esos pobres niños meschicanos acá . . . Jeeesuuus también los quiere!" Hanny me había visto mirando sobre el bajo de la ventana. Me hizo una señal para que entrara y uno de los hermanos fue lo suficientemente amable como para hacerle caso y venir por nosotros para que entráramos, pero Jesse y yo ya nos habíamos echado a correr por la oscuridad. Huir de la Iglesia del Evangelio de las Dos Puertas era como salir de la pantalla de una película en vivo a un cine vacío. Nos tomó unos minutos para que pudiéramos olvidar el movimiento y la agitación de la congregación.

Jesse y yo discutíamos lo sucedido. Los ojos de uno de los hermanos estaban a punto de saltarle cuando gritó, "¡Aleluya!" y afirmó que "el tentador me ha dejado libre el alma." Los niños gritaban y bailaban junto con los adultos. Todo el lugar estaba entusiasmado, repleto y moviéndose con cuerpos sudorosos que saltaban, brincaban, bailaban y extendían las manos hacia una enorme cruz desnuda. Jesse dijo que la cruz estaba desnuda porque no pudieron hallar una con un Jesús negro.

Pudimos ver la congregación de cerca en la noche que mamá fue con la vecina Blanche Williams a los servicios evangelistas del hermano Jakes. Blanche había convencido a mi mamá que la única manera de aliviarse de sus migrañas era a través del poder de Jesucristo. Mi madre trató de ocultarle el dolor de las migrañas a mi padre porque sabía que él no tenía paciencia para ningún dolor, excepto el suyo. Doña Carolina curaba las migrañas de mamá con un té de hojas de *yagaby*. Willy Wong siempre decía que en el mundo chino doña Carolina era el *ying* y don Florencio el *yang* del vecindario porque eran hombre y mujer, gente mayor, que sabía muchos secretos. Don Florencio nunca le recetó hojas de *yagaby* a mamá. Decía que su problema lo tenía enfrente, y más tarde me di cuenta de lo que quería decir.

El té de *yagaby* le ayudaba a mamá pero a veces la intensidad de los dolores de cabeza era tan grande que terminábamos llevándola al doctor Camacho que tenía una pequeña oficina cerca de los bajos fondos de la ciudad. Entonces el único remedio era una inyección que la ponía a dormir. El doctor Camacho recetaba inyecciones para todo, para catarros, influenzas, cortadas, y hasta uñas enterradas. Mamá durmió por dos días después de la inyección. Jesse y yo nos aseguramos de que Priscila tuviera suficiente comida y algo que ponerse. Fuimos de puntillas alrededor de la casa y cerramos todas las cortinas porque a mi mamá le dolían los ojos cuando veía la luz del sol. Cuando mamá se enfermó había un agujero en la casa, exactamente donde cantaba, cocinaba y limpiaba. El agujero tenía el poder de atraerme y mantenerme presa. Papá nunca lo notó pero yo te puedo decir dónde estaba exactamente y cómo me sentía cuando ponía las manos sobre él y no sentía el piso debajo de mí.

Mis padres eran opuestos en casi todo, y esto fue tal vez la causa de las migrañas de mi madre. Cuando trataba de complacer a mi padre la rodeaba una corriente de energía que giraba a su alrededor. Algunas veces la energía se le iba derecho a la cabeza igual que la foto de un hombre musculoso que yo había visto en una ocasión golpeando con un mazo un blanco determinado para hacer que subiera un gran peso hasta lo más alto que estaba marcado *TNT*. El hombre musculoso ganaba el premio cuando las alarmas sonaban y las luces rojas centellaban. Mi mamá se buscó las migrañas cuando trató de hacer que papá dejara de ver a Consuelo y no lo logró. Entonces se dio por vencida y dejó que toda su energía volara al cerebro como chispas eléctricas y se convirtieran en migrañas.

Cuando mi papá oyó que mamá tenía "otra migraña" se vino de la casa de Consuelo. Consuelo me recordaba a la anciana que vivía en un zapato. Sus extremidades estaban tiesas por los seis hijos que había cargado a la cadera. Todo el mundo sabía que, con seguridad, los dos últimos eran Ramírez. Consuelo caminaba como soldadito de madera porque sus rodillas nunca se doblaban como debían. Cuando papá fue a la casa de Consuelo dijo que iba a visitar a su hermano, tío Ernie, que vivía al lado de ella.

Cuando lo vimos en casa de Consuelo nos dijo que estaba ahí porque la pobre mujer no tenía a nadie que le ayudara a arreglar las ventanas rotas, tapar las tuberías que goteaban y clavar el papel de chapopote en su techo que el viento había levantado de las esquinas.

La casa de Consuelo se inclinaba hacia un lado haciendo que una de las ventanas estuviera casi al nivel del suelo. Sus seis hijos usaban la ventana como puerta. Me preguntaba por qué simplemente no le ponían bisagras y cerradura.

El patio del frente parecía un cementerio de carros viejos; a algunos les faltaban los cofres y las puertas. Sus hijos jugaban en ellos. Una vez una araña viuda negra que vivía en uno de los asientos dilapidados picó a uno de sus hijos. Nana decía que el patio de Consuelo era puro *yonkie,* nada más que un montón de chatarra.

"Voy ir a casa de tu tío Ernie" fueron las palabras que dieron origen a la extraña energía en mi mamá. Empezaron algo en Jesse y en mí también. Una parte de nosotros nos decía, "Pónganse de rodillas y ruéguenle que se quede," la otra parte nos decía "Échensele encima." Era como si hubiera traído a Consuelo marchando a la cocina y la sentara a la mesa. No había otra cosa que pudiéramos hacer, excepto verlo salir. Algunas veces nos visitaba el tío Ernie. Era alegre y vociferante como un Santa Claus, pero sus ojos eran evasivos y no podía ver a mamá a los ojos porque él sabía la verdad. Quería que todos pensaran que era bueno, muy bueno, nos daba paletas de dulce pero tenía una amargura, un aura de vida torcida.

Mi padre era bajo y corpulento, con hombros redondos que en un tiempo habían sido musculosos y cojeaba de una cadera que los alemanes le habían destrozado con una granada explosiva. El gobierno hizo que un cirujano le pusiera clavos en la cadera hasta que el doctor dijo que ya estaba bien para regresar a trabajar. Bajo sus velludas cejas, los negros ojos de papá estaban vivos, alertas, y penetraban todas las caras, absorbiendo todas las miradas. Mi padre podía hacer eso. Podía absorber tus ojos en los suyos hasta convertirte en tan sólo un reflejo en sus pupilas. Creo que así fue como pudo tener a mamá a su lado. Ella sólo veía el mundo a través de los ojos de papá. Si no podía cautivar tus ojos, no quería nada contigo. El poder era un hilo quebradizo, estirado al límite entre mis padres, una lucha que ganaba mi padre. La lucha terminó cuando mamá se alejó moviendo la cabeza y apretándose las manos.

El cutis de mamá era blanco con unas cuantas pecas en la carne blanda bajo los brazos. Tenía el pelo color de arena rojiza. Después de que Kennedy fue electo presidente se lo tiñó de café oscuro y se lo peinaba hacia arriba en un chongo para imitar a Jackie Kennedy. Su cabeza le llegaba al hombro de papá y el cuerpo le olía a Frosted Flakes. Usaba delantales de diferentes colores, subidos en la bastilla por una hilera de seguros. Mamá decía que uno no sabía cuándo iba a necesitar un seguro. Mamá se daba cuenta de todo. Veía pequeños cúmulos de polvo debajo de la cómoda y la línea chueca que me partía el cabello y que parecía la broma de alguna cuadrilla de reparación de calles.

"Dios es Dios, no importa dónde vayas." Lo oí con mis propios oídos. Mi papá le dijo esto a mamá cuando nos dio permiso de ir a la Iglesia del Evangelio de las Dos Puertas con Blanche. Él estaba sentado a la mesa con un plato de chile con carne y frijoles. Me daba cuenta de que mamá se estaba preparando para la Tercera Guerra Mundial por la manera en que iba de un lado al otro de la cocina sin hacer más que recoger platos para volver a ponerlos en su lugar y reacomodar los tenedores y cucharas. Esta era la energía nerviosa de las migrañas. Mi padre estaba triste, callado, el bigote flácido. Su actitud era de "No me importa, déjenme solo." Tan egoísta. Lo miré cuidadosamente y supe que estaba listo para otra visita al tío Ernie. De reojo miré hacia afuera pero no había señales de lluvia. "Las cuadrillas de construcción no trabajan en la lluvia," era una de las excusas que papá usaba para visitar a su hermano. Jesse hacía todo tipo de trabajo en el vecindario para ayudar a mantenernos cuando papá estaba en casa de tío Ernie. Dependíamos de Jesse para tantas cosas que nos olvidábamos que papá debía ser el hombre de la casa.

Una noche escuché a tía Katia gritarle a mamá, "¡Divórciate de él! ¡Déjalo al huevón, bueno pa' nada! ¡Que se vaya a la chingada! Mira a Bernardo; a mí no me hace esas chingaderas."

"Bernardo te tiene miedo Katia. Además sabes que Pablo tiene una cadera mala, el pobre. Le dan dolores en la cadera. No siempre fue así."

La defensa que hacía mamá de papá era sólida. "Nos casamos por la iglesia. Le voy a rezar a Santa Rita, la patrona de las mujeres con maridos malos. Le pondré otra veladora al Santo Niño. Si todo lo demás falla, le pediré a San Judas, el santo de los casos imposibles.

La tía Katia dijo que lo único para lo que servía Consuelo era para abrir las piernas. "Las ha abierto tantas veces que se pensaría que está montando a caballo." Cuando yo pensaba en los seis hijos de Consuelo, me daba cuenta de que había algo de verdad en lo que decía tía Katia. Sus últimos dos hijos se parecían a nosotros, excepto que sus voces eran distintas. Hablaban como si acabaran de sonarse las narices y no se hubieran sacado todos los mocos. La niña se llamaba April porque había nacido en abril. April se parecía mucho a mí sólo que su pelo era oscuro como el de Consuelo y el mío era más claro como el de mamá. No sé por qué no le pusieron January a su hermano porque nació en enero. En lugar de eso lo llamaron Federico, pero todos le decían Fufu.

Algunas veces April empujaba su carrito de muñecas por la banqueta de tierra enfrente de su casa. La escuincla me saludaba a veces y quería que jugara a las muñecas con ella. Me imaginaba que un día me convertiría en Tarzán y que vendría en lianas de un poste de teléfono a otro para arrancarle su carro de muñecas y pisarlo hasta hacerlo pedacitos. También le sacaría los ojos a la estúpida de su muñeca.

Siempre que veía a April y a Fufu quería hacer locuras como prenderle fuego a la casita de herramientas de mi padre o agarrar su sierra eléctrica y cortar los postes que sostenían el techo del garaje para que todo cayera encima de su carro y lo aplastara. En realidad lo único que hice fue caminar hacia atrás en el patio algunas veces para así caer en los hoyos para que mi madre se preocupara y le enseñara todos los moretones a papá. Quería que dijera, "¡Ves lo que le haces a mijita, no le importa si vive o muere!" Entonces yo le diría, "Rómpele el hocico, mamá! Déjalo que se vaya a vivir con Consuelo y sus estúpidos escuincles. ¡Tú no lo necesitas! ¡Por qué no te le enfrentas!"

Después de decir todo eso, me miraría y tal vez me diera una cachetada, entonces mamá tendría que defenderme. Entonces él dejaría a Consuelo para siempre y dejaría de humillar a mi mamá y ella dejaría de deambular por toda la casa, limpiando una y otra vez cosas que ya estaban limpias. Pero yo tampoco me le podía enfrentar y había veces en las que no quería hacerlo, veces en las que me abrazaba y me decía que yo era su preferida. El cuello le olía a sudor y a aserrín de la madera que transportaba a los sitios de construcción. Quería ponerle la mesa y frotarle los hombros para hacerlo sentirse bien, para que nunca regresara a casa de Consuelo.

La noche en que fuimos a la reunión evangelista del hermano Jakes me lavé, me puse los zapatos Oxford, una blusa blanca, falda oscura, y dejé que mamá me cepillara el pelo y me hiciera una línea recta en medio de la que nadie se burlara, con dos colas de caballo tan suaves como la seda colgándome de cada lado. Jesse tuvo que ponerse sus jeans limpios y zapatos tenis y la camisa a cuadros que le encantaba a mamá, pero que él odiaba. Estaba en un equipo de béisbol y quería usar la gorra. Blanche dijo que eso sería una falta de respeto a la casa de Dios.

Jesse era ágil, esbelto, con músculos duros. La energía de su cuerpo se le veía y sorprendía a todos a su alrededor. Vi cómo dejó salir esta energía como corcholata que salta de una botella cuando pegó un *jonrón* que nadie esperaba del "pobrecito chiquito." Sorprendió a todos cuando nadie esperaba que llegara a la mitad de la cuesta y ganó el premio King of the Hill. Cuando estaba en la punta de la montaña sonreía, mostrando dos hileras perfectas de dientes que yo envidiaba porque yo tenía un diente chueco en la parte superior de atrás que no se me veía mucho, a menos que quisiera mostrárselo a alguien. La gente menospreciaba el cuerpo flaco de Jesse y no sospechaba que detrás de la sonrisa tímida había un poder intenso que podía echar a tierra al oponente más formidable.

"Espero que nadie lo tome por uno de los negritos de las Dos Puertas," dijo mi padre. Jesse miró fijamente a papá como si no hubiera dicho nada. No valía la pena pelear con él. Nadie ganó jamás un pleito con mi padre. Cuando me dijo que iba a dejar la escuela y que me iba a casar con el primer hombre que me dijera que me quería, yo le dije, "Sí, tienes razón papá," y entonces se calló. Lo único que quería saber era que él tenía razón.

"No les tengas miedo a esos viejos de la secta Pentecostés, esos *holy rollers*," le dijo Blanche a mamá. "Todos ellos están con el Señor y son tan inofensivos como las moscas." Le aseguró a mamá que "el viejo demonio de las migrañas va a encontrarse con la horma de su zapato esta noche!" Todo esto pasó antes que naciera Paul, así que él no se acuerda. Priscila tenía sólo cuatro años y a ella la dejamos con tía Katia.

Blanche vino por nosotros esa noche con sus cuatro hijos. Todos estaban arregladitos y limpiecitos. Jesse no se sintió tan mal cuando vio que su amigo Gus, el hijo de Blanche, iba también al igual que sus dos hermanas mayores y su hermano, Cindy, Betty y Franklin. Estaban todos parados en el porche de la entrada y por poco y me echo a reír porque todos olían a grasa de pelo. Gus y Franklin llevaban corbatas que los hacían parecer predicadores en miniatura. A Gus le decían Gates, Portón, porque la gente decía que era tan grande como un portón y dos veces más fuerte. Era casi tan alto como Franklin a pesar de que Franklin tenía cinco años más. Le pregunté a mi mamá si Gates se parecía a su papá, pero me dijo que el marido de Blanche era un negrito flaquito que tenía artritis en todo el cuerpo y al que se le veían todas las costillas por las camisas. Gates era grande y de piel blanca. Blanche decía que no le importaba a nadie quién había sido el padre de Gates, porque ella le había dedicado su vida a Jesucristo y se arrepintió después de haber echado a su marido de la casa y tirado todas sus almohaditas caloríficas y píldoras. Gates no le tenía miedo a nadie ni a nada. Cuando Jesse se fue al ejército, Gates ya había entrenado con las Fuerzas Especiales y estuvo a punto de ganarse una boina verde, pero se metía en problemas y eso le bajaba el rango cada vez que estaba a punto de ganársela.

Caminamos tres calles hasta la iglesia y todo el camino lo pasé comparando a Blanche con mamá mientras miraba sus vestidos floreados moverse en sus caderas a un paso delante de nosotros. Hincaba sus zapatos blancos de tacón en la tierra blanda y balanceaba el caminar con las bolsas que colgaban de su brazo izquierdo. Blanche era alta, esbelta y morena, pero no exactamente negra. Llevaba un pequeño sombrero con un brillante alfiler rojo prendido en medio. Los días en que Blanche no llevaba su mejor ropa de domingo, llevaba un delantal amarrado a la cintura. Blanche siempre olía a ropa limpia colgada al sol, aun cuando estaba atrás dando de comer a las gallinas y a su soberbio gallo, Fireball.

Mamá era más baja que Blanche y su cutis cremoso brillaba suave y sedoso en las sombras oscuras. De vez en cuando veía el color ligeramente rojo del colorete en sus pómulos cuando se volteaba para ver a Blanche. Había dejado su velo de encaje en casa. No me imagino lo que un sacerdote católico habría dicho si nos hubiera visto caminando a la Iglesia del Evangelio de las Dos Puertas. Tal vez nos hubiera rociado con agua bendita para hacernos recapacitar.

Todo el vecindario nos miraba mientras pasábamos caminando, pero nadie salía de ningún lado porque no sabían qué decir. *Hola* no hubiera bastado. Tendrían que haber preguntado los detalles y nadie quería hacerlo. El perro viejo de los Ruiz estaba en el patio del frente y nos ladraba. Era el mismo perro que correteaba carros y al que un auto mató después.

Cuando entramos a la carpa grande vi galones de helado en las mesas y me pregunté cómo iban a aguantar en la noche calurosa. Las hermanas de las Dos Puertas estaban haciendo Kool—Aid en enormes ollas de plástico. Cortaban limones y se los echaban. Las rebanadas de limón chocaban con los cucharones que subían y bajaban a la superficie del agua. Durante todo el servicio estuve preocupada por el helado y por si el Kool—Aid iba a estar frío. La carpa era diferente a la iglesia. Habían puesto sillas plegadizas sobre el piso de tierra y el hermano Jakes estaba sobre una plataforma de madera con otros feligreses sentados en una fila detrás de él. Las tres filas del frente las ocupaba el coro, que prorrumpía a cantar de vez en cuando, fuera o no fuera el momento de cantar. El coro se oía tan bien que alguien habría pensado que estaba escuchando un disco de larga duración a todo volumen. Hanny era miembro del coro. Vino a abrazarnos y las plumas de avestruz de su sombrero me hicieron cosquillas en la cara. "¡Como que ya era hora de que vinieran por acá!"

El hermano Jakes hablaba por un micrófono pero yo no creía que lo necesitara. Su voz llegaba hasta el final de la calle. Esa noche había allí personas que parecían rufianes, gente que Jesse y yo no habíamos visto durante los servicios dominicales. Más tarde supe que ese día los hermanos habían estado en las áreas más dilapidadas y que habían estado en lugares debajo de los puentes buscando almas perdidas que necesitaran convertirse. Los habían traído y tratado bien. Creo que la mayoría estaba esperando el helado y el Kool–Aid.

Después de dos horas de cantar, sermonear y tocarse las sillas los unos a los otros para recibir electricidad, nos dijeron que cualquiera que estuviera enfermo debería pasar al frente para rezar. A estas alturas Blanche lloraba y tenía el sombrero al revés con el alfiler brilloso en la parte de atrás en vez del frente. Mucha gente estaba llorando y yo pensé que tal vez se estaban arrepintiendo de todos sus pecados y querían entrar por la puerta correcta. Alcancé a ver las plumas de avestruz del sombrero de Hanny mientras nos acercábamos al frente arrastrando los pies. Ahora mamá estaba llorando también y yo me colgaba de su bolsa tratando de no perderla en la prisa por ir a que le rezara el hermano Jakes. Miré de reojo a Jesse a mi lado con una seriedad que parecía decir que iba a curar a mamá de sus dolores de cabeza para siempre. Probablemente los únicos en todo el lugar que no eran negros éramos nosotros y eso le llamó la atención al hermano Jakes. Bajó el micrófono y empezó a pasarse un pañuelo blanco sobre la frente. Cada vez que se limpiaba el sudor le aparecían nuevas gotas y tenía que repetir la operación. Yo quería que se subiera las mangas para refrescarse. Se puso el pañuelo en el bolsillo de la camisa y caminó hacia mamá.

"¡Habla, hermana! ¿Qué le pides al Señor?"

Mamá contestó, "Me duele la cabeza, tengo migrañas."

"¡No más!" gritó. "¡En el nombre de Jesucristo, hermana, te rescato de las migrañas!" Las voces de la congregación respondieron "¡Amén!" "¡Jesús es el Sanador!" "¡Da rienda suelta a tu fe, hermana!"

El hermano Jakes apenas si tocó la frente de mamá con una de sus enormes manos temblorosas y mamá se cayó hacia atrás como si le hubiera caído un rayo. Cayó en los brazos de Blanche que estaba detrás de ella. El corazón se me subió a la garganta. Jesse y yo estábamos al lado de mamá en un instante. "Va a estar bien," dijo Blanche. "Es el poder del Señor lo que la tiró." A todo nuestro alrededor la gente caía fulminada por el mismo poder. Agarré a Jesse de la mano derecha. Pensé que si me caía, lo iba a jalar conmigo.

Mamá se levantó y todavía lloraba y se apoyaba en Jesse para salir. Esa noche me convertí en una creyente de la Iglesia del Evangelio de las Dos Puertas porque mamá nunca tuvo otra migraña excepto después de los funerales de Jesse. Creo que lo que pasó esa vez fue más que eso. Fue toda la angustia que reventó en su interior y le hacía tanto daño que se quedó en cama dos semanas.

Cuando estaban reclutando a muchachos de El Cielito para ir a Vietnam, el hermano Jakes se volvió pacifista y rehusó permitirle a su hijo Rufus ir a la guerra. Rufus finalmente se hizo ministro y fue tan exitoso como su padre en recoger almas para su congregación. Además de sus destrezas para convencer a la gente que escogiera la puerta correcta, Rufus tocaba la guitarra como Jimi Hendrix y eso le facilitaba atraer muchedumbres.

La gente del Evangelio de las Dos Puertas tenía bien pensado eso del helado. Para cuando terminó el servicio se había derretido y estaba listo para esparcir sobre el pastel de durazno que las hermanas habían horneado en enormes cacerolas. Fue el postre más dulce que Jesse y yo jamás comimos. Estábamos tan contentos con Cindy, Gates, Franklin y Betty que pateábamos la tierra suelta enfrente de la carpa de la reunión y veíamos a mamá que resaltaba en la noche caliente del verano, libre ya de su dolor de cabeza, comiendo un plato de pastel de durazno con las hermanas negras del Evangelio de las Dos Puertas.

• LA BAILARINA QUE DEJARON los descendientes de Carlos Peña Armínderez no ha cerrado los ojos ni siquiera para pestañear en treinta años. Sus ojos vidriosos están fijos en la distancia. No sabe nada de medallas ni de guerra. Es la ágil figurita del estante superior de la vitrina con las puertitas que mamá compró en la tienda de segunda. A una de las puertas le falta la perilla. Uno tiene que meter la mano por la puerta de arriba y entonces empujar hacia afuera desde dentro para que se abra. No hay más medallas que poner en la vitrina, así que la vida allí es bastante calmada.

Si las medallas le hablaran a la bailarina, la asustarían. Ella no entiende que para que estas estuvieran allí alguien tuvo que sangrar o morir. Si no fuera por las medallas, ella tampoco estaría allí porque la vitrina se compró para exhibirlas hace muchos años cuando mamá se dio cuenta de que era la madre de un veterano igual que todas las otras Madres de la Estrella de Oro de la Legión Americana. Durante años mi madre ni siquiera miraba las medallas. Las medallas tienen nombre también, Silver Star, Bronze Medal, Purple Heart, Good Conduct Medal, Air Medal y dos del gobierno de Vietnam del Sur que no tienen nombre. La bailarina tampoco tiene nombre. No nos importó lo suficiente como para bautizarla.

Las medallas no cuentan la historia de por qué mi hermano tuvo que morir. Son la evidencia, la flor pasionaria que se abre, su estambre que le sale del centro y los pétalos blancos y lobulados se borran ante mis lágrimas. Me sorprende que las medallas y la bailarina tengan polvo. Supongo que es debido a las fisuras que hay entre las pequeñas puertas. Por todas partes hay fisuras, así es la vida.

Yoloxóchitl •

Anoche soñé que el techo goteaba, que goteaba exactamente sobre el ventilador de la estufa. Primero era lento, después rápido, más rápido, hasta que se convirtió en un chubasco. Había otras personas en la habitación. Le pregunté a alguien, "¿Se está desbordando el Río Salado?" Y la persona contestó, "No, no sabemos de dónde viene el agua." Vino un hombre que iba a reparar la gotera, pero dijo que no podía porque tenía que irse rápidamente a hacer el amor, después subiría a arreglarla. Observé la gotera crecer de un chorrito a un chubasco y no dejaba de pensar, ¿no es peligroso con la electricidad de la estufa y todo lo demás? Quizá el hombre era más peligroso, su necesidad de hacer el amor era urgente. Era más peligroso que la electricidad, el fuego, las explosiones y la muerte.

• ¿Está bien si me llevo las medallas de Jesse a clase, mamá?"

Mamá está recargada en su bastón en la entrada de la sala. Está viendo la vidriera que cabe justamente en la esquina de la sala.

"¿Ahora?"

"No, mañana. Estamos estudiando el país de Vietnam. Tengo a Li Ann en mi clase, una chinita. Es de Vietnam." Pienso en la cara de Li Ann, me parece una pequeña tarjeta de San Valentín que alguien olvidó colorear de rojo. Su cara tiene el color del marfil. Las gotas de sudor en la frente de Li Ann parecen claras, sin color. Cuando sonríe, su labio le cae sobre la pequeña barbilla haciendo plana su punta triangular. Cuando sonríe es como cualquier otro niño de segundo año. Cuando está solemne no se parece a ningún otro. Una mirada seria empieza una reacción en cadena en su cuerpo que termina en movimientos suaves y fluidos. Parece como si fuera a flotar sobre las cabezas de los otros niños y aterrizar en tu regazo. Así son las mujeres de Vietnam, como fantasmas. Las he visto en fotos llevando los elegantes *ao yais,* ropas delicadas de seda que les dejan libres el torso, les quedan sueltas por las piernas y apretadas sobre sus pequeños senos. Jesse mencionó cómo se vestían en una de sus cartas y me contó de una aldeana que le estaba enseñando vietnamita. En las fotos que he visto de las mujeres vietnamitas el pelo siempre casa con la sedosa ropa que usan; largo o corto, siempre lo llevan arreglado, nunca suelto.

¿Se enamoró Jesse de una de ellas? Mujeres de cuerpos tan diferentes de los nuestros, redondos y calurosos. Sus caras no dicen nada, las nuestras lo dicen todo. Algunas de ellas se hicieron prostitutas. La guerra siempre hace estragos en las vidas de las mujeres. Es difícil imaginarse esos cuerpos delicados violados y golpeados. Sé que Jesse conoció prostitutas. Ellas son el producto de la guerra, la violencia del hombre que brota de su sexo, separando a una mujer en dos, cualquier mujer en cualquier parte del mundo. Se venga del enemigo sujetando a su mujer debajo de él. La penetra, provocando al hado con la vara dura de su cuerpo impelido entre sus piernas. Se viene hasta su propio fin dentro de ella y ni siquiera lo sabe. Hace suya la bandera blanca de la rendición. ¿La de Jesse también? Nunca había pensado en eso.

"Mamá, ¿recuerdas esa llamada que recibiste de Saigón tres años después que mataron a Jesse?"

"¿Y qué con eso? Nunca supe quién era."

"Suponte que era una mujer. Alguien a quien Jesse conocía en Vietnam."

"¿Por qué habría de llamarme y no decir nada?"

"Tal vez no hablaba inglés."

"Ay, *mija,* eso es imposible."

"¿Por qué? Las mujeres vietnamitas son hermosas."

Mamá suspira en voz alta, "No puedo pensar en eso ahora, *mija.* Tengo que prepararlas."

"¿Preparar qué?"

"Las medallas. ¿No me pediste las medallas?" Está parada en el centro de la sala, alisándose el delantal con una mano y sosteniéndose en su bastón con la otra. Su delantal está limpio, sin manchas de grasa o de comida, diferente de cuando Jesse y yo éramos niños. Los seguros todavía están prendidos alrededor de la bastilla. Mamá está siempre buscando nuevos delantales en las tiendas de segunda, Goodwill y San Vicente de Paul, donde todavía compra muebles viejos y ropa, platos y baratijas. Ahora usa algunos de sus seguros para detenerse la ropa. No puedo hacerle entender que ya no tiene talla 16. Su talla ahora es la 8. Me dice que no le gusta que los hombres la miren fijamente con ropa ceñida y me pregunto si se refiere al nómada chimuelo que anda con carrito en la tienda del Goodwill y se le queda viendo a todo mundo que entra.

"¡Odio esas medallas!" Dice repentinamente con tanta cólera que cierro el libro de poesía que estoy leyendo.

"¡Nunca me lo regresaron! ¿Qué sabían esos hombres? ¡Pendejos! Me dijeron toma estas medallas en vez de tu hijo. ¿En qué estaban pensando? Yo nunca quise las medallas. ¡Quería a mi hijo!" Las piernas le tiemblan. No tiene lágrimas, sólo ira.

"Son sólo medallas, mamá." Pero yo siento lo mismo. Nos engañaron, nos hicieron trampa, nos mintieron. Lo que hizo Jesse en Vietnam no nos importa. No estábamos allí. Todo lo que sabemos es que nunca volvió, sólo las medallas llegaron, los listones de colores nuevos y brillantes. Nadie nos preguntó, "¿Quieren ustedes mujeres dejar a su ser querido con nosotros?" Sólo se lo llevaron y lo que queríamos no importaba. Tampoco nos preguntaron, "¿Quieren las medallas?" Simplemente las mandaron. La guerra terminó para nosotros cuando mataron a Jesse. Para otros siguió y siguió. Cuando la oíamos en la tele, mirábamos para otro lado. Cuando en el radio, lo apagábamos. Cuando leíamos de la guerra en las revistas y periódicos— los volteábamos al revés. Cada vez que nos la empujaban a la cara cerrábamos los ojos. La guerra fue el ataúd de Jesse, no tenía nada que ver con ganar o perder.

"Sí, sí, *mija*. Llévatelas si quieres." Camina a la vidriera y abre la puerta con la perilla que funciona. Mete la mano y abre la puerta debajo de la bailarina. Saca las medallas una a una sacudiéndolas con el delantal. Ahora sí tiene lágrimas. "¡Pobre mijito! ¡Mira todo lo que ganó! Y no estuvo allí ni un año." Me las da una a una. Yo paso el dedo sobre su nombre, *Jesse A. Ramírez.* Estoy cara a cara con la Cueva del Diablo, perturbando a los murciélagos que se colgaban patas para arriba. Si lo sabía, ¿por qué fue? ¿Había planeado su propia muerte? ¿Cómo pudo hacerme eso a mí, a mamá? El pelo que se me atoró en el botón de su uniforme antes de que saliera, me enredó en su muerte aun antes que abordara el avión.

"¿Te acuerdas, Teresa? ¿Te acuerdas del *cochito* y cómo corriste para dárselo a Jesse en el aeropuerto? Fue la última vez que pudo comerse un *cochito.*" Revivo la escena, corro hacia el hombre en la puerta, la azafata toma la galleta y me dice lo curiosa que es, todo mundo está viendo. Quiero decirle a mamá que Jesse no va a regresar. Escondo sus palabras en el esternón, en el mismo lugar que mi mamá guarda todo su dolor. Las palabras de Jesse son una brasa ardiente, encendida. ¿Si le digo ahora, qué dirá? ¿Para qué fue entonces? ¿Cómo pudo hacerme esto cuando sabía lo mucho que lo quiero? No podré contestarle. Tal vez es demasiado tarde. Quizá ya no importa. Don Florencio lo sabía, nana lo sabía. Lo vio en la manera que viví escondiéndome como un bandido de las conversaciones sobre la muerte de Jesse, sin querer saber más de lo que tenía que saber.

Entre más tiempo tengo las medallas de Jesse en las manos, más revive la brasa que tengo dentro del esternón. He llevado un secreto, una herida que se combina con la culpabilidad. Es como la vez que Paul se cayó del árbol y yo no estaba allí para evitarlo. Las palabras de Jesse son como la foto antes de la caída. Esperaba que las palabras se hicieran realidad, y cuando sucedió, todo lo que pude hacer fue señalarme y decir, "Lo sabía."

"Toma *mija,* llévate las medallas antes que las moje todas con mis lágrimas. Enséñaselas a los niños, diles lo bueno que era tu hermano. Diles que cuando un hijo muere, el corazón de su madre se va con él."

Pongo las medallas de Jesse en la mesita. Mamá camina lentamente hasta su cuarto por el pasillo apoyándose mucho en su bastón. La sigo de cerca casi imitando sus pasos torpes.

• Mi CONVERSACIÓN con el señor H. no cambia en nada mis planes. Pienso que de cualquier manera ya va de salida. Camino por la frágil línea entre la verdad y las consecuencias por la que caminamos todos los maestros. Durante el tiempo de la evaluación uno baila al son del director, después de que sale uno, cierra la puerta, les da la prometida pizza a los niños por su buen comportamiento, y vuelve uno a enseñar como quiere.

Traigo fotos de Jesse, Priscila, Paul, mamá, papá y de mí. ¿Qué significa despedirse? ¿Ver a un ser amado un día y después nunca más volver a verlo? Los niños no saben. Hay un niño de quinto año cuya madre murió en un accidente de tráfico el año pasado. Él sabe. El niño se llama Gabriel y algunos niños dicen que es como el ángel de Navidad. Gabriel está triste ahora, ya no es el niño al que le gustaba jugar fútbol y se metía en problemas de vez en cuando. Ahora es nervioso y está delgado. A veces los ojos se le abren alarmados y de repente se le cierran, como si las pupilas hubieran sido borradas y no tiene nada más que reflejar. Me pregunto si así me veía yo cuando murió Jesse. Todo el mundo caminaba a mi alrededor de puntillas como si tuviera catarro. En la escuela, mis amigos querían llevarme los libros. Una muchacha a la que detestaba me dejó quedarme con uno de sus suéteres porque dijo que ya no lo necesitaba. No dije ni una palabra, simplemente me lo puse y me alejé. Yo escuchaba, pasé mis clases, me gradué como el resto de los muchachos, pero no recuerdo lo que escuché o lo que aprendí, o si fui al baile de graduación ese año o no. Tal vez fui, pero no me acuerdo. Gabriel no se va a acordar tampoco. Su cerebro está hilando pensamientos que quedan atrapados detrás de los ojos y después desaparecen.

• MI MADRE ENVOLVIÓ las medallas de Jesse en papel de China blanco y las acomodó cuidadosamente en una bolsa de plástico. Hay profesores en el salón de maestros que esperan para verlas antes que las lleve a mi salón de clases. Orlando Gómez me dice que su hermano Ed estuvo en el ejército durante la guerra de Vietnam, al igual que un primo que murió más tarde de una sobredosis de droga. "Volvió de Vietnam convertido en un gran drogadicto," dice, "murió en un callejón donde su madre lo halló cuando iba a la tienda por la mañana." Edna y Vicky, dos maestras de sexto año, empiezan sus propias historias de horror acerca de amigos que volvieron y de otros, dicen, que nunca regresaron.

"Yo recuerdo a tu hermano, Teresa, fue a la escuela con uno de mis primos," dice Edna. "¡Qué inteligente, ah, que si era inteligente. ¿No estaba en el National Honor Society?"

"Sí, estaba en todo eso."

"Qué lástima, quiero decir perder a alguien que pudo haber hecho tanto por la sociedad."

"Todavía tienes otro hermano, ¿verdad, Teresa?" pregunta Vicky. Es alta y pálida, con ojeras, y tiene pelo oscuro que le llega a la cintura. Me recuerda a un fantasma, alguien que no es real. Su pregunta me enfurece. Pienso en Paul y en todos los problemas que nos ha dado.

"¿Verdad, Teresa?" repite. "¿No tienes otro hermano, Teresa?"

"Un hermano no puede reemplazar a otro."

"Ay no cariño, no quise decir eso. Sólo quiero decir que todavía te queda un hermano."

"Así es." Las palabras salen apretadas de mis labios. Mis dedos se estremecen. Dos maestros más entran con tazas de café en la mano. Envuelvo las medallas y las empaco en la bolsa de plástico antes que lleguen a la mesa. Para todos la mañana es como cualquier otra, menos para mí. El café se está preparando y el aire frío flota en el salón desde fuera cada vez que alguien abre la puerta. Tengo las manos heladas. Nunca he llevado nada de Jesse a la Primaria Jiménez. Lo traje al salón de maestros y ya se ha pronunciado su nombre tantas veces. Empiezo a arrepentirme de haber traído sus medallas. Me hacen tantas preguntas. ¿En qué año lo mataron? ¿Cómo? ¿Dónde? ¿La guerra fue una farsa, verdad? El error más grande de los Estados Unidos. ¿No se juzgó a los que mataron bebés en My Lai por un tribunal militar? Los Estados Unidos son los verdaderos terroristas por todas partes del mundo, mira lo que hicimos en Vietnam.

Cuando salgo hay un gran silencio. Escucho que alguien descarga el excusado. Están esperando a que yo cierre la puerta. *Parece que va a llorar. Es duro para ella, quizá no debería hacer esto, pero ya conocen a Teresa, haría cualquier cosa para enseñar una buena lección.*

Lo sé, pero no puedo remediarlo. Soy como el hombre de mi sueño. Las goteras de mi sueño se me han hecho realidad.

Lorena me ayuda a recoger el engrudo de la mesa de trabajo, las tijeras y las cartulinas antes de que entren los niños. Ponemos las medallas de Jesse sobre una tela de lino blanco que tengo guardada en el salón de clase para las ocasiones especiales. Lorena me observa cuidadosamente. El trabajar conmigo por cinco años ha hecho que me conozca todas las expresiones de la cara, como yo conozco las de mamá.

"Son preciosas, Teresa, nunca he visto medallas tan de cerca."

"Es una buena experiencia para ti."

"¿Estás bien? Te ves triste."

"¿Qué esperabas, Lorena? Tú sabes cómo nos queríamos."

"Tal vez no debas hacer esto, el señor H. puede . . ."

"¡Ese ojete no importa! No sabe nada de nada." La voz me sube varios decibeles. Lorena se levanta y mira hacia afuera.

"Mira, allí está Andy saludándonos." Miro hacia afuera y lo saludo también. Andy lleva puesta su sudadera de los Phoenix Suns. Se pone diferentes variaciones de camisetas de los Phoenix Suns casi todos los días. Vive con su padre y puede ir a todos los partidos de los Phoenix Suns, de la universidad de Arizona y cualquier cosa que tenga que ver con el deporte. Es sorprendente que el muchacho pueda mantener los ojos abiertos después de acostarse tan tarde casi todas las noches.

"Lindo niño, quisiera tener cinco más como él." Sin saberlo, me ha relajado por un momento.

El cuarto tiene la apariencia de los Estados Unidos en los sesenta. He recortado fotografías de los presidentes Johnson y Kennedy, Martin Luther King Jr., Robert Kennedy, César Chávez, Nixon, los que protestaron la guerra, el Muro de Vietnam. Unas cuantas imágenes de la guerra están esparcidas por el salón. Bajo la foto del Muro de Vietnam hay información que los niños copiaron de un libro. Sólo hay una falta de ortografía. Falta la *d* final en la palabra *unidad*.

El muro de Vietnam forma un ángulo en forma de una insignia como una V que conecta el monumento de Washington y el Lincoln Memorial. La señorita Lin diseñó el Muro para formar una unión entre el pasado y el presente de la nación. Está hecho de granito negro y cada nombre está grabado en blanco en la superficie. La gente visita el Muro y busca los nombres de las personas que conoce. Llevan un papel y lo ponen sobre el nombre. Rayan sobre el nombre con un lápiz o creyón para obtener una copia del nombre del soldado para llevárselo a casa.

Los niños construyeron una réplica del Muro de Vietnam y lo pegaron en la pared de ladrillo justo afuera de la puerta. Colorearon completamente una larga tira de papel de estraza con creyón negro, lo que sirve como trasfondo para los nombres que están grabados con un palo de paleta. El primer nombre en el muro es el de Jesse A. Ramírez.

Miro las medallas fijamente una y otra vez desde cualquier parte del salón en donde esté. Houdini que escapa de la muerte, las voces que mamá escuchó, la cara seria de El Santo Niño mirándome por algún resquicio de las titilantes veladoras, la profecía de don Florencio, *tu hermano regresará en una nueva forma,* y ahora esto. Estoy inmovilizada bajo las medallas, usándolas cuando no quiero hacerlo, preocupándome una vez más por algo que no pude evitar.

Los niños entran a la clase, *Ahh . . . miren las medallas de Jesse. ¿A cuántos mató, señora Álvarez? ¡Pum, pum!* Juan, Andy y Brandon se apuntan el uno al otro con rifles imaginarios. "¿Sabía usted que los AK–47 son mejores que los M–16?" El que habla es Brandon. Su padre es un sabelotodo y platican sobre todo.

"Mi tío fue a Vietnam y mi mamá dice que está loco," dice Julissa.

"¿Viste algo, Li Ann?" pregunta Charlotte. "¿Cualquier cosa?"

"No vio nada," dice Lorena poniéndole el brazo encima a Li Ann. "Ella nació en los Estados Unidos. Su mamá, su abuela lo vieron todo."

La madre de Li Ann, Huong (su nombre quiere decir perfume en vietnamita), entra detrás de los niños y trae una medalla que el gobierno sudvietnamita le dio a su tío. No es mucho más alta que los niños. Los brazos se me estremecen como si una ráfaga de viento frío me acabara de pegar. Siento que el cuerpo se me entiesa y tengo que forzarme para caminar hacia ella, sonreir y tocarle el hombro con la mano extendida. Me pregunto si se parece a la mujer que Jesse conoció en Vietnam. Quiero preguntarle si su familia conocía a algún soldado americano en Vietnam. Tan pronto como pienso preguntarle, cambio de opinión y no digo nada.

"Es por eso que mi familia viene aquí," me dice. "Los comunistas matan. Te matan si no haces lo que ellos dicen. A mi tío lo mataron mientras peleaba, como a Jesse mientras peleaba." Sus ojos están llorosos, pero sonríe. Sé que es la máscara asiática que esconde la tragedia.

"Venga a platicarnos," le digo aunque no me sienta muy mal porque mataron a su tío. Ella es una de las personas que mi hermano defendió peleando y, ¿qué le trajo eso? Sé que ella va a decir que no. Tímidamente me alcanza la medalla de su tío para que la pueda mostrar con las de Jesse. Al día siguiente nos manda un postre vietnamita que me recuerda al arroz con leche, excepto que no tiene azúcar prieta. Me explica que está cocido a fuego lento con jugo de coco.

Empiezo un diálogo privado con las medallas mientras los niños se sientan en sus pupitres.

Es culpa de Ray que esté así, Jesse, el hijo de la chingada se llevó todo lo que tenía y corrió tan rápido y tan lejos como pudo y luego lo echó todo a la basura. A lo mejor me acerqué a él para olvidarte a ti. Me casé con él porque estaba ahí y tú no. ¿Por qué te fuiste Jesse? ¿En qué pensabas? ¿Era la guerra más importante que nosotros? Ya no puedo seguir más aquí, Jesse, llévame a donde quiera que estés. Confío en ti. Sí, Jesse . . . por favor di que sí.

"Señora Álvarez, ¿se siente bien?" Lorena se inclina sobre mí. Estoy sentada en mi escritorio mirando fijamente la hoja de asistencia sin escribir nada. El esternón me duele como si alguien me acabara de pegar en el pecho. Quiero que Lorena me abrace fuertemente para que se me vaya todo el dolor del esternón, pero no quiero demostrar que el señor H. tenía razón, el soldadito de plástico, muy bien protegido en su casa mientras mi hermano hacía todo su trabajo sucio.

"Me voy . . . quiero decir . . . voy al baño. Ah . . . haz que los niños empiecen a trabajar en sus grupos." Lorena me ve detenidamente.

"Déjeme pedirle a alguien que venga a cubrir su clase."

"No, carajo no," susurro, "¿para que se entere el señor H.?"

Llego a la puerta. Li Ann me está observando. Veo su carita mirándome fijamente mientras los otros niños están ajenos a cualquier cosa que no sea la voz de Lorena que les dice lo que van a hacer ahora. Li Ann sabe. Me mira profundamente a los ojos con el lápiz en la mano, no se quiere entrometer, sólo me comunica que sabe. Sonrío débilmente. Ella sigue mirándome sin cambiar nunca el contorno de su cara de forma acorazonada.

Salgo a una mañana de febrero que se ha puesto gris. Rozo el mural del Muro de Vietnam despegando la esquina más cercana al nombre de Jesse. Me detengo para arreglarlo pasando los dedos sobre su nombre. Todo lo demás se pone borroso. *Por favor Dios, que no haya nadie por aquí. No dejes que nadie me vea.* Trato de caminar hacia el salón de maestros con la mayor normalidad posible, al llegar corro hacia el baño y cierro la puerta tras de mí. Hago correr el agua a lo máximo y lloro en una toalla de papel. Me duele todo el cuerpo.

Tu protector bucal, Jesse. Tu protector bucal—¿dónde estaba? ¿Te caíste y te rompiste todos los dientes? Y yo en ningún lugar cerca para poder ayudarte. Ay, Jesse— ¿dónde estaba la herida? ¿La herida que acabó con tu vida? El agujero en tu cuerpo que te hizo sangrar hasta morir. ¿Dónde estaban los asistentes paramédicos, las vendas, el helicóptero? ¿Por qué no se movilizaron lo suficientemente rápido? ¿Por qué no salvaron a mi hermano? ¡MI HERMANO! Lo siento por el hermano de todos los demás, pero ese era MI HERMANO peleando por monstruos políticos a quienes no les importaba una chingada si vivía o moría. MI HERMANO a quien regresaron a casa en un ataúd sellado con una tapa de plástico. Tu cuerpo todo hinchado, tu cara desfigurada. Fueron demasiados días. Lo siento mucho. Lo mandaron a la familia equivocada. ¿Se puede creer que esos cabrones ni siquiera pudieron poner nuestra dirección correctamente! Lo sentimos mucho. ¡El Ejército Norteamericano les pide disculpas por un error tan trágico! ¡Nos pide disculpas! ¡Qué pinche mamada! Debieron haberse puesto de rodillas para pedirnos perdón. ¡Y nunca dejen que me entere que lo mató el fuego amigable, que un pendejo de nuestro ejército asesinó a MI HERMANO! ¡Ay, Dios, no puedo aguantar más esto!

Recuerdo sus caras, amigos de la familia—¿quién es ella? Esa, la que está parada allí. ¿La que grita así? Esa es su hermana, Teresa. Era la que estaba más cerca de él. La toalla de papel está despedazada. Me tuerzo violentamente las manos haciendo de cuenta que una es la de Jesse. *Reza por mí, don Florencio, tlachisqui de la nación mexica, ruega por mí, Virgen de Guadalupe. ¡Necesito té, don Florencio, el té que se hace de las flores amarillas, del yoloxóchitl, para curarme el corazón deshecho! ¡Ahora, ah Dios, lo necesito ahora!*

Siento que estoy lista para empezar el gemido que dijo don Florencio era el sonido de mi alma que lloraba. Lo siento atorárseme en la garganta y

trago intensamente para que se me vaya. Alguien toca a la puerta. Es Lorena. La dejo entrar y si no hubiera sido por Lorena Padilla, ese día yo habría
sido el ejemplo fáctico de que el señor H. tenía razón.

• ESE DÍA había una deuda en mi vida—una deuda de lágrimas, ruegos,
llantos, de energía que me empujaba hacia la superficie. ¿Cómo se puede
tener una deuda con el universo? Yo la tenía. Y no podía engañar al universo para que aceptara ningún otro pago que no fuera el frío escalofriante
de mi corazón, un pago raro para el calor que seguiría.

La Manda •

rene está sentada frente a mí en la mesa de la cocina. Mamá está en el fregadero lavando platos. Irene se sienta allí casi todos los días cuando visita a mamá. Las dos se protegen de la soledad hablando de los viejos tiempos y comparando dolencias y dolores. Un viejo que se dice sobador le masajea las piernas a Irene cuando menos una vez a la semana. Irene tiene diabetes y dice que necesita los masajes en los pies para mantener la circulación de la sangre. Quién sabe, tal vez sin el sobador tendrían que amputarle las piernas, especialmente con doctores tontos a quienes no les importa qué pies cortan con tal de hacer dinero.

Irene dice que doña Carolina se levantaría de su tumba si supiera cuánto cobra el viejo sobador. "Ya no son curanderos, Teresa, lo único que les importa es el dinero. Doña Carolina se moriría de nuevo si supiera cómo trabaja este viejo. Nunca dice oraciones cuando nos cura. De cualquier manera, yo rezo cuando me está sobando con esa loción corriente, Jergens, ¡Imagínate, la compra en Walgreens! Es igual que los doctores tontos que mataron a Lencho cuando le dieron tantas pastillas. ¡Lo envenenaron!"

En sus buenos tiempos, Irene y mamá bailaban en el parque el 16 de septiembre durante las fiestas patrias. No las puedo ver ligeras de pies y haciendo sonar las castañuelas entre los dedos. "Créelo," me dice Irene. "Créelo. Hubo un tiempo en el que fuimos jóvenes, antes que tu padre y Lencho nos hicieran envejecer."

Irene lleva el mismo medallón que mi madre, la imagen de la Virgen de Guadalupe grabada en un disco dorado. Serán guadalupanas hasta el día de su muerte; la cofradía es así de fuerte. Esas mujeres forman un comadrazgo, una hermandad ligada por lazos espirituales con la iglesia y la Virgen de Guadalupe. Nana señalaba la imagen de la Virgen de Guadalupe que cuelga en la sala. "Ella es la única mujer en todos los tiempos a quien Dios mismo le ha dado el sol, la luna y las estrellas," decía. "Mírenle la cara. ¿Han visto algo más bello en su vida?" Yo no dije nada porque nana tenía razón. La cara de la virgen era pequeña y apacible. Tenía los ojos entrecerrados, pero yo quería que los abriera. Quería ver esos ojos como grandes estanques castaños donde pudiera sumergirme y ver a Dios desde adentro.

La leyenda sostiene que hace siglos la sagrada imagen se apareció milagrosamente en el ayate—manta rala de maguey—de Juan Diego en uno de los cerros de las afueras de la Ciudad de México. La Madre de Dios apareció suspendida en los cielos con una luna creciente a sus pies y vestida con una túnica de estrellas como princesa azteca. Le enseñó a Juan Diego unas rosas que crecían milagrosamente en la tierra fría y yerma. Él las cortó y las puso en su ayate. Para cuando se las mostró al obispo, la imagen de la Virgen se había grabado en la manta rala, y hasta hoy día permanece colgando en la Basílica de la Virgen de Guadalupe en la Ciudad de México. En ocasiones especiales, además de los medallones de oro, las ancianas llevan listones rojos, blancos y verdes que les cuelgan de los hombros como borlas. Nana me dijo que las guadalupanas llevan el medallón y listón aun en su ataúd, y que las acompañan una guardia, una mujer a la cabeza del féretro y otra a los pies, hasta que sus cuerpos son enterrados en la tumba.

Nana Esther fue presidenta de Las Guadalupanas por años. Cuando yo era niña miraba a las ancianas caminar por el pasillo de San Antonio con sus zapatos negros amarrados con agujetas hasta los tobillos. Las mujeres más jóvenes, las de menos de setenta años, caminaban rápidamente en sus zapatos bajos de charol blanco o negro. Los vestidos y las faldas largas les colgaban sobre las piernas cubiertas con medias, piernas cortas la gran mayoría, que se extendían de sus caderas desiguales, exhaustas de dar a luz a tanto niño, en vez de sólo a uno, como la Virgen. Aquí y allí se veía el destello de los espejuelos sobre una nariz arrugada, el aroma de perfume de las mujeres más jóvenes y el insípido olor de la piel envejecida que no es tocada en la viudez por las manos del marido o las de niños de pecho. La atmósfera estaba llena de la autoridad de los corazones de muchas mujeres que latían al mismo ritmo por la misma razón. El alma de la maternidad, el oculto tesoro de la raza, pasaba camino al altar adornado de rosas rojas, lino blanco y velas. Ni siquiera un demonio salido del infierno se habría atrevido a disturbar la oscilante y difícil procesión de madres unidas en la victoria de la Virgen con nana a la cabeza. Escuché la primera línea de *Paloma Blanca* y me eché a llorar. Las vigorosas voces del mariachi y sus guitarras típicas desataban una cascada tal de emociones que me tuve que detener en una de las bancas para apoyarme. Me invadió una explosión de orgullo por mi piel morena y mi regia Madre indígena.

Los domingos llevo a mamá y a Irene a San Antonio donde oyen misa. En los días de fiesta todavía caminan en procesión con otras guadalupanas detrás del pendón de seda de la Virgen. Tienen la misma apariencia que tenían en el aeropuerto cuando Jesse voló a Vietnam, son como golondrinas grises abrumadas por la gravedad de la tierra que miden su vida con pasos lentos y sagrados. Entro con mamá agarrándose de mí con el brazo libre del bastón. Cantan en voz alta y todo se mueve como en otros tiempos. Las canciones son las mismas, *Paloma Blanca, Adiós, Reina del Cielo, Las mañanitas.* Miro a mi alrededor y me pregunto si a las guadalupanas se les van a acabar las ancianas para reemplazar a las que han muerto. Parece que no. Las mujeres viven más que los hombres, hasta los ochenta, los noventa. Mi madre tiene setenta y nueve.

Mis gemelas Lisa y Lilly no le tienen mucha paciencia a Irene y a mamá. No aguantan a Irene cuando viene a la casa y sin pestañear les dice cosas como, "Si yo me hubiera vestido así para ir a la escuela, mi padre me habría pegado con un palo."

"Ya no es como en aquellos tiempos, Irene," dice mi mamá." Hoy en día las muchachas tienen bebés a los quince años. ¡Quiera Dios que eso no les pase a las gemelas!" Se persigna y después hace la señal de la cruz en el aire bendiciendo a Lisa y Lilly, estén ellas o no en el cuarto. Me alegré cuando les dio por el *look* de bombacha. Irene se siente mejor cuando llevan ropa holgada.

Veo a mamá lavar los platos porque insiste en hacerlo ella sola aunque le toma mucho tiempo para terminar. Arrastra el trapo de fregar sobre cada plato y utensilio, apenas limpiando su superficie. Apoya los codos pesadamente en la superficie de esmalte blanco. Su cara no está muy retirada del agua enjabonada. La mala circulación le causa grandes dolores en las piernas. Su medicina para el corazón controla la hinchazón, pero siempre tiene rigidez y dolor en las piernas, y algunas veces se le entumecen los pies y los dedos de los pies.

"Mamá, deja que Lisa y Lilly limpien la cocina. Hoy llegan aquí después de la escuela. De todos modos pronto se van a mudar aquí, así que más vale que se vayan acostumbrando."

"No, *mija*. Tienen tanta tarea. No voy a molestarlas."

"Bueno, entonces deja que yo te ayude."

"No, tú estás ocupada también. Traes trabajo que hacer todas las noches. Ay, mijita, ¿por qué tienes que trabajar tanto?"

"Por la maldición de ser educada, me supongo." Tengo pilas de papeles en la mesa, pruebas de ortografía, reseñas de libros y hojas de rompecabezas que estoy calificando.

"La verdad es que tu mamá quiere lavar los platos ella misma, Teresa," dice Irene. "Ha sido testaruda toda su vida. ¿Yo? Yo dejo que mis hijas lo hagan. En todo caso, ¿para qué sirven? Nunca me ayudaron cuando eran jóvenes."

"Manuel llamó hoy preguntando por ti, *mija*," dice mi madre. "Pobrecito, siempre le has gustado desde que eran niños en la escuela. ¿Te acuerdas, Teresa? Esa madrastra suya, Matilde, ¡maldita sea por todo lo que le hizo! Ahora está enferma de la vesícula. Él me dijo que la habían operado de la vesícula. Le dije que le dijera que bebiera agua de maíz. Que cortara las fibras de las mazorcas de maíz, esos hilos largos, los cabellos del elote son los que se hierven. ¿De qué vivían nuestros antepasados si no del maíz? Decían que era el regalo de los dioses. Le podría agregar azúcar al té, si le gusta así, eso le abrirá los riñones y le ayudará a orinar. Manuel dice que los doctores la convencieron de que debe tomar esas píldoras rojas grandes que parece que se las deberían de dar a un elefante. Así son siempre los doctores, siempre hacen algo artificial y se ríen de nuestros remedios. Supongo que no es culpa suya que les haga caso. Es una ignorante, la tonta."

"Una vez tuve un caballo del color de esas píldoras," dice Irene. "Un caballo horrible también, me tiró tres veces. No me sorprende que Santiago haya nacido azul; ese caballo me dañó la matriz cuando era niña. El cordón umbilical se me enredó por dentro y Santiago casi se ahoga por eso."

"¡Por supuesto que no!" dice mamá. "Eras demasiado vieja, Irene, ese fue tu problema."

"No me digas nada de ser vieja, porque . . ."

"¿Qué quería Manuel, mamá?" Interrumpo a Irene sabiendo que la discusión no va a llegar a ningún lado. Ninguna de las dos admite jamás que ha perdido. Aprieto la pluma roja aún más. "¿No puede aceptar un no?"

"No seas mala con él, *mija*. Es huérfano. Siempre se ha portado bien contigo. Se metió al coro de San Antonio sólo para estar a tu lado."

"¿Cómo olvidarlo?"

Mamá sentía pena por los niños huérfanos. La verdad es que Manuel sí tuvo mamá, pero huyó con un adicto a la heroína cuando Manuel todavía era un bebé. Su tía Matilde y su marido lo adoptaron y lo quisieron hasta que llegó al cuarto año cuando su tía dio a luz a su propio bebé. Después de eso, nada de lo que Manuel decía o hacía era mejor que Eliseo, su hijo verdadero. Empezaron a olvidarse de Manuel y se arrepintieron de haberlo adoptado en primer lugar. Fue muy triste para Manuel. Además de todo eso, nunca hallaron a su madre. Algunos sospechaban que se había vuelto drogadicta y que había muerto de una sobredosis.

La tía Matilde apodó Casper a Manuel porque decía que estaba siempre desapareciendo. ¿Desapareciendo a dónde? A Matilde y su esposo no les importaba en realidad. Después Manuel me dijo que se escondía en los vagones de carga del ferrocarril Santa Fe y jugaba canicas consigo mismo. Conoció todo tipo de vagos y en una ocasión durmió una siesta tan larga que terminó en Flagstaff, no sabía dónde estaba hasta que uno de los vagabundos lo despertó justo a tiempo para que brincara a la otra vía y regresara a Phoenix.

"Su ex esposa, Regina, ya tiene otro novio," dice mamá, "y hace apenas un año que se divorciaron. Pobre Manuel, nunca fue de los que engañan a la esposa. Su hija María lo ayuda ahora en su negocio de contabilidad. Al revés de tu padre, siempre ha sido muy trabajador, pobrecito. Esa es la clase de hombre que necesitas, Teresa. Bueno y trabajador."

"Primero que nada, ¿qué tiene que ver el ser huérfano con la realidad? Y ¿me puedes imaginar a mí con Manuel? ¡Salgo de un músico para meterme con un contador!"

"Dale una oportunidad a la gente, *mija*. No te encierres en ti misma, abre tu corazón."

"Ay, mamá, sólo pensar en otro hombre me enferma. Manuel sabe que me estoy divorciando. Está midiendo su tiempo para ver si me le entrego."

"¿Todavía quieres a Ray?"

"No lo sé. No sé si en realidad amé a Ray alguna vez, pero sí sé que nunca he amado a Manuel. Es un amigo, nada más."

"Es muy mulo," dice Irene, "igual que todos los hombres, terco. Mira a Lencho, nunca me soltó, y tu padre nunca dejó a tu madre, tampoco. A los hombres no les gusta perder."

"Antes ustedes las mujeres no tenían mucho que decir sobre nada. Los hombres las perseguían y las atrapaban como si fueran alguna presa. Manuel no está bien para mí. Es sólo un amigo. Además, pensé que tú querías que me quedara contigo mamá."

"Sí, *mija*, pero no voy a durar toda la vida. Mírame, apenas si puedo caminar. Me alegro que Consuelo ya no ande por aquí. ¡Le hubiera dado un golpe en la cabeza con mi bastón!"

"No, no lo harías. Cuando se estaba muriendo le mandaste sopa."

"Sí, admítelo," dice Irene. "Le tuviste lástima aunque andaba tras de Pablo Jesús. Si hubiera sido yo, le habría puesto raticida en la sopa, créeme."

"Tenía que darle de comer, se veía muy mal. Era una varita cuando murió. ¿No te acuerdas? Y todos sus inútiles hijos parados a su alrededor con las manos en los bolsillos, esperando a que se muriera para quitarle la casa."

"Hablando de niños . . . a mis niños de la escuela les encantaron las medallas de Jesse."

"¿Qué dijeron, *mija?*" Mi madre deja de lavar los platos y se voltea para mirarme. Dos seguros prendidos a la deshilachada orilla de su delantal se mueven ligeramente.

"Que era muy valiente. Ni siquiera las tocaron de tanto que las respetaban." No menciono los comentarios de los AK–47 y los M–16. "Dibujaron un muro como el verdadero Muro de Vietnam y pusieron primero el nombre de Jesse." Levanto uno de los montones de papeles en los que estoy trabajando y saco una foto del Muro de Vietnam que corté de un calendario que me mandó la VFW—la Asociación de Veteranos de Guerras Extranjeras.

"Mira, aquí hay una foto." Camino hacia ella con la foto en la mano. "¿Recuerdas el muro que tenemos aquí en Phoenix con los nombres de nuestros muchachos? Bueno, este es el grande que está en Washington."

Mi madre mira la foto parada al lado del fregadero lleno de platos. Se le cae la taza que tiene en la mano haciendo un ruido sobre el esmalte blanco del fregadero. Siempre me preocupan las embolias y ataques al corazón y reacciono instantáneamente cubriéndola con el brazo.

"Mamá, qué pasa? ¿Estás bien, mamá?" Deja caer el estropajo al agua enjabonada y pone su mano contra su esternón. Me mira.

"¿Qué pasa? ¿Qué pasa, Alicia?" Irene está de pie.

"¡Es eso, *mija!* ¡Es eso!"

"¿Qué es eso?"

"El muro, *mija.* ¿Dónde está?"

"En Washington,"

"¡Tengo que ir allí!" De repente sus ojos son los mismos ojos bromistas y felices que cuando nos traía sorpresas escondidas tras la espalda a Priscila y a mí cuando éramos niñas.

"¡Mamá, eso está muy lejos! Apenas si puedes ir al doctor y regresar. ¿Qué estás diciendo?"

"¿Recuerdas las voces?"

"¿Qué voces?"

"¡En Navidad! Las voces que escuché en mi recámara. ¡Era mijito! ¡Era Jesse y sus amigos, los que están en el Muro!" Señala la foto, Irene se acerca a ver.

"¡El nombre de Faustino también está allí!" dice apuntando hacia la foto. "Hablaba con Jesse esa noche."

"¡Nadie estaba hablando con nadie, mamá! ¡Son sólo nombres!"

"¡Era él, Teresa! Era Jesse. ¿No te acuerdas que me prometió que volvería a escuchar su voz?"

"¿Cuándo?"

"En el aeropuerto, ¿no te acuerdas? Tu nana también estaba allí."

Ahora Irene está llorando, asintiendo con la cabeza. "Claro, allí tienes tu respuesta, allí mismo en el Muro."

Mi madre se lleva las manos juntas al corazón. "Ante todos los ejércitos del cielo, ante Dios, hago este día una manda. Voy a llegar al Muro antes de morir y voy a tocar el nombre de mi hijo. Así sea la última cosa que haga en este mundo, ¡prometo que tocaré el nombre de Jesse!"

"Créelo," dice Irene. "¡Dios nos llevará allá!"

"¿Nos?" La palabra me da escalofríos en el espinazo.

El Universo Paralelo •

Te acuerdas del hombre que se casó con doña Elodia y doña Azucena, el que nana decía que se parecía a Mutt?" Mamá está en su recámara sentada en un sillón de orejas. Yo estoy hincada en un pequeño tapete sobándole los pies lenta, suavemente. Tiene los pies hinchados y le duelen a pesar de que le he dado las medicinas que se supone le abrirían sus vasos sanguíneos.

Me concentro en las imágenes de las dos señoras de las que habla mamá. La primera vez que vi a doña Elodia Beltrán y a doña Azucena Gámez se acercaban lentamente al altar en fila con otras guadalupanas en San Antonio. Pensé que eran santas. Tenían la misma mirada de un largo sufrir que había visto en las caras de las santas en los calendarios de casa. Nunca les quise servir café cuando venían a ver a nana a casa porque temía derramar una taza de café caliente en la espalda de una de ellas y que ellas se quedaran allí, sentadas, aguantando todo el dolor, perdonándome la torpeza, viéndome con lástima por ser una muchacha moderna, grosera e indisciplinada. Nana me sorprendió cuando me contó un poco de la vida de ellas después de una de sus visitas.

"No te dejes engañar, *mija,*" me dijo nana. "Míreles la cara de santa, parecen la pura verdad, pero yo me acuerdo cuando huyeron de casa. Una se fue por un lado y la otra en dirección opuesta y de todos modos las dos terminaron casándose con el mismo hombre. Ay, Dios, parece increíble, ¿verdad? Fue uno de los hermanos Robles que tenía cara de haber salido de las tiras cómicas." Nana era una ávida lectora de las tiras cómicas. "¿Recuerdas a Mutt y Jeff? El hombre se llamaba Feliciano o Felipe o algo así. No me acuerdo, pero se parecía a Mutt. ¡Aunque era muy elocuente! Primero se casó con Azucena y más tarde decidió que se había equivocado y se casó con Elodia. En primer lugar las dos fueron tontas, estúpidas, por casarse con él. Después cuando él murió, allí estaban, llorando sobre el féretro. ¡Tercas las dos! Tu madre debería aprender algo de ellas." Ese día al escuchar la historia de las dos ancianas, pensé que cuando fuera grande iría a formar parte de la procesión de mujeres solemnes y me maravillaría de los misterios de Dios y la Virgen, y más que nada, descubriría quiénes se escaparon de casa cuando eran jóvenes.

"Nana siempre decía que el hermano Robles se parecía a Mutt. ¿Te acuerdas, Teresa? Ay que mi ma'! De todos modos, hizo una manda un día, prometió ir a Magdalena, México, a la iglesia de San Francisco Xavier. Antes la gente iba allá para ver una estatua de San Francisco acomodada como si estuviera durmiendo en un ataúd grande. Le ponían las manos por debajo de la cabeza y trataban de levantarlo, y si podían, quería decir que sus peticiones serían contestadas. Si no podían, quería decir que Dios no estaba escuchando sus oraciones, tal vez porque no tenían suficiente fe o algo así. Todavía va allí la gente, la fe no ha muerto, sabes. Bueno este tonto de hombre hizo una promesa y no fue lo suficientemente cuerdo como para cumplirla en un año como había dicho. Por eso murió como murió, *mija*, gritando del dolor de estómago. Dijo que se había tragado una aguja que estaba tratando de insertar para una de las doñas. Los doctores le dijeron repetidamente que la aguja se le hubiera atorado en la garganta antes de llegar al estómago, pero él insistía en que la aguja se había ido por la garganta. Cinco años después de su promesa finalmente fue a Magdalena, y mira lo que pasó—ni siquiera pudo mover la cabeza del santo. Fue entonces que supo que iba derecho a la tumba. Y mira, tan pronto regresó a Phoenix se murió."

"Eso es cuento. Nadie se cura levantando una estatua de cerámica, mamá. Todo está en la imaginación de la gente."

"No es la estatua, *mija*. Es la fe en Dios lo que importa. Creo que se puede levantar cualquier cosa en este mundo, si se tiene fe."

"¿Se puede?" La miro. El cuello de su blusa floreada está doblado sobre sí mismo. Mechones de canas le bajan sobre los ojos.

"Te está creciendo el pelo."

"Sí, lo sé." Me pasa sus calcetines. "Así está bien, *mija.*" Busco sus zapatillas que compró en la tienda Goodwill. Se las pongo, apurándome.

"Yo sí tengo fe, voy a ir al Muro de Vietnam," dice.

"¡Bueno, eso es algo que debemos platicar! Los boletos de avión son caros, mamá, más de doscientos dólares el viaje sencillo y es un vuelo de cinco horas de aquí a Baltimore, y de allí tenemos que tomar un autobús a Washington, D.C." Mi madre se queda mirándome fijamente y después se echa a reír.

"Ay, no, *mija,* no nos vamos a ir en avión. ¡Nos vamos en carro!"

Ahora me río yo. "¡Carro! ¡Mamá, tienes que estar bromeando! Nos tomaría una semana llegar allí, ¡y contigo enferma, nos tomaría dos!"

"Irene y yo nunca nos hemos subido a un avión. ¡Ni lo quiera Dios que nos subamos a un avión, que provoquemos a Dios volando entre las nubes!"

"¿Van a ir las dos?" Me las imagino. Mi madre con su bastón, Irene con sus medias gruesas en busca de un sobador en Washington y las dos con sus medallones de la Virgen.

"Mamá, esto no es una broma. ¡Es un viaje largo!"

"No te preocupes, *mija.* El Santo Niño nos llevará. Él puede andar con sus sandalias por todas partes. ¿No lo sabías?"

"Mamá, ¿como puedes creer eso? Es sólo cuento. Es algo que la gente inventó para sentirse mejor." Estoy de pie buscando la jarra de plástico que está en el buró. "Te voy a dar un poco de agua."

"Dios puede hacer lo que Él quiera, Teresa. Si Él quiere llevarme al Muro, Él lo hará."

"¿Cómo? ¿Puedes decirme cómo? Por una parte no tenemos el dinero, por otra tú no tienes la fuerza. El doctor Mann no te permitiría nunca salir de la ciudad. ¿Quieres que todo y todos se detengan sólo para que tú puedas llegar al Muro? Yo estoy trabajando y los niños están en la escuela. Y si eso no es suficiente, yo estoy esperando a que se finalice el divorcio, *y* que se determine la fecha en que debo presentarme en corte para la demanda de Sandra. Así que ahora, ¿cómo es que vamos a ir al Muro?"

"No grites, Teresa. No estoy sorda."

"¡No estoy gritando!"

"¡Sí estás gritando y también estás enojada!"

"¡Si estoy enojada es porque tú eres tan terca!"

"Qué lástima que no puedo ir a la iglesia de San Francisco en Magdalena para averiguar si Dios está escuchándome o no."

"¡Sí, claro, eso nos ayudaría! Tal vez deba checar con el Santo Niño también. Imagínate, quizá vaya por delante en sus pequeñas sandalias guiándonos hacia el Muro."

"¿Qué crees que me quería decir Jesse esa noche?" pregunta mientras salgo con la jarra.

"Cómo voy a saber, yo no oí nada."

• LLUEVE un domingo de marzo, el día que convoco una reunión familiar a la que vienen Priscila y Paul. No dice el dicho *¿las lluvias de abril traen las flores de mayo?* Cualquier día lluvioso es un día milagroso en Arizona, así que la gente no se queja mucho cuando llueve. Paso los pulgares por el cristal de la ventana de mi recámara repasando dos senderos de gotas de agua que caen por el lado opuesto del vidrio. Dos manchas aparecen en el cristal. Mamá y Jesse separados por una tenue capa de realidad. Y yo atrapada en medio.

Miro el patio trasero convertido en un verde frondoso por la continua lluvia. Las granadas parecen de un rojo rubí entre las ramas y la hojarasca laberíntica del árbol. Hay nuevos zarcillos retoñando en la enredadera de la madreselva que hacen volutas de capullos blancos que parecen campanas. El Jardín de la Victoria de tata es un caos pastoso: los surcos han desaparecido, las adelfas al lado de la cerca han crecido en exceso y sus ramas se doblan con el peso de las gotas de agua. Me digo que tengo que pedirle a Cisco que las pode. El polvo de las adelfas puede ser venenoso. Cholo está echado bajo mi Honda; la equis en su pecho está tapada bajo su pelo lanudo.

Veo la puerta trasera de la casa de Irene a través de la cerca de tela metálica. Irene está en casa, probablemente descansando la cabeza en la almohada con la bandera americana, la bandera que su hijo Faustino ganó con su muerte. Tener la bandera cerca de ella es la manera en que Irene tiene a su hijo cerca. Su vieja choza es la misma estructura tambaleante que recuerdo cuando era niña, excepto que tiene un techo de tejamaniles y cristal verdadero en las ventanas. Siempre había existido la pregunta de lo que había hecho Irene con los diez mil dólares que recibió por la muerte de Faustino. Mamá dice que le dio el dinero a Lencho, quien compró un carro nuevo y una extravagante caja de herramientas. Le compró también una alfombra nueva, una de tela áspera verde que a la pobre Irene la hacía creer que se había mudado a la jungla vietnamita. Lencho quería las herramientas para hacer trabajos extra en casa y poder descansar así sus pies planos al no correr por todo el vecindario jugando al repartidor. Nunca supe de ninguna familia que hubiera mejorado su situación financiera gracias al dinero que recibieron por la muerte de su hijo. Era como si quisieran deshacerse de él tan rápido como pudieran.

Esto me recuerda que nunca supe qué hizo mamá con el dinero que recibió por la muerte de Jesse. Me digo que le voy a preguntar. Sé que le hicieron reparaciones a la casa de Consuelo, probablemente mi padre usó parte de ese dinero (¡el descaro del hombre!). Una lavadora y una secadora entraron por primera vez a casa e hicimos muchos viajes a México para visitar a parientes viejos y ayudarlos con dinero. Mamá nunca dijo nada más acerca de eso. Le tomó tres años para exhibir las medallas de Jesse en la vitrina con la bailarina. El dinero y las medallas no tenían ningún significado para ella.

• ME SIENTO COMO SI fuéramos un clan secreto haciendo planes a escondidas en vez de una familia tratando de decidir qué hacer con una anciana testaruda. Estamos sentados en la sala. Mamá está descansando en su recámara. Lisa y Lilly están en su cuarto hablando por teléfono, Cisco está mirando un juego de béisbol en la tele en el cuarto de al lado.

"Tú tienes la culpa," dice Priscila. "Tú eres la que llevaste las medallas de Jesse a la escuela. Tú eres la que le enseñaste a mamá la foto del Muro. Todo esto la está afectando. Ni siquiera sé por qué ahora el nombre de Jesse está por todas partes. ¿Por qué no podemos dejarlo descansar en paz?"

"¡Espabílate y haz algo, Priscila! ¿Organicé yo las voces que oyó en Navidad? Eso fue lo que empezó todo. ¿De veras crees que yo quiero que haga el viaje? Y en lo que se refiere a Jesse, parece que él es el que está perturbando la paz."

"¿Vas a quedarte con el dinero?" pregunta Priscila. "Debe ser una fortuna lo que vas a recibir al vender esa casa."

"No tengo nada de dinero, tú lo sabes. Por qué no tratas de decirle a mamá que no puede ir, ¿eh? ¿O tú, Paul?"

"Nadie puede arreglar las cosas tan bien como tú, ¿verdad, Teresa? ¿Por qué debemos intentarlo nosotros?" dice Priscila.

"Me sorprende que no recuerdes cómo te sentiste cuando perdiste a Annette. Mamá se ha sentido así por años."

"¡Eso no tiene nada que ver con esto!"

"Tiene que ver mucho. El dolor es el dolor, no importa de quién sea. Tú deberías de simpatizar con mamá en vez de tratar de sabotear el viaje."

"¿Sabotearlo? ¡Estoy tratando de ayudarle a regresar a la realidad! Está arriesgando su vida al ir al Muro."

"¿Cómo sabes? Tal vez le dé paz, algo que no ha tenido en años."

"Será demasiado para ella—ya verás. Mamá no puede aguantar un viaje así."

"¡Esas son ideas tuyas!"

"Déjame en paz. ¡No necesito tus consejos!"

"¿Quién va a batear?" Paul le grita a Cisco.

"Baltimore."

"*Screwballs.*"

"Paul, ¿estás escuchando todo esto?" pregunta Donna.

"Claro que estoy escuchando. Lo que oigo es que ustedes las mujeres quieren llevar a mamá al Muro de Vietnam cuando está prácticamente en su lecho de muerte. ¡Qué buenas planificadoras, todas ustedes!" Paul le tiene agarrada la mano a Donna. Puedo leer la última parte de las letras, *onna,* tatuadas en su brazo izquierdo. Tuvo suerte que el nombre de la muchacha que se tatuó la primera vez era Anna. Todo lo que hizo fue regresar al mismo hombre que le había tatuado Anna en el brazo y lo hizo cambiar por Donna. Ahora anda con una A que parece una O mayúscula. Donna tiene tatuajes en forma de pequeñas flores y estrellas, uno en la mano, otro en el tobillo.

"No se trata de lo que queramos nosotros, Paul. Es lo que quiere mamá. No puedo hacerla cambiar de opinión."

"Tampoco puedes salir del estado, Teresa. Tienes un caso pendiente en la corte—ahora eres como yo, una criminal común y corriente. ¡No puedo creerlo, mi santurrona hermana acusada de asalto!"

"Tú no estabas allí. Ella lo provocó, así que no te metas."

"Qué ejemplo el que les estás dando a Elsa y a las gemelas."

"No puedo creer lo que acabas de decir, Priscila, considerando cómo has vivido tu vida."

"A propósito, ¿dónde está Elsa?"

"No está. Está encabronada," dice Priscila, "superencabronada con Teresa por el divorcio."

"Al menos tengo un matrimonio del cual divorciarme, no como ciertas personas que conozco que viven juntas como ratas en un laberinto." Priscila me mira con ira.

Michael, el hijo de Paul, está tumbado en la alfombra leyendo un atlas de carreteras. Sigue líneas de números en la página y marca las distancias con una pluma roja. Se concentra intensamente con el labio inferior presionándole fuertemente el superior. Parece que los pelos parados ya le crecieron y se quita un pelo suelto de la frente. "Hay 2,350 millas de Phoenix a Washington, D.C.," dice. Angelo, el hijo de Priscila, está a su lado coloreando con creyones gruesos en un libro de colorear de Disneyland. Está emborronando la cara de Tinkerbell. Angelo es bajo y rechoncho de cara llena. Cuando se sonríe se le ven los dientes que no han acabado de redondearse todavía.

"Miren," dice Michael apuntando a un círculo rojo que ha dibujado en un mapa y se lo enseña a Priscila.

"No puedo leerlo," dice Priscila, "las letras son muy chiquitas."

"Oye, Einstein," dice Paul, "deja todas las investigaciones, tu nana no va a ir allá, cuate, a menos que quieras pagar por los funerales."

Michael observa de cerca el atlas. Puede proyectar todo el camino y hacernos un itinerario. "Sería más fácil si nana viajara por avión, desde luego; estaría allá en cinco horas."

"Miren eso, mi propio hijo haciendo planes como un agente de viajes," dice Paul. Se sienta en el piso al lado de Michael. "Mi propio hijo que no quiere vivir con su pobre papá a pesar de que he estado siguiendo las reglas como un idiota sacerdote." Paul se pone de rodillas. "¡Por favor perdóname, soy un pecador! Pero, no, no soy lo suficientemente bueno para ti, ¿verdad Michael?"

"Ayer hablé con el oficial a cargo de tu libertad condicional y le expliqué mi situación," dice Michael. Sigue con los ojos en el mapa.

"¿Hablaste con Mindy? ¡Es el colmo! ¡Seguramente le dijiste todas las cosas malas de mí que pudiste pensar! Debe pensar que no estoy capacitado para ser tu padre—piensa que soy un cochino traidor."

"Dice que no me puedes forzar a vivir contigo. También tengo mis derechos."

"El único derecho que tienes es que te dé una paliza. Debería darte una cintareada—¡usar tu inteligencia en contra mía! ¿Cómo fue que me entrampé con un muchacho como tú?"

"Sí, dale con el cinturón, Paul. Es la única solución. ¿No aprendiste nada de que papá se enojara todo el tiempo?" pregunta Priscila.

"¡No te metas! Tú eres la que animas a este niño a verme como Jack el Destripador. ¡Toda esa inteligencia no le ayuda a nada!"

"¡Déjalo en paz!" grita Priscila. "Sólo porque el cerebro se te fundió, no quiere decir que Michael se avergüence del suyo. ¡Deberías estar orgulloso de él, pero no eres lo suficientemente cuerdo ni para eso!"

Donna se agacha y le jala la camisa a Paul haciéndolo que se siente a su lado. "Es inteligentísimo, Paul. Tú lo sabes," dice Donna.

"Inteligentísimo, cambiadísimo, este chavo es un sabelotodo."

"Deberías portarte bien conmigo, papá. Nunca sabes si algún día tendré que defenderte ante la corte."

"¿Defenderme? ¡Probablemente me mandarías a la silla eléctrica!"

"La pena capital estos días es por inyección, además no quiero ser abogado, quiero ser cosmólogo."

Paul se da un manazo en la pierna. "Ya sabía que este chavo tenía algo de afeminado. Ya ves lo que estás haciendo de él, Priscila—lo estás haciendo un mariquita. ¡Cosmetólogo! ¿Qué me dices de eso?"

"Si hubieras escuchado la palabra, pendejo, habrías sabido lo que dijo."

"No me llames pendejo."

"Un cosmólogo es un científico que estudia el universo, el cosmos, en caso que no sepas," dice Michael.

"Yo lo sabía," dice Ángelo, "y sólo estoy en tercer año."

"Dile lo que es un cartógrafo, Ángelo."

"Una persona que hace mapas."

"Le está lavando el cerebro a Ángelo," dice Paul.

"Quiero ser el primer chicano cartógrafo cósmico en el mundo. Voy a ser como nuestros antepasados, los mayas. Eran astrónomos como los egipcios hace muchos años, en 1500 A.C. Me vendrás a ver para saber cómo llegar a Plutón, papá, y no me refiero al perro de Mickey, Pluto."

"¿Qué piensas, que soy estúpido?"

"En realidad podrías haber aprendido muchas de estas cosas si hubieras empleado tu tiempo en leer mientras tirabas el dinero de los contribuyentes en esa institución. ¿Dónde estabas? ¿Seguridad máxima, bloque de celdas B?"

"¡Deja que te agarre chavo!" Paul se levanta y yo también.

"¡Cállense los dos!"

"¡Yo me largo!" grita Priscila. "¡Carajo, no voy a permitir que Paul insulte a Michael delante de mí! ¡Eso es abuso de menores!"

"¡Se van a callar! ¿Qué soy yo? ¿Algún referí?"

"Paul, por favor," dice Donna. "Estamos aquí por tu mamá."

"Exactamente, estamos aquí por mamá. ¡*Gracias,* Donna! Estamos aquí para ver qué vamos a hacer con todo esto. Quiere que todos vayamos con ella al Muro. Ahora me doy cuenta que Jesse era el único que podía consolarla."

"¿Qué quieres decir con eso, señorita sabelotodo? ¿Que yo no le doy ningún consuelo?" pregunta Paul.

"¡Ni siquiera empieces con eso! ¡Todo lo que le has dado son pesares!"

"OK, OK, todos lo sabemos," dice Priscila. "Quiero dejar todo esto de mamá resuelto para poder irme."

"No cambias, Priscila, no te quieres quedar mucho tiempo cuando se trata de un enfermo. ¿Te espera alguien?"

"¡Te encantaría saberlo!"

"¿Va perdiendo Baltimore?" grita Paul.

"Sí," contesta Cisco con otro grito.

"¡Somos un verdadero tribunal improvisado, todos nosotros! Mamá está enferma, todos lo sabemos. ¿Cuánto tiempo le queda? No lo sabemos." Todos se callan. Nadie mira a nadie. "Quiere llegar al Muro y quiere llevarse a Irene con ella. No quiere volar, ninguna de las dos quiere volar, así que eso nos limita a ir por carro. Si alguno de ustedes cree que puede detenerla, ¡bueno, pues inténtelo!"

"Nunca va a llegar," dice Priscila.

"Claro que va a llegar," dice Donna. "Tu madre es la mujer más fuerte que jamás he conocido."

"No te metas, Donna," dice Priscila. "No es tu mamá. Lo único que sé es que si algo le pasa a mamá, voy a pegarle a Teresa."

"¿Cómo?" ¿Con las uñas de acrílico que te acabas de poner? ¡Se te pueden dañar!" Priscila agarra su bolsa y se pone de pie.

"Siéntate, Madonna," dice Paul. "¡No vas a ningún lado hasta que no resolvamos esto!"

Mamá entra a la sala con Lisa a su lado. "Todo este griterío despertó a nana," dice Lisa.

"Siéntate, Alicia, siéntate aquí," dice Donna llevando a mamá a la mecedora. "¿Dónde estábamos?"

Paul se hinca al lado de mamá. Donna se para detrás de ella y pone la mano sobre su hombro.

"Por favor, por favor, no peleen, ninguno de ustedes. Lo único que quiero es ir a tocar el nombre de mijito al Muro de Vietnam. Es una manda, una promesa que le he hecho a Dios. Ahora tengo que ir . . . ¿No se dan cuenta?"

"Tú estás muy enferma para ir, mamá," dice Paul. "Jesse entendería si no vas y Dios no se enojaría tampoco."

"Vete por avión," dice Michael con entusiasmo. "Es más seguro que ir por carro."

"No mijito, tu nana no puede hacer eso. Soy demasiado vieja para volar. Las únicas alas que voy a tener son las que Dios va a darme si es que algún día llego al Cielo."

"Mamá, está a más de dos mil millas," dice Paul.

"¡Te acordaste!" dice Michael con una sonrisa afectada. Paul lo mira con rabia.

"No te enojes con él, Paul. Tu hijo es un genio, pobrecito, no puede evitarlo."

"Mamá, no quiero que vayas allá. Va a ser difícil para ti."

"¡Pero oí a tu hermano! Oí a Jesse—¡Sé que era él!"

"Es el universo paralelo el que te habla, nana," dice Michael. "Las cosas que no podemos ver brincan a nuestra órbita y empiezan a viajar con nosotros."

"No puedes creer todo lo que lees en los libros, cabeza de alcornoque," dice Paul.

"¿Cómo lo sabes?" le pregunto a Michael.

"Lo leí, tía y yo creemos que es verdad. Es como cuando alguien pierde una pierna y todavía siente dolor donde antes estaba el miembro ausente. La energía no puede ser creada ni destruida, Einstein lo probó. Sólo cambia a otra forma. Tío Jesse está por allá en algún lugar y tal vez la energía de su alma cruzó la órbita de nana."

Las palabras de don Florencio me cruzan la mente como relámpagos . . . *una nueva forma, nuestra gente siempre ha caminado por la tierra.*

"¡El muchacho está loco!" dice Paul.

"No, Paul. Don Florencio me dijo hace años que . . ." Paul no me deja terminar.

"¡Ese viejo loco! Debió de haber dejado de fumar peyote. Estaba drogado la mayor parte del tiempo."

"¡Mira quién habla de estar drogado! Nunca vi a don Florencio drogado, a ti sí te he visto drogado."

"Tengo que hacer esto, *mijo,*" mamá le dice a Paul. "He hecho una manda, ¿no entiendes? ¿Quieres que termine como el hermano de los Robles?"

"¿Qué hermano de los Robles?"

"Un tipo que nunca cumplió su promesa a Dios y murió gritando de dolor."

"Mamá, eso no te va a pasar a ti," dice Paul. Mamá le agarra la mano a Paul y empieza a llorar. "Por favor, *mijo,* tu madre te está pidiendo algo, por favor llévame al Muro. Dios se encargará del resto." Paul sostiene a mamá en sus brazos y ella llora enfrente de todos. La lluvia golpea el techo, mi mamá llora, el teléfono suena y en la recámara Lilly le grita a Lisa. Cisco entra. Tiene una cara relajada como si acabara de bostezar. Me mira como si me aventara una cuerda salvavidas.

"¿Qué tiene de difícil llevar a nana al Muro de Vietnam?" pregunta. "Ella quiere ir, nosotros la vamos a llevar."

Por supuesto, es tan razonable, tan sencillo. Cisco es como tata

O'Brien—nada le parece difícil. Vamos a llevar a mamá al Muro de Vietnam y yo seré la embajadora a Chile y traeré semillas de chile para que tata las plante en su Jardín de la Victoria.

"Te vamos a llevar," le susurra Donna a mamá. "No llores, Alicia, te vamos a llevar, ¿verdad Teresa?"

"Claro, mamá, sí te vamos a llevar." No puedo decir nada más. Priscila me mira fijamente y después mira por la ventana.

"¿Se pueden imaginar estar juntos todos esos días?" pregunta.

Rothberg •

asé un gran susto esta mañana. Me puse un par de zapatos de Priscila. Estaban al fondo del clóset. Se parecían a un par de sandalias blancas que antes me ponía. Pero no, me puse unos zapatos suaves de piel blanca, sin tacón, con unos pequeños agujeros ovalados de satín al lado de los dedos de los pies, muy femeninos. Priscila los compró cuando estaba acostumbrándose a ser mujer. Lo que me sorprende es que los zapatos me queden. Los zapatos de Priscila son cuando menos un número más chico que los míos. Ahora me preocupa que se me estén encogiendo los pies, o quizá haya perdido tanto peso que me ha afectado los pies. Todo mundo dice que el divorcio me ha hecho bien. Me veo *sexy* otra vez. Puedo sentirme las caderas, algo que se me había olvidado que tenía. Mis hombros están adquiriendo forma, los huesos se me están redondeando en músculos parejos y las piernas se me están poniendo más delgadas de lo que las quiero. ¿Pero y mis pies? Ese día me pongo los zapatos de Priscila para ir a la escuela sólo para probarme que puedo hacerlo. Es extraño andar caminando con los zapatos de otra, te hace pensar si podrías vivir la vida de esa persona, o si quisieras vivirla. Me pongo a pensar en los zapatos de mamá y de las cosas por las que ha pasado, de los zapatos de Ray, Paul, Jesse, y las sandalias del Santo Niño. Me veo caminar con los zapatos de piel blanca de Priscila hasta el Muro de Vietnam. ¿No es el blanco el color del luto en Vietnam? Cuando una se pone los zapatos de otra le vienen a la mente cosas absurdas.

• • •

• "Hay una razón válida para todo en el mundo," dice Brandon. Está hablando con Juan y se siente bien porque la "palabra del día" es *válido* y la acaba de usar en una oración. La mayor parte de las cosas del salón están empacadas, los tableros de anuncios están en blanco, las cartulinas están apiladas cuidadosamente en los estantes, se han borrado las marcas de lápiz en los libros de texto y mañana los niños van a limpiar sus pupitres. Ha empezado el ajetreo normal de guardar las cosas para las vacaciones de verano. Hace mucho que los zapatos nuevos que los niños usaron en septiembre ya no les quedan y el cuero rechinante de antes está ahora viejo y hundido.

Algunos me dijeron que les gustaban mis zapatos, en realidad los zapatos de Priscila. "Son lindos, femeninos. ¿Son cómodos?" preguntó Vicky. "Claro que sí, si tomas en cuenta que yo calzo del ocho y estos son del siete." Todavía me estoy preguntando cómo me cupieron cuando recibo una llamada por el sistema de intercomunicación de la clase.

"Llamó su mamá, señora Álvarez," anuncia Clara. "Quiere que la llame a la hora del almuerzo." La voz de Clara suena impersonal, pero yo sé que se está muriendo por saber de qué se trata. Mi mamá nunca me llama a la escuela.

"¿Es una emergencia?"

"No," dice. "Es acerca de una carta."

"¿Una carta? Bueno, olvídalo. Yo la llamo más tarde."

"¿Qué carta, señora Álvarez?" pregunta Julissa.

"Ah, no sé, corazón, probablemente algo que recibió de una oficina o del doctor. A veces mi madre se confunde y necesita un poco de ayuda."

Lorena está lavando los pinceles en el lavadero. Su delantal de plástico está manchado de colores que parecen un cuadro extravagante pintado con los dedos.

"Dejaría de ser Clara si no le anunciara todo a todo el mundo," dice. "Todo lo que tenía que hacer es decir que no era una emergencia."

"¿Te imaginas? Casi toda la escuela va a saber lo de la carta para la hora del almuerzo. ¿No hay nada que se pueda hacer con ella?"

"A Clara ya la han transferido de otras dos escuelas. Tampoco pudieron hacer nada con ella, excepto cerrarle la boca con cinta de aislar. Bueno, la tercera es la vencida, señora Álvarez, puede que todo se acabe aquí."

Para la hora del almuerzo ya me aprietan más los zapatos de Priscila. Los dedos de los pies se me empiezan a salir de las aperturas ovaladas de satín.

Qué estúpida fui al pensar que los podía usar todo el día. Cuando entro para almorzar Clara está parada al lado del primer escritorio hablándole a Shirley.

"¿Llamó a su mamá, Teresa?" pregunta Clara.

"Todavía no. Es el primer descanso que tengo en todo el día." Está parada al lado de Shirley con una caja de sobres en las manos.

"¿Correo para enviar?" pregunto.

"Cosas de fin de año," dice Shirley. "A propósito Teresa. No me agrada darte la noticia, pero el señor H. está pensando desocupar tu salón y el de la señora Allen para hacer lugar para los nuevos cursos experimentales de primer año. Las dos serían transferidas al otro edificio."

"Se está vengando de mí por no haber trabajado en los estúpidos CRT, ¿verdad? Le dije que acabábamos de rehacerlos el verano pasado y ahora el distrito los usa para papel borrador."

"Ya no tenemos espacio," dice.

El pelo de Shirley es gris oscuro, casi azul en algunos lugares. Se parece a la Tía Bee en el Andy Griffith Show, pero sin el delantal. Shirley debería estar en la cocina haciendo galletas para los niños del vecindario y no en la Primaria Jiménez tratando de mantener ocupada a Clara. A Clara no le interesa estar ocupada en otra cosa que no sean los asuntos de los demás. Tiene una perpetua sonrisa y ojos que lo invitan a uno a contarle todo. Cuando tienes un día donde no te ves tan bella como quisieras, todo lo que puedes hacer es no entrar a la oficina y confesar todo lo que has hecho toda la vida, incluyendo la vez que sacaste a escondidas papel *bond* caro de la oficina para tu uso personal.

"No puede forzar a la señora Allen a hacer nada. Annie Pistolas es su mejor amiga."

Los ojos se le encienden a Clara. "¡Annie es tan bocona!"

Shirley le echa una mala mirada. "Sólo termina de arreglar el correo que vamos a enviar, Clara."

Paso al taller y hago una llamada a casa. Al otro lado de la línea mamá me explica que tiene una carta de la Administración de Veteranos en Washington, D.C. Me está leyendo la dirección del remitente.

"*Veterans Admin* . . . algo . . . *Veterans of Four Wars.*"

"Probablemente es Veteranos de Guerras en el Extranjero, mamá, sólo ha habido dos guerras mundiales, a menos que haya perdido la cuenta."

"¿Saben que quiero llegar al Muro de Vietnam, *mija?*"

"No mamá, no lo saben. No puedo imaginarme de qué se trata. ¿Para quién es la carta?

"Para mí, *mija,* está dirigida a mí."

"¿Le dijiste algo de la carta a la señora que contestó el teléfono aquí en la escuela?"

"Ay, *mija,* es muy entremetida. No dejaba de hacerme preguntas, la metiche."

"OK, mamá, no te preocupes. ¿Está Paul o Cisco allí?"

"No hay nadie."

"Déjame la carta y yo la leeré después de la escuela."

Al decir la última palabra Clara entra para usar el cortapapeles.

"Pensé que estabas preparando el correo para enviarlo."

"Tengo que cortar en dos estas hojas para la reunión de la Organización de Padres y Maestros esta noche. ¿Ya supiste de qué trata la carta?"

"¿Cuál carta?"

"Pensé que se trataba de una carta."

"Ah, ¿tú dices la del Seguro Social?"

"¿Nada más es eso?"

"Sí." Clara sale decepcionada con unas cuantas hojas cortadas por la mitad.

"Parece que no vienen muchos padres hoy."

"Me acabo de acordar que la reunión de la Organización de Padres y Maestros es mañana en la noche."

"Sí, claro."

• AL ENTRAR a casa de mamá después de la escuela llevo los zapatos de Priscila en la mano. Quizá me crecieron los pies de la mañana a la tarde, o tal vez descubrí que no importa cuanto trate, nunca podré caber en los zapatos de Priscila. ¿Por qué querría hacerlo?

"Debiste de haber usado medias de nylon, *mija.* Se supone que no se debe usar zapatos de vestir sin usar medias. Si no, sudarás y echarás a perder los zapatos. Priscila ya no los va a querer ahora."

"No me gusta usar medias. Hace mucho calor para llevarlas, además no me importa si Priscila no se vuelve a poner esos zapatos. Se lo merece por dejarlos aquí."

"Si se enoja, le compraré otro par."

"¡Mamá, no tiene importancia! Siempre estás tratando de evitar que nos enojemos. ¡Priscila va a hacer lo que quiera y no le importa lo que hagas tú!" Mamá está cociendo en la estufa arroz y carne con papas a fuego lento en jugo de res. Termina de revolver la olla de la carne.

"Mira encima de tu tocador, *mija,* allí está la carta."

Aviento los zapatos de Priscila a una esquina de la recámara y los maldigo por haberme hecho ampollas en los pies. Recojo la carta con el emblema de la Administración de Veteranos. ¿Qué quieren ahora? Paul no es veterano, así que no es acerca de él. No es para Cisco pues ya se registró en la oficina de Reclutamiento Obligatorio. Me dan ganas de rasgar la carta y abrirla y al mismo tiempo hacerla pedacitos. ¿Cómo se atreven a mandarnos una carta? Ya se llevaron la vida de un Ramírez, ¿no es eso suficiente?

Estoy parada descalza en la recámara, con una mano agito la carta, con la otra me quito la blusa y la falda. Escucho el sonido lento y pesado del bastón de mamá acercándose a la puerta de la recámara. Inclina la cara para mantener el equilibrio y me ve en ropa interior. Me mira con sus ojos miopes como si me estuviera viendo debajo de una cobija.

"Te estás poniendo muy flaca, Teresa. Recuerdo cuando yo usaba tu talla y no sólo tu padre andaba tras de mí. Había unos cuantos más."

"Entonces, ¿por qué escogiste a papá?"

No me hace caso. "¿Qué dice la carta?" Se sienta al lado de la cama. Levanto la carta contra la luz que entra por la ventana y noto que adentro hay espacio entre el final de la carta y el final del sobre. Rasgo el lado del sobre que no tiene carta.

Mayo 23, 1997

Estimada Sra. Ramírez:

Una revisión de los documentos pertinentes a su hijo, el sargento Jesse A. Ramírez, nos ha hecho presente que actualmente nuestra oficina está investigando un cambio en la cantidad de dinero que se le otorgó a usted el 25 de agosto de 1968 por la prematura muerte de su hijo en Vietnam del Sur. Le pedimos disculpas por cualquier angustia que esto le pueda ocasionar y esperamos resolver este problema lo antes posible. Favor de ponerse en contacto con nuestra oficina en cuanto pueda.

Atentamente,
Kenneth J. Rothberg
Especialista Contable, Administración de Veteranos

"¿Otra carta pidiendo disculpas? Estos cabrones nunca se cansan."

"No digas maldiciones, *mija.*"

"¿Qué quieres que diga? No entiendo nada de lo que esto significa. Son unos expertos en retorcer la verdad."

"¿Qué verdad? ¿Algo sobre Jesse?"

El corazón se me acelera y las manos se me hielan repentinamente. "Sí, algo acerca de Jesse—pero no sé qué quiere decir. ¿Qué hora es?

"Son más de las cuatro, ¿por qué?"

"Hay un número aquí para llamar a Washington, D.C., pero hay una diferencia de tres horas. La oficina está cerrada a esta hora. Tenemos que esperar hasta mañana."

"¿Qué quieren con mi hijo?" Mamá ya está llorando.

"Mamá, no llores. Probablemente este pendejo de Rothberg hizo un error como siempre. Mañana averiguaré."

"¡La carne, *mija!*"

Corro hacia la estufa en ropa interior agarrando al salir una camiseta vieja. Llego a tiempo para apagar el fogón de la carne y las papas justo cuando desaparece el último chorrito de jugo de res y la carne se empieza a quemar. Regreso corriendo a la recámara y mamá está sentada con la carta en la mano mirando fijamente el nombre de Jesse. Entre dientes maldigo el dolor que me causa una ampolla roja en cada dedo chiquito de los pies por usar los zapatos de Priscila.

El Santo Niño Cumple •

Necesito un tlachisqui, un adivino "válido," para usar la palabra de Brandon. Si don Florencio estuviera vivo correría a preguntarle si lo que está sucediendo ahora es parte del regreso de Jesse en una nueva forma. Qué quiere decir todo este error volteado al revés. Llevo las costuras de la ropa por fuera en vez de por dentro. Hay una cara que no he visto todavía, algo áspero, invisible en proceso de formación. Probablemente don Florencio indicaría que sí con un movimiento de cabeza y diría, "No se puede apurar al alma, mijita. No es como tirarse de cabeza en un río. Todo empieza cuando se escucha."

¿Empezó el escuchar con la explosión de mi sueño o con las voces que mamá oyó en la Navidad? ¿Fueron esas voces sólo el piar de los pájaros anidando en las ramas de pino de los árboles siempre verdes? Esto no puede ser pues en invierno no hay pájaros y el sonido estaba tan cerca de mi madre que la despertó. Y Cholo que ladraba mientras se pegaba al suelo, temeroso. ¿Temeroso de qué? ¿Empezamos a creer cuando comenzamos a cuestionar? ¿Creo yo en el más allá? Creo en el cielo y en el infierno. Soy una buena hija, católica, criada en la tradición de castigo y recompensa, de cadenas que traquetean en los miembros de almas andrajosas luchando por sobrevivir en el purgatorio. En todo caso, ¿cómo se encadena un alma? ¿Cómo puede ser un alma destruida en el fuego? Tienen que ser los símbolos, todo es simbólico. Flotamos en universos paralelos, como dice Michael, tocando otras realidades de las que no sabemos nada. Lo que está pasando, sea lo que sea, es un obstáculo para mí y la vida está intentando mostrarme algo—¿qué?

Mi llamada telefónica a Washington es parte de todo. Rothberg es exactamente lo que pensé que era. Me parece aburrido, un oficinista profesional en el sentido más amplio de la palabra, y su voz en el teléfono me parece igual. Lo llamo durante el almuerzo. Mamá está sentada en una silla escuchando cada una de mis palabras con la carta todavía en las manos.

"¿Eh, Señora Ramírez?"

"No, soy su hija. No creo que mi madre de ochenta años pueda contestar sus preguntas."

"¿Su nombre, señora?"

"¿Es esta una inquisición? Me llamo Teresa Álvarez y pronto seré Ramírez de nuevo."

"Ya veo . . . esto es algo difícil de explicar, un pequeño problema . . . no para usted en todo caso, señora Álvarez. Es el gobierno de los Estados Unidos que metió la pata."

"¡Caramba, qué novedad!"

"Cuando su madre recibió el dinero que le correspondía como parte de la muerte de su hermano en 1968 no recibió la cantidad total. ¿Tal vez recuerde usted, señora Álvarez que el cuerpo de su hermano fue enviado primero a una dirección incorrecta?"

"¡No me lo recuerde!"

"Lo siento."

"Sí, entonces también dijeron eso."

"Señora Álvarez, la familia del veterano adonde se mandó originalmente el cuerpo recibió la mitad del dinero de su hermano, específicamente cinco mil dólares. Me doy cuenta que esto es increíble, pero así sucedió. El nombre de su hermano y el de este otro veterano eran iguales excepto por la inicial de su segundo nombre. La de su hermano era "a" y la del otro era "r." Hemos investigado el caso con el veterano que ahora se encuentra en uno de nuestros hospitales y nos dice que no sabe nada del dinero."

"¡Claro que no va a admitir nada! ¿Por qué habría de hacerlo? ¿Pensó el gobierno que Jesse era gemelo? ¡La dirección era diferente, por amor de Dios! ¡Cómo pudieron ser todos ustedes tan estúpidos!"

"No digas malas palabras, *mija,*" dice mamá.

"¿Qué quiere decir todo esto?"

"¿Está sentada señora Álvarez?"

"No estaba sentada cuando nos dijeron que mataron a mi hermano. Limítese a decirme lo que me tenga que decir, señor Rothberg."

"Ahora el gobierno le debe a su mamá más de 90,000 dólares. El interés compuesto anualmente suma exactamente 92, 401 dólares."

El teléfono se me cae de la mano como si un rayo me hubiera atravesado.

"¡Qué!" grita mamá. "¿De qué se trata?" Está de pie sin su bastón.

"Mamá, ¿te gustaría ir al Muro? ¡Ahora tienes dinero! Dios sabe que tienes dinero, ¡noventa y dos mil dólares!"

"¿Cómo?" Mamá tiene los ojos bien abiertos. Ha logrado pararse de nuevo así que casi está a la misma altura que yo.

"¡Se equivocaron, mamá! ¿Te acuerdas cuando mandaron a Jesse a la dirección equivocada? Le pagaron a esa familia la mitad del dinero y no te dieron a ti los diez mil dólares que te debían. ¡Ahora te deben cinco mil dólares, más todo el interés! Nos han servido de banco todos estos años, ¡y ni siquiera lo sabíamos!"

"¡El Santo Niño! ¡La Virgen! ¡Te dije que Dios hallaría la manera! Le voy a decir a Irene." Se va cojeando hacia la puerta.

"¡Espérate, tu bastón!" Con el bastón en la mano me agacho para recoger el teléfono del suelo.

"¿Hola, hola?"

"Señora Álvarez, ¿está usted ahí?"

"Escuche. No le puedo explicar. Tengo que correr a alcanzar a mi mamá. ¿Cuándo llegará el cheque?"

"Lo recibirán dentro de una semana."

Mamá va por el callejón gritándole a Irene. La alcanzo corriendo y le pongo el bastón en la mano. Corro hacia la puerta de atrás de la casa de Irene mientras mamá todavía la está llamando a voz en cuello.

Irene abre la puerta despacio y después de par en par. El miedo se le refleja en la cara al ver a mi mamá llegar del callejón gritando, "¡Irene, Irene, comadre!"

"¿Qué le pasa a tu madre, Teresa? ¿Se murió alguien?"

"Sí, hace años." Me sonrío; Irene está completamente confundida.

"El gobierno, Irene, el gobierno se equivocó con el dinero de *mijito*. Nos deben . . . ¡dile, Teresa . . . dile cuánto!" Mamá está sin aliento, jadea.

"¡Noventa y dos mil dólares!"

"¡Dios mío!"

"Créelo," digo, usando las palabras de Irene. "¡Créelo!"

"Ay mi Virgencita." Toma el medallón con la cadena de oro y besa la imagen.

"Vamos a empacar, *mija*," dice mamá. "Ya ves, el Santo Niño me dijo la verdad en Navidad."

• • •

• Juro que nunca dudaré del Santo Niño o de levantarle la cabeza a San Francisco en Magdalena, o de marchar detrás del pabellón de la Virgen con su imagen mágica de rosas, o cualquier otra cosa que tenga que ver con cosas estrafalarias que no entiendo. Me digo esto a mí misma y empiezo a olvidarlo todo tan pronto como me doy cuenta de la realidad y del viaje a Washington que empieza a concretarse. Mamá quiere que vayan los amigos de Jesse, Willy, Gates y Chris. Quiere que vaya Manuel para que se encargue del dinero. ¿Quién podría hacerlo mejor? No le confía el dinero a Paul y de cualquier manera, ninguno de nosotros podría hacerlo a un lado para administrar el dinero. Mamá quiere que todo se decida de una vez y que ya estemos de viaje. Irene, desde luego, viene con nosotros. Le trato de explicar de mi trabajo y que todavía me queda una semana más de escuela, el divorcio está pendiente, tengo la responsabilidad de la venta de la casa y como si eso no fuera suficiente, en cinco días tengo un citatorio en la corte en donde se me acusa de asalto.

"Mamá, no puedo ir ahora mismo," le digo. "En tres semanas . . . si, espérate tres semanas, para entonces todo debe estar aclarado."

"¡No!" Mamá es inmovible. Una energía febril se apodera de ella, una exaltación que yo no le había visto nunca antes.

"¿Mamá, por qué tienes tanto apuro?"

"Tengo que ir, *mija* . . . la manda. No quiero acabar como el hermano de los Robles."

"¡Tres semanas, mamá. Eso no es nada!"

"¡En tres semanas estaré muerta!"

"¡No, no vas a estar muerta! No me amenaces con eso. ¡Eres tan egoísta! La gente no puede dejar sus obligaciones sólo por ti."

"Quédate entonces, Teresa," dice fríamente. "Quédate, si eso te hace sentir mejor. Priscila y Paul pueden ir conmigo y los amigos de Jesse, Manuel, Irene."

"¡Si no me aparezco en la corte, van a decretar una orden de arresto!"

"¡No te van a hacer nada! ¿Crees que Dios es ciego? Él lo ha planeado así. Sandra va a retirar los cargos."

"Sandra me odia." Veo a mamá escarbar en su cómoda y sacar ropa interior que llevará en el viaje. Se detiene por un momento.

"Déjala que te odie, con tal que tú no la odies," dice y vuelve a escoger su ropa interior.

• • •

• Los hijos de Irene le compran las maletas en Wall–Mart. Yo le compro el equipaje a Mamá en Dillard's. ¿Y por qué no? Tiene dinero para comprar cosas caras. Ninguna de las dos damas ha viajado nunca. Las únicas cosas que han empacado en sus vidas es la ropa lavada de la lavandería en canastas de plástico. Podemos escoger entre maletas azules, verdes y cafés. Llamo a los hijos de Irene para asegurarme que no las compremos del mismo color y confundamos totalmente a las damas. Manuel está investigando la renta de carros, dos camionetas, una para él, para mí, para mamá, Irene, Lisa y Lilly, y otra para Paul, Donna, Priscila, Michael, Ángelo y Cisco. Elsa se va a quedar en casa de mamá con su esposo Julio y mi nieta, Marisol. Está enojada por lo del divorcio y dice que se quedará para asegurarse que su padre tenga una buena comida de vez en cuando. Ray ha convencido a Elsa de que Sandra es la que lo persigue a él, y que él lleva mucho tiempo tratando de deshacerse de ella. Dice que enloquecí sin ninguna razón. Que estoy llena de recuerdos negativos. Que me falta un tornillo. Que, ¿por qué tiene él que sufrir por lo que mi papá le hizo a mi mamá? Elsa lo escucha, algo que yo nunca hubiera hecho, y así es como Ray la tiene de su lado.

Willy y su esposa Susie van a ir en otro carro con Gates. Recogeremos a Chris en Albuquerque y él se irá con quien tenga más espacio. Mamá nos contagia a todos con su increíble energía.

Al día siguiente que llega el dinero, el noticiero del Canal 5 se aparece por la casa. Dijeron que hablaron por teléfono con un familiar que les dio permiso para hacerle una entrevista a mamá. Más tarde descubrimos que fue Michael quien llamó a la estación televisiva y les informó a los medios de comunicación sobre el error que había hecho el gobierno de los Estados Unidos.

De todas las noticias sobre desastres naturales y fiestas de graduación que no salen bien, la gente del noticiero decide que nuestra historia tiene mérito. Los vecinos están parados en la banqueta al lado de la camioneta con el letrero del *Noticiero Canal 5*. Yo estoy en la casa con Paul, Donna y Michael.

"Que buena la hiciste, Einstein," le dice Paul a Michael. "¿En qué estabas pensando? ¿Querías poner nerviosa a tu nana con todas estas pendejadas?"

"Un poco de publicidad no tiene nada de malo. La gente nos va a seguir durante todo el viaje, hasta llegar al Muro. Estoy haciendo una página *web* para nana. La voy a poner en el Internet. ¿Has oído de las páginas *web,* verdad?"

Michael está trabajando en una computadora portátil que el programa para niños dotados de la escuela le ha dado para trabajar durante el verano. También le dieron un teléfono celular para que se comunicara con el Internet.

"Michael, ¿por qué estás haciendo esto?" le pregunto.

"¡Por la publicidad, tía!" nana se va a llamar desde ahora www.irramí rez68.com. Hay gente en el mundo que conoce a tío Jesse. Ya verás, se pondrán en contacto con nosotros."

"Se pondrán en contacto contigo, sabelotodo," dice Paul.

"Déjalo. Tiene razón. Un poco de publicidad es justamente lo que necesitamos. Un soldado chicano desconocido del barrio, igual que todos nuestros hermanos que fueron allá y a los que nunca se les reconoció. Durante la guerra de Vietnam dejaron vacíos nuestros barrios, ¿y tú te estás quejando por un poquito de reconocimiento?"

Un fotógrafo y una reportera pelirroja entran para entrevistar a mamá. Mamá está sentada en su mecedora; lleva puesta su mejor blusa, azul con grandes botones blancos y un par de pantalones azul marino, dos tallas más grandes. Está relajada al hablar con la mujer, una pelirroja de piernas largas que está sentada en el sofá con un cuadernito amarillo y un lápiz. Trata de parecer oficial cuando suena su celular.

"No puedo hablar ahora llámame más tarde . . . No, yo nunca dije eso, me mal interpretaste." Mira a mamá. "Perdón." Sale apresuradamente al porche delantero y se agita mientras discute con alguien.

"Probablemente su pareja," dice Paul. "Pero yo no tengo compromisos. Oye, pelirroja, yo no tengo compromisos." Donna le echa a Paul una mirada fulminante. "Sólo estoy bromeando, nena."

"Perdón, señora Ramírez." La pelirroja regresa y noto que la luz de su celular está apagada. Tiene la cara enrojecida.

"No te preocupes por los hombres," dice mamá. "Son un problema, pero no pueden vivir sin las mujeres."

La pelirroja sonríe. "Creo que tiene razón." Da la señal para que la cámara empiece a grabar. "Ahora, cuénteme de ese dinero que recibió del gobierno, señora Ramírez. Noventa y dos mil dólares. ¡Dios mío! ¿Fue un susto?"

"No, estaba esperando dinero. Sabía que Dios me lo mandaría. Lo necesito para llegar a Washington, D.C."

"Me imagino que para ver la capital y al presidente."

"No, para ir al Muro de Vietnam y tocar el nombre de mi hijo. Prometí hacerlo antes de morir."

"¿A quién le prometió, a su familia?"

"Se lo prometí a Dios. Es por eso que recibí el dinero."

La pelirroja mueve sus piernas largas, baja la pierna cruzada y después vuelve a cruzarla.

"¿Así que usted cree en la intervención sobrenatural?"

"¿En qué?"

"En sobre . . ."

"Eso no tiene importancia," le digo. "Mamá tiene mucha fe y cree que Dios quiere que vayamos al Muro de Vietnam."

"Dile, Teresa, de las voces y del Santo Niño."

"¿Qué voces?" La pelirroja parece confundida.

"Un sueño que tuvo mamá."

"¡No! No fue un sueño, fue mi hijo y sus amigos que me hablaban."

La pelirroja tiene curiosidad. "¿Qué le dijeron?"

"No sé. Es por eso que le digo aquí a mi hija que el Santo Niño nos lo dirá."

"¿Quién es el San . . . to Ni . . . ño?" Le hace una señal al camarógrafo para que deje de filmar.

"Dios," dice mi madre.

"Es su fe en Dios," digo.

La pelirroja me mira. "¿Usted cree en esto?" Me penetra la vista con sus ojos azules.

"No sé qué creer . . . mi hermano Jesse, el veterano de Vietnam, le dijo que escucharía su voz algún día y nos dijo que íbamos a leer acerca de él en un libro y . . ." me detengo antes de decirle que me dijo que nunca regresaría.

Paul me mira. "No tienes que contarle nada."

La pelirroja frunce los labios. "No estoy tratando de meterme en su vida, es que estoy realmente interesada."

"¿En qué?" pregunta Paul. "¿En una noticia para el noticiero de las seis de la tarde? El cuerpo de mi hermano fue enviado a la dirección equivocada, ¡ni siquiera pudieron hacer eso bien los hijos de su chingada! ¿Por qué no pone eso en su artículo, Señorita de las Noticias de las Seis."

"¡No digas maldiciones, *mijo!*" dice mi mamá.

La pelirroja se pone de pie. "Lo siento, no sabía que esto los inquietaba tanto. No tenía . . ."

"Está bien, señorita pelirroja," dice mamá. "A mijito le concedieron su petición en el Cielo y vamos a salir para el Muro de Vietnam en unos cuantos días."

La pelirroja tiene el rostro lleno de lágrimas. "Mi primo murió en Vietnam. Era como un hermano para mí—Robert O'Connor, 1969." Paul se aleja sin decir ni una palabra más.

"¿Era irlandés?" le pregunto.

"Sí."

"Mi abuelo, William James O'Brien también era irlandés, era el papá de mi mamá."

"Que te bendiga Dios, pobrecita," dice mamá. "También tocaremos su nombre." La pelirroja sale llorando con un Kleenex, seguida del camarógrafo que desenchufa su cámara y le da las gracias a mamá por la entrevista.

• ESA NOCHE EN LAS NOTICIAS DE LAS SEIS vimos una foto de la cara de mamá y la pelirroja enfrente de la casa y de los vecinos que rodeaban la camioneta del *Noticiero Canal 5*. Escuchamos la parte del dinero, nada de la manda o del Santo Niño. No me sorprendió. Nos enteramos de que la pelirroja se llamaba Holly Stevens y la escuchamos decirle a los televidentes que la familia del difunto veterano, el sargento Jesse A. Ramírez, estaba camino al Muro de Vietnam y que esto había sido posible gracias a un gran error cometido por la Administración de Veteranos en 1968. El error del gobierno es la buena fortuna de los Ramírez, dijo. Los milagros pueden suceder y suceden, aun en la actualidad, agregó, sonriendo ampliamente ante la cámara.

El Polvo Sagrado •

Al día siguiente Espi y yo vamos a la casa de East Canterbury, la casa en que Ray y yo vivimos por más de quince años. Es mejor que los apartamentos en los que vivimos los primeros años de casados, sin contar el dúplex que Ray compró junto con su amigo Steve. Steve no es otra cosa que un verdadero estafador. Ray lo sabía, pero nunca lo admitió, aun después que Steve se escapó con el dinero de la renta y le puso punto final a nuestra campaña contra las cucarachas del dúplex al dejar todo el fumigante en el *picop* de Ray. "Parece que nunca terminó el trabajo," me dijo Ray. "¿Nunca terminó? ¡Nunca empezó, buey! ¡Te robó todo lo que pudo!" Ray dice que Steve es un gran baterista chingón y todavía lo deja tocar con Latin Blast. Si fuera por mí, yo habría cambiado su batería por el fumigante.

"Me da gusto no tener que preocuparme más por las inversiones financieras de tu hermano, Espi. Casi perdimos la casa porque debía tanto del dúplex."

"Estoy de acuerdo con eso."

Miro dos veces la cochera para asegurarme de que el *picop* de Ray no esté allí.

"Compramos la casa porque me gustaba ese árbol." Señalo el enorme algarrobo que cubre el patio del frente. El árbol es un siempre verde que todo el año echa hojas de color verde oscuro. El árbol no producirá sus nueces de algarrobo en forma de esfera hasta la primavera, cuando las algarrobas duras salen de su cáscara castaña y caen al piso sin que las toque nadie. No he conocido a nadie que coseche las algarrobas. No son como las pacanas o los pistaches. Las nueces caen por todas partes arrojando un olor pegajoso, fuerte, casi insoportable en las noches de verano cuando el calor del día se eleva de las calles asfaltadas como olas invisibles. Todo lo que se hace es barrer el tiradero debajo del árbol. Si te gustan los árboles, como a mí, acaricias con la mano el tronco nudoso y te maravillas de la belleza verde oscura del árbol y su olor acre.

Este año el patio es de un amarillo deprimente, no se ha regado el pasto. El letrero "Se vende" está colgando, a unas pulgadas de la banqueta, y le anuncia al vecindario que el matrimonio de Ray y Teresa Álvarez se acabó. Todo el mundo lo sabía aun antes de que se colgara el letrero. Se ve triste, el letrero. Lo miro al entrar y otra vez al salir.

Por dentro la casa es desoladora. La mayoría de los muebles están almacenados pues dejamos sólo unas cuantas piezas que Ray y Cisco van a usar hasta que se venda la casa: el sofá, la tele, la mesa de la cocina, sillas, muebles de recámara y un escritorio en el cuarto de Cisco. Estamos aquí para ver el cuarto de las niñas y calcular cuántos muebles debemos llevarnos a casa de mamá.

"¡Mira qué tiradero, Espi!" Tu hermano debe estar más loco de lo que yo pensaba. ¿Cómo espera vender la casa? Y ahora que vamos a salir para el Muro. Me tomará cuando menos dos semanas para regresar y empezar a limpiar."

"Ya conoces a los hombres, todo les parece bien. No tienen ni idea de lo que se debe hacer. Te ayudaré cuando regreses. Sólo piensa que esto es lo más emocionante que le ha pasado a tu familia. Jesse te está llamando desde el Muro de Vietnam."

"O mi mamá lo está llamando . . . o los dos se están llamando. En todo caso va a ser un viaje largo, ya conoces a mi familia. Sólo nos reunimos para complacer a mamá." Estoy parada en el pasillo oscuro. Me siento como si estuviera en un confesionario. "Nunca podré regresar con tu hermano, Espi, no después de todo lo que pasó con Sandra."

"Debe ser difícil para ti. No me explico por qué mi hermano se metió con ella. Que bueno que Tommy no ande de mujeriego."

"¿Tommy? ¡No sería capaz! ¿Te acuerdas cuando él y Manuel se metieron al coro de San Antonio sólo para estar cerca de nosotras?" Las dos nos reímos cuando recordamos cómo Yolanda Escalante, la organista, los regañaba por desentonados. Yolanda no los podía echar porque eran los únicos muchachos en el coro y necesitábamos sus voces. Las dos dejamos de hablar.

"¿Estás bien?"

"Sí, ¿qué quieres que te diga? Tanto recuerdo por todas partes. No sé cuánto más pueda aguantar, Espi. Pero te digo la verdad de lo de Sandra. No creo que haya sido ella la que empezó los problemas entre tu hermano y yo."

"¿Entonces por qué te peleaste con ella? No lo puedo creer. ¡Puedes terminar hasta con antecedentes penales!"

"¡No te pongas dramática! Peleé con ella porque se rió de mí—no tiene vergüenza, igual que Consuelo, la amante de mi papá, ¿te acuerdas? Pero creo que todo empezó antes de eso, Sandra es sólo la gota que rebosó la copa. Ray y yo casi no hablábamos. Quería mirar el béisbol por la tele y vivir de cacahuates y cerveza cuando no estaba trabajando. Ni la sombra del hombre que se involucró cuando llegaron los Boinas Café a Phoenix. Ray era un activista, ¿no te acuerdas, Espi? Fue a Denver en el 69 cuando los chicanos propusieron el Plan Espiritual de Aztlán. Decían que teníamos una historia. Éramos descendientes de la nación azteca, pero a la vez éramos diferentes. Éramos gente que buscaba su propia tierra mítica, su propia Atlántida. Después no sé qué le pasó a Ray. Sencillamente se dio por vencido. No quiso ir con nosotros a la Moratoria Chicana en el este de Los Ángeles. Dijo que estábamos locos."

"En esos días estábamos locas, Teresa. Nos hubieran podido matar. Todavía recuerdo a ese reportero a quien mató un alguacil de Los Ángeles—Rubén Salazar. ¡Lo asesinaron a sangre fría!"

"Ni me lo recuerdes. Me hace hervir la sangre."

"Yo todavía tengo pesadillas de eso."

"Tal vez tienes alguna variación de DTPT, Espi el desorden de tensión postraumática. Los efectos de un trauma en tu vida te pueden durar años. Ahora me pregunto si Ray no tenía DTPT. Lo leí en un artículo. Muchos de los muchachos que estuvieron en Vietnam sufren de eso. Siguen viviendo la guerra de diferentes maneras y esto no se termina sino hasta que aceptan lo que les ha sucedido. Ray nunca me habló de Vietnam, a pesar de que se lo pregunté muchas veces. De por sí, la guerra fue brutal y después, al regresar, se encuentran algo parecido porque la gente los acusaba de todo lo sucedido. Ahora me doy cuenta de que seguramente Ray estaba pasando por una depresión, pero ya conoces a tu hermano, nunca quiso que nadie lo ayudara."

Cuando entramos a la sala de estar vemos fotos por todas las paredes.

"Les dije a las niñas que bajaran todas estas fotos y que las empacaran con papel periódico."

Curioseamos viendo las fotos. Allí están Elsa y Julio sentados con Marisol enfrente de la chimenea, una foto de la pasada Navidad. Elsa es pequeña, es un duende diminuto. Su pelo delgado le cuelga hasta los hombros.

A principios del 71, cuando nació Elsa, mi vida interior era triste. Nada tenía sentido. Esto me lo causó el haber perdido a Jesse. Me dejó la mente en blanco. Me mejoré cuando tuve a Elsa en brazos, cuando palpé su carne y hueso, y un corazoncito latiendo a través de su acolchonado pecho. Era preciosa y siempre olía al suavizante que usaba para lavar su ropa de bebé. Era color de rosa, como sus cobijas, y muchas noches dormía sobre mi pecho hecha un ovillo entre mis senos y les arrancaba chisguetes de leche cuando estaban llenos.

"Mira, ahí está Priscila con Ángelo y Michael." Espi señala una foto de Priscila, Ángelo y Michael en Disneylandia. "Michael es tan inteligente."

"Es un buen candidato para el juego de televisión *Jeopardy*. Está en una escuela especial en Scottsdale y es el único niño chicano del sur de la ciudad en tierra de ricos."

"Más a su favor. Me pregunto qué será cuando crezca."

"Pregúntale. Te lo dirá. Te sentirás como si estuvieras hablando con un profesor universitario."

"¡Ya quisiera yo tener un hijo así!"

"¿De veras? Algunas personas les tienen miedo a los niños así. ¡Paul no lo soporta, y es su propio hijo! Siempre están discutiendo."

Espi mira fijamente una foto de Paul. "Tener un hermano como Jesse que todo lo hacía bien debe ser difícil para Paul. De seguro que Jesse era el favorito de tu mamá."

"No estoy muy segura, Paul es el bebé y ya sabes cómo quieren las madres al más joven. Mamá nos quiere a todos. Creo que nunca hizo una distinción entre nosotros, pero de nuevo, si le preguntas a Paul, te dirá que Jesse era el favorito de mamá."

Nuestras voces rebotan en los cuartos medio vacíos. Es como si estuviéramos caminando en La Cueva del Diablo y no en mi antigua casa. El ángel con la espada flamígera encontró que faltaba algo y está sellando la casa. Tengo un dolor en el pecho que no entiendo. Abro la puerta a la recámara de las niñas y veo con la mirada perdida las camas gemelas, despojadas de sábanas y cobijas. La identidad de las gemelas se separó en direcciones sorprendentes, igual que la de Priscila y la mía. Lilly se dedica completamente a los deportes. Fue titular del equipo principal de basketball de la escuela cuando sólo estaba en su primer año de secundaria. Tiene un cuerpo elástico y fuerte. Hace muecas cuando hay que ponerse joyas y vestidos. Lleva el pelo corto. Parece más hija de Priscila que mía.

Lisa es exactamente como yo. Siempre tiene las narices metidas en un libro, ya sea memorizando poesía o leyendo a los autores famosos. Estudia teatro y este año va a tener una audición para el papel de la esposa de Squanto, el indígena intérprete de los primeros colonizadores, y el año pasado lo hizo para el papel principal femenino en *Tom Sawyer*. Es casi rechoncha. Espero que no tenga problemas de peso como algunos de sus primos que pesan doscientas libras si dijeran la verdad.

"Voy a dejar la cómoda y regresaré por el tocador. Ya tienen camas en casa de mamá así que estas tendremos que almacenarlas. A las muchachas no les gustaría que las vendiera. Y mira toda esta ropa todavía colgada en el clóset. La mayoría ni se la ponen. La voy a poner toda en bolsas para regalársela al Goodwill."

Al pasar miro de reojo mi antigua habitación. Ray no traería a Sandra aquí, en todo caso no ahora. Tal vez después, cuando se consiga su propio hogar. Ojeo la cama. Las almohadas están unas encima de las otras. La colcha está hecha bola en el centro de la cama. La cama ha sido empujada contra la pared en vez de estar en el centro del cuarto donde le gustaba a Ray que estuviera. Miro la cama de una mujer que ya no recuerdo. ¿Realmente era yo la que había estado en esa cama con Ray? ¿Cuándo? Ni siquiera puedo recordar el olor de nuestros cuerpos juntos, ese olor que me hacía contener el aliento cuando éramos recién casados.

Ray tenía un lado cariñoso, casi sagrado, me tomaba la mano toda la noche cuando lloraba por Jesse. Era sangre caliente lo que sentía cuando ponía los dedos en la arteria del cuello de Ray. Era algo que había querido hacer por Jesse, sentir su pulso. Escuché los latidos del corazón de Ray una y otra vez para compensar por los de Jesse que nunca escuché.

Al caminar por el pasillo oigo el estéreo de Cisco que toca en su cuarto. Le encanta la música y el baile, como a Ray. No puedo ni pronunciar los nombres de los discos compactos, 2-Pac, Aaliyah, Ice Cube, Bone Thugs, Jodeci, Lighter Shade of Brown, Snoop Doggy Dog y el único que entiendo, Gloria Estefan.

"¿Estás despierto, Cisco?" Toco a su puerta; después de unos segundos la abre.

"Ah, que tal, mamá. No sabía que estabas aquí." Está medio dormido y se pasa la mano por su gruesa cabellera que termina en cola de caballo cuando se la peina. Cisco me saca cinco pulgadas de estatura y es tan guapo que no quiero dejar de mirarlo. Varias muchachas andan detrás de él. Sacó la mitad de Ray y la mitad de tata O'Brien. Su cuerpo delgado y musculoso es color crema claro. Lleva un pequeño arete en la oreja izquierda que a mí me gusta, pero no a Ray. Está de pie en calzoncillos y tallándose los ojos.

"¿Qué hay de nuevo, mamá? ¿Ya estamos listos para el viaje?"

"¡Todavía no! Tu nana quiere que invite a Gates y a Willy y hay mil cosas más que hacer. Estoy sólo revisando para ver qué es lo que necesito hacer aquí. Espi viene conmigo."

"Me voy a parar en un ratito. Tengo práctica de lucha libre."

Yo ya voy por el pasillo camino a la cocina. La estufa está grasosa. Se ven manchas de comida, manchas multicolores en la superficie de acero inoxidable. Parece que alguien trató de trapear el piso y no lo hizo bien. El bote de la basura está repleto de latas de cerveza. Me digo a mí misma que tengo que decirle a Ray que contrate a alguien para que limpie la casa. Abro uno de los gabinetes de la cocina y hallo dos cucharitas de plata que eran de las muchachas cuando eran bebés, un regalo que recibieron en su *baby shower*.

"O.K., Espi, ya nos podemos ir. Ya hallé lo que estaba buscando." Tengo las dos cucharitas de plata en la mano.

"¿Eso? ¿Por eso vinimos aquí?"

"No, pero por ahora no tengo energía para nada más. Sólo para meter estas dos cucharitas en la bolsa. A la mejor me las llevo hasta el Muro. La gente deja todo tipo de cosas allí."

Me sorprendo al sentir mis lágrimas y lo rápido que se me encharcan las comisuras de los ojos cuando pongo las cucharitas de plata en mi bolsa. Espi no se sorprende, sabía que iba a derramar lágrimas antes de que yo lo supiera.

• DE REGRESO a casa de mamá enfilo mi Honda río abajo y decido repentinamente seguir el camino que lleva a la Cueva del Diablo y al antiguo jacal de don Florencio.

"¿Adónde vamos?" pregunta Espi.

"Vamos sólo de pasada por el antiguo jacal de don Florencio. Quiero ver cómo han cambiado las cosas."

"Las cosas han empeorado. Qué quieres, ¿un vecindario de casas nuevas? Ahora es más que nada un vertedero de basuras. Lo único que vamos a hallar allí es gente sin hogar. A lo mejor nos asaltan y se llevan el carro."

"Son gente sin hogar, Espi, no criminales."

De reojo, miro a Espi sentada a mi lado. Todo ha cambiado, no sólo el paisaje. Ella ha adelgazado, lleva el pelo teñido y alisado hacia atrás de las orejas. Antes, su nariz me hacía pensar en una pequeña perilla café de puerta. Ahora parece más redonda, más chata. Ya no tiene esa actitud de diablillo en los ojos. Ahora sus ojos son serios y tienen patas de gallo.

"¿Qué le viste a ese viejo, Teresa? Era tan raro."

"A nosotros nos parecía raro porque no sabemos quiénes somos. Él sí sabía quién era y sabía algo más. Sabía que Jesse no iba a regresar vivo antes de que yo le contara lo que me dijo Jesse en el aeropuerto."

"¿Cómo lo sabía?"

"Era un tlachisqui de los mexicas—o sea nosotros. Les interpretaba el mundo invisible a ellos."

"¿Qué te dije? Era curandero de esos que a lo mejor tienen pacto con las fuerzas del mal."

"¡Nunca! Ese anciano jamás le hizo mal a nadie. Más bien era un soñador, un visionario que seguía las viejas tradiciones al pie de la letra. Hasta hablaba náhuatl, la lengua de los aztecas. La gente no sabe que la palabra chicano es una palabra azteca, sólo que antes se escribía con *x* en vez de con *ch*. Sus ancestros se separaron de la nación azteca hace siglos porque no creían en los sacrificios humanos. Se vino hacia el norte en busca de Aztlán y por eso vino a dar a Arizona."

"¿Y Aztlán? ¿Lo halló?"

"No . . . que yo sepa, no. Se dice todo tipo de cosas sobre Aztlán, que queda al norte del golfo en una tierra pantanosa, que la tierra de las garzas . . . hasta se dice que era una isla mítica, ¡o que llegaba hasta Wisconsin!"

"¡No fastidies!"

"Vinimos de alguna parte, Espi. Tenemos que tener un origen. Según la leyenda dejamos una tierra abundante y placentera y viajamos hacia el sur a lo que hoy es la Ciudad de México."

"Nos echaron del paraíso, ¿verdad?"

"Tal vez, por un ángel con su espada flamígera. Un ángel que dijo, ¡Fuera! ¿Qué habremos hecho mal?"

"¿*Nosotros*? A la mejor se les acabó el agua."

"¿Con el Río Salado y el Río Colorado repletos de agua? No, tuvo que haber sido por otra razón. Nunca te dije que don Florencio vio a Jesse entre las llamas de su hoguera esbozado como guerrero el día que nació. ¡El anciano lo vio como guerrero y Jesse apenas si acababa de nacer!"

"¡Esto ya me está dando miedo! ¿Tú crees en todo esto?"

"¿Quién sabe? Mi mamá oyó algo en la casa en Navidad, pero no vio nada. Dijo que eran Jesse y sus amigos que hablaban. ¿Tú crees en los espíritus, Espi?"

"Creo en Dios. Él es un espíritu. Un guardián de los espíritus también, creo. Te imaginas que alguien nos oyera hablando así, Teresa? Dirían que se nos ha zafado un tornillo."

"¿Y qué hay de nuevo en eso? Dijeron lo mismo acerca de don Florencio. Los lugares cambian, pero la gente es la misma. Nada es sagrado. Ray también era así. Después que dejó de marchar con la raza, empezó a criticar todo. Le dije que se arrepentiría cuando a sus propios hijos se les olvidara de dónde habían venido."

Ahora manejo lentamente al doblar la última curva del camino en el que sé que podemos bajarnos del coche y subir a pie la pendiente rocosa.

"Ojalá y no se le pegue algún clavo a las llantas de este carro," dice Espi. "Lo único que nos falta en este lugar es que se nos ponche una llanta. Ya escucho a Tommy decir que he tentado a Dios."

"Ajá, de ahí es que te vienen todas las canas. ¡Más vale que Tommy se tranquilice!"

Paro el auto. Lo único que quiero hacer es subir corriendo el pequeño sendero rocoso y encontrar a don Florencio sentado en su vieja silla de madera con el asiento de paja mal cosido con cáñamo, fumando su pipa de palo de hierro con las pequeñas caras esculpidas en el cañón de la pipa. El sol está a la izquierda, en medio del cielo. Don Florencio diría que no es un sol nuevo, sino uno que despertó y que por trillonésima vez ya se encamina a su lugar designado en el centro del cielo, un peldaño por debajo de Dios. No se puede ver su resplandor por mucho tiempo sin dañarse los ojos. ¿Ha visto alguien la cara de Dios y sobrevivido?

"Tienes razón, Espi, han hecho un tiradero de este lugar. ¿Dónde está el mesquite de don Florencio?"

"¿*Su* árbol de mesquite? Este terreno no era de él, Teresa. Sólo que creía que sí lo era."

"Todo era de él, Espi. De él y de sus ancestros."

"¿Qué le veías a ese viejo? ¿Qué?" Espi está de pie en la parte de abajo de la pequeña colina y yo estoy arriba y a mi derecha busco la Cueva del Diablo metida en ese cerro gris rocoso de la montaña. Su boca oscura y bostezante está tapiada con letreros—¡No hay paso!—¡Peligro! Recuerdo la visión que tuvo don Florencio la noche en que Jesse voló a Vietnam. Murciélagos, dijo, volando erróneamente, chillando, siguiendo el rastro de sangre a Vietnam.

"¡No vas a poder salir de allí, Teresa! ¡Bájate! Alguien nos podría ver."

La voz de Espi rebota como eco en las piedras. Soy buena para ignorarla. Sé que se va a regresar al carro, que cerrará las puertas y me esperará.

El mesquite ya no está, pero su fragancia persiste. Con el aire caliente de la mañana se me abren los poros. Recuerdo cómo mi piel absorbía el humo que salía de la pequeña estufa de madera de don Florencio. Respiro profundamente sin que me importe el vago olor a porquería que viene del vertedero de basuras cercano.

Allí está, lo que queda del jacal de adobe de don Florencio. La puerta que da al este cuelga de una sola bisagra. La manilla hecha de un bote de hojalata ha desaparecido. ¿Dónde está? ¿Quién se la llevó? Estaba tan orgulloso de ella. Quedan tres paredes y una, la que da a la Cueva del Diablo, ha desaparecido por completo. A lo mejor se la comieron los murciélagos, se robaron lo que del viejo quedaba metido en los adobes. Tal vez lo hicieron a propósito porque él los conocía, sabía lo que andaban buscando aquella noche.

Hay silencio alrededor mío. Es primavera, pero no hay ningún pájaro cantando en los árboles. Estamos lo suficientemente alejados como para no oír el ruido del tráfico. En la distancia puedo ver la autopista del Black Canyon, un caracol de concreto que parte el Río Salado en dos. Me siento en la derruida pared de adobe y me dan ganas de empezar el gemido de nuevo, el gemido que don Florencio llamó la canción de mi alma que lloraba. *Ruega por mí, tlachisqui, reza para que haga lo que Dios quiere que haga. Tengo miedo. Siempre me pasa lo mismo . . . el corazón desgarrado por los hombres. Mi padre, El Ganso, Jesse, Paul, Ricky, Ray . . . ruega por mí, ruega por mí.*

Nada es igual. Don Florencio no está aquí y Jesse se ha ido para siempre. Miro fijamente un montón de trapos viejos en un rincón. ¿Serán de don Florencio? Voy a checar apenas tocando uno de los trapos con los dedos. Pero no, es un par de pantalones, algo muy moderno para el anciano y una cobija, algo comprado en una tienda de segunda que ahora está rota y deshilachada, pero no son del anciano. Ya no están la mesa, la silla, su estufa de madera, su viejo catre, nada que sostuviera su cuerpo o que él hubiera tocado con las manos. Veo el sol que penetra por las secciones de hojalata que faltan en el techo y aspiro el aroma del mesquite. Con el olfato trato de recobrar la nítida fragancia del copal. Recojo un puñado de tierra y hago de cuenta que es polvo sagrado. Lo arrojo contra el viento y da vueltas y vueltas.

"¿Qué estás haciendo?" grita Espi. "¿Estás loca? ¡Bájate de allí!" Agita los brazos, haciéndome señales para que baje.

• UNOS DÍAS DESPUÉS regresé con Manuel a la casa en East Canterbury para mudar el resto de las cosas de Lisa y Lilly a casa de mamá. Cisco estaba en uno de sus encuentros de lucha libre y Ray había desaparecido de la faz de la tierra, ni siquiera su amigo Steve, el ladrón fumigador, me podía decir dónde estaba.

"Voy a cerrar el negocio, Teresa," me dijo Manuel. Con eso quería decir que iba a dejar por un tiempo a su hija María a cargo de su bufete contable. Manuel todavía usa lentes, sólo que ahora los aros son sin alambre. Tiene menos pelo y una barriga que le cuelga sobre el cinturón. Sus ojos todavía me recuerdan a los de Huerfanita Annie. Parece que está en busca de alguien a quien perdió en un centro comercial atestado de gente y lo blanco de sus ojos parece más grande que sus pupilas. Regina, su ex esposa, se ha ido; se escapó con el cartero. Manuel dice que se entendían por años sin que él lo supiera.

"Te ves tan linda como en la secundaria, Teresa. ¡Ray tiene que estar loco!"

"Ni siquiera menciones su nombre. Para mí está muerto, igual que su amiga."

Manuel me mira fijamente. Por primera vez, el blanco de sus ojos se ve del mismo tamaño que el negro.

"Te he estado esperando todos estos años." Me guiña el ojo, sonríe y me abre los brazos. Se siente bien estar abrazada por Manuel aunque sé que el abrazarme solamente lo va a frustrar. Sé que nunca me hará daño. Estoy segura de ello. Las relaciones de poder entre Manuel y yo siempre han estado a mi favor. La única vez que no fue así fue cuando mamá dejó de cantar.

Bendito ·

l cuerpo de mamá era blando en el centro donde nos protegió cuando estábamos aún en la matriz. Yo quería que viviera cien años y quería hacerle una raya perfecta en medio del cabello y recogérselo en dos moños blancos. Los sábados, durante nuestro ensayo, quería protegerla mientras la veía recargada sobre el barandal cubierto de vinilo que se extendía a todo lo largo de la galería del coro. Estaba tan atenta como una estatuilla, lista, esperando la primera nota de *Bendito*. Después de que Jesse se fue a Vietnam, mamá siguió cantando. Era su manera de seguir haciendo lo mismo que hacía antes de que se fuera, su manera de aferrarse a lo rutinario. Había una gran demanda para que cantara como solista en misas, bodas, quinceañeras y cualquier cosa que tenía programada la iglesia de San Antonio.

La voz de mamá era tan buena que pudo haber cantado un solo con el Coro del Evangelio de las Dos Puertas la noche que fuimos a ver al hermano Jakes. Su voz, plena y exuberante, se alzaba una nota más alta que el ruidoso órgano de la iglesia de San Antonio. Zangoloteaba los anticuados candelabros y ascendía a las vigas de la iglesia en busca de los lugares frescos y oscuros donde los pichones alimentaban a sus pichoncitos. Después descendía en cascadas como agua que goteara de un enorme paraguas para rebotar en las veladoras, las bancas, la gente y el enorme altar tallado donde el sacerdote oficiaba la misa. La única razón que los santos no sonreían ni aplaudían era porque estaban hechos de barro.

Párate derecha. Respira desde abajo, de debajo de las costillas, no desde el pecho. Eso es cantar. Respira por la nariz, desde abajo, deja que salga el aire dando tumbos por los labios, despacio, sin hacer esfuerzo. Todo lo que se hace es esbozar las vocales, el aire hará lo demás. Las mejillas se te estremecen por las vibraciones. Después no te dolerá la garganta. ¿Aprenderé algún día? Practicaba frente a un espejo observándome la silueta para asegurarme que el aire iba a los lugares apropiados y me ponía las manos sobre las mejillas para sentir las vibraciones.

Los sábados Yolanda Escalante me miraba cuidadosamente y sonreía con su gran cara de luna. Me alentaba a su manera. Todos los sábados por la tarde subía la escalera de caracol de madera que llevaba a la galería del coro para nuestro ensayo semanal. Me sorprende que no se atorara en la estrecha escalera. Se aseguraba que la antigua banca aguantara su peso antes de sentarse en ella. ¿Estarían las patas de madera tan fuertes como la semana anterior? Si así fuera, ¿aguantarían hasta el próximo domingo? "Eso es, Teresa, estás aprendiendo, como tu mamá." Mentía. Nunca canté como mi madre. Lo más que podía hacer era graznar una porra con los otros porristas durante los juegos de fútbol de la preparatoria Palo Verde. Priscila sí cantaba, pero nunca se hizo parte del coro.

Habían pasado seis meses desde que Jesse se había ido a Vietnam, era el seis de junio de 1968 cuando mi madre dejó de cantar. Esa tarde del sábado Yolanda estaba sentada al órgano aporreando los acordes de mi himno favorito en español, *Bendito*. Yolanda se veía enorme con su falda negra y blusa floreada. Al lado del barandal y de pie, mi madre sostenía hojas de música en una mano. Su velo de filigrana le bajaba de la cabeza a los hombros y la última fila de rosas bordadas apenas si le tocaba los hombros. Ella no sabía leer música, así que seguía los altos y bajos de las notas que se retorcían y memorizaba todas las pausas, las suaves pinceladas de los tonos y las notas que aparecían como manchas en negritas en la página. Me admiraba que pudiera mover aire del centro de su cuerpo a la garganta con la misma precisión con la que nana ensartaba su aguja plateada.

Abajo, el enorme y ornamentado altar estaba envuelto en sombras con cientos de veladoras que resplandecían y rebotaban su reflejo en el cristal de las imágenes y el brillante barandal de cobre del altar. Las mechas de algunas veladoras ardían furiosamente como oraciones fervientes, impávidas ante la oscuridad. Otras chisporroteaban diminutas partículas de luz como antiguas oraciones que expiraban, ardiendo hasta sus fondos de vidrio. Jesse me había escrito pidiéndome que le prendiera una veladora en su nombre. Una de esas llamitas era la de él.

El altar albergaba una colección de estatuas de tamaño natural. Estaba

Cristo con una corona de espinas alrededor del corazón y nuestra Señora de los Dolores, Su Madre, vestida de negro, con una daga que le atravesaba el corazón, tan triste, tan herida y no había nada que yo pudiera hacer para ayudarla. Los hombres cargaban su estatua en una plataforma durante las procesiones de Semana Santa que marcaban el fin de la Cuaresma. Le daba la vuelta a la iglesia y luego pasaba por el barrio que parecía sufrir tanto como ella. Se balanceaba y se ocultaba tras la gran cruz de Jesús que otros hombres cargaban en los hombros. Todas las mujeres querían sufrir como lo había hecho Ella, estoicamente, aguantando todo, sin ser chillonas, lloronas, que se rajan con cualquier dolor. Todos los hombres querían sufrir como lo hizo Cristo, cargando la cruz hasta que el hombro le doliera por el peso. Entonces el hombre que cargaba la cruz se la pasaba a otro que esperaba impacientemente para tener el privilegio de sentir el dolor que sintió Cristo camino al Calvario.

La flor de la pasión que crecía afuera de la ventana de mamá se reveló ante mis ojos, blanco, púrpura, clavos, corona, espinas, látigos con capullos que sobresalían en todas direcciones, toda ella llorando el dolor de Cristo. Cristo, despojado de su ropa, medio desnudo, se levantó de la cruz ante nuestros ojos, pecadores comunes, desdichados sin esperanza que encendíamos veladoras, nos dábamos golpes de pecho y quemábamos incienso dejando senderos humeantes a Su paso. ¿Teníamos sufrir tanto como lo hizo Él? ¿Simular era suficiente para nosotros? No comíamos carne, nos absteníamos del chicle, del dulce, del baile, de decir malas palabras y tener malos pensamientos. Y entonces el Domingo de Resurrección volvíamos a todo y decorábamos el altar con lirios blancos; nos habíamos convertido en víctimas durante cuarenta días sin saber que el verdadero sufrimiento nos acompaña todos los días. Habíamos conquistado algunas incomodidades, dándonos de palmaditas en el hombro, uniéndonos a Cristo y a Nuestra Señora de los Dolores. Éramos imitaciones baratas de la joven madre que había mirado a su hijo sufrir una muerte brutal.

Había ángeles de pie a cada lado del altar. San Miguel con un demonio de cola y pezuñas a sus pies y Gabriel listo para hacer sonar su trompeta. Vitrales de Santa Teresa, la pequeña flor, San Francisco, San José, San Martín de Porres, Santa Ana, San Juan Caballero, figuras solemnes vigilando a la congregación desde sus encumbradas perchas.

Sobre las figuras de María y Jesús había una estatua de San Antonio, el santo patrón de la iglesia, con el Niño Jesús en brazos. San Antonio era famoso por ayudarnos a encontrar prendas perdidas y por hallarnos enamorados. No sé cómo era que el santo tenía ambas responsabilidades, pero las tenía. Había veces cuando le pedía que me ayudara a encontrar un zapato perdido, o un brazalete o un anillo y al poco tiempo aparecía el objeto, justamente enfrente de mí. Encontrar a un enamorado era otra cosa. Eso lo tenías que pedir seriamente. Una mujer se frustró tanto de rezar por un enamorado que aventó de cabeza la estatua del santo por la ventana sólo para descubrir más tarde que le había pegado en la cabeza a su futuro prometido, ¡y lo había noqueado completamente! El santo comprobó una vez más ser el encargado de los asuntos del corazón.

Esa tarde estaba tratando de memorizar notas musicales. Quizá si pensaba mucho en ellas, me saldrían bien. Sudábamos. El ventilador eléctrico apenas si movía el aire a nuestro alrededor. Al padre Ramón no le gustaba prender el ventilador hidroeléctrico sólo para los ensayos del coro. El pelo debajo del velo se me pegaba al cuero cabelludo. Chapoteé en mi asiento al dejarme caer de golpe en la gastada silla de vinilo cuando no estábamos cantando. Yolanda se quitó el sudor de las pestañas con un parpadeo. Miré a las seis muchachas y los dos muchachos parados en las sombras a mi alrededor. Todas las luces de la iglesia estaban apagadas, excepto la lámpara de Yolanda sobre el órgano. El aire olía a humo de vela de cera. Espi estaba a mi lado sudando a mares, jalándose la blusa y echándose aire sobre el cuello cuando no estábamos cantando. "Qué bueno que me corté el cabello," dijo, enseñándome la parte de atrás del cabello cortado sobre el escote. No tuve el valor para decirle que su peinado parecía un *pancaque* chueco sobre su cabeza. La nariz de Espi se encorvaba en forma de perilla café lisa. Sus ojos eran centros oscuros, el uno cerca del otro.

Tommy y Manuel, los únicos dos muchachos en el coro, parecían caricaturas de hombres maduros chorreando sudor después de un duro día de trabajo al sol. Las gotas de sudor perfilaban el labio superior y el bigote de Manuel. Yo sabía que estaba ahí por mí y Tommy estaba ahí por Espi. De cuando en cuando la cara de Tommy se llenaba de espinillas. Le dije a Espi que probablemente se secaba las espinillas con alcohol para friccionar. Cuando se trataba de muchachos, Espi no tenía muchas opciones. Tommy fue el único muchacho que se interesó en ella después que subió de peso.

Manuel tomaba clases en Phoenix College, la misma escuela a la que había asistido Jesse antes de abandonarla y hacerse blanco fácil de la conscripción forzada. Manuel ya no era monaguillo, excepto en ocasiones especiales en las que ayudaba al padre durante la misa solemne del Domingo de Resurrección. Manuel usaba lentes con una gruesa armazón negra. Algunas veces la luz de la lámpara se reflejaba en sus lentes haciendo desaparecer las pupilas de Manuel. Me veía fijamente y sonreía y todo lo que yo podía ver eran dos pequeños reflectores en vez de ojos. Manuel me hacía pensar en el ferrocarrilero que te saluda con la mano y sonríe, pero nunca te deja que lo mires bien. Realmente nunca había visto bien a Manuel antes de ese día y después de ese día siempre traté de olvidarlo.

Ese sábado por la tarde estaba cantando, pero en realidad estaba esperando. La espera empezó ese día y aún no termina. Todavía estoy esperando. Aquel día esperaba a que mamá cantara la primera vocal de *Bendito* en la iglesia vacía frente a todas las estatuas y a todos los santos de los vitrales. Todo se me quedó grabado en la mente como una foto que llevo en el alma: el calor y la oscuridad de la iglesia, mi madre con su vestido azul marino de cara al altar, Yolanda inclinándose sobre el teclado, la luz de la lámpara que nos estrechaba fuertemente y la voz de mamá que explotó con la primera nota de *Bendito* y que calló a los pichones que se arrullaban bajo los aleros del techo. Su voz era tan hermosa. Tragué saliva y escuché.

> *Bendito, bendito, bendito sea Dios*
> *Los ángeles cantan y alaban a Dios*
> *Los ángeles cantan y alaban a Dios.*

Este era el estribillo que cantábamos todos juntos. Mi mamá cantaba sola los demás versos. Un torrente de orgullo me invadía porque mi madre era la solista de la iglesia, y porque su voz era en realidad mía. Era mía cuando cantaba en la cocina, mía cuando me cantaba esas suaves cancioncitas de cuna las noches en que no me podía dormir. Su voz buscaba el oído de Dios en la oscura iglesia. A pesar de todo esto, algo se agazapaba sin ser visto, esperando para abalanzarse sobre nosotros como un rugiente jaguar. Lo podía percibir moviéndose en las sombras. Un escalofrío me subió y me bajó por los brazos.

Sabíamos que la compañía de Jesse había sido emboscada. El martes habíamos recibido un telegrama que trajo un representante del ejército a casa. Llamaron para aclarar que Jesse todavía estaba vivo, tal vez herido, pero vivo. No nos mandaron nada más, nada más. Las noticias pararon abruptamente. Llamamos a la oficina del ejército en Phoenix, no, ninguna otra información de Vietnam. Las veladoras que estaban sobre el gran tocador de roble titilaban ante el Santo Niño de Atocha y la Virgen de Guadalupe esperando a que Jesse llegara a casa. Se sabía que el Santo Niño caminaba de un lugar a otro en sus pequeñas sandalias café haciéndoles milagros a los creyentes. Algunas veces la gente dejaba pequeños zapatos para que Él los usara y reemplazara los que había gastado en Sus viajes. Mi mamá creía que Él podía regresarnos a Jesse; traernos a Jesse del otro lado del mundo. Usa tu poder para mantenerlo a salvo. Mantenlo vivo Santo Niño. No queríamos decir,

"¡No dejes que se muera!" en voz alta, así que lo gritábamos con el pensamiento, con el corazón.

El Vietcong había atacado en todas las ciudades principales de Vietnam durante la Ofensiva Tet. La compañía de Jesse formaba parte de la Pmera. División de Infantería que estaba acampada en las afueras de Saigón, en Bien Hoa. Las noticias de la tele estaban llenas de fotos de soldados americanos heridos. Las revistas y los periódicos estaban saturados de fotos de pueblos y niños ardiendo debido a los ataques con napalm de las tropas americanas. Le tomé la mano a Espi y se la apreté fuertemente. Se zafó de mí. "¿Qué te pasa?" Me miró enojada porque la había lastimado. Miré hacia abajo, al altar, y me pregunté por qué la había lastimado. "Lo siento," le sdije. Ella se dio la vuelta.

La voz de mamá abrió el primer verso de la canción y una ola de calor me invadió. Su voz me buscaba en la oscuridad causándome vibraciones en la espalda que me bajaban por los brazos.

> *Yo creo, Dios mío, que estás en el altar*
> *Oculto en la hostia te vengo a adorar*
> *Oculto en la hostia te vengo a adorar.*

Sí, Dios, te alabamos, no me dejes pensar en la emboscada. El ventilador eléctrico me esponjó el cabello, me despeinó. El resto de mi cuerpo era una sopa sudorosa. Se me enfriaron las manos y les soplé vaho como si me estuviera congelando. Espi me miró con los ojos bien abiertos. "¿Tienes frío?" Yo sólo me encogí de hombros.

> *El Ministro del Ejército me ha pedido que le informe que la Compañía B de la Primera. División de Infantería ha sido emboscada en las afueras de Saigón. En este momento no tenemos ninguna otra información. Le daremos informes sobre cualquier novedad y la mantendremos al tanto de cualquier nueva información sobre su hijo, el sargento Jesse A. Ramírez.*

El telegrama le causó pánico a mi mamá, a pesar de que el mensajero aclaró que esto no era un anuncio de la muerte de Jesse. Las palabras de Jesse me revoloteaban en la mente, *Creo que no voy a regresar, Teresa. Cuida a mamá.* Esperaba con todos los nervios tirantes por las palabras de Jesse que me cruzaban por la mente como un letrero intermitente de neón. ¿Qué le diría a mi madre, si mataran a Jesse? ¿Que lo sabía y que no se lo dije? Que no le había dicho, que no cuidé a Paul lo suficiente y que se cayó de un árbol, que la medio maté del susto cuando casi me ahogué en el Río Salado y que por eso perdió a Inez. Después El Ganso murió en el granero de Jones y todo esto por mí. ¿Soy un maleficio, la misma muerte? ¿Lo sabía nana? Ella me había preguntado lo que me dijo Jesse cuando nos observaba por el retrovisor camino al aeropuerto. "¿Un secreto? ¿Qué te dijo Jesse, *mija?*" "Nada, nana, nada importante, sólo algo de Chris." Pero yo podía ver la verdad en los ojos de nana. Ella sabía. Había aprendido a pasar sin dificultad por los escombros de la vida, flotaba cuando las aguas eran tranquilas, y cuando no, chocaba los hombros contra zarzales y espinos, permitiendo que le arañaran brazos y piernas para después salir de allí sin dificultad.

La voz de mi madre se alzó una vez más para el estribillo . . .

Bendito, bendito, bendi—

La última palabra golpeó el aire como con un puño que nunca dejó de ser puño. Mi madre nunca terminó la última sílaba. Yolanda volvió a golpear la tecla con más potencia y miró a mi madre sobre el hombro con el entrecejo fruncido. Nosotros seguimos sin dirección en el enorme espacio que la voz de mi madre había dejado vacante, cantando con dificultad palabra por palabra. Miré a Espi y todo lo que pude pensar fue que Ray me decía que Jesse regresaría, "Jesse sabe cuidarse la espalda, Teresa." Y yo le sonreí como una de esas mujeres que lo veían en los bares con la boca abierta. Espi me picó las costillas y me dijo con los ojos, "¿Qué pasa . . . qué le pasa a tu mamá?" Miré a mamá como si nunca antes la hubiera visto. Toda ella se había detenido. Se había vuelto de piedra. Era una estatua de cerámica. La boca de mamá estaba abierta pero no emitía ningún sonido. La vi agacharse sobre el barandal del balcón. Las hojas de música se le escaparon de la mano y cayeron revoloteando hacia las bancas vacías. Le seguí la mirada. La puerta de al lado estaba abierta y entraba la luz del sol. La silueta del padre Ramón se veía al lado de un militar vestido con el verde del ejército. Mensajero del infierno. Mi madre miraba fijamente al militar. Las manos de Yolanda se le congelaron sobre las teclas.

"¿Qué pasa?" gritó. Se dio la vuelta en la banca brincando como una atleta.

La voz de mamá desgarró el silencio. ¡*MIJO!* ¡NO! ¡NO ¡*MIJO!* ¡NO ¡*MIJO!* ¡POR FAVOR, DIOS! ¡NO ¡*MIJO!*" Una, dos, muchas veces . . . tantas veces. ¡NO *MIJO!* ¡POR FAVOR, DIOS! ¡NO *MIJO!*" Me cubrí los oídos con las manos. Pensé ver que los santos en los vitrales hacían lo mismo. La voz de mi madre me daba horror. "¡JESSE SE FUE! ¡USTEDES SE LLEVARON A *MIJO!* DIOS, ¿POR QUÉ TE LLEVASTE A *MIJO?*" Arqueé la espalda para aguantar el dolor. Sus lamentos rebotaban por todas partes a la vez, convirtiéndose en un grito fuerte que hacía eco. Yolanda agarró a mi madre y la apretó contra sus enormes pechos como si fuera una bebé. Los pichones se arrullaban en el techo como locos. ¿Quién puede aguantar escuchar a una madre que sabe que su hijo ya no existe?

De un salto me puse en el barandal del balcón. Manuel estaba a mi lado. Vi brillar el blanco de los ojos de Manuel, enormes y vacíos detrás de los lentes. Me abrazó fuertemente y me jaló temiendo que fuera a saltar. Agarré un libro de himnos, por arriba del barandal se lo aventé con todas mis fuerzas al militar y fallé por unas cuantas pulgadas.

El Oro de Asia •

Enero 31, 1968

Mi querida mana:

Lo que está pasando aquí es increíble. Al principio pensamos que se trataba de fiestas. Los vietnamitas celebran Tet, su Año Nuevo. El fuego que oímos al principio parecía que era de petardos. No recibimos a tiempo la noticia de lo que iba a pasar. Estos cabrones no cambian. Se cubren la espalda, especialmente durante los días festivos. Te digo, esto es un infierno (no le digas a ya sabes quién). Nuestro escuadrón ha perdido cuatro hombres. Cuatro. Para mí es como 94. Con uno que perdamos, ya es una tragedia. Los muchachos andan en helicópteros al lado de cadáveres en bolsas. A veces los pobres mamones no caben en las bolsas y se les salen los pies. Los muchachos se ponen nerviosos y empiezan a contar chistes. Saben que los que van en las bolsas podrían ser ellos. ¿Encendiste mi veladora? No te preocupes, estoy haciendo hasta lo imposible por mantenerme vivo. No quiero regresar en una bolsa de restos humanos.

La gente de aquí es pobre. Nunca has visto nada parecido. Los niños escarban en los basureros, se pelean por un hueso. Esto tiene que ser el infierno, mana. En todo caso, ¿qué estamos haciendo aquí? Imagínate. Los camiones de aquí fueron hechos en Rusia. Tienen máquinas Mitsubishi hechas en Japón y llantas Goodyear de los Estados Unidos. Entonces, ¿qué crees que significa todo esto? Miro a mi alrededor y me doy cuenta

que los vietnamitas tienen razón cuando dicen, "Váyanse a casa, perros." Todo es cuestión de dinero y de apoderarse de la tierra para plan-
tar arroz. Junto con esta te envío el oro de Asia, el arroz, ¿qué otra cosa
podría ser?

Aquí tienen altares para los muertos. ¿Te acuerdas que nosotros cele-
bramos El Día de los Muertos? Bueno, aquí lo celebran todos los días. Entierran a sus muertos en el jardín del frente de su casa. En las casas tienen
fotos de los muertos y estatuas de Buda rodeados de velas rojas encendidas.
Sus familiares tratan de quitar todo de la vista cuando empiezan los tiro-
teos. A los vietnamitas no les gusta que sus muertos deambulen por los caminos sin tener una tumba propia. Aun los sin hogar tienen su tumba. Por
los caminos hay pequeños altares para las almas que no tienen su propia
tumba. ¿Te imaginas cómo piensa esta gente? Conozco a una familia aquí,
la mamá, dos hijas y un hijo, un niño como de la edad de Paul. Son católicos, aunque no lo creas. Huyeron del norte para alejarse del comunismo.
Han sido muy buenos conmigo. Hasta fui a misa con ellos el otro día. Una
de las hijas parece princesa. Palabra. Llevan unos vestidos preciosos llama-
dos ao yais. Me gustaría que las muchachas americanas pudieran ver esta
ropa. ¡Para mí, esa es ropa de mujer! Voy a comprar unos para ti y para Priscila. ¿Adivina de qué se trataba el sermón? ¡Del buen samaritano! No entendía ni jota pero un vietnamita que sabe inglés me dijo. Ninguna otra
historia ilustra lo equivocados que estamos.

Oye, ¿ya regresó Gates? La última vez que supe de él estaba en Nha
Trang. ¿Y Willy? ¿Dónde está? Se me perdió. Chris todavía está conmigo.
Míranos en la foto. Chris y yo posando con metralletas M–60 en el sendero
Ho Chi Minh. Pero eso es cuento. Hay muchos senderos sobre los puentes
y hay toda clase de caminos. Nuestro ejército protege estas rutas. Tiene su
propio interés en la guerra, como todo el mundo. Vemos un sendero e inmediatamente pensamos que es el Ho Chi Minh. El general Westmoreland, o
tío Wes como lo conocemos aquí, no sabría qué hacer si hallara el verdadero
sendero Ho Chi Minh, excepto borrarlo de la faz de la tierra con bombas.
Le escribí a Espi y todavía no me ha contestado. ¿Qué tal van Paul y Priscila en la escuela? Diles que más vale que estudien y mucho. Papá, ¿ha
dejado de ver a C.? Ni siquiera voy a escribir su nombre. ¿E Ignacio? Dile
a Julio si te molesta. Julio lo pondrá en su lugar. Dales un abrazo a mamá
y a nana y un beso en cada cachete. Diles que dejen de llorar, que estoy
bien.

¿A que no adivinas? La luna aquí en Vietnam es la misma. Me lleva
si el sol no brilla igual que en otras partes del mundo. Por la noche, cuando

puedo ver las estrellas, pienso que no soy nadie, una pequeña partícula, perdida. Después por la mañana vuelvo a ser soldado. Toca el Hombre Solitario en mi nombre.

SCUB,
Jesse

Sacudo sobre mi mano lo que queda de una frágil espiga de arroz. El oro de Asia no pesa casi nada.

• HAY SITIOS de El Cielito que he evitado toda la vida. Los bares que atraen vagabundos, borrachos y gente común que quiere sentarse a escuchar música o bailar. Lugares a los que no iría si me pagaran; lugares que tienen cuartos atrás con mesas de billar de tela verde quemada por los tacos y cubiertas por lámparas sucias que cuelgan del techo. Estas cosas las he visto de pasada, en realidad he pasado casi corriendo. Cuando era niña miraba con curiosidad estos cuchitriles de mala fama donde la gente peleaba, aullaba, ululaba y salía a veces en pareja para hacer el amor bajo los árboles del callejón cerca de la casa. Los bares me fascinaban y me repugnaban al mismo tiempo. Ahora tenía que dejar a un lado toda mi repugnancia por estos lugares para buscar a Gates Williams en uno de ellos. No había ninguna otra manera de hallarlo para decirle que mi madre quería que fuera con nosotros al Muro.

"Él anda por el Penny's Pool Hall," me dice Blanche. Su hija Betty está de pie a su lado con dos niños. Es oscura como Franklin; le saca a su madre cuando menos dos cabezas de estatura. Blanche se ve igual, excepto que tiene el pelo blanco y ha subido de peso, no tanto como Hanny, pero sí lo suficiente como para hacerla más lenta. Me pregunto si todavía tiene el sombrero del alfiler rojo. Abro la boca para preguntarle y me doy cuenta que no tiene importancia.

"¿Dónde está Cindy?" le pregunto.

"Se mudó a Seattle con su marido y no está muy contenta porque dice que allá el sol no brilla mucho."

Betty me mira. "Ya supe de todo el dinero que le regresaron a tu mamá. Lo vi en la tele. ¡Eso sí que está bueno! Te digo, cuando el gobierno mete la pata, la mete bien metida. Quisiera que metieran la pata con el dinero que me dan para el mantenimiento de mis hijos." Oigo a otro niño llorar dentro de la casa y Betty desaparece. "Ya estoy cansada de estos niños," dice Blanche. "Preferiría pasar el día aquí en el porche, Teresa. Si no fuera tan peligroso, dormiría aquí en el porche. Porque, me acuerdo cuando . . ." contempla el pasado sin fijar la vista.

"Bueno, mejor me voy, Blanche. Mamá está muy entusiasmada con este viaje."

"Tu pobre madre no ha sido la misma desde que mataron a Jesse. Nunca pudo sobrepasarlo. Vete y dile que está haciendo lo correcto, que la vieja Blanche le manda un gran abrazo y un beso. Que Dios los proteja . . . ¿no está enferma, Teresa?"

"Sí, está enferma. He tratado de convencerla de que cancele el viaje, pero prometió que iría al Muro y ahora no quiere desistir. Mi madre es muy testaruda. ¿Se acuerda cuando fue a ver al hermano Jakes para que la curara de sus migrañas? En esa ocasión nadie pudo disuadirla. Me alegro que haya ido porque mire lo que pasó."

"Ah, nunca se me ha olvidado esa noche, Teresa. ¡No hay nada como el poder del Señor para hacer desaparecer una enfermedad! Su hijo está sermoneando ahora. Es el pastor Rufus aunque todo mundo le dice Oso. ¡Es como del tamaño de Gates y es fuerte! Así fue que llenó el Evangelio de las Dos Puertas. Si no logra convencer a un hombre que siga los preceptos de Dios a través de sus sermones, entonces usa métodos violentos."

"¿Usa métodos violentos?"

"¡Ah, sí, cariño, les gana a las vencidas! A pulsear. Les apuesta mucho dinero porque sabe que va a ganar. Los hombres son codiciosos, ya lo sabes, Teresa, nunca dicen que no. ¡Si pierden, tienen que ir a la iglesia durante un mes! Todos los domingos, esa iglesia está llena de hombres. Las hermanas se están volviendo locas con tantos hombres."

"He oído que también toca la guitarra muy bien."

"¡También eso!"

Nos reímos. Me imagino a todos los hombres que perdieron a las vencidas sudando y brincando, les guste o no.

"Bueno, pues tú vas a estar muy bien, niña Teresa. Rezo por todos ustedes. Si hallas a Gates dile que Erica, su última ex esposa, lo anda buscando. No sé cómo he vivido con todas las preocupaciones que me ha dado Gates. Franklin nunca me dio ningún problema. Ahora vive en Mesa y trabaja como oficial de vigilancia de los que están en libertad condicional."

Es difícil comprender que uno de los hijos de Blanche se incorporó al sistema social y el otro hace todo lo posible por pisotearlo. Blanche me abraza y yo me acurruco en sus redondos brazos negros. La siento cálida y tranquilizadora.

"Extraño a Hanny," le digo.

"Ah, yo también y cómo cocinaba, ¿te acuerdas?"

El nombre de Hanny me cruza velozmente por la mente. Lo imagino en una lápida como una luz intermitente de neón. "Me encantaba su sombrero de avestruz."

"Hmmm . . . ¿a ti también?" Los ojos de Blanche se llenan de lágrimas. "Ahora todo ha cambiado, Teresa. Estás tan flaca que me das miedo. Te voy a mandar un pastel de durazno. ¿Qué te parece?"

"¿Cómo el que comíamos cuando el hermano Jakes estaba en la ciudad?"

"Sí, como ese." Me da un beso en la frente.

• Decido visitar el Penny's Pool Hall antes de que se ponga el sol, justo antes de que las cosas se pongan escandalosas y violentas. No está lejos de la casa de mamá. Está localizado entre una sarta de cantinas, mercados, dos peluquerías y una fábrica de tortillas al lado de Buckeye Road. En un abrir y cerrar de ojos, me encuentro en el estacionamiento de Penny's saliendo de mi Honda y caminando sobre gravilla y piedritas sueltas que se atoran en los tacones de mis zapatos. El letrero de Penny's Pool Hall tiene enormes letras amarillas y está subrayado con enormes centavos color café que parecen platillos voladores. Algunos de los centavos muestran el busto del presidente Lincoln y otros muestran el Monumento a Lincoln en Washington. Siempre me he preguntado por qué el billar se llama Penny's, pero ahora mientras me acerco puedo ver la conexión entre el Abraham Lincoln de los centavos y la emancipación de los esclavos. Deberían haber agregado un billete o dos de cinco dólares.

Este es un bar para negros y yo definitivamente no soy negra. Cuando entro al lugar llevo puesto un traje sastre blanco. Las puertas son de las que se abren empujándolas y están gastadas en la mitad, en donde la mayoría de la gente las empuja o por las que salen empujadas, según sea el caso. Entre dientes, maldigo a Paul por no haberse ocupado de hacer esto. Su excusa fue que, "Nunca saldría con vida de allí." Venir aquí era mi única excusa para evitar que mamá saliera corriendo a Penny's para invitar a Gates una vez que se acordó que Gates y Jesse fueron juntos a la escuela y que boxeaban en el gimnasio Golden Gate con Trini.

"¿Le puedo ayudar?" me pregunta un hombre fornido a la entrada. Está parado detrás del bar acomodando unas botellas de cerveza. Mis ojos todavía se están ajustando a la tenue luz después de entrar de la intensa luz de principios de junio. Se oye música a todo volumen de la rocola, es Janet Jackson. Sus ojos escudriñan mi cuerpo y sonríe, "¡Aquí va a necesitar ayuda!"

"Sí, creo que me puede ayudar." Le doy la mano. "Soy Teresa Ramírez, ¿usted se acuerda de mis hermanos, Paul y Jesse Ramírez?"

"¡Ah, sí! Yo soy Scotty. Vivíamos al otro lado de los Wong. ¡Claro que me acuerdo de todos ustedes! ¿Ya salió de la cárcel su hermano Paul?"

"Sí, ya salió. Está tratando de enderezar su vida. Espero que esta vez lo logre."

"Lo vi donde Florence. No se veía muy contento ahí. Yo, sólo vivo de día a día. Oiga, ¿son ustedes los que recibieron todo ese dinero del gobierno? ¿No recibió su mamá como un millón?"

"¡No, no un millón! Pero de cualquier manera fue mucho . . . como noventa mil."

"¡Cariño, echa *pacá* algo de ese dinero! ¿Por qué no estás cubierta de diamantes? ¡El Señor es testigo que pareces estrella de cine!"

"El dinero es de mi mamá, además ya sabe usted lo que pasa con el dinero, se va como agua, pero escuche Scotty, tal vez usted pueda ayudarme. ¿De casualidad ha visto a Gates por aquí? Ya lo conoce, el hijo de Blanche."

"¿Es a ese a quién buscas?" Echa la cabeza hacia atrás y suelta una carcajada. "Llegaste a tiempo, Teresa. Un poco más tarde y el hombre estaría perdido de borracho. Está allá atrás cerca de la mesa de billar."

Paso al lado de unos cuantos hombres sentados en pequeñas mesas redondas que miran un juego de béisbol en la tele. Me miran fijamente, volteando las cabezas, midiendo mis pasos. "¿No es usted la hija de esa millonaria que recibió todo ese dinero?"

"Soy la hija, pero no somos millonarios." Uno de ellos me sonríe y me guiña el ojo. Yo les sonrío a todos. El corazón me late fuertemente mientras me pregunto qué más va a pasar, cuando veo a dos hombres entrar con una mujer. Ella lleva un vestido ajustado de un azul fluorescente. Me mira fijamente y después voltea la cabeza hacia Scotty.

"No sabía que nos estamos volviendo multiculturales aquí. Me hubiera puesto mi sombrero mexicano."

"¡Cállate, Bea!"

El cuarto de atrás no es tan oscuro como el del frente, o quizá mis ojos ya se están acostumbrando a la oscuridad. Todo lo que he oído decir de los billares está ante mis ojos. Una lámpara grasosa color naranja cuelga encima de la mesa de billar. El cuarto apesta a cerveza rancia, cigarrillos y madera vieja. Una neblina humeante flota sobre la lámpara y se disipa hacia la puerta entreabierta de la parte de atrás. Me llega un ligero olor a Pine–Sol del baño adyacente.

"¿Gates?" Me pregunto si el hombre a quien estoy viendo es Gates porque hace años que no lo veo. Está sentado al lado de una joven que tiene una pierna entrelazada con una de las suyas. Es bonita, tiene el pelo echado hacia atrás, enormes ojos negros y un cuerpo que parece el de una modelo en la cubierta de la revista *Vogue*.

Miro cómo se levantan al mismo tiempo, curiosa por ver cómo se ven de pie. Ella lleva una blusa que le llega al ombligo y unos pantaloncitos cortos, tan cortos que parecen ropa interior. Las piernas son bien torneadas y las pantorrillas están enfundadas casi hasta las rodillas con correas de cuero. Gates es alto y robusto, tiene el pelo gris en las sienes y probablemente mide unos seis pies cuatro pulgadas. Le hace honor a su nombre, siempre se lo ha hecho. Se ve altísimo al lado de ella y lleva *jeans* negros gastados con una camiseta azul de los Chicago Bulls. Su piel clara contrasta con la de ella que es más oscura. Todavía es guapo, pero ha bajado de peso y su cara se arruga alrededor de la mandíbula y la barbilla. Tiene los ojos enrojecidos.

"¡Miren lo que se me apareció! ¿Eres tú, Teresa? ¿Qué haces aquí?" Camina hacia mí con cierta incertidumbre. "Ya sabía que vendrías a buscarme algún día, muñeca. No te lo dije Kamika, te dije que Teresa Ramírez va a venir a buscar a un hermano negro y allí estaré yo, ¡el bueno de Gates!" Me da un abrazo enorme y Kamika me mira con ira.

"¡De veras que no se trata de eso!" le digo a ella, "él sólo está bromeando."

"¡Sí, es un gran bromista!"

"Gates, ¿oíste del dinero que recibió mi madre?"

"Sí, mi mamá me platicó algo de eso. ¡Caramba, ustedes le pegaron al gordo!" Me hace una señal para que me siente con él en una de las mesas. "Kamika, ve y tráenos algo de beber, cariño. ¿Qué quieres, Teresa?"

"Sólo un Seven–Up, tengo que poder pensar bien."

"Claro que sí, con todo ese dinero que tienen. Oye cariño, ¿puedes ponerme algo de ese dinero aquí?" Me extiende la palma de la mano y se ríe. "¡Qué gusto me da verte!"

Scotty grita hacia nosotros, "Oye Gates . . . tu vieja ha estado llamando! No quiero ningún problema. ¡Esa mujer pelea como hombre!"

"No hay bronca . . . no hay bronca," dice Gates. Mira la puerta de atrás por encima del hombro. "Vamos a cambiarnos de puesto, cariño, donde yo pueda ver bien." Se cambia a una esquina desde donde puede ver la puerta de la entrada y la de la salida.

"Tu mamá me pidió que te dijera que Erica te está buscando."

"Sí, esa es de la que habla Scotty."

Los nervios se me ponen de punta de pensar en que Erica va a entrar y va a empezar a pelear como hombre cuando me vea hablando con Gates o cuando vea a Kamika abrazándole la pierna.

"Oye, Gates, ¿te dijo tu mamá que vamos a ir al Muro?"

"¿Cuál Muro?" Le echa una ojeada a la puerta del frente y después a la de atrás.

"Cómo que qué Muro? ¡El Muro de Vietnam! Mamá va a hacer el viaje con el dinero que recibimos. No sé cómo va a llegar, ha estado tan enferma, pero ya conoces a mamá; cree que Dios quiere que vaya a tocar el nombre de Jesse antes de morir y no hay nadie que pueda disuadirla. Ha hecho una promesa, Gates, la llamamos manda, y te invita a que vengas con nosotros porque se acuerda que tú y Jesse eran amigos."

Escucho a Percy Sledge en la rocola, *When a Man Loves a Woman,* y me pregunto si fue Kamika la que le puso el dinero para escuchar la canción.

"Hace años que no oigo una rocola," le digo. "Sólo oigo cintas. Bueno, ¿qué dices?"

Gates inclina la cabeza. Deja de sonreír y el rostro se le ensombrece. Parece congelado.

"¿Gates?" le pongo la mano en el brazo. "¿Qué te pasa?"

"Mírame, Teresa, ¿crees que quiero ir a ese Muro? ¡Tengo hermanos en ese Muro, negros, morenos y blancos! Por Dios, mujer, mírame, soy un bueno *pa* nada! Nunca lo fui, Teresa. No puedo permitir que me vean así." Está temblando.

"¡Gates, no te van a ver! En el Muro sólo hay nombres. No tienen ojos. Tú tienes el mismo derecho a estar aquí como cualquier otro. Jesse te diría lo mismo." Gates se pone la cabeza entre las manos y la mueve de un lado a otro.

"¡No puedo ir, Teresa!" Sencillamente no puedo ir." Todas esas medallas y toda esa mierda que nos dieron, ¿de qué sirve? Y ahora construyen el Muro como para decirnos, ¡ahí tienen, ahora cállense! Vi cómo mataban a mis compañeros como si fueran perros. Los anglos hacían los planes en papel, pero la sangre era verdadera y no les importábamos un carajo. La cantidad de cadáveres . . . era lo único que les importaba, la cuenta de cadáveres, la cuenta de cadáveres, como si estuvieran contando soldaditos de juguete y no hombres. Después en el aeropuerto, cuando regresamos, la gente estaba más loca que nosotros—¡nos aventaban porquerías y nos llamaban asesinos de niños!"

"Gates . . . mamá quiere que vengas con nosotros. Es muy importante para ella. Todo va a salir bien."

Gates me mira con ojos suplicantes. "Piensa en tu hermano, Teresa. Era de lo mejor que ha existido; ahora dime, ¿por qué él está muerto y yo vivo? ¿Me puedes dar una razón?"

"¿Yo, darte una razón? Ni siquiera sabía cómo íbamos a llegar al Muro, ¡pero ya estamos encaminados! La vida y la muerte son grandes misterios para mí, Gates. No sé por qué las cosas pasan como pasan. Nadie sabe las respuestas. Quizá la tierra sea un lugar donde sólo haya preguntas y no respuestas."

Kamika regresa con las bebidas. Un Seven-up y dos cervezas. Mira a Gates y le pregunta, "¿Qué te pasa? Tienes cara de entierro."

"Estoy en uno," dice.

"¿Se murió alguien?" me pregunta.

"Más o menos."

"¿Cómo que más o menos? O se murió alguien o no."

"Sí, alguien murió." Le doy un trago al Seven-up. "Piénsalo, Gates." Le pongo una mano en el hombro. Él sigue con la cabeza entre las manos.

"Ya lo pensé. No voy a ir."

"¿Ir a dónde?" pregunta Kamika.

Salgo por la puerta de atrás. Es más fácil que regresar hasta el frente y pasar por enfrente de las mesas donde están los hombres y ver a Bea y a Scotty. El sol se está poniendo y esboza un borde pálido color naranja violeta en el cielo. ¿Qué le voy a decir a mamá? Está tan fuera de sí estos días que vendrá ella misma a buscar a Gates. Mientras pienso qué es lo que le voy a decir a mamá, un enmohecido Monte Carlo gris llega al estacionamiento frenando con un chirrido. Mientras abro la puerta de mi carro una mujer con unos *jeans* descoloridos, una camiseta sin mangas y chancletas salta del Monte Carlo. Es más alta que Kamika, corpulenta y de hombros anchos. Cierra la puerta de un golpe y sale corriendo hacia la puerta de atrás. Una piedrita de gravilla se le atora en la chancleta y, sin detenerse, se arranca el zapato y sacude la piedrita. Oigo a Scotty que le grita a Gates y me doy cuenta que me acabo de salvar de Erica. Un rayo de esperanza me cruza la mente al salir del estacionamiento. Tal vez Erica logre hacerle la vida tan miserable a Gates que querrá ir al Muro. Miro por el retrovisor y veo una mancha azul fluorescente, unos *shorts* muy cortos y *jeans* descoloridos cuando Kamika y Bea se abalanzan sobre Erica como dos *bulldogs* protegiendo su territorio. Por lo visto, a Gates le convendría escaparse de la ciudad.

Peregrinos de Aztlán •

Son las cinco de la mañana cuando llego al patio del frente. Estamos listos para cargar los vehículos nuevecitos que rentamos, dos Chrysler–Voyagers de siete pasajeros, uno blanco y el otro gris y un Nissan Máxima azul cielo. Es mi última semana en la Primaria Jiménez y el primer día de junio de 1997. Tenemos suerte de viajar en junio, dice Irene, porque es el mes del Sagrado Corazón de Jesús . . . ¡y con todo su amor! Vamos a llegar sanos y salvos. No le contesto. Estoy aprendiendo a observar y callar. El tratar de entender las cosas no me ha hecho mucho bien últimamente.

Traté de convencer a mamá de que esperáramos hasta la semana siguiente para salir, pero está convencida que ya tendríamos que estar de camino. Este apuro me hace sentir como si estuviera luchando por adelantármele a algo. Dejo las cosas inconclusas. El divorcio está todavía pendiente, la casa sigue a la venta y lo peor de todo es que este año me tuve que despedir de mi clase de segundo año antes de tiempo. Mi abogado, el Tramposo Sam, dice que no puede posponer la fecha de la corte de nuevo. Supongo que no es tan hábil como supuse. Sandra pospuso la fecha de la corte dos veces diciendo que tenía nuevas pruebas. He pensado en llegar a un acuerdo con el fiscal, pero eso significaría que me sentiría culpable. ¿Cómo le explico esto a mi distrito escolar? Cualquier cosa negativa en mi expediente podría ser el fin de mi carrera, de cualquier manera no voy a llamar a Sandra para tratar de razonar todo esto con ella. Tengo demasiado orgullo, dice mi mamá. Orgullo que tal vez me cueste el empleo, o una orden de detención por viajar fuera del estado.

El aroma denso y dulce de los azahares está por todos lados. En eso, como perfume detrás de las orejas, percibo el débil olor de un rosal que se sostiene completamente con la cerca. La cerca era de tela de alambre para gallineros y ahora es de tela metálica para cercas. Los inquilinos vagos de al lado nunca riegan su jardín y el rosal amarillo es la única planta que ha sobrevivido. Recuerdo que la madre de Ricky Navarro tenía flores por todas partes, al frente y atrás, y en macetas en el porche. Me acerco al rosal para oler las enormes rosas amarillas y cuidadosamente esbozo el contorno de los pétalos con el dedo. Echo de menos el largo estambre de la flor de la pasionaria y su brillante centro morado. Me siento algo divertida y no puedo explicar por qué. Algo como una gran broma en el cielo, como si Dios tuviera una banda militar esperándonos sólo a nosotros. Miro hacia el cielo y me sorprendo al darme cuenta de que estoy sonriéndome aun cuando sé que debo estar seria. ¿Es la falta de sueño lo que me hace reír tontamente, o que pronto estaremos en Albuquerque y que veré a Chris Montez de nuevo? ¿Es todo el dinero que tenemos? ¡Es magia! Manuel ya invirtió una parte en certificados de depósito, en un fondo fiduciario y en una cuenta de ahorros. Consiguió cheques de viajero de American Express y una tarjeta de cajero automático para tener dinero en efectivo. Hemos prepagado todos los moteles a lo largo de nuestra ruta. Mi madre le pide a Manuel que le dé a Irene, a Willy y a Gates, si se aparece, quinientos dólares para sus gastos y mil para Priscila y otros tantos para Paul. Me pregunto en qué gastará Irene su dinero—¿en más medallones? A Manuel le parece que mamá es demasiado generosa con su dinero y que debe invertir en una casa nueva. Le dije que está loco, que mamá nunca se mudará de El Cielito.

Trato de hallar el por qué de mi alegría mientras miro la puerta de la casa de los inquilinos vagos. La puerta está partida cerca de las bisagras. La madera alrededor de la perilla es negra. Parece haber sido abierta y cerrada cien veces por unas manos grasientas. Me invade un repentino anhelo de ver a Ricky Navarro. Si estuviera aquí lo convencería de que fuera con nosotros y a todo lo largo del viaje al Muro le serviría té y café capuchino en tacitas de porcelana. Ante la sonrisa de sus ojos verdes mirándome sobre el borde de la taza haríamos un brindis.

Me siento como la bailarina en la vitrina. Doy vueltas haciendo piruetas. Llevo puestos mis overoles negros cortos y tengo una camiseta blanca de rayón debajo, calcetines blancos y zapatos tenis. Manuel dice que todavía me parezco a la porrista que recuerda de la preparatoria. Sé que exagera pero me gusta oírle decir eso. El sol me pega de lleno, ya está caliente y su luz blanca promete que será otro día abrasador. Me siento bien, inquieta, como una niña el primer día de la escuela. Algo más importante que llegar al Muro está a punto de suceder. Me lo dice el cuerpo, mi mente reacciona y no tengo ni idea de qué se trata.

He hablado con el doctor Mann y me dio teléfonos de emergencia de doctores y hospitales en cada estado. Le preocupa la enfermedad del corazón de mamá. La parte izquierda del corazón no le funciona bien, la arteria de ese lado se está endureciendo. Mamá toma Lipitor para ayudarle a mantener el flujo de la sangre y los vasos sanguíneos del corazón abiertos. Lleva nitroglicerina para los dolores de pecho causados por una angina de pecho. "No es bueno llevar a tu madre a un viaje tan largo, Teresa. La presión alta le puede ocasionar una embolia o algo peor."

"Está bien, doctor, está bien. Dígaselo usted. A lo mejor le hace caso a usted." El doctor trató, lo tengo que reconocer, trató. Y por primera vez mamá lo ignoró completamente. Asintió, sí, sí . . . y entonces cuando salimos de la oficina me preguntó si ya había hecho las compras para el viaje.

Lilly me dice que me llaman por teléfono. Es Espi para decirme que ella y Tommy rezarán por nosotros todo el camino. "Llámame, Teresa, tan pronto como lleguen allá," me dice con una voz preocupada que no encaja del todo con la cara de niña chistosa que recuerdo. Al oír su voz recuerdo cuánto echo de menos las locuras que hacíamos cuando éramos niñas. Esto me pasa cada vez que estoy con Espi. Todavía recuerdo cómo tomábamos el autobús de la ciudad y llevábamos bolsas con agarraderas bien dobladitas y llenas de cosas rebajadas y ropa guardada que nuestras madres pagaban durante todo un mes. Paradas detrás del órgano y con las manos juntas, tratábamos de no reírnos cuando Tommy y Manuel cantaban desafinado. Se lo merecían por estar allí parados, sudando bajo la lámpara de Yolanda, sólo por estar cerca de nosotras. Espi es la que guarda mis secretos, aquellos secretos oscuros que no entiendo y que siento en el alma como bordes filosos.

Elsa, Julio y Marisol han venido para despedirse. Elsa le puso a Marisol un vestido de verano color de rosa y unas sandalias. La levanto para frotar mi mejilla con los hoyuelos de su cara y le doy un beso. "No dejes que el perro le salte encima," le digo a Elsa. La bebé se va derechito hacia Cholo en cuanto la pongo en el suelo. "¿Ya lo ves? ¡Ya le está ensuciando el nuevo vestido!" Elsa y Julio se van a quedar en casa de mamá lo más que puedan. Paul corrió la voz por el vecindario que nos vamos. Todo mundo sabe que eso significa que ya tiene a varias personas que le van a echar un ojo a la casa. Julio es de Las Lomitas y no es de los que permitiría que alguien de El Cielito lo sorprendiera por la espalda. Todo el mundo respeta la reputación que se ha hecho en el barrio, la fuerza y la habilidad que tiene para defenderse.

Elsa está fría conmigo, indiferente. Me ignora y hace un escándalo por lo del viaje de mamá. "No te olvides de tomar tu medicina, nana. Dile a mamá que nos llame todos los días." Me mira, pero no me dice nada.

"Trataré de llamar lo más que pueda. No dejen la casa sola por mucho tiempo. Ya sabes cómo se preocupa nana de los ladrones."

"Yo sé lo que tengo que hacer."

"Dale un abrazo a tu madre," dice mamá.

"Sí, sí," dice, pero no lo hace.

El vecindario se despierta a la vida un domingo por la mañana. Hasta el clan de los Ruiz, que no ha visto la mañana de un domingo desde que dejaron de ir a la iglesia hace veinte años, está levantado. Todo mundo cree que somos millonarios y nos comparan con todos los demás. Los hijos de Irene vienen para despedirse. Ray viene para ayudarles a los muchachos a cargar las camionetas. Me alegra que traiga puestos lentes de sol pues eso evita que tenga que mirarlo a los ojos. Levanta a Marisol y se da una vuelta con ella en brazos. "La princesa de tata," dice. Entra a la casa junto con Elsa.

Pierdo la cuenta de todas las cajas de bocadillos que están metiendo a los carros, granos de maíz de dulce, dulces de fruta, Doritos, crema de frijol y cosas que se parten y crujen en la boca, para nombrar unas pocas. Deberíamos invitar a todo un pelotón pues alimentarlos no sería ningún problema. Willy y su esposa Susie son en parte responsables por todos los bocadillos de sobra que tenemos. Willy recogió todo lo que pudo de la tienda antes de que llegara la nueva remesa. Quería que su padre pensara que se había vendido todo.

"Tengo que ponérselo fácil a papá, Teresa. Si le digo que me traje todo esto, ¡me lo va a cobrar!" dice Willy. Susie, una gordita mitad filipina y mitad china, está a su lado. Sus orígenes étnicos siempre confunden a la gente. En el verano se pone morena y parece hawaiana y en el invierno parece china. La cosa se pone más enredada cuando una la oye pasar del chino al filipino, ¡al español y de nuevo al inglés!

Me sorprende que Willy esté encargado de la tienda de su padre. Siempre dijo que entre más lejos de sus padres mejor, pero supongo que la tradición china se impuso. Ahora Xiu y Chong Wong ya están en sus ochentas y viven con su hija Helen. Los domingos se ponen su mejor ropa y se sientan en dos mecedoras al frente de la tienda. Todavía hablan en un idioma chino que parece que se estuvieran peleando mientras sorben té por entre las encías chimuelas. Su perro, General Custer, murió hace años. Se envenenó con un pedazo de carne descompuesta que un ladrón le dejó en el patio. Después de esto, Xiu decidió comprar un perro que los hiciera sentirse orgullosos de su herencia china. A ella no le importaba la batalla de Little

Big Horn o el general Custer, como a su esposo. Compró un *shar–pei* con parte del dinero que tenían escondido en la bodega de refrigeración de la tienda. Nunca trajeron al *shar–pei* a la tienda pues era un perro caro. Lo llamaron Lin Chow y he oído que ya va en su tercera operación de los ojos para removerle arrugas que se le forman alrededor de la cara. Sin esas operaciones, Lin Chow probablemente ya estaría ciego. Willy me dijo que Lin Chow les ha costado a sus padres más dinero que todos los hijos juntos.

Observo a las gemelas y le doy gracias a Dios que se pusieron ropa holgada. No quiero que les den motivo a mamá o a Irene para exaltarse. No estoy de humor para escuchar una descripción de los horrores que les esperan a las disolutas que van medio desnudas hasta Washington.

Ray no deja de mencionar el arete de Cisco. Creo que las guadalupanas no lo alcanzan a ver y por eso no han dicho nada.

"¿Cómo puedes ir al Muro con esa cosa pegada a la oreja?"

"¡Papá, algunos de los hombres que sobrevivieron en Vietnam llevan arete!" dice Cisco.

"¡Yo no llevo! Y nunca me lo pondré."

Ray me ignora. "Yo puedo manejar la camioneta," me dijo la noche antes de la partida. "¿No puedes hacer a un lado tu enojo y dejar que te ayude? Manuel no tiene por qué ir."

"Mamá quiere que vaya Manuel. Es el que maneja todo el dinero. Además, ¿dónde dormirías Ray? ¿No vas a estar muy solito sin Sandra? Se va a enojar. Ah, a propósito, dile que la citación que me mandó para aparecer en la corte no me importa un carajo. Ya veremos lo que dice el juez."

Digo todo esto con los dientes apretados. El deseo que tenía de hacer las paces con Ray se ha reducido a una miniatura. Dentro de mí las células que aún lo recuerdan flotan libremente y forman grupos de células que me mandan nuevos mensajes al cerebro y que desenredan nudos que he llevado dentro desde la época de Consuelo y papá.

Blanche y Betty se aparecen con una charola de pastel de durazno.

"Ten, Teresa, para que les pongas un poco de carne a esos huesos," me dice Blanche. Le da un gran abrazo a mamá que dura más de un minuto. "Alicia, tú no te preocupes de nada. ¿Te acuerdas cuando El Señor te curó de las migrañas? No fue nada, ¡bendito sea Su Nombre!" Las dos mujeres están llorando.

"¿Viene Gates?" pregunta mamá. "Lo esperaremos."

"¡NO! ¡No lo esperen!" dice Blanche alarmada. "Ese hombre no sabe si es día o noche."

"Pero . . . yo—"

"Mamá, no sabemos. Todavía puede que venga," le digo.

"Llámalo, *mija*," me dice.

"¡Ay, no, Alicia! ¡Nadie sabe dónde está el hombre."

"Maneja con cuidado, Manuel," le dice Blanche. "Mi tía vive en Washington D.C., y ni siquiera tiene coche. Le tiene tanto miedo a manejar ahí que se transporta en metro."

"Voy a tener mucho cuidado, Blanche. Va a haber muchas mujeres vigilándome," dice Manuel.

Priscila y su nuevo novio llegan en un Buick Riviera negro. Creo que se llama Albert. Es moreno y de hombros anchos. Deja a Priscila y a los muchachos. Priscila se baja con *shorts* de *jean,* una camiseta negra sin mangas y zuecos de madera.

Paul mira a Albert detenidamente. "Creo que lo vi en la penitenciaría," dice.

"¿Ya tienes todo listo, Teresa?" me pregunta Priscila. "Sé que te encanta ser organizada."

"Estoy segura de que se me olvidó algo, si eso te hace sentir mejor."

"¡Ya van a empezar!" dice Paul. "Espero que ustedes dos lleguen vivas al Muro. Ya veo a una de ustedes dando media vuelta para regresar a casa."

Priscila le da un beso de despedida a Albert.

"Oye," dice Paul en voz alta. "¿Has estado en la penitenciaría?"

Albert no le hace caso y se va en su auto.

"¡Cállate, Paul!" dice Priscila. "Sólo porque te has pasado la mitad de la vida allí, crees que todo el mundo también ha estado allí.

"Nunca se me olvida una cara bonita," dice Paul sarcásticamente.

Llega la camioneta del Canal 5.

"¡Ay, miren esto! Michael volvió a traer a los reporteros," dice Paul. "Ese chamaco se cree mucho. Si me preguntan a mí, creo que necesita que lo regresen a la realidad."

"¡No empieces!" le dice Donna. "Qué culpa tiene de ser inteligente."

"¡No empieces tú conmigo, Donna!"

"Dejen de hablar tan alto. Van a incomodar a su mamá."

"Es mi hijo, Donna. Recuerda que soy su padre. Puedo tener mis propias opiniones sobre mi hijo."

Dejo caer los hombros. Ya estoy cansada de Paul y Donna, ¡y ni siquiera ha comenzado el viaje! Cuando llego a la camioneta del Canal 5, encuentro a Michael que está explicándole a Holly Stevens, la reportera pelirroja, la ruta que vamos a tomar. Michael tiene un mapa de los Estados Unidos con una línea roja oscura que cruza por el centro. Las cámaras están enfocadas en Michael y en el resto de nosotros que estamos cargando las camionetas.

"Tomaremos la Interestatal 17 hasta Flagstaff, luego la Interestatal 40 a través de Winslow para llegar a Albuquerque y recoger al amigo de mi tío, Chris Montez. De Albuquerque nos vamos por la I-25, la I quiere decir interestatal, hasta Colorado Springs para llegar a la Estatal 24, y después de regreso a la I-70 hasta Topeka, Kansas y de allí hasta Baltimore y Washington."

"¡Caramba, si eres un pequeño experto en mapas!"

"Esto no es nada, cuando sea grande quiero ser cosmólogo; pero tengo que empezar por algún lado."

"Quiere hacer mapas del universo," dice Ángelo cruzándose de brazos. Parece que acaba de hacer un anuncio importante al mundo.

"¿Tú le vas a ayudar?" le pregunta Holly.

"¿Te voy a ayudar?" le pregunta Ángelo a Michael.

"¡Claro que sí! ¡Vamos a tener nuestro propio observatorio!"

"¡Caramba, qué maravillosa idea!"

Michael lleva su computadora portátil en un maletín de piel. Se lo echa sobre el hombro. "Esto," dice, "es lo que nos va a mantener en contacto con el país. Construí una página *web* para nana." Señala la dirección de la página *web* que pegó en el interior de las ventanillas de las camionetas, www.jramí rez68.com. Holly la anota en su cuadernito. En otra ventana Michael pegó las palabras MURO CONMEMORATIVO DE VIETNAM. NO LOS OLVIDAMOS.

"¡Tu abuela tiene suerte de tener un nieto tan inteligente! Te mandaré mensajes y tú me dirás cómo van las cosas. ¿Lo harás, Michael?"

Michael está feliz de estar frente a la cámara. "Sí, sí, claro que sí."

Holly camina hasta donde mamá, que está sentada en la camioneta con Irene. Lisa y Lilly están detrás de ella ajustando sus audífonos del *walkman* y esponjando sus almohadas. Mamá lleva su blusa color de rosa favorita rociada de ramos de rosas moradas, un par de pantalones negros de vestir y tenis Reebok. Trae el pelo blanco cepillado hacia atrás, apenas se le ven las orejas y un moño en la parte de atrás. Si la ven desde atrás parece que lleva una cachucha blanca. Pone su bastón entre el asiento y la ventanilla. Sus ojos tienen el mismo brillo que tenían cuando vio la foto del Muro. ¡Tiene una sorpresa escondida detrás de la espalda! ¡No quiero saber qué es! Irene tiene el pelo teñido de negro y se lo recoge por detrás en un chongo. También tiene un lunar cerca del labio inferior que según mamá siempre volvía locos a los hombres. No puedo imaginarme a ninguna de las dos haciendo el amor, pero supongo que lo hicieron pues tienen hijos. Llevan puestos sus medallones de la Virgen y aros de oro en las orejas. Me llega un olorcito de polvo de baño, una sorprendente fragancia de bebé recién nacido.

Irene lleva un vestido azul marino largo con medias y zapatos de agujetas negras. "Necesitas tenis," le dijo mamá antes de subir a la camioneta, subiéndose los pantalones y mostrando sus Reeboks blancos. "Nunca!" dijo Irene. "Imagínate, tu nana en tenis."

Las dos ancianas se sientan rígidamente en el asiento de atrás, listas para su viaje a través del país. La excitación les ha transformado las caras y les ha convertido las arrugas en líneas apenas perceptibles que se curvan alrededor de los ojos, mejillas y labios. Todos somos niños a punto de empezar una aventura. Americanos que nunca hemos visto Estados Unidos.

"¡Este es el gran día, señora Ramírez!" dice Holly. Le acerca el micrófono a mamá.

"Sí, creo que sí. ¿Te volvió a llamar?"

"¿Quién?"

"El hombre de su teléfono."

"Ah, él . . . sí, me llamó."

"¿Volvieron a ser amigos?"

"¡No!"

"Bueno. Tú sé fuerte, *mija.*" Holly se sonroja. Vuelve a tomar el hilo de su presentación.

"Señora Ramírez, pronto va a estar en el Muro de Vietnam. ¿Cómo se siente?"

"Siento que Dios está con nosotros, que nada nos puede detener."

"¡Usted tiene tanta fe!"

"Nos estamos moviendo en universos paralelos," dice Michael. "¡Lo invisible se ha manifestado!"

"¡Callen a ese chamaco!" grita Paul. "Ahora todos esos *new agers* no nos van a dejar en paz."

"¡Qué ocurrencia tan inteligente!" le dice Holly a Michael.

"Sí, es una enciclopedia con patas," dice Paul.

"Es un genio, el pobrecito," dice mamá.

"Lo cierto es que no soy de tal palo tal astilla," dice Michael señalando a Paul. "Ese es mi papá."

"¡Ese es tu papá!" dice Holly sorprendida.

"¿Qué, no le parece bien?" dice Paul.

"No, por supuesto que está bien. Sólo que me tomó por sorpresa. Dime, Michael, ¿de veras crees que tu abuelita está conectada con un universo paralelo?"

"Esa es una suposición. Nana tiene fe y eso también es poderoso. Las partículas subatómicas no son una energía independiente. Todo está conectado con todo. Lo que usted haga en un sitio afecta a los demás y eso es cierto para todo el universo."

"Caramba, estoy impresionada. Tengo que pensar en todo eso."

"Mi madre está contenta," le digo a la reportera. "No va a descansar hasta que lleguemos al Muro. Ha hecho esta promesa, esta manda, y no hay manera de volver atrás." Holly asiente con la cabeza.

"Su madre es una mujer hermosa. La última vez que hablé con ella me inspiró. No he podido olvidarla ni a ella, ni todo lo que me dijo."

"Mucha gente no la va a olvidar," dice Michael. "Es la primera nana que tiene su propia página *web*. Vamos a hablar con gente que ni conocemos."

"¡Sí, claro que sí!" dice Holly. "¡Y pensar que lo hiciste tú solo!" Da unos pasos hacia atrás y señala las banderas, la bandera americana y la bandera mexicana puestas a ambos lados de las camionetas. "¡Qué pintoresco!"

"Bueno, ¿quién hizo esto?" pregunto.

"Fue Cisco," dice Manuel. "Y mira allá, puso una bandera americana y una bandera de China en la camioneta de Willy."

"Sí, mamá, la gente tiene que enterarse, no sólo somos americanos, somos mexicanos. Somos chicanos y también chinos."

"¿Cuál es la diferencia entre un chicano y un mexicano?" pregunta Holly.

"Los chicanos ya son de la segunda o tercera generación en los Estados Unidos. Son una mezcla de la población indígena de México y de los europeos españoles. Nos llaman mestizos. Chicano es una palabra náhuatl que se escribía con una equis en vez de una che. Al principio vinimos al norte en busca de Aztlán," le digo.

"¿Qué es Aztlán?"

"Es la tierra mítica de los aztecas. De las siete cuevas de Aztlán, los aztecas emigraron a lo que hoy es la ciudad de México, que antes se llamaba Tenochtitlán. Muchos murieron tratando de hallar su tierra de origen."

"Qué interesante, muy, muy interesante." Me mira fijamente como lo hizo durante la primera entrevista. "¿Usted cree en Aztlán?"

"Estos días creo en muchas cosas. Tal vez estemos paradas en Aztlán en este momento. Tal vez estemos viajando a través de Aztlán para llegar al Muro de Vietnam. ¿Me puede usted decir que no es así?"

"No, en realidad los mitos pueden tener algo de verdad."

"O la verdad puede ser un mito y un mito puede ser la verdad. ¿Ha pensado en eso alguna vez?" Ella vuelve la mirada hacia mamá.

"La verdad es difícil de determinar," dice frunciendo el entrecejo. Empieza a despedirse con la mano. "¡Adiós, señora Ramírez y todos los demás!" dice entusiasmada. "¡Ad . . . ioooos, amigos! Buena suerte, que tengan buen viaje. Ah, y señora Ramírez, no se le olvide mi primo, Robert

O'Connor. ¡No dejes de escribir, Michael!" Holly le hace la señal de la buena suerte con el pulgar. Se voltea hacia la cámara. "Estas son las noticias del Canal 5 poniéndolos al día con la saga de los Ramírez que se aprestan a atravesar el país rumbo al Muro de Vietnam después de recibir noventa y dos mil dólares del gobierno de los Estados Unidos. Esto se debe a un error del gobierno que en 1968 no les dio el dinero completo por la muerte de su ser querido, el sargento Jesse A. Ramírez. El error del gobierno ha hecho posible el viaje de los Ramírez al Muro de Vietnam. La familia tiene su propia página Internet, *wwwpuntojramírez68puntocom*," le sonríe a la cámara y continúa narrando mientras acabamos de cargar.

Checo con Priscila, Paul y Willy para asegurarme que tienen todos los detalles de la ruta bien. Michael hizo copias del mapa con la ruta marcada. Manuel arranca el motor y mi madre todavía pregunta por Gates. Las guadalupanas se persignan susurrando oraciones para el viaje, encomendándonos a San Cristóbal, el santo de los viajeros. Me pregunto si nombraron a Chris Montez por San Cristóbal. Elsa corre hacia mi ventanilla abierta con Marisol en brazos. Me besa la mejilla y nuestras caras se tocan. Las dos lloramos.

Empezamos a avanzar hacia la autopista que nos lleva al norte, hacia Flagstaff. Miro a Elsa, Marisol, Julio, y Ray parados en la banqueta. Ray lleva a Marisol en brazos ahora y le mueve la manita para despedirnos. Todos los vecinos aplauden y se despiden con la mano.

Estamos rodeando los edificios multifamiliares del Central Park, la biblioteca, el parque, otra tienda china, un mercado del suroeste, la iglesia de San Antonio. Unos cuantos carros están estacionados a lo largo de la calle frente a la iglesia. Las puertas están abiertas de par en par pues este domingo hay una misa temprana. De reojo puedo ver el altar y la enorme estatua de San Antonio en el medio. Volteo a ver a mamá y la veo susurrando oraciones, no canciones.

Pienso en la figura de nana. Camina al frente de todas las mujeres y con largos pasos las lleva al blanco y brillante altar. Ahora está escondida en la tierra, al lado de Jesse. El padre Ramón murió hace cinco años en un asilo para sacerdotes ancianos. Ahora el pastor es el padre Clemente. Al pasar por la iglesia las ancianas guadalupanas se persignan e imploran la bendición de la Virgen de Guadalupe.

Una anciana que lleva de la mano a un niño camina por un callejón laberíntico lleno de vidrios rotos. La luz del sol que rebota contra los vidrios es una alfombra de diamantes bajo sus pies. Medio espero ver a Tortuga salir de uno de los multifamiliares Freeman con su chaqueta de faena del ejército en busca de su próxima botella de licor. Mi mamá me dijo que ahora recibe ayuda por incapacidad y que su hijo, Mauricio, se enamoró de una muchacha que pesa sólo noventa libras. La muchacha obligó a Mauricio a que bajara más de doscientas libras y ahora están casados. Mamá dice que la muchacha cocina todo al vapor como los chinos para mantener a Mauricio delgado.

Es muy temprano para que haya niños jugando en la calle. Unos cuantos viejos están sentados fuera de sus casas sorbiendo café con leche. Nos saludan con la mano cuando les pasamos por enfrente. Más vecinos salen a la calle con el presentimiento de que algo importante está pasando por su calle. Esta mañana de domingo en El Cielito es diferente a todas las demás, el aire se siente distinto, está cargado de una corriente invisible.

La cordillera de las South Mountains está a mi izquierda, en la distancia se ve de un azul morado. Las buganvillas y las rosas florecen por todas partes. A lo largo de la calle los árboles de tamarisco y los morales están llenos de hojas, las calles que La Llorona abandonó cuando se enteró de Vietnam. Miro hacia el sur buscando el Río Salado y la choza de don Florencio y no veo nada, ni siquiera la punta de la torcida colina cerca de la cual vivía. Me persigno. Manuel me ve y me pone la mano en el brazo. De reojo le miro los ojos a través de los anteojos, temerosa de que vea el dolor que se esconde en los míos.

La bandera americana y la mexicana de nuestra camioneta aletean con el viento al ritmo de las banderas americana y la china del Nissan Máxima que nos sigue. Las ancianas lloran. Me volteo y miro por la ventanilla de atrás y veo los dos vehículos en una sola fila. Paul, Donna, Priscila y los niños, Willie y Susie, seguidos de la camioneta de *Noticias Canal 5* que filma lo último de su video. Al llegar a Central Avenue ya se nos han pegado otros carros. Chevies, Fords, dos *picops*, un Blazer con los hijos de Irene, los Ruiz, los Valdez, los inquilinos vagos, Blanche y Betty, Elsa, Julio, Marisol y Ray. Sin saberlo hemos formado nuestra propia procesión.

Al detenernos en el último alto antes de entrar a la autopista del Black Canyon, escucho el claxon de un carro. Bajo la ventanilla de mi lado para ver mejor. Es el mismo Monte Carlo gris oxidado que vi en Penny's Pool Hall. Veo unos hombros anchos y el perfil de una mujer en el asiento del chofer. Erica está al volante. Gates sale de un brinco con una maleta en la mano antes de que la luz cambie a verde y se mete al carro de Willy. Repentinamente, Erica me cae bien y no me importa si pelea como hombre. Mi madre levanta los brazos al cielo . . . "¡Gracias a Dios! Sabía que me haría el milagro." Erica vuelve a tocar el claxon cuando subimos a la entrada de la autopista. Otros carros le hacen comparsa y de allí empiezan a sonar cláxones de todas direcciones, de chóferes que ni conocemos. Es sólo un tributo ruidoso al soldado chicano de El Cielito.

• SOMOS PEREGRINOS DE AZTLÁN rumbo al este, siguiendo el sol naciente, en nuestra propia búsqueda, una manda, en busca de un camino fatigoso e invisible en un laberinto de voces que nos llaman, oraciones, palabras mágicas, salmos en sonsonetes del mundo antiguo, buenos deseos, promesas rotas, dolor, viajando por la blancura de Aztlán. Mi madre, la que comenzó todo esto, no se da cuenta de lo que ha causado. Somos peregrinos rumbo al Muro de los Lamentos de los Estados Unidos. Sólo la fe nos llevará hasta allá.

A Cambiar de Paisaje •

Paramos en un área de descanso cerca de Flagstaff, en medio del Bosque Nacional Conconino. Los baños son construcciones de ladrillo y tienen excusados que sí descargan. Camino alrededor de un pino enorme midiendo su circunferencia con las manos, oliendo la corteza, esperando hallar un olorcito a resina, copal para la hoguera de don Florencio. Los chamacos empiezan a correr, a darse de golpes y a gritar. Otra gente que ha venido de día de campo se sienta en las mesas de madera, preparan la comida o beben café. El sol va camino al centro del mundo haciendo que las sombras de los pinos se acerquen más a sus troncos. El dulce aire de la montaña les hace bien a mis pulmones. Manuel y yo caminamos por un sendero que conduce al bosque.

Una pareja mayor se nos acerca sonriendo. El hombre tiene el brazo sobre su esposa. Le ayuda a caminar sobre el terreno desigual. Ella extiende su delgado brazo hacia el frente como si estuviera caminando sobre el hielo.

"¿Ustedes van al Muro de Vietnam?" pregunta el hombre.

"Sí, allá vamos."

"Vi los letreros en las ventanillas de las camionetas."

"Sí, fue idea de mi sobrino."

"Yo tenía un hijo que sirvió en Vietnam—James Kinney. Salió vivo, gracias a Dios que no está en el Muro."

"Tuvo suerte. Mi hermano no tuvo la misma suerte. Lo mataron en 1968."

"Lo siento."

"Es triste," dice la mujer. "Todos los muchachos que mataron por allá." Me mira y me doy cuenta que quiere llorar. "¿Esa es su mamá?" Señala a mamá que está sentada con Irene en una mesa para *pícnic*.

"Sí, es ella. Es por ella que estamos haciendo todo esto. Mamá hizo una promesa de tocar el nombre de mi hermano en el Muro de Vietnam."

"¿Y toda la otra gente?"

"Son familiares y amigos," dice Manuel.

La mujer mira a todos a su alrededor. "Qué bueno. Que tengan buen viaje." Se apoya en su marido y este simple gesto me recuerda la vez que mi papá levantó a mamá en brazos después que salió el avión."

"Ha estado enferma," dice él. "Pero no se queda atrás, ¿verdad, cariño?"

Ella asiente. "Estaremos en contacto con ustedes. Barry va a anotar la dirección de la página Internet."

" 'Barry y Eleanor Kinney. Les escribiremos," dice su esposo, y se van caminando.

"Quiubo, Manuel, nos estamos haciendo famosos."

"Michael tenía razón. Un poco de publicidad no nos va mal."

Me quedo inmóvil y cierro los ojos. "Respira el aire, Manuel." Respiro profundamente el aire de los pinos. "A Jesse le hubiera encantado esto!" Abro los ojos. Manuel observa las copas de los árboles fijamente.

"Están bastante separados. No se ven así desde la carretera."

"¿Qué?"

"El espacio entre los árboles. Algunos están quemados."

"¿A quién le importa eso? Limítate a aspirar su aroma. ¿No puedes sentir la energía? ¡Todo está vivo!"

Manuel me mira. "Eres tan hermosa, Teresa. Pareces una ninfa del bosque."

"¿Una ninfa chicana del bosque? Nunca he oído que existan!" Los dos nos echamos a reír.

Priscila se nos acerca. "¿Hay algo que yo deba saber?"

"Nos estamos riendo de las ninfas del bosque," dice Manuel.

"Ya están entrando en onda, ¿verdad? Y quiero decir en onda. Todas estas voces que llaman a mamá. ¿Qué es esto, una sesión espiritista con ruedas? ¿Qué le dijeron las voces a mamá? Ella no lo sabe y tú tampoco, Teresa. No creo que los muertos nos hablen."

"¿Quién sabe lo que hacen los muertos?" le digo. "La verdadera pregunta es, ¿están realmente muertos, o sólo han salido de sus cuerpos y viven en algún otro lugar?"

"Esto me está poniendo nerviosa. ¿Te has dado cuenta de que estamos cruzando el país para probar que mamá tiene razón?"

"Mamá no necesita a nadie que le pruebe que tiene razón. De cualquier manera ella cree."

"Sí, y ahora que me acuerdo, tú también estás un poco loca por andar buscando al viejo ese de la Cueva del Diablo."

Priscila lleva lentes oscuros. Me veo reflejada en uno de sus lentes: soy una imagen distorsionada y borrosa.

"No dirías eso si hubieras conocido a don Florencio como lo conocimos Jesse y yo."

"¡La gente dice que era un borracho! Que fumaba la hierba que cultivaba en su patio. No era otra cosa más que un *hippie* indio. Debió haberse ido a San Francisco con el vecino de tu noviecito, ¿cómo se llamaba? Ricky Navarro. ¿No te acuerdas? Ricky se metió a una comuna *hippie.*"

"Nunca vi borracho a don Florencio. Y si estás hablando de peyote, estás loca. Nunca vi otra cosa que no fuera tabaco. Respetaba lo que le daba la naturaleza. Y en lo que se refiere a Ricky . . ."

"No te pongas tan delicada. Es delicada, ¿verdad Manuel?"

"A veces se puede enojar un poquito."

"¿De parte de quién estás?"

Manuel levanta las manos y se encoge de hombros. "No se puede ganar entre hermanas. Más vale que me calle."

"¿Cómo sabes que Ricky Navarro se volvió *hippie?* Todo lo que sabemos es que se fue de la ciudad."

"Ricky era un marihuano, un *hippie* que tomaba LSD, un completo inútil. ¿No recuerdas todos los rumores?" Priscila empieza a alejarse.

"¡Igual que siempre, dices cosas, avientas puñales y después te alejas! ¡No me des cuerda para que empiece a hablar de tus hombres!"

El corazón me late fuertemente. Veo a las guadalupanas sentadas en una mesa de *pícnic* con las gemelas. Gates fuma un cigarrillo de pie bajo un pino con Willy y Susie. Bajo la voz. "Cuéntame de tu último novio, Priscila. Se ve andrajoso. ¿No está su retrato en la Oficina de Correos?"

Priscila se arranca los lentes de sol. Me mira con indignación. Su cuerpo se pone rígido. "¡No puedes acercártele, Teresa, y eso es lo que te molesta! Siempre crees que tienes algún poder sobre los hombres, todos los hombres—¡mis hombres!"

"¿Qué pasa?" mi madre está de pie recargada en su bastón.

"Están peleando, nana," dice Lisa.

"No, *mija*," me dice. "¡No pelees!"

"Ni creas que estoy aquí por gusto!" grita Priscila sobre el hombro. "Si mamá no llega viva, tampoco tú, ¡lo juro!"

Miro a Manuel. "¿La oíste? Amenazándome de muerte. ¡Hay una ley contra eso! ¡Cómo se atreve a echarme la culpa de lo que está pasando!"

Priscila ya está en la camioneta. Paul y Donna llegan con los muchachos. Cisco está luchando con Michael y le tiene las dos manos sujetadas por la espalda.

Después de viajar apenas unas horas ya se están portando como hermanos.

"Mira, mamá, ¡alas de pollo!" me grita.

"¡Suéltalo," grita Priscila que sale de un brinco de la camioneta, corre hacia Cisco y le sujeta un brazo.

"Es una llave de lucha libre, tía," dice Cisco. "Yoy a hacer de él un tipo fuerte."

"¡No, no lo harás mientras yo viva!"

"Estamos jugando," dice Michael.

Ángelo agarra a Cisco de la cintura. "Nos está enseñando lucha libre, mamá."

"¡Los dos se me callan y se me suben a la camioneta!"

"No lo estés mandando, Priscila," dice Paul. "Yo puedo defender a mi propio hijo."

"¡Tú no te metas, bueno *pa* nada! ¿Adónde andabas cuando Michael era bebé y te necesitaba? ¿Adónde estabas cuando yo lo llevaba a sus citas con el dentista? Ahora has regresado y quieres que todo se haga de acuerdo a lo que dices; ¡bueno, pues no es tan fácil!"

"Está bien, tía," dice Michael. "Papá acaba de romper su propio récord. Nunca me había defendido antes."

"Mamá e Irene vienen hacia mí arrastrando los pies y apoyándose una en la otra.

"¡Pórtense bien, todos ustedes! Miren. Todo mundo nos está mirando," dice Irene.

"¡Van a pensar que somos unos mexicanos que no sabemos hacer nada bien!" añade mi mamá.

"A la mejor piensan que somos una delegación de la Naciones Unidas," dice Paul.

Mi madre está afligida y le tiembla el brazo del esfuerzo que hace por balancearse con el bastón.

"Todo está bien, mamá, no te aflijas. Priscila es muy bocona, en realidad no quiso decir todo lo que dijo."

"Ay, ¿por qué no se pueden querer? Si Jesse estuviera aquí, sabría lo que hay que hacer."

"Ya vas a empezar con Jesse otra vez!" dice Paul. "Jesse por aquí, Jesse por allá. Nadie puede controlar a estas dos, mucho menos alguien que murió hace treinta años!"

"¡Qué descaro!" dice Irene. "¡Cómo te atreves a hablarle así a tu madre!"

Paul abre la boca y le digo, "No digas ni una palabra más." Se da la vuelta. Le miro la espalda. Uno de los hombros se le ladea como a papá. Busca las llaves del carro en su bolsillo.

Donna pone el brazo sobre mi mamá. "Permítame que le ayude hasta la camioneta, Alicia. Ni se preocupe de nada de esto. Pronto estaremos en Albuquerque."

"Esto no es nada, señora Ramírez," dice Gates tratando de tranquilizar a mi madre. "Mis hermanas se correteaban con tijeras y hachas. Y ni siquiera quiero platicarle de mi ex esposa, Erica, la que vio hoy en el carro. ¿Recuerda a la mujer fornida? Es capaz de partirle la cabeza en dos a alguien."

"Ay, Dios mío!"

"Las hermanas siempre están peleando," dice Willy. "Tengo cuatro y en una ocasión casi empiezan un incendio en la parte de atrás de la tienda. ¿Se acuerda de la casa en que vivíamos detrás de la tienda? Ninguna de las cuatro se quiso parar para apagar la estufa."

"Tu pobre padre. Sé cuánto quería su tienda."

"Yo nunca peleé con mis hermanas," dice Susie con orgullo.

"Tú eres la excepción," dice Willy y le toma una foto para grabar la excepción para la posteridad.

Todo mundo está tratando de hacer las cosas que le gustan a mamá. Veo el reloj y me doy cuenta que es hora de que tome sus medicinas. El Lipitor que le ayuda a la circulación de la sangre por las arterias, ibuprofen de receta para el dolor y otra pastilla para regular su presión arterial. Repentinamente me siento atrapada, como si el bosque estuviera en mi contra. Me parece que el Muro está a un millón de millas de distancia. ¿Cómo sobreviviremos todo esto? ¿Y qué haremos si mamá muere antes de llegar?

Manuel se me acerca. "¿Hora de la medicina?"

"Sí, tengo que mantener en orden todas estas medicinas." Empiezo a contar las píldoras.

"Estás haciéndolo todo bien." hace una pausa. "Pero, ¿sabes qué?"

"¿Qué?"

"Fuiste muy dura con Priscila."

"¡No puedo creer lo que acabas de decir! ¿No la oíste amenazándome?"

"No te quiso amenazar. Habla fuerte, pero es sólo porque tiene miedo."

"Entonces, ¿quién eres tú Manuel, su terapista? Priscila no le permite a nadie acercársele mucho."

"Por eso, porque tiene miedo."

"¿Miedo de qué?

"De perder, de no ser lo que la gente espera que ella sea."

"Y tú sabes de esas cosas, ¿verdad?"

"Soy un experto en la materia."

"Caramba, no sabía que los dos tuvieran tanto en común."

Manuel y yo nos subimos a la camioneta y evitamos mirarnos. Priscila decide viajar con Willy y Susie para evitar a Paul. Lisa le llena un vaso de agua a mamá para que pueda tomar sus píldoras. Los carros arrancan una vez más y empezamos a subir más alto en tierra alpina. Mi madre tiene dificultad al respirar. La atmósfera es muy delgada. Miro el reloj nerviosamente para ver cuánto nos falta antes de llegar a Nuevo México, de acercarnos más a la casa de Chris.

"Se va a sentir mejor. Ya casi salimos de las montañas," dice Manuel. "¿Cómo se siente, doña?"

"Nunca me he sentido mejor, *mijo,* aunque mis hijos no se respetan mutuamente. No, prefieren pelear. Ya se les olvidó cómo ser familia. ¿Qué es la vida sin la familia?"

Manuel sonríe sin estar seguro de qué. Entiende mejor que ninguno de nosotros. Es el fantasmita Casper que desaparece tras el horizonte en vagones de ferrocarril que nunca lo llevaron donde quería ir, que era a su hogar, un verdadero hogar y una verdadera familia.

El verdiazul del bosque es tan intenso que veo manchas verdes aún cuando no estoy mirando los árboles. Todo mundo está en silencio. Pasamos por el Montezuma's Palace que son unas viejas ruinas indígenas apretadas contra la ladera de la montaña como un rascacielos antiguo. Arizona es extraordinario. Hay enormes saguaros al lado de los espinosos ocotillos y palos verdes, no muy lejos de pinos gigantescos, arces y álamos, y montañas con crestas nevadas en el invierno. Hemos salido del calor de Phoenix con temperaturas que suben tanto en el verano que se puede freír un huevo en la banqueta. El cielo es una cúpula azul perfecta, sin una nube, el día es brillante, pleno de luz, y sin embargo todo dentro de mí se ha vuelto negro. Mis pensamientos se agolpan con lo que me gustaría decirle a Priscila, cosas difíciles que he callado durante mucho tiempo. Siento temor cuando volteo y veo la cara ceniza de mamá, miedo a las palabras de Priscila. Quiero que se acabe el viaje y que mi mamá regrese a casa sana y salva. Vamos de viaje al Muro para tocar el nombre de Jesse. ¿Tiene eso algún valor todavía? Sin embargo me duelen los dedos por la anticipación de tocar las letras de su nombre. Las he acariciado cien veces en la imaginación, acariciado su cara en mi memoria, también he hecho que todo quepa en mis pensamientos como un rompecabezas de carne y hueso, y sin embargo las piezas se mueven y cambian de forma constante según nos aproximamos al Muro.

• SE SUPONE QUE cuando la gente viaja junta se ama y se odia, se obstina, se resiste, se irrita, muestran su lado oscuro, hacen excusas para no contestar cuando se les pregunta algo, se ponen soñolientas, se marean y quieren regresar a casa. ¿Cuánto de esto podemos aguantar? Irene descansa una pierna en el regazo de mamá y ella le frota suavemente sus venas varicosas. Mamá dormita en el hombro de Irene durante parte del camino mientras Lisa y Lilly se pelean por los discos compactos. Los otros dos carros todavía nos siguen, así que supongo que nadie ha decidido regresar a casa. Manuel me sorprendió al ponerse de parte de Priscila. En verdad no creí que tuviera el valor. Tal vez soy como dice Priscila, que quiero dominar a los hombres, que necesito verlos débiles y cojos, que quiero mantenerlos en casa donde mi padre debió haber estado.

Veo a mamá y me pregunto qué es lo que se necesita para mantener al hombre en casa. Ella no pudo mantener a papá. Era inquieto y estaba acosado por un ojo errante que buscaba nuevos aires que habitar. El paisaje cambia frente a mis ojos mientras viajamos de montañas a mesetas, a llanuras. A la distancia se ven nubes que cuelgan cerca de los picos morados neblinosos de las montañas mientras vamos acercándonos a Gallup, Nuevo México. Tal vez me parezco más a mi papá, necesito un paisaje que esté cambiando o que pueda cambiar, o cuando menos que se mueva.

La manda de mi madre nos está cambiando el paisaje para siempre. Es un sufrir en movimiento. Llevamos nuestras cargas a las espaldas igual que nuestros antecesores los indígenas lo hicieron y de vez en cuando ajustamos el peso para hacernos sentir mejor. El sufrir es nuestro mapa, es por eso que vamos de camino. El hombre y la mujer que sufren están cerca de Cristo, el hombre de los pesares; todas las procesiones de San Antonio nos enseñaban eso. No estaríamos en camino si no fuera por la guerra y el sufrimiento. Somos parte de un plan sobrenatural para balancear las básculas del sufrimiento, para soltar un resorte en nuestro cuerpo que nos libere del miedo a sufrir.

Viajamos por el tiempo hacia atrás, antes de que todo esto empezara, al 68. Michael dice que todo ser viviente en el universo crea sonido, el sol, la luna, los planetas, la tierra, los árboles, las plantas, los animales, los humanos, todo emite ondas invisibles de sonido que campanillean, zumban, chisporrotean y producen frecuencias que sólo podemos percibir con aparatos de radar y con el espíritu. Mamá percibió la voz de Jesse, vibraciones que le empezaron en el oído y se le transmitieron a la mente y al alma. Ahora vamos a hacerle una visita allá donde vive su memoria, en el granito frío, detrás de las letras de su nombre. Cada nombre en el Muro es una historia, cada historia es un grito de desesperanza, que campanillea, zumba y chisporrotea dolor a todo lo largo de Estados Unidos. Mi madre escucha todo esto aun cuando yo quisiera que no lo hiciera: *¡La guerra es real! ¡La guerra es la muerte!*

Los Boinas Café •

Para 1968 el furor contra la Guerra de Vietnam ya había explotado en las calles de las ciudades de Estados Unidos. La gente enarboló la bandera para acabar con la guerra de Vietnam desgañitándose de tanto gritar, ampollándose los pies de tanto marchar y con los ojos nublados de no dormir. La guerra había llegado a Estados Unidos y no se trataba de bombas que explotaran, sino de puños cerrados que se levantaban en señal de protesta, de comunas de drogas y de los muchachos que quemaban sus tarjetas de conscripción obligatoria. Gritos de aflicción por nuestros muchachos muertos se alzaron como los aullidos desesperados de un animal que cae en la trampa del cazador. Se oían los gritos por todo el mundo—los estudiantes, atrapados en sus sueños de construir una sociedad perfecta, vivían una pesadilla. En México, Francia, Italia, Rusia, Alemania, por todo el mundo los estudiantes se alzaron y fueron aplastados por la policía. Sus vidas fueron aplastadas por la artillería pesada, los gobiernos corruptos, el FBI y la CIA. Por fin la guerra era algo que podíamos tener a la mano y ponía en tela de juicio el sueño americano.

• Los Boinas Café llegaron a Phoenix a fines de 1968, dos años antes que Ray y yo nos casáramos. En realidad Ray y yo no tuvimos un noviazgo serio sino hasta agosto del 69 en la boda de Little Lally. Little Lally era una de las hijas de tío Ernie. Little Lally estaba tan contenta el día de su boda que nadie se hubiera podido imaginar que un día se divorciaría de Demetrio. La banda de Ray tocó en el baile de la boda en la American Legion. Esa noche fue la primera vez que sentí que Ray en realidad me amaba, aunque la idea me vino después de que peleáramos en el estacionamiento y le rompiera en la cara dos boletos para ir a ver a José Feliciano. En esos días pensaba que los celos eran una prueba de amor. Lo vi en la cara de mamá cuando miraba a papá salir de casa para ir a la de Consuelo. Esta vez las cosas eran al revés. Ray me tenía celos, el hombre atento con experiencia estaba celoso de la muchachita que aún no se graduaba de la secundaria y que podría escaparse con el deportista más popular de la escuela. Probablemente fue por eso que discutimos en el estacionamiento, pero no me acuerdo muy bien. Agonizaba al verme bailar con otros mientras tocaba con su grupo. En esos días no me interesaba casi nada. Estaba todavía afectada por la muerte de Jesse, por la horrible realidad de que nunca más lo volvería a ver.

Para cuando los Boinas Café llegaron a Phoenix ya había decidido unirme a la protesta contra la guerra. Mi furia contra el ejército era tal que no podía ver a generales o políticos en la tele sin sentir ganas de escupirles a la cara. La noche de la víspera del Día de Gracias Ray me llevó a una reunión de los Boinas Café. La reunión tuvo lugar en una de las ramadas de South Mountain Park.

Recuerdo que la noche era fría, sin estrellas y que un cuarto de luna neblinoso colgaba del cielo. En la encapotada noche los altos saguaros tenían en alto los brazos como si estuvieran rezando, o como alguien dijo, como señales obscenas con el dedo dirigidas al mundo. Los Boinas Café no querían tener nada que ver con el Día de Acción de Gracias, decían que era un día festivo gabacho—la historia del hombre blanco y su supuesta conquista de América. En todo caso, ¿qué clase de imagen proyectaban los proponentes de la supremacía blanca sobre los indígenas? No era muy agradable—en el mejor de los casos una gente servil que los ayudaba y que los alimentaba. ¡Una mentira! El grupo decía que la historia del Día de Acción de Gracias estaba totalmente errónea y que lo que querían probar los gringos era que se habían hecho amigos de los indígenas cuando en realidad estaban planeando asesinarlos y quitarles la tierra, que fue lo que históricamente sucedió.

Llegamos tarde. Para cuando llegamos el grupo ya había prendido hogueras con ramas secas para protegerse del aire helado. La parpadeante luz de las hogueras me recordó a don Florencio y a las hogueras alrededor de las cuales bailábamos Jesse y yo cuando el viejo nos contaba cuentos. Cuando era niña me imaginaba que veía caras alrededor de la hoguera de don Florencio, rescoldos de carne y hueso, formas grotescas, duendes con apariencia de diablillo que se escondían en bosques oscuros, coreaban hechizos mágicos y desencadenaban las fuerzas oscuras para satisfacer sus caprichos.

Alguien hablaba por un megáfono. Más tarde supe que era Antonio Fuentes, el líder del grupo. Antonio era moreno como Jesse, pero de hombros anchos. Parecía muy seguro de sí mismo y se movía lentamente. Mientras hablaba no dejaba de tocarse el ala de la boina. Entendí por qué era el líder. La pasión emanaba de él como un puño imperdonable listo a descargarse. Su aura me tenía atrapada y ansiosa de escuchar cada una de sus palabras; no sabría qué hacer si algún día me encontrara con él a solas.

Podía ver al resto del grupo gracias a la tenue luz de focos que colgaban de un alambre y las centelleantes luces de Phoenix del lejano valle. Llevaban uniforme con el doblez planchado y sus infames Boinas Café de lado. Había hombres de bigote oscuro y algunos con patillas largas parados a la usanza militar, sin sonreír y con los pies abiertos. También había mujeres entre ellos, casi de mi edad. Algunas parecían doncellas mayas de pelo largo y atrevidas miradas fijas. Gritaban lemas: ¡Viva la raza! ¡Justicia! ¡Somos la raza de bronce! *¡Chicano power!* Aplaudían y pateaban el suelo.

Cuando aumentó el fervor, Antonio Fuentes de un brinco fácil y fluido se encaramó a una mesa del parque. Gritó, "¡A PROTESTAR RAZA! ¡A PROTESTAR! El Tío Sam nos robó la tierra y ahora está matando a nuestros chamacos en Vietnam. ¡Dos hispanos por cada gringo! ¿Es eso Justicia? Nos tienen en las líneas del frente, en la artillería, detonando minas, somos los primeros en disparar. No nos dan trabajos fáciles, en oficinas . . . no podemos entrar en los elegantes Clubes de Oficiales, no nos aplazan la conscripción . . . ¡NO! Regresamos en ataúdes, mi raza. ¡Nos están acabando! A mi hermano lo mataron allá . . . para hacer quedar bien a un pinche general gabacho." La emoción no lo dejó seguir.

"También mataron a mi hermano," grité. Mi grito se ahogó en el ruido que hacían todos los demás. Ray estaba parado detrás de mí y me tenía agarrada por la cintura. Sentía que la furia que llevaba ardía al igual que las hogueras. Me zafé de las manos de Ray. "Tranquila, nena," dijo. "Esta es una demostración militar. ¡No queremos meternos en problemas!"

"¿Problemas? El problema es que no hemos gritado lo suficientemente alto. Ray, ¿estás sordo? ¡Tú estuviste en Vietnam!"

"Mira hacia allá," dijo.

Había dos patrullas con las luces centelleando en la oscuridad. De repente alguien prendió un estéreo. Se oyó fuerte un corrido mexicano y esto dispersó a la gente.

Escuché voces que decían, "La chota, con calma raza . . . estos hijos de la chingada nos quieren llevar arrastrados a todos a la cárcel."

Mi coraje era más grande que mi miedo. Vi a uno de los policías hablando con Antonio. Nos echaron los reflectores.

Escuché voces que decían, "La chota, con calma raza . . . estos cabrones nos quieren llevar arrastrados a todos a la cárcel."

Mi coraje era mayor que mi miedo. Vi a uno de los chotas hablando con Antonio. Nos enfocaron con reflectores. Alguien le pasó una lata de cerveza a Ray. "Está buena la fiesta, ¿qué no?"

"Sí," dijo Ray. "Algunos de ustedes pueden terminar la fiesta en la cárcel."

"¡Estamos listos! ¡Hasta para morir!"

"Vámonos de aquí, Teresa," dijo Ray.

"¡Yo no me voy!" grité.

Ray me puso las manos sobre los hombros y me sacudió fuertemente. "¡Tú te vienes a casa conmigo! ¡Ahorita mismo! Estos chotas van a empezar a matar a todo mundo a macanazos."

En el momento en que Ray pronunció estas palabras, se escuchó un gritó. Una de las muchachas le había aventado una piedra a un policía y él la tenía sujetada con una llave. Hubo un forcejeo en la oscuridad cuando dos tipos se metieron en el pleito. Antes de que me diera cuenta de lo que estaba pasando, Antonio estaba en el suelo con las manos esposadas por la espalda. Ray me agarró y me echó sobre sus hombros. Corrió entre la gente brincando matorrales en la oscuridad. Me aventó sobre el asiento delantero de su carro y cerró la puerta.

"¡Déjame salir!" grité lo más recio que pude. "¡No me puedes hacer esto!"

Se alejó de allí acelerando el carro directo al círculo pavimentado que conducía a la salida del parque.

"¡Este lugar se va a llenar de chotas como si fueran hormigas!" Ray grito lo más alto que pudo. Nos dirigimos velozmente a la salida y casi atropellamos a uno de los guardias del parque. Ray confiaba en que la oscuridad escondería la placa de su coche. Ya habíamos llegado hasta lo más bajo de la montaña cuando vimos cuatro carros de la policía que subían. Yo estaba llorando, en parte porque estaba enojada con Ray y más porque Jesse ya no estaba con nosotros y porque todo lo que había dicho Antonio Fuentes era verdad.

• • •

• LA REUNIÓN de los Boinas Café fue la primera vez que había denunciado públicamente la guerra de Vietnam. Después participé en todas las protestas, con o sin Ray. Volví a ver a Antonio Fuentes en East L.A. y no me sorprendí cuando supe que Ricky Navarro estaba trabajando con el Comité de la Moratoria Chicana. En aquella época éramos Los Chicanos, estábamos unidos, respirábamos el mismo aire y compartíamos las mismas metas. La gente tenía que oírnos. Para 1970 ya estábamos listos para protestar la guerra con la demostración más grande de la historia de Aztlán, miles de nosotros marchamos hasta Laguna Park en East L.A. en señal de protesta contra la guerra y la muerte de Rubén Salazar, el reportero del *L.A. Times*.

En 1970 descubrí que una protesta es algo vivo. No es sólo una palabra. Se compone de gente llena de dolor, de coraje y desesperanza. Es algo que tiene vida propia, algo que vive y respira, grita, llora y gime.

¡Chicano! •

Hacía mucho más calor del que esperaba en East L.A., estaba húmedo y nublado. El tío de Espi, George, y su esposa Perla nos dejaron en el Belvedere Park. George era redondo y chato al mismo tiempo, estaba casi siempre de buen humor, excepto el día de la Moratoria Chicana. Ese día estaba enojado—enojado con los gringos, con el gobierno de Estados Unidos, con el Tío Sam que no era más que un asesino de chicanos, decía él. "Mataron a mi primo Chayo y a tu hermano Jesse." Defendía a Jesse como si lo hubiera conocido toda la vida. Yo quería fruncir el entrecejo, gritar, pegar con el puño, patear paredes, pero no hice más que escuchar a George con la mirada en blanco y dejar que su furia me azotara la cara. Tenía demasiado coraje dentro de mí y no sabía cómo iba a hacer erupción. Estaba en el asiento de atrás con Espi y su sobrino de cuatro años, Fernando. Espi y yo llevábamos *jeans* iguales y camisetas negras que decían CHICANO POWER en el frente. Sentado entre las dos, Fernando se movía y se retorcía tratando de sacar la cabeza por la ventana abierta.

"No dejen que saque la cabeza," dijo Perla. "Va a ir a parar a la calle." En el asiento delantero reacomodó a Frankie, de un año de edad, en sus brazos. De vez en cuando Frankie se metía a la boca una botella de plástico en forma de oso que estaba llena de jugo de uva.

Ese día chicanos de todos los Estados Unidos se convocaron en el este de Los Ángeles. En las calles se alineaban de bebés recién nacidos en brazos de sus madres, ancianos y ancianas que parecían reliquias de la Revolución Mexicana y gente joven, mucha gente joven. Sentí pena por todos ellos. La marcha aún no había empezado y parecía que algunos ya se estaban muriendo de sed. Vi a hombres que llevaban enormes sombreros de paja y mujeres con bolsas que les colgaban del brazo como si estuvieran caminando a la tienda del vecindario para hacer el mandado. Las banderas aleteaban en la brisa, la bandera mexicana, la bandera de la moratoria de paz, la bandera de huelga de César Chávez y banderas con la imagen de la Virgen de Guadalupe. Banderas que anunciaban en letras enormes, MORATORIA POR LA PAZ, 29 AGOSTO 1970; LO CAFÉ ES HERMOSO, CHICANO POWER, QUE VIVA LA RAZA, ¡QUE VIVA EL CHE!

"Así es la raza," dijo George, "*quesque* hacer una fiesta de la protesta. Mira, carritos de bebé, bebés, nanas, tatas."

"¿Qué va a pasar si hay algún problema?" le preguntó Perla. "No quiero que les pase nada a las muchachas. No deberíamos dejarlas marchar." El estómago me dio vueltas como si estuviera en una montaña rusa cuando dijo esto. Empecé a pensar lo que haría si George no nos dejaba ir. Estaba dispuesta a salir corriendo del cerro si fuera necesario. Ya había pasado muchos problemas tratando de convencer a mis padres que me dejaran ir a Los Ángeles en primer lugar, sin contar todo lo que tuve que hacer para convencer a Ray de que no andaba tras de Antonio Fuentes. Si Ray hubiera sido más inteligente se habría encelado de Ricky Navarro. Era Ricky a quien quería ver . . . el antiguo Ricky, el que conocía antes de que fuera a Vietnam. Recuerdo que cuando era niña tomaba a Ricky de la mano y lo llevaba a nuestro escondite debajo de las enredaderas "miguelito" que crecían como hierba sobre la cerca de atrás de mi mamá. Habíamos hecho una pequeña cueva en la parte más densa y jugábamos a la casita. Él era mi esposo y todas mis muñecas, algunas de ellas en condiciones precarias, sin ojos y con los brazos y piernas cayéndoseles, eran nuestros hijos.

"No va a pasar nada," le dije. "Conozco a algunos de los Boinas Café. Los líderes de la Moratoria tienen permiso para marchar y todo lo demás. La policía no puede hacer nada cuando es una demostración legal."

"¿Qué, eres una Boina Café?" preguntó George medio volteando la cabeza para mirarme en el asiento de atrás.

"No es ninguna Boina Café." dijo Espi. "No te preocupes, tío, no va a pasar nada."

"Los conocí en Phoenix," le dije. "Me dijeron lo que había planeado el Comité de la Moratoria." No mencioné a los policías que desbarataron la reunión y metieron a Antonio Fuentes y a otros a la cárcel. "Mataron a Jesse,

¿crees que no quiero protestar?" Estaba hablando en voz alta. Pude haber gritado si George no me hubiera calmado.

"Cálmate. Sólo recuerden las dos—no quiero problemas, ¿eh? No se pongan al frente de nada. Corran hacia las casas si las cosas se ponen muy mal."

"¿Muy mal?" Perla preguntó en el momento en que salíamos del carro con un brinco. Vi que se volteó para mirarnos y me di cuenta que todavía estaba tratando de convencer a su marido de no dejarnos ir.

"Las veo en Laguna Park," gritó mientras se alejaban.

Nos tomó unos segundos para orientarnos cuando entramos al Belvedere Park. Después Espi y yo nos incorporamos completamente a la muchedumbre de cientos que caminaban en la misma dirección. A excepción de unos cuantos radios de carro que tocaban canciones mexicanas a todo volumen y voces que nos llegaban por los altoparlantes portátiles, la muchedumbre estaba callada como si estuvieran susurrando o rezando. Caminamos hacia el centro de la multitud y vimos un letrero que decía, ¡AZTLÁN sí! ¡!VIETNAM NO!

"¿Qué te dije, Espi? Mira allá . . . ¡Aztlán! Don Florencio tenía razón en eso. Eso es lo que somos."

A unos cuantos pies de nosotros estaba parado un grupo de Boinas Café. Me les acerqué. "¿Conocen ustedes a Antonio Fuentes?"

"Sí," dijo uno de ellos. "Está allá alistándose para la marcha." Me señaló a Antonio.

"¿Y conocen a Ricky Navarro?"

"¿A Ricky qué?"

"Navarro," repetí, "Navarro."

"Ah, sí," dijo el tipo que estaba al lado de él. "El vato de Phoenix. Anda por aquí. Nunca se nos unió. Trabaja con el Comité de la Moratoria."

Le agarré la mano a Espi y la jalé por entre la muchedumbre para llegar con Antonio. Si el tipo no me lo hubiera señalado, probablemente no lo habría reconocido. Todos se veían más o menos iguales, llevaban pantalones color café, camisas café claro, anteojos oscuros y boinas café.

Mirando a mi alrededor me sentí orgullosa—orgullosa de que estábamos exigiendo nuestros derechos, y triste también cuando vi más detalladamente a los Boinas Café y me di cuenta que la mayoría eran adolescentes casi de la edad de Paul, delgados y de rodillas huesudas.

"Quiubo," le grité a Antonio. "¿Te acuerdas de mí? Nos conocimos en Phoenix." Se me acercó.

"¿Cómo podría olvidarte? Nunca olvidaría a alguien tan bonita como tú." En cuanto dijo esas palabras vi a una mujer joven aparecerse detrás de él. Era un poco más baja que yo y llevaba el uniforme de los Boinas Café. Se puso al lado de Antonio parándose a la usanza militar con los pies abiertos, le puso la mano en el brazo y me echó una mirada de pocos amigos.

"Se llama Raquel," dijo Antonio. Bajó la vista y la miró. "No empieces, estas muchachas son de Phoenix. Vinieron desde allá para marchar con no-sotros—entonces, viva la raza, ¿qué no?" Ella no contestó. Cuando le miré la cara dura e inflexible se me quitaron todas las ganas de conquistar a Antonio.

"Oigan, ¿dónde puedo hallar a Ricky Navarro? Recuerdo que me di-jiste que estaba involucrado en el movimiento."

"Sí, lo está. Probablemente está allá con aquel grupo." Apuntó hacia un grupo de muchachos y muchachas, algunos de los cuales llevaban papeles, no sé si eran volantes de propaganda o notas. Le di las gracias a Antonio y medio le sonreí a Raquel. Ella siguió de pie, estoica e inmóvil.

"A la mejor nos vemos después," le dije.

"¡Chicano Power!" dijo, levantando el puño cerrado.

"¡Que viva la raza!" le contesté.

"¡Caramba! De veras que te estás metiendo mucho en todo esto." Me dijo Espi.

"¿Me estoy metiendo? He estado metida . . . ¿dónde has estado?"

Primero le vi la espalda y después le vi la cara a Ricky Navarro. Había recuperado algo del peso que perdió y todavía llevaba su uniforme de faena del ejército, sólo que esta vez traía un sarape mexicano sobre un hombro y amarrado a la cintura. El pelo le daba a los hombros. Me le acerqué y le puse el brazo alrededor de la cintura. Se dio la vuelta y yo todavía lo tenía de la cintura.

"¡Quiubo!" Cuando vio a Espi empezó a reírse. Me puse por debajo de su brazo y él me sujetó por enfrente con las dos manos. Los ojos le brillaban de un verde lima bajo el sol.

"¡Mírala . . . mírala! ¡Ay, Dios mío!" Me dio un gran abrazo. "Estamos aquí para hacer algo por la muerte de Jesse, Teresa. ¡Estamos aquí para re-cordar a todos nuestros muchachos!"

"Haz algo por Jesse, por favor, ¡su muerte tiene que servir de algo!"

"Sí, vamos a hacerlo . . . Sí. Yo estaba en contra de las protestas cuando regresé, pero ahora me doy cuenta que no hay ninguna otra manera de parar todo esto. Tu mamá, Teresa, ¿cómo está tu mamá?"

"Está desconsolada. ¿Y la tuya?"

"Me siguió hasta aquí. Ya conoces a mi mamá, no va a dejar que me aleje mucho de ella."

Ricky y yo nos pudimos haber abrazado por más tiempo, pero la marcha ya había empezado. Ricky le hizo señas a una muchacha, una *hippie* que llevaba un vestido largo de campesina y tenía pelo oscuro que le llegaba hasta la cintura.

"¿Quién es?" le pregunté. "¿Tu alter ego? Tiene cara de gabacha."

"Es mitad y mitad." La muchacha de ojos borrosos y amigables se paró al lado de Ricky.

"Qué bien, ¿es otra chicana de ideas radicales?"

"Es una amiga de Phoenix. Te presento a Faith, Teresa," dijo Ricky alargándole la mano a la muchacha. Espi y yo nos miramos. Lo único que se me ocurría era LSD, los *hippies* y las comunas de drogas. Tal vez era verdad que Ricky se había unido a una comuna *hippie*—aquí teníamos la evidencia.

Cualquier idea de conquistar a Ricky también se esfumó ese día cuando vi que Faith le ponía el brazo alrededor de la cintura. Me imaginé que una hilera de gurúes tocando la tamborina iba a salir de detrás de ella.

"Soy monitor," dijo Ricky. "Vamos a mantener a la gente en línea. Vengan, vamos a ponernos más al frente. Les echaré un ojo. Esos son algunos de los líderes," dijo apuntando al frente de la línea. "Rosalío Muñoz, Ernesto Vigil, Roberto Elías, Gloria Arellanes—y allá David Sánchez, Primer Ministro de los Boinas Café. Corky González nos va a hablar en el parque. Es el gran líder del movimiento de Denver."

La marcha se inició lentamente, como un paseo dominical por la Calle Tercera y avanzaba en filas dispersas que daban la impresión que cruzábamos la calle juntos. Los monitores nos acompañaban a todo lo largo de la ruta. Le decían a la gente que se quedara en un solo lado de la calle. Vi a una pequeña anciana que se parecía a nana Esther. Traía un reluciente medallón de oro de la Virgen de Guadalupe. Me acerqué a ella. "¿Es usted guadalupana, señora?" le pregunté.

"Sí, *mija.* Siempre. He sido guadalupana toda la vida." Alzó el medallón para que yo lo viera.

"También mi nana y mi mamá."

"¿Y tú?" me preguntó.

"Todavía no," le dije y me sorprendí de haber dejado una puerta abierta, una posibilidad de llegar a ser una devota de la Virgen en el futuro.

"Toma," me dijo, dándome la oración del Justo Juez. "Esta es para cualquiera que vaya a la guerra."

Miré la tarjeta con la oración pero no me atreví a tocarla. "Mi hermano la llevaba con él cuando lo mataron en Vietnam. ¿Por qué no lo protegió Dios?" La mujer clavó sus ojos en los míos por unos segundos. Murmuró una oración entre dientes. Un dolor punzante me empezó entre los pechos; era un golpe sordo, el dolor de mamá me llegó al esternón.

"¿Quién sabe? Nadie sabe. Pero lo que sí sé es que tu hermano se fue derechito al mismo Dios. Así sucede cuando se tiene fe. La fe . . . te llevará al cielo." Me puso una mano en el brazo y eso me hizo sentir bien. Su tacto hizo que se me fuera el dolor del pecho. En unos cuantos minutos perdí de vista a la anciana y supuse que se había detenido para tomar agua.

La gente coreaba, "¡Chicano Power! ¡Chicano Power!" una y otra vez mezclado con los gritos de, "¡Viva la Raza! ¡Raza Sí, Guerra No! ¡Chale con la conscripción obligatoria!" Espi que estaba a mi lado se contagió del espíritu de la protesta y levantaba un puño al aire cada vez que gritábamos "¡Chicano Power!" Los jóvenes hacían la señal de la paz con los dedos.

Mientras caminábamos me empecé a sentir plena interiormente, como si el mismo acto de marchar fuera alimento para mi alma. Entre más fuertes eran los gritos más plena me sentía. La vida se me podría haber acabado en ese momento y yo habría muerto fuerte, sin miedo, y el dolor en el corazón por la muerte de Jesse sólo habría sido un recuerdo. Miré a todo mi alrededor, derecha, izquierda, enfrente, detrás y miré banderas que ondeaban y miles de rostros morenos con facciones que me recordaban nuestra historia—aztecas, mayas, olmecas, toltecas, españolas. Ese día también había caras negras y blancas y todos creían en lo mismo—que la guerra tenía que terminar—y que nuestros muchachos tenían que regresar a casa. Aquí y allá vi las luces centelleantes de los carros de la policía, del *sheriff* de Los Ángeles observándonos desde fuera de la línea de los manifestantes, dando vueltas a nuestro alrededor como zopilotes muertos de hambre, con ganas de que la muerte triunfara sobre la vida.

En la esquina de Whittier y Atlantic vi a un hombre que se acercó a Rosalío Muñoz y le dio un abrazo. Me acerqué hasta Ricky Navarro que iba sólo a unos pasos delante de mí. "¿Quién es ése?" le pregunté.

"Rubén Salazar," me dijo, "el reportero del *L.A. Times*. También es el director de la estación de radio en español. Es nuestra voz para la nación."

Nuestra voz para la nación. Lo miré detenidamente cuando lo pasamos sin saber que era la última vez que Rubén Salazar vería la protesta de la raza. Estaba firme como si estuviera observando un desfile militar. Al lado de él había un camarógrafo. En su rostro se le reflejaba el entusiasmo y la amabilidad. No pasaría más de una hora antes de que fuera brutalmente asesinado por el ejército de zopilotes que ahora nos rodeaba.

Casi inmediatamente después de haber observado a Rubén Salazar empezó una conmoción entre la multitud. Un joven le aventó una piedra a un carro de la policía. Dos monitores agarraron al muchacho y lo sujetaron.

"Son provocadores, son gente que la policía puso allí para hacernos quedar mal. Algunos hasta andan disfrazados de Boinas Café." Sentí que me subía un escalofrío por la espalda. Si había provocadores en el camino . . . ¿qué podríamos esperar cuando llegáramos a Laguna Park?

Cuando doblamos la esquina y entramos a Whittier Boulevard, el último tramo de la marcha, vi las cabezas y cuerpos de miles de manifestantes que se balanceaban y meneaban. Me llené de esperanza—y de un orgullo tan grande que casi me ahoga. A ambos lados de la calle los negocios estaban decorados con banderas y banderines que nos mostraban su apoyo. Algunos negocios habían cerrado sus puertas ese día. Los manifestantes eran tantos que ahora ocupaban toda la calle. Los monitores le gritaban a la gente que se quedara a un lado de la calle, pero no hacían caso. Una pareja recién casada se unió a la demostración con gusto. El velo de la novia le arrastraba por detrás, era de un encaje blanco diáfano que no cuadraba con la multitud que llevaba ropas oscuras de la Moratoria, sombreros de paja, ponchos, *jeans* y hombres con el pecho desnudo. Ricky señaló hacia la parte de atrás de la multitud. "Mira allá . . . esos autobuses blanco y negro. Están repletos de policías y asistentes de *sheriff.*" Miré hacia atrás de mí y apenas si pude distinguir los techos cilíndricos blancos de los autobuses.

Estábamos muy entusiasmados cuando llegamos a Laguna Park y gritábamos fuerte una vez vimos que estábamos cerca de nuestro destino. Oí música, estruendosa, música mexicana, colores vistosos y bailarines danzando en una tarima. La gente buscaba un lugar en el pasto para extender sus cobijas y poner su comida. La cercanía de tantos cuerpos morenos me hizo sentir segura, completamente protegida. Había tantos de nosotros, miles . . . no nos podían hacer nada. Éramos Aztlán. El poderío del mundo antiguo había vuelto a nosotros y tejía un hechizo que nos hacía creer indestructibles.

Bajo los árboles había mesas con información sobre la votación y otros acontecimientos comunitarios. La gente vendía refrescos que traía en refrigeradorcitos portátiles, pero las colas eran largas y algunos se desparramaron por el vecindario en busca de tiendas donde comprar bebidas. Habían puesto una solitaria mesa de *pícnic* debajo de un enorme árbol con una elevada imagen de la Virgen de Guadalupe en el centro. Había fotos de los chicanos muertos en Vietnam cuidadosamente ordenadas sobre toda la superficie de la mesa. Agarré mi bolsa y busqué la foto de Jesse con su uniforme del ejército. La puse con las demás. La pequeña anciana que había visto en el camino me vio y sonrió.

Alguien agarró el micrófono y dijo que debíamos cambiarle el nombre de Laguna Park al Parque Benito Juárez y toda la gente aplaudió. Espi y yo estábamos a punto de sentarnos cuando oímos que presentaban a Rosalío Muñoz como el primer orador. Nos quedamos de pie. Estábamos tan cerca que podía ver a Rosalío. Recuerdo que nos dijo que éramos como bebés aprendiendo a caminar. "Nos caemos, pero nos levantamos," dijo. "El tiempo está a nuestro favor." Siguió diciendo que ya no podíamos vivir como familias separadas. Estábamos aprendiendo a unirnos, a reclamar nuestros derechos y que nuestra unión era lo que nos haría fuertes.

"¿Dónde andarán George y Perla?" me preguntó Espi. Miramos a todas las familias a nuestro alrededor. Había cientos de mujeres parecidas a Perla y niños por todos lados parecidos a Fernando y Frankie.

"A lo mejor están allá," dije señalando la larga cola que iba a la puerta del baño.

El discurso de Rosalío Muñoz terminó con el grito de, "¡Viva la Raza!" Lo repetimos todos juntos a la vez. Entonces escuché que alguien en el micrófono decía, "No pasa nada allá atrás, por favor siéntense todos. Siéntense. Quédense quietos, por favor." La gente estaba de pie al lado oeste del parque y después más gente se puso de pie. El hombre seguía repitiendo las palabras. "Siéntense todos, por favor, quédense quietos. No pasa nada." Alguien más se puso al micrófono . . . "Hay mujeres y niños aquí, no queremos pedo."

Me paré en una banca del parque y por encima de las cabezas de la multitud vi a una fila de asistentes del *sheriff* que estaban parados enfrente a los monitores. Detrás de los asistentes la calle estaba repleta de carros de policía con luces intermitentes y sirenas que aullaban.

"Ay, Dios mío, Teresa, esto va a acabar mal . . . muy mal!" dijo Espi. Escuché varias voces de hombre que decían en el micrófono, "POLICÍA, MANTENGAN LA LÍNEA! ¡MANTENGAN LA LÍNEA! ¡MANTENGAN LA LÍNEA!" Repentinamente la línea de asistentes del *sheriff* atacó a los monitores empujándolos al piso y golpeándolos. Los hombres se levantaron y se fueron contra ellos, algunos recogieron piedras y se las aventaron a los policías. Tres veces vi la línea de asistentes del *sheriff* irse sobre los monitores, empujándolos y golpeándolos brutalmente con sus macanas. Entonces vi que subía humo entre la gente y personas que resollaban y se ahogaban, con los ojos rojos llenos de lágrimas. "¡Gas lacrimógeno!" gritó alguien. "¡Corran! ¡Corran!"

En ese momento un enorme ruido surgió de entre la gente. Era un ruido como el de una terrible tormenta cuando las olas del océano braman en las costas y la tierra se pone en guerra con el cielo. El ruido creció más y más hasta que llegó a lo máximo de su ímpetu y de allí se volvió un grito sólido de desesperanza, una enorme herida con voz humana. Yo también estaba gritando.

Escuché disparos en la distancia. Espi y yo salimos corriendo hacia los baños en busca de Perla y los niños. Había una gran estampida de gente a mi alrededor, hombres, mujeres, niños. Vi a niños pequeños perdidos llorando porque no podían hallar a sus padres en esa terrible confusión. Sabía que uno de los que la policía había golpeado era Ricky.

"¡Ricky! Espi, ¿dónde está Ricky?" Todos corrían entre los autobuses estacionados a un lado del parque. Detrás de nosotras la policía empujaba a la gente hacia las cercas de alambre, atrapándolos a todos, hombres, mujeres, niños. Vi cuando un policía le pegó a un niño en el cuello con su macana. Corrí hacia el policía y le grité: "¡Pinche marrano!" Él empezó a corretearme y me caí al suelo. Me dio un golpe en la cabeza y vi cómo el mundo se apagaba. Unos momentos después sentí que alguien me ayudaba a levantarme. Era Ricky. Tenía la cabeza partida de un lado.

"¡Dios mío! ¡Estás sangrando!" le dije.

"Tú también," dijo. Me mantuvo a su lado mientras corríamos entre los autobuses estacionados para llegar a la calle. Laguna Park era una imagen del infierno. La policía había volteado a patadas todas las mesas. Por dondequiera había papeles volando. Las bolsas de comida habían sido pisoteadas y aquí y allí había zapatos, ropa, una carriola de bebé. La mesa con el altar de la Virgen de Guadalupe estaba boca arriba y las fotos de todos los soldados chicanos andaban regadas por el suelo.

"¡La foto de Jesse! ¡Tengo que recuperar la foto de Jesse!" Me acordé de la pequeña anciana y la busqué a mi alrededor. No la pude encontrar por ningún lado.

"¡No!" gritó Ricky. "No podemos regresar allí." Para entonces ya se había encontrado con su novia Faith que estaba llorando y gritando. La vi y me dio coraje. Era gabacha. Esta no era su lucha; era la nuestra.

Vi que Espi venía corriendo hacia nosotros. "¡Echaron gas lacrimógeno en los baños! Perla y los niños están heridos. ¿Qué son estos, demonios?"

Ricky nos guió hasta cruzar la calle y llegar al barrio. A todo nuestro alrededor la gente se metía a las casas y a los patios. Algunos, escondidos detrás de carros y autobuses, le aventaban piedras a la policía. Los vecinos abrían sus mangueras para que pudiéramos quitarnos el gas lacrimógeno de los ojos. Una señora me ofreció una toalla para secarme la herida de la cabeza. La remojé en agua y me la puse contra el enorme chipote que sentía arriba de la cabeza. Me sentí mareada por un momento. Me apreté la toalla fuertemente contra la herida hasta que dejó de sangrar. Un bebé gateaba por el jardín llorando porque su mamá lo estaba lavando. Escuché el chirrido de los frenos de un carro—una mujer acababa de ser atropellada al atravesar la calle corriendo. Las sirenas aullaban y más humo se elevaba—por todas partes, negro y ondulante. El aire estaba impregnado del olor a llantas quemadas. Había hombres rompiendo las ventanillas de los carros de la policía con piedras y palos. A mi alrededor el mundo parecía un campo de batalla. Así es como se debió haber sentido Jesse en Vietnam—indefenso, temeroso, sin saber cuando terminaría el ataque, sin saber si iba a morir o a vivir.

"¡No, Ricky!" grité cuando lo vi regresar correr hacia el parque para pelear con un policía que acababa de golpear a un adolescente. Le quitó la macana al policía y lo golpeó varias veces. Entonces me quedé horrorizada cuando vi que tres policías se le echaron encima. El cuerpo se le aflojó completamente cuando le pusieron una llave de estrangulación y lo esposaron. Entre los tres recogieron el cuerpo golpeado y sangriento de Ricky, que se balanceaba bajo su propio peso, y lo aventaron en uno de los autobuses blanquinegros que había visto que nos seguían hasta Laguna Park. Les grité del otro lado de la calle, "¡Hijos de su chingada madre . . . ya recibirán lo suyo!" Desde la distancia uno de los policías levantó su macana amenazadoramente. "¿Quieres un poquito de ésta?" gritó y se rió de sus palabras. Espi me sujetaba con el brazo.

"¡No, Teresa!" gritó. "¡Vámonos!" Nos fuimos corriendo calle abajo junto con Faith. Vi a un joven delante de nosotras con la camisa rasgada y la cara sangrienta. Se volteó y les gritó a otros dos tipos que venían detrás de nosotras.

"¡Mataron a Rubén Salazar!" dijo en español.

"¿Qué," grité. "¿Qué dijiste?"

"Mataron a Rubén Salazar," repitió. "¡Mataron a Rubén Salazar!"

"¿Quién . . . ¿Quién lo mató? ¿Dónde?"

"¡La chota! El *sheriff*, allá en la calle La Verne, en el Silver Dollar Café."

Me di la vuelta rápidamente y agarré a Espi de los hombros. "¡Ay, Dios mío, Espi! ¡Mataron a Rubén Salazar! ¡Mataron a Rubén Salazar!"

"¿Quién? ¿De quién hablas?"

"De Rubén Salazar, el reportero del *L.A. Times* . . . ¡nuestra voz para la nación! ¡Ay, Dios mío! ¡Vente, vamos!" Estaba dispuesta a salir corriendo tras de los tres policías. Faith me dijo, "¡Voy contigo!" La miré con todavía más respeto y pensé en la pequeña anciana que me acababa de decir esa mañana que sólo la fe nos podría conducir al cielo . . . la fe . . . así se llamaba esta muchacha, "Faith." Faith y yo estábamos listas para salir corriendo cuando Espi me tomó del brazo una vez más. "¿Qué, estás loca? Nos van a arrestar. ¡No podemos hacer nada!" En cuanto dijo estas palabras vi a los policías agarrar a un hombre y a una mujer que salían corriendo de una tienda. Los golpearon a macanazos y los echaron a un carro de policía.

"¿Ya viste?" gritó Espi. "¡Seguimos nosotras!"

Al otro lado de la calle Espi vio a Perla que corría hacia el carro con Fernando y con Frankie en brazos. George no estaba con ella. Las dos le gritamos. Perla se paró y nos hizo una seña para que cruzáramos la calle. "¡Vénganse para acá, todas ustedes! ¡Métanse al carro!" gritó. Tenía la cara llena de lágrimas y los ojos colorados del gas lacrimógeno. Los dos niños estaban histéricos y sus ojos eran enormes llagas rojas.

"Yo no me subo," dijo Faith. Se regresó corriendo al parque. Yo me disponía a seguirla, pero Espi no me soltaba el brazo. "¡No vayas, Teresa! No podemos hacer nada." Perla seguía gritando a voz en cuello para que nos metiéramos al carro.

Atravesamos la calle corriendo y nos metimos al carro. Tomé a Frankie en los brazos mientras Espi agarraba a Fernando. Perla manejó como loca por Whittier y después cortó por el vecindario porque Whittier estaba bloqueado por autos, por gente que saqueaba, por humo e incendios. Miré hacia el parque y pensé en la mesa volteada con el altar de la Virgen de Guadalupe y la foto de Jesse pisoteada en el piso.

"¡Déjame regresar por la foto de Jesse!" imploré. Pero Perla no me contestó. Manejó jaloneando y chirriando por entre las señales de alto, entre carros y camiones para llevarnos a casa.

• MESES DESPUÉS los reporteros que investigaban la Marcha de la Moratoria Chicana y el asesinato de Rubén Salazar hallaron evidencia que el L.A. Sheriff's Department y los jueces encargados del caso no quisieron aceptar. Los noticieros decían que los asistentes del *sheriff* perseguían a un ladrón que había robado el Green Mill Liquor Store el día de la marcha. Su informe decía que el ladrón había desaparecido entre la muchedumbre reunida en Laguna Park y que ellos tenían derecho a perseguirlo allí. Más tarde el dueño de la licorería dijo que él nunca había llamado a la policía y que nadie le había robado nada. Los asistentes del *sheriff* nunca explicaron su actitud agresiva hacia una multitud desarmada que incluía cientos de mujeres y niños. Tampoco explicaron por qué había tantos de ellos armados de macanas, gases lacrimógenos y autobuses para llevarse a los manifestantes.

Era un secreto a voces entre muchos miembros de la comunidad chicana que Rubén Salazar había estado en la lista negra de la policía durante meses. Personas allegadas a Rubén Salazar dijeron que él sabía que su vida corría peligro y que había recibido varias amenazas de muerte antes de su asesinato. Los compañeros de trabajo de Salazar dijeron que la mañana de la marcha de la Moratoria había limpiado su escritorio como si nunca fuera a regresar. La simpatía de Salazar por los manifestantes había crecido cuando los líderes chicanos resaltaron que los jóvenes chicanos eran reclutados para la guerra en números que estaban fuera de proporción con el porcentaje de su población, y que una vez reclutados, los jóvenes chicanos muy probablemente servirían en las primeras líneas. La voz de Salazar se volvió más y más importante y la población hispana empezó a contar con él para que diera su versión de los hechos, los cuales incluían numerosos actos de brutalidad policíaca.

Fue en esta encrucijada que los asistentes del *sheriff* hicieron lo que tenían planeado. Escogieron el día de la Marcha de la Moratoria Chicana pues así podrían disfrazar sus actos bajo la excusa de que estaban tratando de mantener el orden entre los manifestantes y sofocar los disturbios. El Silver Dollar Café, donde mataron a Salazar, ni siquiera estaba cerca de Laguna Park. Quedaba como a milla y media del parque y el informe de la policía es que estaban persiguiendo a un pistolero que se había metido al café. Nunca hallaron al pistolero en el Silver Dollar Café ni tampoco dio la policía un aviso antes de disparar el proyectil de gas lacrimógeno en el atestado café y que iba dirigido directamente hacia Salazar. Después de una investigación más profunda se descubrió que el proyectil que usaron ese día sólo se usa cuando un criminal dispara detrás de una barricada y la policía tiene que destruir la barricada para aprehender o matar al criminal peligroso. El proyectil decapitó a Rubén Salazar y su vida terminó trágicamente mientras que durante horas, enfrente del café, la policía les escondía la verdad a los reporteros.

Rubén Salazar, la voz de la comunidad chicana para la nación, nunca se escuchó más y muchos años después, el gobierno de la ciudad le cambió el nombre a Laguna Park y le puso Rubén Salazar Park intentando equilibrar la balanza de la justicia y terminar con el amargo recuerdo de aquella trágica muerte.

Albuquerque •

Al llegar a Gallup, Nuevo México, nos detenemos en una tiendita que es también gasolinera y que vende *souvenirs*. Los chamacos usan su dinero para comprar jugo y donas, osos chiclosos, semillas de calabaza y todo lo que creen que aún no han probado. Los hombres están afuera llenando los tanques de gasolina. Mamá está intrigada con la joyería zuñi. Es de plata con turquesas y está trabajada en delicados collares, brazaletes y anillos. Me asombra la delicadeza de los diseños; todos son maravillosos. Un gringo blanco y flaco con tatuajes en los brazos me dice que es el dueño. Me hace una oferta, cuatrocientos dólares en vez de seiscientos, por un collar digno de una reina— bueno, ¿qué le parece? Le digo que no, no porque no quiera comprarlo sino porque quiero comprárselo a los vendedores indígenas y no al intermediario gringo. Estamos en territorio honrado, un territorio que baja abruptamente hacia los cañones y que corta el horizonte con montañas de picos serrados. Es importante que lo que compre sea real. Quiero plata que tenga las marcas hechas por dedos morenos sudorosos, no objetos pulidos en vitrinas de una tienda de recuerdos.

El hombre de la caja es indígena. "Oiga," me dice, "¿no son ustedes la familia de Phoenix, Arizona, que va camino al Muro de Vietnam?"

"Sí, ¿como lo supo?"

"Los vi anoche en la tele. Qué bueno. Quiero decir el dinero. El gobierno es el gran tonto. Siempre me da gusto cuando el gobierno pierde dinero." Se me acerca. "Oiga, yo tengo la mejor joyería indígena de por aquí." Me pasa una tarjeta que dice, *Leroy's* Indian Jewelry.

"Usted debe ser Leroy."

"Sí, y usted Teresa. Recuerdo su nombre de las noticias. Le digo, Teresa, tengo cosas auténticas. Mi propio abuelo las hace y guarda las mejores piezas para la familia y los amigos. Llámeme o mándeme un correo electrónico."

"¿Tienen computadoras en la reservación?"

Se ríe. "Vivo aquí en Gallup," dice. "Pero sí, tengo una computadora aquí y otra allá también. El negocio es el negocio." Mira al gringo y dice en voz alta, "Necesitan algo más? Todavía les quedan varios días para llegar al Muro, ¿verdad? Oye, Byron, esta es la familia que vi anoche en la tele. Van camino al Muro de Vietnam."

Byron les está enseñando unas joyas a Manuel y a Priscila. "¿Qué familia?" pregunta.

"Nunca ve la tele," explica Leroy. "El vodka es su compañero. Mire, allí viene mi esposa," dice señalando a una mujer de mediana edad que viene caminando hacia nosotros. "Bonita, ¿verdad?" Baja la voz y dice, "Oye, cariño, enséñales a estas personas lo que son auténticas joyas indígenas." Ella se arremanga las mangas y exhibe sus brazaletes.

"¡Son preciosos!" le digo.

"Es la familia que vimos anoche en la tele, cariño."

Los ojos de la mujer se encienden. "¡Es mi día afortunado! Tengo un sobrino en el Muro, Benjamin Rush, sólo que su nombre indígena es Recogiendo Plumas de Águila. Sin embargo en el Muro no aparece bajo su nombre indígena. Toque su nombre por mí, ¿por favor?"

"Lo recordaré," le digo.

Pago la cuenta de una taza de café y un paquete de chicles. Pongo la tarjeta de Leroy en la bolsa y me pregunto si Michael sabe que nuestro viaje se está anunciando por televisión.

Gates pasa a mi lado con una bolsa de papel blanco. "Es para Erica," me dice. "Es un atrapador de sueños. Para decir verdad, quisiera que esa mujer soñara más y me dejara en paz. Pero también es buena conmigo, Teresa," añade. "Soy yo el que la saca de quicio. Oye, ¿crees que tienen atrapadores de pesadillas aquí? Necesito uno de esos."

"¿Tienes pesadillas, Gates?"

"Si, claro que sí."

"¿De Vietnam?"

"¡Esas son las peores!" me dice.

"¿Después de treinta años?"

"Después de treinta años. El tiempo no ha borrado los recuerdos."

"Me pregunto si Jesse tuvo pesadillas en Vietnam."

"Créemelo, Teresa, las tuvo. Todos las tuvimos."

Me doy cuenta que Willy está escuchando nuestra conversación.

"¿Tú también tienes pesadillas?" le pregunto.

"Sí, claro, de vez en cuando. Todavía tengo una de esas pesadillas. Ya las he categorizado. Me supongo que no acaba hasta que acabe, como dice el dicho. Quizá este viaje al Muro acabe con ellas."

"Sí, quizá," dice Gates y se aleja.

Al salir de la tienda con mamá e Irene noto que la gente está mirándonos. Preguntan acerca de la dirección del Internet que Michael pegó en las ventanillas de la camioneta. Michael ya está recibiendo respuestas de hombres que dicen que estuvieron allá en el 68, 69, 66 y por el estilo. Duró tanto la guerra que siempre había alguien allá. Las familias nos mandan mensajes—*toquen el nombre de mi hijo en mi nombre*—*el de mi esposo*—*el de mi novio, no se olviden del de mi vecino, solo tenía diecinueve años. Yo estaba allí cuando le dieron la noticia a su madre.*

Michael está sentado en la camioneta trabajando en su computadora portátil. "Mira, tía, ya tengo más de cien mensajes y el viaje acaba de empezar."

"Aquí hay otro nombre que agregar a la lista," le digo. "Benjamin Rush. La señora que está dentro de la tienda es su tía. Su marido nos vio en la tele anoche. ¿Sabías tú algo de eso?"

"Aquí tienes tu respuesta," dice Michael. Señala la pantalla de la computadora portátil. Miro hacia la pantalla y veo que hay un mensaje de Holly Stevens.

"¿Qué dice?"

"Mandó un boletín de prensa a cientos de estaciones de televisión por toda la nación. ¡Ahora somos la gran noticia, tía!" Veo que unos desconocidos están hablando con Paul, Donna, Manuel, Priscila, Gates, Willy y Susie.

"Oye, papá, mira esto. Holly Stevens mandó la noticia de nuestro viaje a todos lados." Paul camina hacia la camioneta con Donna.

"¿Papá?" le susurro a Donna. "¿Oíste eso, Donna? Michael acaba de llamar papá a Paul."

Donna sonríe, "Se oye bien! Michael y Paul han estado hablando desde que Paul lo defendió en Flagstaff."

"¿Qué mandó?" dijo Paul.

"La noticia de nuestro viaje, papá. ¿No te acuerdas de la reportera?"

"De la que te enamoraste," dice Donna.

"Vamos, nena, tú sabes que tú eres a la única a la que quiero. ¿Qué hizo la pelirroja?" pregunta Paul.

"¡Mandó un boletín de prensa sobre nosotros!"

"Me lleva."

"Pensé que no querías publicidad, Paul." Se voltea y me mira.

"Un poco de publicidad no le hace mal a nadie."

"Ahora estás hablando como yo."

"Te puedo enseñar cómo meterte a nuestra página del Internet, papá," dice Michael. Miro cómo Paul escucha las instrucciones de cómo llegar al Internet.

"Por fin se están hablando," dice Donna. "Algo está funcionando."

"Hace años que no oigo a Michael decirle *papá* a Paul," le digo.

"Ya era hora," dice Donna.

Manuel y Priscila salen de la tienda de recuerdos y Priscila está mostrando un collar que le compró Manuel.

"Muchas otras cosas están funcionando," le digo a Donna. Nos reímos.

Me doy cuenta que la gente trata a las guadalupanas con respeto. En esta parte del país entienden a las ancianas, a las doñas, a la edad de la sabiduría. Entienden que no deben dejarlas y que es nuestra obligación traerlas con nosotros, así como lo hicieron nuestros ancestros, viajando con todos los que conocemos para llegar a un lugar del cual no sabemos nada. Se apelotonaban caminando detrás del dios colibrí, Huitzilopochtli hasta llegar a Tenochtitlán donde vieron un águila trepada sobre un nopal con una serpiente en el pico. Fue allí donde fundaron su ciudad, siempre juntos a merced del sol, la luna, la lluvia, del mismo Huitzilopochtli que los traicionó y les exigió corazones humanos para que pudiera renacer día a día en los cielos. Era el sol que moría cada atardecer, peleando con la luna y las estrellas durante el día. Don Florencio dijo que su misma gente le temía a Huitzilopochtli y languidecía ante Quetzalcóatl, el dios barbado blanco. Cuando apareció Cortés creyeron que era Quetzalcóatl y lloraron porque también era un asesino. Esa es la leyenda de sangre derramada que deshonra la historia de los aztecas. Me pregunto acerca de las leyendas que deshonran la historia de los Estados Unidos, que nos llevan de un viaje interminable a otro, siempre en busca del poder y del dominio, dejando nuestros corazones en tierras extrañas, enderezando los entuertos de otras gentes mientras nos olvidamos de los nuestros.

· · ·

• ENTRAMOS A ALBUQUERQUE esa tarde casi al anochecer y paramos en Old Town para orientarnos. Tengo la impresión de haber viajado en una máquina del tiempo hasta el siglo diecisiete, la época de los españoles y los indígenas Pueblo. Los patrones españoles les arrebataron la tierra a los indígenas, mataron a sus caciques y trataron de destruir a sus dioses, y todo esto sólo para que tres siglos después los colonizadores gringos los trataran de igual manera. San Felipe de Neri, localizada en el centro de Old Town, es una de las iglesias construidas por los españoles hace más de doscientos años. A la distancia se pueden ver las laderas moradas de las montañas Jémez y Manzano. Nuevo México "la tierra del encanto." Ahora me doy cuenta por qué San Felipe de Neri refleja las preocupaciones españolas por construir iglesias que se elevaran sobre los edificios típicos y pequeñas tiendas de adobe que le señalaran al hombre el camino al cielo. Cada plaza le anuncia al mundo que Dios es el centro del universo. Está al centro de las más altas aspiraciones de la humanidad y de sus deseos más terribles.

El patio de San Felipe Neri está rodeado de enormes árboles que dan sombra y albergan a cientos de pájaros que pían y cantan del amanecer al oscurecer. Hay un letrero a la entrada que les dice a los turistas que están entrando a un lugar sagrado. Se exige respeto. Ya han acabado las misas dominicales y la iglesia está en silencio. Miro un boletín de la iglesia que anuncia una festividad en honor a San Charles Lawanga y los mártires de Uganda en la iglesia de Santo Tomás en Río Rancho.

"Hay una comunidad afroamericana por aquí," le digo a Gates.

"Yo no soy afroamericano."

"¿Ah, de veras? ¿Entonces qué eres?" Gates me mira pero no responde.

Tenemos los autos estacionados en la calle y los muchachos hallan al otro lado de la calle un área verde con un belvedere en el centro. Mi madre, acompañada de Irene, entra con dificultad a la iglesia. Nos mojamos los dedos en pequeños receptáculos de agua bendita y nos persignamos dejando que algunas gotitas de agua se queden en la frente. Las dos ancianas sacan velos de encaje de sus bolsas aunque yo insisto en que ya no tienen que ponerse velo. Camino detrás de ellas ajustando mis pasos a los pasitos de ellas. Caminamos por un centenario pasillo siguiendo los pasos de otros que han cruzado el umbral de madera para acercarse al altar ornado de estatuas de santos que llevan túnicas verdaderas. Hay veladoras que parpadean en las esquinas iluminando santos de los cuales no sé nada. Las guadalupanas se unen a dos ancianas sentadas en una banca. Parecen cuatrillizas. Terminan rezando un rosario. Sus rezos son ecos contundentes que llegan hasta los travesaños del techo. No hay nada que consuma más que el silencio sagrado. Es un espacio cargado de energía, es el cielo que toca la tierra. Las ancianas son parte de todo esto: la quietud, las estatuas, las veladoras, el aroma del incienso, los cantos. Me dejo caer de rodillas sabiendo que todos los demás están sentados en las bancas detrás de mí. Priscila, Paul, Donna, Willy, Susie, Gates, Manuel y los muchachos esperan a que yo termine y ni siquiera sé lo que se supone que debo hacer. Le pido a Dios que por favor nos conduzca al Muro, en la primera frase Le pido y en la siguiente Le digo. No me puedo decidir si Le estoy ordenando que nos lleve o implorando Su misericordia. Volteo a ver a mamá, quien me hace una señal para que me acerque.

"Doña Rebeca me dice que aquí cerca hay una capilla de la Virgen de Guadalupe." Dice señalando a una de las ancianas de Nuevo México.

"Tu mamá debería ir allí. Ya me di cuenta que es guadalupana. También yo."

"No queda lejos, *mija*. Queremos ir a ver a la Virgen."

"Mamá, tenemos que recoger a Chris. Lo voy a llamar en cuanto pueda. No tenemos mucho tiempo." Los ojos de mamá están cansados, justo en el centro de sus pupilas, y donde la luz debería brillar hay un líquido opaco.

"¿Estás bien, mamá?" Extiendo la mano para tocarle la frente.

"Ya, *mija,* ¿por qué te preocupas tanto por mí? ¡Dios no me va a matar en la iglesia! Tenemos que ir a saludar a la Virgen."

"¿Qué le pasa a mamá?" pregunta Priscila.

"Nada. Quiere ir a una capilla que dice que está cerca."

"Y qué, ¿ahora vamos a parar en cada iglesia de la nación? Nunca vamos a llegar a Washington."

"Sólo ésta, *mija,*" mamá mira a Priscila. Los muchachos, Lisa y Lilly caminan detrás del barandal del altar.

"Bueno, chamacos," dice Priscila. "¡Vámonos!"

"No hables tan alto," le digo. "¿No viste el letrero?"

Priscila no contesta. Le ayuda a mamá a pararse y se ve preocupada cuando se le queda mirando fijamente a la cara.

"Se ve débil, Teresa,"

"Sí, lo sé. Me apuraré y llamaré a Chris para que podamos conseguir el cuarto." Hablamos por encima de mamá, como cuando éramos niñas y nos acostábamos a cada lado de ella. Paul nos espera en la entrada.

"¿Qué le pasa a mamá?"

"Nada, *mijo,*" contesta mamá. "Dejen de preocuparse. ¿No pueden sentir el poder de este lugar? Si me pudiera llevar este poder conmigo, correría hasta llegar al Muro sin cansarme siquiera una vez. ¿Qué no, Irene? Igual que antes."

"Yo correría detrás de ti, ¡créemelo!" dice Irene.

La capilla de Nuestra Señora de Guadalupe está al doblar la esquina de San Felipe de Neri. Es un edificio de adobe que tiene las puertas abiertas de par en par. La capilla es sencilla y proyecta la belleza de la pobreza. Hay una imagen de la Virgen de Guadalupe adornada de flores y un reclinatorio de madera para hincarse. La luz entra por pequeñas ventanas rectangulares e ilumina los letreros de la pared. Michael los lee en voz alta . . . *La codicia de tu casa me ha devorado las entrañas . . . Ámame y te ganarás mi amor . . . Mi alma te ha deseado por la noche, te buscaré por la mañana.*

Todos entramos a la capilla y estamos tan cerca uno del otro que nos tocamos los hombros. Willy está entretenido tomando fotos. Se ha vuelto el fotógrafo oficial. Eso me agrada porque tiene una cámara muy bonita.

"Nunca antes he estado en una iglesia católica," dice Willy.

"Yo sí," dice Gates. "Jesse me llevó un par de veces y todavía recuerdo todas las velas y las grandes y viejas estatuas que llevaban ropa como la que usa la gente. Oye, Teresa, por qué prenden tantas velas?"

"Son oraciones, Gates. Manuel te puede explicar más. Era monaguillo." Manuel entra con Priscila y los niños. Se persigna.

"¿Para qué es eso?" le pregunta Gates.

"Es una bendición. Se hace para recordar que este es un lugar sagrado," le dice Manuel.

"En China la gente se quita los zapatos cuando entran a un lugar sagrado," dice Willy. "Estuve allá con papá una vez."

Gates se agacha para poder pasar debajo de la bóveda arcada de una pequeña sala a la otra.

"No las hicieron muy altas, ¿verdad?" dice.

"Es que tú eres muy alto," dice Susie. "Deberías ver algunas de las casas en las Filipinas. Son más chicas que estas salas."

Mamá e Irene se turnan usando el reclinatorio. Lloran y se secan los ojos con Kleenex. Mamá e Irene son madres que esperan reencontrar a sus hijos. Sus primogénitos que se les han escondido todos estos años. Tal vez esa sea otra razón por la que mamá esté tan cansada. Su corazón le late con la misma fuerza que cuando Jesse estaba vivo, excepto que ya no tiene cuarenta años, sino casi ochenta. Su corazón no entiende qué es lo que lo está reviviendo.

Donna se turna con las guadalupanas en el reclinatorio. Es tan respetuosa como ellas; se persigna al entrar y al salir de un lugar sagrado. Me sorprende que haya aprendido las costumbres de la iglesia tan rápido. Es la primera gabacha que conozco que sabe cómo ser guadalupana. Lo que Donna respeta es la fe. La fe es la fe y no importa cuál sea tu religión, dice.

Mi mamá le cae muy bien a Donna, así que se le facilita respetar a la Virgen. La madre de Donna era una drogadicta que regaló a Donna cuando era tan sólo una bebé.

Llamo a Chris mientras todos están comiendo en un restaurante al aire libre. Contesta el teléfono a la primera llamada y sé que ha estado esperando mi llamada.

"Estás muy cerca de mi casa, Teresa," me dice. Se oye contento. Su voz hace que desee verlo. Me da direcciones de cómo llegar a Los Griegos, un vecindario cerca de Old Town. "Aquí todo tiene el nombre de alguna familia española o de alguna tribu indígena," me explica. Manuel me está mirando mientras hablo por teléfono. Le hago una señal para que traiga lápiz y papel y repito las direcciones en voz alta para que Manuel las pueda escribir. Después de colgar, Manuel me sigue observando como si yo hubiera hecho algo malo.

"¿Hay algún problema?"

"No, sólo que te cambió la cara cuando hablabas con Chris."

"¿Me cambió?"

"Sí, como si de veras estuvieras muy contenta."

"¡Claro que estoy contenta! Hace años que no veo a Chris, además ya quiero llegar a nuestros cuartos."

Manuel se queda mirándome fijamente por unos instantes y después saca su cartera para pagar la cuenta. Afuera veo a algunos turistas alrededor de nuestros coches hablando con los niños y tomando fotos. Una adolescente le está tomando fotos a Cisco. Una, dos, tres veces veo que se dispara el flash mientras Cisco se pone en varias poses de la lucha libre.

"A propósito, Teresa, ¿con quién se va a ir Chris? ¿No va a traer a su esposa?"

"Está divorciado, Manuel. Por ahora está en casa de su madre. Quizás te pueda ayudar a manejar. Se pueden turnar." Tan pronto como digo estas palabras me arrepiento de haberlas dicho. Manuel me mira como si lo hubiera pateado.

"Sí, así eres tú, ¿verdad Teresa? Te puedes valer de uno o del otro. No te importa cuál."

"No puedo creer lo que acabas de decir. Lo único que me importa es llevar a mi mamá al Muro."

"¿De veras? Hay algo más, y yo . . ."

No lo dejo terminar. "¡No voy a discutir contigo!"

Priscila pasa caminando entre los dos. "¿Qué sucede?"

"¿A qué te dedicas, a espiarme?"

"Ni modo. Eres la grande, la mera mera del grupo. La que da las órdenes."

"Quieres decir, la que mamá decidió poner al frente."

"Pongámoslo así. Tú fuiste la que planeaste todo esto, Manuel tiene el dinero y Paul y yo venimos sólo de paseo."

"Te prometo que cuando regresemos . . ."

"¿Me estás amenazando? Me está amenazando, Manuel."

"No lo creo. Lo que pasa es que está un poco nerviosa por todo esto."

"No me tienes que defender, Manuel. Yo me puedo defender sola."

"Y siempre lo has hecho," dice Priscila.

Mamá nos observa mientras bebe una taza de té. Se para. *"Mijas,* vámonos. No podemos hacer esperar a Chris. Hace años que no veo a su mamá, la pobre. Era borrachita en sus buenos tiempos, pero ahora es muy vieja para andar con eso. Siempre andaba tras de los hombres, imagínate, ¡y su esposo tan religioso! Andaba tras de Pablo Jesús por un tiempo. ¡Qué descaro!"

Me sorprende oír la emoción de la voz de mamá cuando habla de papá. "¿Doña Hermina andaba tras de papá?"

"Por un tiempo. Era la gran coqueta. De cualquier manera, Pablo sólo tenía ojos para ya sabes quién. ¡Sinvergüenza!"

"¿Ya pagaste la cuenta, ricachón?" Paul le pregunta a Manuel.

"Ya la pagué."

"Esto es de locos. Mi propia madre no confía en que yo administre el dinero."

"No empieces con eso, Paul," le digo. "A todos nos has dado razón para no tenerte confianza."

"¡Otro sermón! Yo ya pagué lo que debía. ¡Espérate a que te llegue la orden de arresto! Si me acuerdo bien tienes una citación para una audiencia ante el tribunal y tú estás fuera del estado. Esa es la primera regla, mana, tienes que quedarte dentro del estado."

"¡Al diablo con la citación! ¡Tengo cosas más importantes que hacer!"

Mamá se queda mirándome. "¡No digas malas palabras, *mija!"*

"¿Con esa boca comes?" me pregunta Irene.

Paul se echa a reír. "Ya te está llegando, ¿verdad? Así me he sentido yo. Corre mientras puedas, nena."

La risa de Paul me pone aún más a la defensiva. "No estoy huyendo. Todo el país sabe dónde estamos. Lo único que tiene que hacer la policía es venir y arrestarme." Digo todo esto petulantemente y me echo la bolsa sobre el hombro como si las palabras de Paul no me importaran y yo estuviera dispuesta a seguir, sin importar lo que pase.

Michael ya está en la camioneta con Angelo y está conectando su computadora portátil a una línea telefónica para recibir mensajes. Me saluda con la mano y me hace la señal de buena suerte con el pulgar.

"Está funcionando, tía . . . ¡la página del Internet es magnífica!" me grita.

"¿Ya ves lo que te digo? Mi paradero no es ningún secreto."

Al salir del restaurante un mesero nos alcanza. Es un niño, casi de la edad de Lisa y Lilly.

"¿No son ustedes la familia Ramírez? ¿Los que van camino al Muro de Vietnam?"

"Sí, somos nosotros," le digo.

"Oye, Licos!" Llama a otro mesero. "Te lo dije, hombre, estos son los que vi anoche en la tele. ¿Les puedo tomar una foto? allí," dice, "con su mamá y su amiga y sus hijas. ¡Qué chulas! Sus hijas son muy bonitas. ¿Necesitan acompañante? ¡Es sólo una broma!"

Manuel y yo posamos con mamá, Irene y las muchachas. El mesero y su amigo Licos sonríen ampliamente mientras toman las fotos, después nos dan la mano y a las muchachas les dan menús con sus números telefónicos.

Los Griegos •

Ahora sí estamos corriendo, o así me parece. La manda es el hierro en nuestros huesos; el Muro, el imán. Me pregunto si es la promesa de mamá o la de Jesse la que estamos cumpliendo, o tal vez los dos hicieron una manda y por eso es tan fuerte. No podemos regresar, ni siquiera podemos pararnos a pedirle a un doctor que examine a mamá. Desperdiciaríamos el tiempo que no tenemos. Temo regresar y temo llegar al Muro. Si el Muro nos recuerda nuestro dolor, ¿por qué querríamos tocarlo? Tal vez la manda está deshaciendo el poder del dolor. Vamos en búsqueda del dolor y no al revés. Si nosotros somos los que lo buscamos, ¿no nos hace eso más poderosos que el dolor?

Los nombres españoles de las calles de Albuquerque se me borran de la mente, Don Pascual, Isleta, Emilio López, Don Jacobo, y pueblos como Atrisco, Los Lunas, Los Padillas y Peralta. Chris vive en un vecindario que se parece a El Cielito. Pasamos por La Botica, una farmacia que anuncia hierbas y tés medicinales. Irene me dice que el té de la hoja de naranjo es bueno para calmar los nervios y lo ayuda a uno a dormir, y que las hojas del árbol de nogal son buenas para la anemia. Las infusiones de hojas de higo son buenas para darles leche a las madres que están amamantando. "Así es como desarrollé mis grandes chichonas y les di de comer a todos mis hijos, hasta al último, el que dijeron los doctores que estaba deformado, ¿te acuerdas de Santiago que nació azulado?"

"Té de la pelusa del maíz," dice mi madre. "¿No le dije a Matilde, la tal madre tuya, que lo usara para limpiarse los riñones, Manuel?" No, nunca me hizo caso y ahora mira dónde está, en una máquina que le chupa toda la sangre. Sólo Dios sabe lo que hay dentro de sus venas una vez que la sangre empieza a circular por esos tubos plásticos. Que me perdone Dios, pero quizá se lo merece por todo lo que te hizo."

"No, señora, no piense eso. Después de todo me adoptó."

"Matilde nunca creyó en hierbas," dice Irene. "Pero mira esto." Extiende unas hebras de pelo gris. "Tenía el pelo más negro sólo de beber té de romero. Negro y brillante, por eso se casó Lencho conmigo. Mira, ve aquí." Se levanta el cabello. "Todavía se alcanza a ver el pelo negro. Ah, y usaba la rosa de Castilla para limpiarme los ojos."

"¿Para qué tratas de mantenerte joven?" Le pregunta mi mamá. "Eres vieja. ¿Por qué no lo admites, Irene, ya tienes un pie en la sepultura."

"¡A mí no me hables de sepulturas! Mi madre vivió hasta que tenía ciento dos años."

"Qué lástima. Nunca quisiera vivir tanto. No te acuerdas de doña Mariana y como vivió hasta tener más de cien años? La tenían que poner en una cuna con un biberón en la boca. Y luego sus hijos nunca le limpiaban la cara y la leche se le escurría por las comisuras de la boca. Hormigas de azúcar, ¿te imaginas? ¡Las hormigas le devoraron la mitad de la cara!"

"¡Eso es mentira!" dijo Irene. "Doña Mariana murió mucho antes de que la pusieran en una cuna."

"Escuchen, las dos," les digo, "¿a quién le importa doña Mariana . . . ya no está aquí, ustedes todavía están vivas. Aprovechen la vida."

"Así son los jóvenes," dice Irene. "Creen que van a vivir para siempre, pero ya verás, Teresa. Algún día te vas a ver al espejo y verás a una anciana que te mira fijamente." Veo el retrovisor al lado de la camioneta y veo parte de mis anteojos de sol reflejados, una imagen instante y ondulante. Me pregunto cómo se verá mi cara en veinte años.

Me alegro de ver la casa de Chris cuando llegamos a Los Griegos. La casa de Chris es una casa de adobe con armazón de madera con una cerca blanca de estacas alrededor del patio del frente. Una maceta de piedra se extiende por toda la ventana de vidrio cilindrado. Mi madre se fija en unas flores silvestres, moradas, rosadas y amarillas. La sombra de enormes árboles cubren todo el vecindario y franjas oblongas de canales atestadas de pasto y yerbas corren paralelas a la calle. Hay buzones de correo balanceados en postes de madera a lo largo de las polvosas banquetas.

"Esto se parece a El Cielito," dice Manuel. "Si no estuviéramos en Nuevo México juraría que estamos en casa."

"Aquí es más verde," le digo.

Chris sale a recibirnos en cuanto entramos. Es más bajo de lo que recuerdo. El pelo oscuro se le ha vuelto blanco en las sienes. Todavía tiene la cara esculpida a la perfección, aunque está más llena. Lleva ropa de sudadera, camiseta y una pañoleta roja alrededor de la frente.

"¿Por qué lleva la pañoleta roja? pregunta Manuel. "¿Así se usa por aquí?"

"Lo dudo."

Estoy fuera de la camioneta y en los brazos de Chris antes de darme cuenta de lo que sucede. El aroma de su colonia se mezcla con el sudor y con el olor dulce de pasto recién cortado.

"¡Llegaste! ¡Llegaste! Ay, Dios. Por Dios que es bueno verte." Me pone a la distancia de sus brazos. "Mira nada más . . . ¡más hermosa que nunca!" Me acerca hacia él una vez más y nos abrazamos, columpiándonos juntos. Los dos estamos llorando. Instintivamente nos limpiamos las lágrimas el uno del otro. "Más hermosa que todos los sueños que he tenido de ti," me susurra. Abrazarlo es como tocar a Jesse de nuevo. No lo puedo soltar. La presión de sus manos libera la energía que he acumulado en el cuerpo desde la última vez que lo vi.

"¿Me puedes dar un abrazo a mí?" Priscila está parada a nuestro lado. Chris todavía me está mirando. Todavía nos tenemos asidos. "¡Ho—la! ¿No me vas a abrazar a mí también?"

"¡Sí! Lo siento, estoy pasmado por tanta belleza." Le da una gran abrazo a Priscila, levantándola y volteándola. "La hermanita de Jesse . . . ¡totalmente desarrollada!"

Manuel está parado detrás de mí. Remeda mis pasos y se mueve al tiempo justo para evitar que lo pise.

"Te acuerdas de Manuel, ¿verdad Chris?"

"Sí, claro . . . ¿cómo andan las cosas?" Le da la mano a Manuel.

"Siento lo de la pañoleta," dice, quitándosela. "Estaba cortando el pasto y me la puse para que no me cayera el sudor en la cara."

"¡Oye, ahí están Gates y Willy!" Los tres se dan la mano y se palmean la espalda. "No estamos viejos, ¿verdad muchachos?"

"¡De viejo no tengo nada!" dice Gates.

"Debería preguntárselo a tu esposa," dice Chris.

"¿A cuál de todas?" pregunta Gates. Los dos se ríen.

Chris mira a Willy y a Susie. "¿Estás administrando la tienda de tu papá?"

"Sí, Susie y yo. Justo lo que dije que nunca haría. Pero ya conoces a papá y a mamá. Soy el mayor. Se morirían si no hago las cosas de la manera tradicional china."

"Hombre, qué bueno es verlos a todos ustedes de nuevo!" Chris niega con la cabeza como si no pudiera creer lo que está sucediendo. "Con calma, hombres, con calma," dice riéndose.

Mamá se baja de la camioneta y de un salto Chris se pone a su lado. "¡Doña Ramírez! ¿Cómo está usted? Qué tal le fue de viaje. Mire . . . con razón sus hijas son tan hermosas, ¡usted se ve como una reina!" Se agacha y cuidadosamente la acerca a su pecho. Mi madre llora y su cuerpo se estremece con cada sollozo.

"Ay, mijito, sólo puedo pensar en Jesse cuando te veo. Mi pobre hijito . . . ¡cómo lo extraño!"

"¡Sí, señora, todos lo extrañamos, aún hoy!"

Mamá presenta a Irene y a Chris. Irene también llora. Chris le da un abrazo.

"¿Conociste a mi hijo, Faustino Lara?"

"Lo recuerdo cuando vivíamos en El Cielito. Un gran hombre, su hijo. Jesse dijo que era un buen amigo suyo."

"Mi hijo también está en el Muro de Vietnam."

"Lo siento," dice Chris. Abraza a mamá y a Irene cariñosamente, una en cada brazo y las consuela. Después sube la vista y nos ve a todos sonriendo. "Caramba, qué mezcla! ¡A Jesse le hubiera encantado esto! Oigan cuates, ustedes son la gran noticia! Los vimos anoche en la tele. ¿Quién es el chavo inteligente que empezó eso de la página del Internet?"

"Es Michael, el hijo de Paul," le digo.

"¿Paul? ¿Paulito tiene un hijo?" Se voltea y ve a Paul. Da un paso, se para, lo mira fijamente y le da la mano. "Hombre, tu cara. Tienes la mirada de Jesse en los ojos." Se acerca y le pone ambas manos en los hombros a Paul y le revuelve el pelo, "¡Jesse habría estado orgulloso de ti! Hablaba mucho de ti en Vietnam."

"¿De veras?" Paul le busca la cara a Chris. "¿Qué decía?"

"¿Qué no decía? Recordaba todas las bromas que te hacía y lo bueno que eras aguantándolas. Es de lo mejor, decía, mi carnalito, tiene agallas, un día va a ser un gran hombre, ¿y qué, lo eres?"

"¿Soy qué?"

"¡Un gran hombre!"

"He dado algunos rodeos, pero estoy tratando de serlo. ¿Verdad, Donna? Te presento a mi novia," dice.

"Donna es un buen nombre. ¿No es ese el nombre de una de las canciones de Richie Valens? No hay nada como una buena mujer que apoye a un hombre. ¿Y tu hijo, Paul? ¿Dónde está el niño prodigio?"

Paul llama a Michael. *"Mijo,* ven aquí, Chris quiere conocerte."

"Mijo," Priscila pregunta. "¿Oí bien? ¡Es la primera vez que oigo eso!"

Michael se baja de la camioneta sin la computadora portátil. Se para al lado de Paul sonriendo. Paul le pone el brazo sobre el cuello. "¿Qué te parece, eh? ¡Tiene la inteligencia de los Ramírez! Mi hijo nos podría llevar ida y vuelta a Marte. ¡Tiene buena madera!"

"Tan inteligente como el tío Jesse," dice Chris. "Caramba, Jesse estaría pavoneándose en este momento. ¿Te acuerdas de cuando subía al ring y daba esos pasitos antes de una pelea? ¡Estaría bailando en grande en este momento! Hablando en serio, Michael, ¿Nos vas a llevar y a traer de Marte? Seríamos los primeros astronautas chicanos en el planeta rojo. Todo lo que tendríamos que agregar sería blanco y verde y tendríamos la bandera mexicana allá. ¿Qué te parece?"

"¡Sí, claro que lo haremos!" dice Michael.

"¿Y cómo va la página del Internet? ¿Estás recibiendo mucha correspondencia?"

"Ya tengo más de cien mensajes y apenas comenzamos. Papá me ha estado ayudando ahora que sabe cómo mandar correos electrónicos."

"Tal vez yo pueda ayudar también. Probablemente conozco a algunos de los muchachos."

La mamá de Chris sale de la casa despacio; es una réplica de las guadalupanas y lleva un vestido a cuadros y pantuflas. La sigue su hija Queta que mide como dos pies más que ella. Ahora todos estamos en el patio del frente de la casa y todo el mundo se abraza o se saluda de mano. Mi mamá y doña Hermina son de la misma estatura. Cuando se abrazan se tocan la frente. Doña Hermina nos invita a pasar a la casa. Me pellizco para no pensar que estamos de regreso en casa. Imágenes de la Virgen, el Sagrado Corazón de Jesús y San Miguel con el pie sobre el cuello del demonio me recuerdan la casa de mamá. En la estufa hay una gran olla de cocido y sopa con pedazos de res y legumbres cociéndose a fuego lento. En una esquina de la cocina hay una antigua estufa de madera, una reliquia de la temprana época española. Aspiro el aroma de tortillas recién hechas y pienso que probablemente doña Hermina y Queta las hacen todos los días. Me siento culpable cuando pienso en todas las sopas instantáneas que han comido mis hijos. Las dos mujeres son muy hospitalarias, sonríen y nos invitan a pasar. Acabamos de comer hace una hora, pero no hay ninguna duda de que comeremos de nuevo, pues no vamos a hacerles pensar que rechazamos su comida; eso sería como una bofetada. Las ancianas de Phoenix adquirieron el título de doñas en cuanto cruzamos la frontera estatal. Ahora es doña esto y doña aquello. Estamos en Nuevo México, donde las familias se adhieren estrictamente a las tradiciones y lo que predomina es la costumbre de nuestros antepasados.

Chris me cuenta que Queta nunca se ha casado. Es ancha y robusta, tiene cejas tupidas y cuando te da la mano, te la aprieta como un luchador. Sería una buena compañera en un pleito a puñetazos. Me gustaría verla contra Sandra en un futuro no muy lejano. Queta le hace una señal a Gates con los ojos. Me susurra al oído, "¡Es taan guapo!" Pienso que ella y Erica serían buenos oponentes en una pelea. Espero que a Gates no le guste Queta. Ya le está sirviendo un enorme tazón de cocido y poniéndole tortillas calientes.

Me asombro al ver los chiles de Nuevo México. Tata O'Brien ya se habría echado algunos al bolsillo para secarlos y sacarles las semillas. Dos mesas de madera de comedor están puestas con una variedad de chiles y salsas en tazones de cerámica. Una charola repleta de sopaipillas, un pan de masa suave, está al centro de cada mesa. Tata hablaba frecuentemente del chile de Nuevo México, examinaba los chiles y les hacía cortes para ver sus interiores. Si los chiles eran picosos, no se tocaba los ojos con las manos durante días.

"Pruébenlos, pero ustedes corren el riesgo," dice Queta riéndose. "De verdad, los más picosos son probablemente los serranos y los chipotles. ¿No, mamá?"

Doña Hermina asiente con la cabeza. "El chile de árbol también es picoso, y algunas veces los jalapeños, dependiendo de la cosecha."

"Los demás no los van a poner en estado de *shock,*" dice Queta. "Sólo los harán sudar." Mira a Gates y él la mira a ella.

"¡A mí me gusta eso!" dice. Los dos se sonríen mutuamente.

"Es bueno para la sinusitis," dice Chris rápidamente.

"Mi doctor dice que no coma chile, ¿qué les parece?" pregunta Irene.

"No le haga caso," dice doña Hermina. "Los doctores me dijeron que me iba a morir el año pasado, ¡imagínense! ¡Hablándome como si fueran dioses!"

Todos nos sentamos a la mesa. Manuel le acerca una silla a Priscila y yo me cambio a otra al lado de Chris. Lo que menos me apetece es comer. Quiero moverme. Quiero seguir la manda por todo el país antes que se le acabe la fuerza a mamá. La mano de Chris está a solo pulgadas de la mía. Tengo que reprimir el deseo de tomarle la mano. No puedo creer que está a mi lado. La mente me da vueltas. Es 1968 y Jesse va a entrar al comedor en cualquier momento. Esta es su fiesta de despedida. Hay una parte de mí que se aferra a esta fantasía cada vez que veo a Chris. Cuando miro a mamá al otro lado del cuarto, la fantasía se desvanece, sólo para fortalecerse cuando vuelvo a ver a Chris. Él y yo tratamos de alcanzar el mismo tazón de salsa al mismo tiempo.

"Tú primero, Teresa." Me sirve la salsa. "Ten, agarra una sopaipilla. Mamá las hizo esta mañana."

Noto que los niños están usando sus cucharas para servirse tiernos pedazos de carne y papas en sus tazones de cocido, ignorando las cebollas y el repollo. Michael y Ángelo separan sus elotes para saturarlos por separado con mantequilla y sal.

"Ni lo pienses," dice doña Hermina. "Ni pienses en irte esta noche! Ya tengo las camas hechas y los muchachos pueden dormir con cobijas en el piso. Tenemos el cuartito en el patio de atrás también, en el que dormía mi papá cuando todavía vivía. Tenemos dos camas allí para los muchachos. Las mujeres y los niños pueden quedarse en la casa."

"Ya tenemos los cuartos," dice Manuel. "¿Qué debemos hacer ahora, cancelarlos?"

"Sí," dice Chris. "Mi madre no va a permitir que estas damas se vayan. Para ella sería una grandísima falta de respeto hacia ellas."

Mi madre se ve tan cansada. Me da gusto la oferta de doña Hermina. No creo que pueda volver a subirse a la camioneta para el viaje al motel. Todos estamos cansados, excepto los niños. Ya están haciendo planes para regresar a Old Town y escuchar música en el parque y visitar las tiendas de regalos.

"¿Qué crees, mamá? ¿Nos quedamos?" Mamá mira a doña Hermina y suspira.

"Tienes suerte, Hermina," le dice. "Suerte que tu marido era tan religioso y que nunca salió con otras mujeres. El mío. Bueno, ¡tú te acuerdas de Pablo Jesús!"

"¿Cómo olvidarlo?" Las tres ancianas intercambian miradas. Doña Hermina se agarra del filo de la mesa y se para. "Pero te quería, Alicia. Siempre te quiso."

La risa abierta de mamá sorprende a todos. La risa le explota desde el estómago y la hace respirar con dificultad. "¿Amor? ¿Qué sabe del amor ningún hombre?" Irene y doña Hermina también se ríen.

"Bien dicho, Alicia," dice doña Hermina. "Nunca pensé que entendieran nada."

Mamá se pone una mano en el pecho. "Sí, pero los enterramos a todos, ¿verdad?"

"Y también reímos al último," añade Irene.

"Nos quedamos, Teresa," dice mi madre. "Me hará bien."

Después de la cena, Chris me dice que llevará a los muchachos a Old Town si voy con él. Una vez más me estoy apurando, pero esta vez es para dejar a mi mamá y a Irene listas para la cama para poder arreglarme y salir con Chris.

Los Penitentes •

lbuquerque es lo que queda de un viejo mundo todavía en proceso de exploración. En mi imaginación veo a los españoles, soldados con empenachados cascos, buscando las Siete Ciudades de Oro en un bello y desolado paisaje, extendiendo las fronteras de Aztlán para los chicanos que como yo, siglos más tarde, seguirían sus pasos. Yo les podría haber dicho que la luz que se reflejaba en los escarpados despeñaderos de las montañas Manzano y Sandia es mucho más valiosa que el oro. Nunca podrían capturar el brillo de esa luz y llevárselo a España en una caja. Tal vez por eso se quedaron. Vieron la inutilidad de desear oro cuando la belleza no tiene precio. Aunque en realidad lo sé, quiero creer que eran ambiciosos y querían ser los dueños de todo, como los gringos que vinieron de Pittsburgh. Los indígenas tenían sus propias guerras, pueblo contra pueblo, pero nunca quisieron ser dueños de todo. Hay una diferencia entre discutir por una cobija y pensar que las ovejas que dieron la lana y los pastos y los arroyos en los que viven te pertenecen. La propiedad, títulos de propiedad, viejos nombres, muchas de las cosas en Albuquerque, son herencia de alguien que murió hace muchos años, y nadie está seguro de qué pertenece a quién. En las familias se peleaban unos contra otros por la tierra y las enemistades de una generación se convertían en familiares de la siguiente. Todo se mueve en ciclos y en estaciones, como el repique lento y deliberado de los tambores indios, haciendo que las cosas ocurran, queramos o no.

Chris me dice que su familia ha sido dueña por más de un siglo de los terrenos conocidos como Los Griegos. "El Camino Real pasaba antes por aquí," me dice, "justo por medio de Old Town. Por todo el valle del suroeste vivían viejas familias, lo llamamos El Watche, grandes familias, con más de cien chamacos que descendían de los representantes de la corona española. Se respetaba a los españoles, eran los patrones que se hacían servir por los pobres. Los respetábamos tanto que no sabíamos que los debíamos haber degollado. En ese tiempo gobernaban los patrones, y luego llegaron los gringos, y tú ya los conoces, se creían los dueños del mundo."

Bajo la luz de la luna atravesamos el *campus* de la Universidad de Nuevo México. Los edificios se apoyan los unos en los otros, en una típica y perfecta simetría del suroeste. La mano de Chris toma la mía, suavemente, sus dedos entrecruzándose con los míos. Parecemos imágenes de los años sesenta en una película detenida hace treinta años. Dios nos había olvidado y ahora se acordaba otra vez de nosotros. Es difícil saber qué decimos cuando el único guión que conocíamos fue enterrado con Jesse. Entre nosotros hay todo un volumen: *Historia de la Guerra de Vietnam*. Somos las víctimas. Nuestras fotos deberían aparecer en el libro con subtítulos: "Sobrevivientes chicanos de la carnicería de Vietnam." Estas palabras dirían a la gente que nosotros habíamos tenido nuestro propio holocausto. El libro está abierto entre Chris y yo, no por nuestras manos, sino por la manda, por la magia de mi mamá.

"¿Te acuerdas del *cochito*, Teresa?"

"Cómo no iba a recordarlo. Nosotros retrasamos el avión a Vietnam."

"Todos los muchachos miraban por las ventanillas tratando de adivinar qué estaba ocurriendo. Nadie decía nada. Parecía que estábamos en un funeral. Cualquiera de nosotros podría regresar como cadáver. Luego la azafata llegó y anunció el nombre de Jesse. 'Tengo un cochinito para usted, sargento.' Jesse la miró como si le hubiese hablado en chino. '¿Un qué?' dijo él. 'Su mamá le envía un cochinito.' Todos los muchachos lo miraban y él desdobló la servilleta. Vio la galleta y dijo, '*¡Híjole,* que a todo dar es mi mamá!' Fue muy divertido, todos se echaron a reír, y así es como partimos hacia Vietnam, con todo el avión riéndose a carcajadas por lo del *cochito*. Yo creo que al reírse creían ignorar el miedo que sentían. Era 1968 y el enemigo nos estaba causando grandes bajas. Nadie sabía si volvería a ver a su mamá. Durante esos minutos fuimos felices. Era como si el gesto de tu mamá nos hubiera afectado a todos.

"Me preguntaba qué estaba ocurriendo allí. Yo fui quien le dio el cochinito a la azafata. Mi mamá estaba a punto de desmayarse. Se desmayó tan pronto como el avión despegó. Desde entonces ha sido todo muy difícil para ella. Se culpa por la partida de Jesse, porque mi papá y él estaban siempre peleándose. ¿Recuerdas a la amante de mi papá, Consuelo? Jesse la odiaba, odiaba a Ignacio, su hijo; Jesse también defendía siempre a mamá, pero ella nunca se divorció de papá."

"Así era antes, la gente no se divorciaba, no como ahora. Yo ya lo he hecho tres veces, aunque nunca pensé que llegaría a hacerlo. Margie fue mi primera mujer. No sé si recuerdas cuando te enviamos la invitación a la boda. Tuvimos dos hijas, Elizabeth y Lucía. Ahora están casadas y viven con sus familias. ¡Hombre, yo andaba muy confundido entonces! Pero yo quería a Margie. Tú sabes cómo son esas cosas. La quería, le hice daño, la amaba y le hice daño. Lo que es verdad es que no me parecía a mi papá, él era un penitente."

"¿Qué es un penitente?"

"Los penitentes son un culto religioso que lleva la religión al extremo. Se hacen moradas en pequeñas aldeas, como si fueran iglesias, excepto que allí los curas no dan misa. A veces son masoquistas en lo que hacen, algunas veces llevan coronas hechas con espinas de cactus. Para hacerse más daño, golpean las coronas con un palo y, según ellos, no sale sangre. Llevan un capuchón en la cabeza justo antes de Pascua durante la Semana Santa y llevan también cruces de madera con astillas que se les encajan en la espalda. Algunos arrastran la carreta de la muerte. Es una carreta de verdad con la imagen de la muerte sentada en el pescante y con la misma Santa Sebastiana guiándola. La muerte tiene una flecha, preparada para tirársela a todo aquel cuyo corazón no sea puro. La morada de mi papá no arrastraba la carreta de la muerte, pero hacía toda clase de cosas raras, como ennegrecer las ventanas de la morada durante las tinieblas y rezaban durante muchas horas. Quién sabe qué otras cosas harían."

"¿Qué es tinieblas?"

"La oscuridad. Eso es lo que es. Yo creo que los penitentes creen que son los que sufren por la oscuridad y los pecados del mundo. ¿Puedes imaginarte a mi papá cuando era penitente y a mi mamá alcohólica? ¡Recuerda eso de que los polos opuestos se atraen! A veces, traían a Nuestro Compadre Jesús a visitar nuestra casa. Me refiero a una estatua real de Cristo en madera, con manos y brazos que se movían y que llevaban a las casas como si Él estuviera de veras de visita. ¡Te digo que de veras nos portábamos bien cuando Nuestro Compadre Jesús nos visitaba!"

"Increíble. Creo que todo eso mezclado nos ayuda a mantener la idea de Dios en la mente . . . ¿Qué piensas tú?"

"No lo sé, pero hizo que nosotros nos portáramos bien. Y cuando nos desviábamos, lo sabíamos enseguida." Chris sonríe y me besa en la mejilla.

"Me he acordado mucho de ti todos estos años, Teresa, quiero decir *de veras* que me he acordado de ti . . . he pensado en raptarte y traerte a Albuquerque."

"¿Por qué no lo hiciste?"

"Es un cuento muy largo. Después de la muerte de Jesse, no pensé que yo te merecía."

"¡No puedo creer que pensaras eso!"

Nos detuvimos y nos sentamos en el borde de piedra de un cantero. Descansé mi barbilla en el hombro de Chris. Él entrelazó las manos sobre su regazo.

"Jesse murió, yo no," dijo él. "A veces quisiera haber muerto yo."

"Eso es lo que dice Gates."

"Para mí es más que eso, Teresa. Yo estaba allí cuando murió tu hermano. Yo lo vi todo."

"¿Qué quieres decir con eso, Chris? No me digas que crees que fue culpa tuya."

"No digo eso . . . de veras que es muy complicado. Nunca he logrado aclararlo."

"¿Ahora sí quieres ver claro?"

"No estoy seguro . . . tal vez sí . . . pero no hablemos de eso."

Se mete la mano en un bolsillo. "Se me olvida que he dejado de fumar." Me toma entre sus brazos y me da un fuerte abrazo.

"No te vuelvas penitente, Chris. Tú no tienes que penar por la muerte de Jesse."

Nos levantamos juntos y Chris me besa, no como lo hizo en el aeropuerto cuando se iba a Vietnam, sino con una gran energía, con un ansia que me hace pensar que de veras me ha deseado durante todos estos años. Su energía me recuerda vivamente la partida de Jesse a Vietnam y cómo vi desaparecer la espalda de su uniforme en un mar verde. Me tranquiliza recordar una olvidada parte de mí que se fue en el avión a Vietnam y que finalmente está latiendo, como si Chris no se hubiera ido nunca.

• LAS GUADALUPANAS se acurrucan en la cama de doña Hermina. La cama es su cuna, la luna que brilla en la ventana la ilumina. Tal vez el espíritu de Jesse está entre los átomos de los rayos de luna que se filtran por la ventana. Yo ya no espero poder explicar la vida en otras dimensiones. Sobre la cómoda de Doña Hermina, la llama de unas veladoras oscila delante de imágenes de la Virgen y de una colección de santos. Me doy cuenta de que mamá e Irene han puesto fotos de Jesse y de Faustino cerca de los cuadros.

Las ancianas caben juntas en una cama, como si hubieran dormido así por cien años. Mamá duerme en el medio, doña Hermina e Irene a sus costados. La luna en Nuevo México no es la misma que en Arizona. Es astuta e ilumina sólo lugares acá y allá donde el oro español fue enterrado. La luna de Arizona ilumina amplia y brillantemente grandes extensiones de terreno.

Mi mamá y sus amigas, un montón de huesos viejos en un solo lugar, cuerpos arrugados delineados por una sábana blanca que parece una mortaja. No soy de las que visitan asilos para ancianos. Son deprimentes. ¿Dónde ponían las ancianas sus dentaduras postizas? La de mamá está en un recipiente de plástico, uno azul que se parece al que tenía Cisco para poner sus frenillos cuando los usaba para enderezar sus dientes.

Queta puso unos camastros en el cuartito de atrás. Me pregunto si Gates está con los otros hombres o con Queta en el cuarto de esta. No me puedo imaginar a Manuel y Chris durmiendo en la misma recámara, pero otra vez la manda lo controla todo. Palabras que han removido el pasado y despertado viejos recuerdos no son tan importantes como la manda. Los chicos duermen sobre unas mantas en el piso, las gemelas duermen en la recámara de al lado con Priscila. Yo me siento por unos minutos en la oscuridad y observo dormir a las ancianas, oyendo su irregular respiración y sus ligeros y trompeteantes ronquidos.

"¿Dónde está Chris?" pregunta mi madre de repente. Sus ojos reflejan rastros de la luz de la luna. Son pequeños reflectores que brillan en los míos.

"Duerme," le digo. "Está durmiendo."

"Creo que no, *mija*. Está despierto, pensando en ti." Las palabras de mamá hacen vibrar la oscuridad, la sorprenden, haciéndome imposible decirle que no. Se da la vuelta sobre su costado y se queja de algún dolor, poniendo uno de sus brazos sobre Irene y dándole la espalda a Doña Hermina. ¿Todavía le duele que Doña Hermina persiguiera a mi papá cuando eran jóvenes? Abro la boca para hacerle una pregunta, pero decido no hacerlo; en vez de eso camino hasta la sala de estar y revuelvo en mi maleta hasta encontrar la bolsa de plástico con las cartas de Jesse.

Febrero 24, 1968

Querida mana,

He pensado mucho en El Cielito y todas las cosas que hicimos. Ya extraño las tortillas de mamá y los tamales de nana. Aquí en la jungla no hay mucho que comer, excepto las raciones enlatadas que nos dan. No hay nada mejor que la comida mexicana, de veras que creo eso. De cualquier forma, la comida no me importa mucho estos días. Hemos perdido otro compañero, un mexicano de Detroit, imagínate. Lo llamábamos Tiny. Su familia viajaba por todo el país, recogiendo cosechas. El reclutador militar le prometió un permiso de residencia si se enlistaba para ir a Vietnam. Eso es lo que hacen para conseguir soldados, mentirles. ¡Mentiras! Este muchacho nunca había tenido dos pares de zapatos y, de repente, recibe del ejército un sueldo para su familia y tiene dos pares de botas. No entendía el inglés muy bien y yo le traducía. Lo balacearon, Teresa, cuando iba corriendo a recoger unas latas de comida que había dejado caer un helicóptero. Se supone que ayudamos con alimentos y protección a los vietnamitas, pero todo lo que hacemos es asustarlos y arruinarles la vida. Si tú sabes qué es lo que estamos haciendo aquí, escríbeme y dímelo porque cada vez hay más órdenes aquí que no tienen ningún sentido. La otra noche, por ejemplo, llovía tanto, que casi nadábamos en nuestras trincheras, pero el capitán hizo que saliéramos de patrulla. Muchos de los soldados de aquí se drogan con marihuana, licor o metanfetaminas. No digo que yo no haya probado nada de eso. Créeme después de haber pasado aquí unas cuantas noches, uno comienza a estar desesperado. Carajo, qué de cosas he visto. Ojalá que pudiera contarte todo pero sería más como si te contara una pesadilla.

En vietnamita el sol se dice "mat trang," el día "ngay," la mañana "boui sang" y amor "ting yeu". Yo no entiendo todos sus acentos, tienen más que nosotros. No acabo de entender que estoy metido en esta estúpida guerra al otro lado del mundo y que la gente aquí tiene palabras para todo lo que nosotros conocemos. ¿Recuerdas aquella familia de la que te hablé? Pues su hija me está enseñando vietnamita. Ojalá que te pudiera decir más cosas de ella, pero cuando trato de recordarla no puedo pensar en nada, como si estuviera tratando de alcanzar algo sin saber qué busco. ¿Será esto el amor? Nunca he estado enamorado así que no lo sé. No me gustaría enamorarme ahorita, pero me parece que el amor no se puede controlar. Tengo que irme porque tengo que salir de patrulla. Buscar y destruir, esa es nuestra misión. No quisiera encontrarme con Jesucristo alguna noche y tener que explicarle lo que estaba haciendo aquí. ¿Crees que Él lo entienda?

¿Has visto a Trini? Dile a mamá que lleve a Paul al gimnasio de Trini. Ese viejo entrenador es el mejor de todos. Eso sería bueno para Paul ya que papá está como está. Creo que nuestro viejo sigue persiguiendo a esa cualquiera, ¿verdad? Tengo que irme. Este maloliente agujero huele a mierda, tal vez algún tipo se ha ensuciado en los pantalones. Las píldoras que tomamos

contra la malaria tienen ese efecto en nosotros. ¿Recibiste la carta de Chris? Yo recibí una de Espi y eso me hizo sentir muy bien. Reza por mí. Enciende otra vela.

SCUB,
Jesse

Se me había olvidado la mujer que le enseñó vietnamita a Jesse, y Trini, el entrenador tuerto que acabó boxeando contra un adversario imaginario en un asilo de ancianos.

El Gato •

Jesse se cambió el nombre a 'El Gato' cuando comenzó a boxear para Trini Bustamante, el mejor entrenador al sur del río. Trini era un *nino,* un padrino para todos sus boxeadores. Se preocupaba por ellos, los regañaba, les hacía comer, sudar, y les enseñaba a reconocer su voz entre los cientos de gritos durante una pelea. Trini era chaparro, como Jesse, y podía ser ruidoso o callado, según lo que estuviera pensando. Tenía montones de trofeos ganados por sus vatos, los que daban y esquivaban golpes en el mundo mexicano. Alertas, despiertos, alimentados con fríjoles saltarines, jalapeños y tortillas hechas por sus mamacitas santas, sus chicos ganaban campeonatos incluso en Nueva York. Trini los hacía practicar con el ritmo del jarabe tapatío para excitarlos.

"¡Ramírez, Ramírez! ¡Tu mamá huele a tequila! ¡Parece que estás jugando con muñecas! ¡Vamos, bailarina, muévete!" Le gritaba toda clase de cosas a Jesse para probar su concentración. "Haces una cosa mal, y has perdido. ¿Ves este ojo?" Se quitaba los lentes de sol para mostrar la hendidura que ahora era su ojo izquierdo. Se había negado a que lo operaran y llevaba la hendidura como si fuera una medalla al valor.

"¡El público te acosará! ¡Cabrones! Así es la gente, sedienta de sangre. Quieren que los mires no más para confundirte." Trini bailoteaba lanzando golpes imaginarios al aire, luchando contra un invisible oponente en busca de su ojo.

• • •

• "¡TOMA! ¡TOMA! Uno para tu preciosa mamá que huele a tequila. Uno para tu abuelita que huele a marihuana, ¡ja, ja!"

Trini entrenaba a sus chicos en el gimnasio Golden Gate, enfrente de la vieja tintorería Perez's Dry Cleaners. Yo saludaba siempre al viejo Pérez cuando lo veía parado delante de su negocio con sus ropas arrugadas. "Es verdad," mamá solía decir, "cuando un hombre sabe hacer algo, nunca lo hace para él o para su casa. Mira a tu papá, trabaja en la construcción y la casa se está cayendo a pedazos."

Yo iba al gimnasio Golden Gate las tardes que Jesse se entrenaba para verlo practicar. "Tienes que mantenerte suelto, bailarina," le gritaba Trini. "Suelto, pero rápido . . . suelto, suelto, *jab, jab,* sí, así. Mantente dentro, mantente dentro . . . suelto, suelto, *jab, jab.*" Era como una letanía.

Jesse me enseñó los golpes principales, el *jab,* la derecha, el *uppercut,* la izquierda, el gancho de derecha. La mejor combinación de Jesse era la derecha desde arriba y el gancho de izquierda. El sudor goteaba de la frente de El Gato y le corría por la cara cuando estaba sobre el cuadrilátero. El protector bucal hacía que su mandíbula se proyectara hacia adelante como una calabaza. Sus dientes perfectos estaban escondidos bajo el protector. "No olvides el protector, Jesse. El protector, el protector." Esa era mi preocupación, yo no quería un hermano chimuelo. Sabía que no teníamos dinero para los dentistas.

El restallido del cuero sobre el cuero sonaba como si un petardo hubiera estallado bajo una almohada. Eso me ponía nerviosa, especialmente si Jesse era el que recibía los golpes. Normalmente no ocurría así. Adoptó el nombre de El Gato. Le quedaba bien porque Jesse era moreno, rápido y astuto como un gato con las orejas bajas y listo para saltar. Trini le dio una vieja pera de cuero para que practicara la velocidad de los puños en la casa. Gates, Willy, Faustino y Chris venían y pasaban horas, tomando turnos con la pera que colgaba de una viga en el viejo garaje de papá. Yo les llevaba toallas para que se secaran el sudor y agua para que bebieran. Yo practicaba mis saltos de porrista con Priscila mientras ellos boxeaban. Ricky Navarro, nuestro vecino, vino unas cuantas veces pero decía que él era amante, no peleador.

Me gustaba ver a los muchachos, especialmente a Chris. Era el más guapo de todos los amigos de Jesse. Era más alto que Jesse, de piel clara, con la mandíbula cuadrada, el pelo oscuro y ondulado. Su cara parecía esculpida, como la de los héroes griegos en mi libro de historia. Su papá no lo dejaba boxear, porque decía que ya había bastantes peleas en el mundo. Durante la preparatoria Chris se mudó a Albuquerque y no lo volví a ver hasta la noche que Jesse y él salieron para Fort Benning.

La última pelea de Jesse fue en University Park, donde levantaron un cuadrilátero para el torneo Metropolitan State. Frank Rodríguez, un boxeador famoso, vino a entregar los trofeos. Los ganadores irían a Las Vegas y pelearían allí contra los campeones nacionales. Mamá y nana fueron esa noche a verlos. Fue la primera y última vez que se sentaron entre el público. Jesse peleaba en los pesos pluma contra Andrés El Animal, conocido por pelear con tanta intensidad que el contrincante tenía que luchar por su vida. Mientras Jesse estuvo en el cuadrilátero, nana sujetaba su medalla de la Virgen y se la llevaba a los labios de cuando en cuando. Papá compró palomitas de maíz para Paul y Priscila. Mamá se excitó tanto que acabó tirando la bolsa de las palomitas al aire. Algunas le cayeron en el pelo mientras gritaba, "¡Dale, *mijo*! ¡Ay, Dios mío, no puedo aguantar ni un minuto más!"

En realidad, la pelea no duró mucho, pero mamá dijo que había sido la pelea más larga de su vida. Cuando Jesse fue noqueado, papá tuvo que sujetar a mamá para que no se subiera al ring. Jesse salió para Vietnam con la cicatriz que Andrés El Animal le había hecho en la parte superior de la ceja izquierda. Fue la única pelea que Jesse perdió, hasta que llegó a Vietnam.

• Todos los muchachos del gimnasio Golden Gate aparecieron la noche que le dijimos adiós a Jesse. Trini llegó luciendo su ojo malo, diciéndoles a los chicos que eso era lo que ocurría cuando uno no se concentraba. Los vatos querían bromear un poco con El Gato antes de que se fuera, haciéndole bromas y golpeándolo amistosamente. Muchos parientes, primos, tíos y tías se agruparon alrededor de Jesse, brindando por él con botes de cerveza para que regresara sin daño, y contaron viejas historias de las tonterís que recordaban de él. Sus amigos gabachos, conocidos de la escuela, estaban allí, quemándose la boca con los tamales de mamá y divirtiéndose mucho con ellos. Mamá, Irene y tía Katia amontonaban tamales, arroz, frijoles, ensaladas, y llenaban platos hondos con menudo. Incluso el viejo Duke se metió en medio de la fiesta, peleándose con los chicos en el patio por las sobras de la comida.

La música se había vuelto loca, repitiendo una y otra vez *Solitary Man*, también *Blue Velvet, Louie, Louie* y *Respect*. Jesse se reía y platicaba con sus amigos, Gates, Willy, Chris y Manuel, quienes habían podido diferir el servicio militar por estar en la escuela. Manuel dijo que me quería, y yo lo ignoré. Quise jalarle las orejas como si fuera un perrito.

Chris pasó por Albuquerque para salir en el mismo avión que Jesse. El aliento le olía a chicle Doublemint y a cerveza, mucha cerveza. "Tu hermana, la porrista. ¡Échame una porra, Teresa!" Yo le tenía miedo, miedo de la urgencia que adivinaba en él, miedo de la vida y de la muerte. Tal vez no lo veía nunca más. Podríamos abrazarnos por mucho tiempo, abrazarnos con demasiada fuerza. Los dos se iban tan lejos. Cuando pensé en Vietnam sentí un golpe, como si me hubiera dado contra una pared. Inmediatamente alejé el pensamiento de mi mente, pues para mí era todavía una realidad de carne y hueso. Estuve toda la noche con Jesse, tocándole la cara, el hombro, fingiendo boxear con él, jugando con él, era el refugio de mis preocupaciones. Te digo que estaba loca. Jesse se me escapaba. Yo tendría que mirar las noticias todas las noches por si lo podía ver en la tele, donde las personas tienen seis pulgadas de estatura.

Fue en esa fiesta de despedida a Jesse cuando comencé a repetirme palabras como si fueran una monótona melodía, como El Ganso, que cantaba en vez de hablar. No quería sentirme como me sentía, como Teresa, bautizada como Santa Teresa, la santa patrona de Ávila, España, que anduvo construyendo conventos, levitando, y a quien sus monjas tenían que agarrar de los talones para mantenerla en el piso.

Para mí, Jesse era un chico flaco, con los huesos de los codos marcándosele bajo la camisa y con las rodillas nudosas bajo sus pantalones Levi's. No podía ser que él llevara un fusil M-16 y que lo usara para matar a alguien.

Estábamos en invierno, en enero. La casa estaba caliente, muy caliente debido al vapor que salía de las grandes ollas sobre la estufa. Yo quise que se repitiera otra vez la celebración de la Virgen de Guadalupe para que Jesse y yo pudiéramos subir y bajar corriendo las escaleras en San Antonio e hiciéramos círculos con el vaho de nuestras bocas en el frío aire de la mañana.

Nana Esther estaba sentada en la recámara con las veladoras parpadeando alrededor de ella; era la matriarca, la reina. Quería darle la bendición a Jesse, la bendición de una mujer santa, una guadalupana que había merecido los favores de la Madre de Dios. No prendió la luz del techo, solo las veladoras, ella sabía de memoria la oración, la Oración del Justo Juez:

Santísimo Justo Juez, hijo de Santa María, que mi cuerpo
no se asombre, ni mi sangre sea vertida. Que mis enemigos
no me vean, ni sus ejércitos me dañen.

Con el manto que cobijó a Jesucristo cubre mi cuerpo
que mis enemigos no me ataquen.

Con las bendiciones del Padre, el Hijo y el Espíritu Santo
concédeme la paz y alegría. Amén.

"Guárdala en tu billetera, sí, por favor, mijito. Dios te protegerá. La oración no te fallará. Más tarde ella se la dio a Chris, a Willy y a Gates. Jesse se arrodilló ante nana y ella extendió la mano sobre él. "Te bendigo en el nombre del Padre, del Hijo y del Espíritu Santo. ¡Que Dios te lleve sano y salvo hasta Vietnam y que te regrese otra vez a la casa!"

Se le quebró la voz, lo tuvo entre los brazos, la cabeza de Jesse en el regazo de ella. Él todavía era su bebito. Mamá y papá se arrodillaron junto a Jesse, lloraban y lo abrazaban. Yo estaba parada junto a ellos, también lloraba mientras contemplaba el latiente corazón de la familia.

Peloamarillo •

En casa de Doña Hermina llamo a Elsa que está en Phoenix. Es temprano, la mañana de un lunes, el día 2 de junio. El día es agradable y templado. Sopla una brisa, que agita las copas de los árboles y los arbustos que crecen a los lados de los canales.

"Te llamó tu abogado, Sam Diamond," me dice Elsa. "Está enojado contigo porque te fuiste de la ciudad sin decirle nada. Dice que no puede retrasar la fecha en la corte, y que pueden mandar una orden de arresto contra ti."

"¡Dile que más vale que me saque de esta! ¿Para qué cree que le pago? ¡Tramposo Sam! Él sabe que yo tenía que hacer este viaje."

"¿Quieres hablar con papá?"

"¿Para qué? Él va a ir a la corte con Sandra, por amor de Dios."

"Mamá, él todavía te quiere."

Me río, recordando a las viejitas y cómo se reían cuando hablaban del amor y de los hombres. "¿Me quiere? Si él me quisiera trataría de solucionarme este problema. De cualquier forma, casi todo es culpa suya. Tienes buenas intenciones, Elsa. Yo también tuve todo tipo de buenas intenciones pensando que eso haría que papá y mamá fueran felices, pero nada funcionó nunca. "Estoy enojada conmigo misma, y en primer lugar me pregunto por qué desperdicié mi tiempo peleando por Ray."

Elsa me dice que nos ha estado viendo en la tele y que algunas estaciones de noticias han seguido lo que hacemos. "Prepárate, mamá," dice ella. "Parece que todo el mundo en Estados Unidos va contigo en este viaje."

"Eso me asusta," le digo. "Yo quería publicidad, pero no tanta." Nos despedimos, y me quedo preocupada por lo de la publicidad que acaba de mencionar Elsa. Si hay una orden de arresto contra mí, no tendrán dificultad alguna en encontrarme.

Llamo a la Primaria Jiménez para preguntarle a Shirley cómo van las cosas, y Clara contesta el teléfono.

"¿Dónde estás, Teresa?" pregunta. "Todo el mundo en Phoenix está viendo las noticias de tu familia. Los chicos de la escuela están muy entusiasmados. Tu clase te está escribiendo cartas."

"¿Cartas? Qué maravilla. ¿Pero adónde van a enviarlas? Estamos en Albuquerque. Nos vamos de aquí hoy y pasaremos la noche en Colorado Springs. Dile a Lorena Padilla, mi asistente, que guarde las cartas. Yo las recogeré cuando regrese a Phoenix." Me detengo antes de decir nada más cuando recuerdo que estoy hablando con Clara, la reina de los rumores.

"¿Adivina quién ya no está aquí?" pregunta Clara. El volumen de su voz muestra su excitación.

"El señor H., ¿quién más?"

"Oh, ¡deberías haberlo visto en la última reunión de la facultad! Tenía un aspecto patético, pero tú sabes que es muy traicionero. Nunca me ha caído bien."

"Él no quería que yo les contara lo de Jesse a mi clase. Es lo único que recuerdo."

"Bien, ¡qué le vaya bonito! Tal vez nos envíen a alguien que pueda dirigir la escuela, pero lo dudo. Es pura política, tú sabes eso tan bien como yo. De cualquier forma, vamos al grano. ¿Has conocido a alguien interesante, Teresa? Ya conoces el dicho . . . ¡Tantos hombres y tan poco tiempo!"

"Ah, no. Escucha, ¿está ahí Shirley? Quiero preguntarle si hay algo más que yo tenga que hacer. Ya entregué las tarjetas con los grados escolares y la hoja de comprobación de fin de año. Lorena Padilla tiene las llaves de la clase."

"Ah, ¿Shirley? Está visitando a su mamá en Wisconsin. Debe regresar la semana que viene. Aquí todo está bien, Teresa. Pero vayamos a lo bueno. ¿Tienes algún buen tipo en el horizonte?"

"Escucha, me tengo que ir. Salúdalos a todos de mi parte." Terminar mi conversación con Clara es como escapar de una trampa. Ahora me preocupa la idea de a quién van a encontrar para ocupar el lugar del señor H. Puedo ver a Annie Pistolas y al resto de los maestros celebrando la victoria. Tal vez sea de corta duración una vez que vean quién sustituye al señor H.

• • •

• Antes de que nos sirvieran el desayuno, recibimos una llamada de una estación local de noticias.

"¿Cómo supieron dónde estábamos?" le pregunto a Michael.

"Nos vieron anoche en Old Town. No sabría decir si eran reporteros o turistas. Me imagino que eran reporteros."

"Seguro, eso es, tú no podías saber de dónde eran."

"Nos hicieron algunas preguntas," dice Ángelo, "muchas preguntas y Michael les enseñó nuestro itiner . . . ¿Cómo se dice eso?"

"Quieres decir ¿nuestro itinerario?"

"Eso es. El mapa de dónde vamos.

"Ah, ¡qué bien!"

Chris entra con un periódico en la mano. "Mira, Teresa, aquí viene una historia sobre tu familia." Yo miro las grandes letras negras que ocupan un lado de la primera página: LA FAMILIA RAMÍREZ VISITA ALBUQUERQUE. Hay fotos de nuestros carros y de los chicos haciendo compras en Old Town.

"Esto me está poniendo nerviosa, Chris."

Entran mamá e Irene. "¿Qué es lo que te pone nerviosa?" pregunta mamá.

"Todas estas historias sobre nuestra familia, mamá. La publicidad. La gente que habla." Miro hacia la ventana del frente y veo un *picop* con un rótulo en la puerta que dice CHANNEL 10 NEWS. "Hay que volver a empezar."

"No te preocupes," dice mamá. "¿Qué nos pueden hacer a nosotros, pobrecitos, ellos tienen que ganarse la vida. ¿Recuerdas a esa pobre muchacha que me habló en la casa?"

"¿Quieres decir Holly Stevens? Ella es la responsable de todo esto. Y no es pobre, mamá. Esa gente sale a vender sus estaciones de noticias y sus periódicos." Lisa y Lilly entran corriendo del jardín del frente.

"Mamá, los reporteros quieren saber cómo va nana," dice Lilly.

"Ves, *mija,* ellos se preocupan por nosotros."

"Sí, claro."

"Ven aquí, Alicia," dice Irene, ayudando a mamá a mirar por la ventana. Ponte aquí y salúdalos con la mano. Entran Manuel y Priscila. "¿Qué pasa aquí?" pregunta Priscila.

"Nana está saludando a la gente de las noticias," dice Lisa.

"Ay, ¡Dios mío! ¿Cómo vamos a llegar hasta el Muro con todo el país persiguiéndonos?"

"No te preocupes," dice Manuel. "Ya se cansarán. Son inconstantes. Alguna otra cosa les llamará la atención."

"Ojalá tengas razón," le digo.

Nos sentamos a desayunar y Queta ya tiene un plato listo para Gates. Se miran el uno al otro como si fueran adolescentes que volvieran de su primera cita juntos. Doña Hermina observa de cerca a su hija, pero no dice nada.

Paul y Donna entran acompañados de Susie y de Willie. Todos se sientan a la mesa. Priscila y yo ayudamos a Queta a preparar los huevos rancheros, las papas, el jamón, la salsa, las sopaipillas, el jugo de frutas y el café. La comida huele muy bien y todos se ponen a comer. Para los postres, hay pan de huevo, una variedad de pastelería mexicana, empanadas de fruta, *croissants* y cochinitos de jengibre como el que Jesse se comió en al avión a Vietnam.

Después de desayunar recibí una llamada de Espi.

"Acabo de hablar con Elsa," me dice. "Tu abogado llamó y le dijo que acababa de oír que Sandra ha quitado la demanda contra ti."

"¿De veras?" Siento un gran desahogo.

"Sí, dijo que no quería ser culpada de meter a la cárcel a la hija de un héroe."

"¿La hija de quién?"

"¡Un héroe! ¿No lo sabías? Dicen que tu mamá es una heroína. Nana, la primera heroína que este país ha conocido, al menos en público."

"¿La testaruda de mi mamita es una heroína? ¿Qué ha hecho ella para serlo?"

"Estás bromeando, sin duda. Ella se está jugando la vida para hacer este viaje. Está respondiendo al llamado de su hijo para visitar el Muro en Washington. Es una situación de vida o muerte. Además, está lo del dinero. ¿A cuántas otras familias habrá engañado el gobierno? Familias pobres, familias de minorías raciales, convertidas en víctimas. Eso es lo que dicen las noticias. Tu mamá es un símbolo para todas aquellas madres que han perdido a un hijo en Vietnam." Hace una pausa y espera a que yo diga algo. "Teresa ¿sigues ahí? Esto debería alegrarte. ¿Qué te pasa?"

"Nos falta una semana para lo del Muro. No sé qué va a pasar. Puede que ella llegue y puede que no. ¡Todos estos recuerdos que nos bombardean! ¿Será mamá lo suficientemente fuerte para aguantar todo esto?"

"No hace mucho tú me dijiste que no fuera tan nerviosa, que dejara de preocuparme. Ahora te lo digo yo a ti, contrólate. Todo se arreglará. Estás haciendo lo que tu mamá quiere que hagas. Ahora, ¿qué hay de Chris? ¿Cómo le va?"

"Está bien."

"¿Él está bien y tú estás llorando?"

"Es mucho más que eso, Espi. Es todo lo demás. Como dicen las noticias, es de vida o muerte."

• ANTES DE SALIR DE ALBUQUERQUE Queta me dice que su mamá quiere que mamá vea a Palmira, la curandera. Esta anciana es famosa por todo Nuevo México, dice Queta, por las curas que le hace a la gente. Incluso ella ha ido con Palmira para tener una plática, lo que se puede comparar a una sesión de terapia. La plática se centra en las necesidades físicas, mentales y espirituales del paciente. Una curandera nunca sana a nadie sin tener en cuenta la totalidad de la persona.

"En El Cielito teníamos a Doña Carolina. Ella era nuestra curandera," le digo a Queta, "y conocía al viejo que decía ser un tlachisqui, un adivino, como uno de los viejos sabios de la nación azteca. Jesse y yo lo visitábamos en el Río Salado. Nos hablaba de nuestra historia y nos contaba toda clase de historias del mundo antiguo. Tenía muchas curas, yerbas, tés, tú sabes, de las que ellos usan para curar. Cuando te miraba, parecía que veía a través de ti."

"Palmira podría ser su gemela."

"¿Así es de mística?"

"Si quieres que te diga la verdad, a veces me asusta."

Una hora antes de salir para Colorado Springs, Palmira, la curandera, se apareció. Me di cuenta de que la gente no la llamaba doña Palmira, solamente Palmira, como si ella fuera una diosa. Doña Hermina explica que esta es una visita especial, que Palmira nunca va a casa de nadie. La gente va a la casa de ella, y muchos lo hacen, cientos cada año.

Palmira entra, y, de alguna forma, me hace recordar los juncos que crecían en las riberas del Río Salado. Hay algo en ella que se cimbra como los juncos cuando el viento sopla sobre ellos o cuando el Río Salado se desborda. Se siente el poder mágico en la anciana. Se podía doblar y erguirse otra vez, ahogarse y revivir. Soy bastante más alta que ella y me tengo que inclinar para abrazarla. Lleva un vestido sencillo con pequeñas lunas blancas y negras estampadas en él y zapatos negros con calcetines blancos. En el dedo anular, donde debería haber un anillo de bodas, hay una sortija de color rubí. De su cuello cuelga un medallón de la Virgen y un crucifijo de oro. Su pelo blanco está recogido sobre su cabeza en una corona hecha de trenzas. Me abraza ligeramente con sus brazos pecosos.

"Tú has tocado el mundo antiguo," me dice. "¿Cómo lo has hecho?"

Los ojos de Palmira son brillantes pupilas negras que miran fijamente en los míos, y yo no sé qué responderle. Otra vez, me dice, "¿Qué fuerza has conocido? ¿Cuál poder?"

Por fin, me doy cuenta de lo que me está preguntando. "Don Florencio," le digo.

¿Cuál don Florencio?

"Un tlachisqui de los aztecas."

"No he escuchado esa palabra desde que era niña. Tlaschisqui." Repite suavemente. "Tlachisqui."

"Me dio a beber un té, *yoloxóchitl.*"

"Cómo no, naturalmente, para curarte de un problema sentimental. La muerte de tu hermano, ¿verdad?"

"Sí. Y también mi voz. Yo no podía hablar. Me curó y pude hablar otra vez."

"Muy bien, muy bien, siempre es bueno recuperar algo perdido por un susto. Un susto es un trauma para el alma. El alma se esconderá y no podrá crecer hasta que se cure el trauma. La voz no viene tan solo de la garganta, sino del corazón y del alma también. Yo quiero preguntar a Palmira sobre el susto que mi madre sufrió cuando casi me ahogué en el Río Salado pero, sin comprender por qué, sé que no es el momento de hacerlo.

"Teresa, te llamas igual que una gran santa. Teresa de Ávila. Ella es mi santa patrona. Mi segundo nombre es Teresa. Teresa de Ávila. ¡Es tan poderosa! Muchas veces me dejo llevar por ella para comprender la voluntad de Dios, porque, como tú sabes, todas las grandes curas vienen de Dios. Nosotros no somos sino sus instrumentos." Me mira intensamente. "Todavía queda una parte de tu alma que debes recuperar. A veces el alma tiene que ser persuadida." Palmira se voltea hacia mamá.

"Venga conmigo, doña Ramírez," dice, y lleva a mamá a la recámara de doña Hermina, para allí hablar en privado.

Más tarde, mamá me dijo que Palmira le había hecho una limpia. Le pasó un ramo de hierbas aromáticas sobre el cuerpo, romero y ruda, mientras recitaba algunas oraciones. Luego le pasó un huevo sobre todo el cuerpo, para descubrir la raíz de todos los males de mamá. Después rompió el huevo sobre un tazón y sus elementos fueron leídos por Palmira. Le dijo a mamá que sufría de una tristeza grande que le había ocurrido por el susto. La muerte de Jesse le había causado a mi mamá la pérdida de la parte del alma que la unía a él—el amor de madre que buscaba protegerlo de todo peligro. El resultado fue el sentido de culpabilidad y una gran pena, y de allí mi mamá perdió la canción que llevaba en el corazón. Todo esto lo leyó Palmira. Me maravilló que hubiera podido acertar tanto. El recuerdo de don Florencio me vino a la mente, sus brazos extendidos, echando polvo sagrado a las cuatro direcciones, un regalo para los dioses, diría él, por haber compartido tales conocimientos con los mortales.

• AHORA HAY OTROS que viajan con nosotros, Peloamarillo y su mamá, Sarah. Son indígenas zuñi de la reservación que está al oeste de Albuquerque. Chris conoce a Peloamarillo de sus días en Vietnam. El hermano de Peloamarillo, Caballo Fuerte, conocido por su nombre inglés, Eddie Bilka, murió en Vietnam en 1970. Es un milagro, dice la mamá de Peloamarillo, que su hijo viera a Chris dos días antes de que llegáramos a Albuquerque. Dice que Dios respondió a su plegaria, tal vez fue el Santo Niño. ¡Otra vez ese niño intrépido! Los zuñi tienen fiestas en honor al niño Cristo, le hacen zapatos nuevos cada año y lo protegen en sus casas contra los miembros de la tribu que lo raptarían si tuvieran la oportunidad. Todo se hace con un espíritu fraternal.

Naturalmente, Peloamarillo y su mamá pueden venir con nosotros, dice mi mamá. ¿Por qué no? Tenemos bastante dinero. A Manuel no le parece bien rentar otra camioneta para los Bilka. De cualquier forma, necesitamos otro vehículo para que Chris tenga lugar. Manuel está furioso de que Chris se haya ofrecido para manejar la camioneta de mamá y así acompañarla todo el camino. En realidad es a mí a quien quiere acompañar, pero Manuel no lo vuelve a mencionar. Es bueno en aislarse y yo soy buena en dejar que lo haga. Priscila dice que Manuel puede ayudar a Paul a manejar la camioneta. No hay nada lo suficientemente fuerte para separarnos a Chris y a mí.

Todo tiene un apetito, decía siempre don Florencio. Y comprendo la palabra apetito cuanto más miro a Chris. Esto nunca me ocurrió con Ray. Ray fue quien me quitó las vendas en las que había envuelto mi alma después de la muerte de Jesse. Cuando mi alma volvió a quedar libre, no había nada más que Ray pudiera hacer. Las guadalupanas saben cómo son las cosas entre Chris y yo. Son ancianas que han tenido extrañas vidas amorosas. No sé si alguna vez se excitaron, o si se metían desnudas en la cama. Es casi una blasfemia pensar eso cuando las veo sentadas en el asiento trasero, con sus ropas de vieja, sus medallas de oro brillándoles sobre sus pechos caídos. Luego veo a Irene murmurándole algo a mamá, y no creo que estén hablando de la Virgen.

La madre de Peloamarillo me dice que ella recibió su nombre de un misionero que vivía en la reservación. Su madre la nombró por la primera persona que entró en la casa después que naciera su hija. "Me alegro que no haya sido hombre," dice, "¡o me llamaría Sansón en vez de Sarah!" Su hijo se llamaba Peloamarillo porque la noche antes de su nacimiento, su abuelo había soñado con un tallo de maíz que tenía cara de niño. Pensó que su nieto querría llamarse Peloamarillo en honor al maíz.

Ahora de veras parecemos un séquito de las Naciones Unidas. Gates y Queta encontraron una bandera del África del Sur en la tienda de regalos y la pusieron en el costado del carro de Willy para que ondeara al ritmo de la bandera china. Yo no sabía que los colores de Sur África son rojo, blanco y azul, como los de la bandera americana. La bandera china es roja con estrellas amarillas en un lado. Las banderas ondean juntas mientras viajamos, Estados Unidos, México, China, Sur África, poniendo brillantes notas de color por donde vamos. Gates compró un libro sobre Nelson Mandela y de repente se declaró leal a Sur África. Dice que terminará de leer el libro antes de que lleguemos al Muro.

Queta habría ido con nosotros a ver el Muro, pero su mamá recayó en sus desmayos y se tuvo que quedar en la casa. Me pregunto si los desmayos de su mamá es la forma que tiene doña Hermina para hacer que Queta se quede en casa. Gates prometió que la llamaría. Espero que también esté en contacto con Erica. No quiero verla aparecer inesperadamente en Washington.

Peloamarillo muestra dos varitas con plumas sobre la camioneta gris Toyota. Una pluma es azul por el Padre Sol, la otra es amarilla por la Madre Luna. Dice que los zuñi nunca fueron conquistados por los españoles, ni por nadie más. Fray Marcos de Niza, el misionero español, creía que los pueblos de los zuñi eran las fabulosas Siete Ciudades de Cibola, las ciudades de oro. A su guía, el famoso Esteban, lo mataron los zuñi a causa de sus insultantes palabras y forma de ser. Otros exploradores españoles evitaron encontrarse con los zuñi cuando descubrieron que a los indígenas no les caían muy bien los extranjeros.

Peloamarillo y Sarah parecen más hermanos que hijo y madre. Sus caras morenas son suaves, casi sin arrugas. No puedo decir si al mirar al sol entrecierran los ojos o si fruncen el ceño cuando se enojan. Los miro fijamente y me pregunto quién más va a acompañarnos.

• LA NOCHE ANTES de salir de Albuquerque vuelvo a soñar con el Río Salado. Esta vez veo el cuerpo de Jesse volviendo a casa en un avión que vuela sobre el Pacífico. El avión no tiene más que un motor, como los que usaban en la Primera Guerra Mundial. La parte baja del avión se abre y su ataúd cae al mar. El sueño es tan real que siento el agua salpicar en la cara. Salto sobre el ataúd, como si estuviera montada sobre el cuello de El Ganso y casi me caigo cuando veo abrirse un poco la tapa, y la sangre rezuma por los costados del ataúd y cae al agua. El sueño me recuerda a mi hermanita Inez. Otra vez me estoy escapando de ella. Nunca quise darle a mi madre el susto, el miedo que fue la causa de la muerte de Inez.

Túnel del Tiempo •

Camino a Albuquerque veo el anuncio de una iglesia local, una estructura de madera entre una residencia familiar, y un lote de estacionamiento cubierto de hierbajos: PARE DE SUFRIR. Se lo señalo a Chris.

"Mira, quieren que dejemos de sufrir."

"¿Cómo?" pregunta él. "Llevamos el sufrimiento en los huesos. Es el fatalismo de los indígenas. Los indígenas son egoístas con eso del sufrimiento. Lo han convertido en arte."

"¿Por qué los atrae?"

"¿Quieres decir que por qué nos atrae? Nosotros también somos indígenas; creo que hemos sufrido durante tanto tiempo, hemos sido oprimidos tantos años, que sin él parecemos peces fuera del agua. El sufrimiento también es hermoso. ¿Cómo sabríamos lo que es la alegría si no sufriéramos? No tendríamos cómo medirla."

No había pensado en esto. El estoicismo, el silencio y la risa son de aquellos que conocen el gozo y el sufrimiento. Esconderse para no sufrir no hará que desaparezca el sufrimiento. Tiene sentido que los nativos americanos lo hagan parte de su vida. Ahí está, nos guste o no, un purgatorio constante que nos hace anhelar la gracia, un poco confundidos, inseguros ya que no sabemos por qué sufrimos en primer lugar. Me imagino que el sufrimiento del infierno es un dolor agudo y sin fin. El nuestro es agudo pero obedece a un propósito. Sabemos que terminará y que aprenderemos algo de ello.

Cruzamos la capital de Nuevo México, Santa Fe, una ciudad de arquitectura colonial y vívidos colores creados por la mezcla de las sangres indígena y española. La historia sigue viva aquí. Los espíritus habitan en las piedras y en el cemento, haciendo que los turistas se acerquen, para tocar y sentir el mundo que conocieron los espíritus. La belleza se ha convertido en un ansiado *souvenir*. Los visitantes la compran en las baratijas y obras de arte que pueden meter en su equipaje.

Las guadalupanas hablan de parar en Chimayó, que no está lejos de Santa Fe, para ver el santuario que tiene en una de las capillas un pozo milagroso, conocido como el pocito. Chris dice que un hombre, llamado don Bernardo Abeyta, vio una luz brillar sobre la tierra durante la Semana Santa en las colinas de Potrero durante los primeros años del siglo diecinueve. Él era penitente, como el papá de Chris. Según dice la leyenda, vio brillar una luz a corta distancia de una de las colinas cercanas al río Santa Cruz una noche cuando él andaba haciendo penitencias. Cavó con las manos en la tierra y encontró un crucifijo. Llamó a los vecinos para que adoraran con él el crucifijo.

Dos veces el cura local se llevó el crucifijo a la iglesia en Santa Cruz, pero las dos veces el crucifijo milagrosamente regresó al agujero donde había sido encontrado por don Bernardo. Acabaron por construir una iglesia en Chimayó para ponerlo. Chris dice que la iglesia es un lugar humilde que no ha cambiado mucho desde el tiempo de don Bernardo Abeyta. Está rodeada por una comunidad rural formada por pequeños ranchitos y serpenteantes carreteras que se resisten al progreso. El pocito sagrado en la iglesia nunca se ve vacío de tierra santa. Los visitantes se la llevan y se la llevan, y siempre hay más para llevarse. Algunas personas dicen que se han curado en Chimayó y, para probar sus curas, dejan allí sus muletas, sus bastones y otras cosas relacionadas con sus enfermedades. Otra atracción para las guadalupanas es que allí hay una capilla dedicada al Santo Niño de Atocha, y ellas querían ir a visitarlo. Chris me dice que en la capilla se ven los zapatos que la gente deja allí para El Niño, porque creen que Él camina a los hogares de los fieles por la noche y gasta Sus zapatos.

"¿Cómo puede alguien creer todo eso?" le pregunto.

"Hay tanta historia aquí, tantos relatos, que yo creo que la gente dice estas cosas para que su fe siga creciendo."

"¿Pero *tú* crees en estas cosas?" Al hacerle esta pregunta me acuerdo de Holly Stevens mirándome a los ojos y preguntándome si yo creía en Aztlán.

"En lo particular creo que son supersticiones, pero también muchas veces los científicos no saben tampoco de qué están hablando, y se supone que ellos saben de las cosas de la vida."

Eso no me aclara nada. Nadie tiene respuestas contundentes. Convenzo a mi mamá de que no podemos ir a Chimayó, ni a las escaleras milagrosas en Santa Fe construidas para las monjas de Loreto por un misterioso desconocido, quien, según las monjas, era San José, el carpintero. Las escaleras fueron construidas para que las monjas pudieran subir al coro. Le pregunto a Chris si ha visto las escaleras.

"Las he visto tres veces," dice. "Es algo sorprendente. ¡Tiene dos vueltas de trescientos sesenta grados sin ningún poste en el centro que las sostenga! Eso de veras me da qué pensar. No puedo imaginar cómo alguien trabajando con unas pocas herramientas pueda haber hecho tal cosa, pero allí están y todo el mundo las puede ver. Los expertos dicen que deberían haberse caído al suelo hace ya más de un siglo. El hombre que las construyó ni siquiera esperó a que le pagaran."

Lisa y Lilly me presionan para que las lleve a ver las escaleras. Se imaginan dejándose resbalar por la barandilla.

"No podrán hacerlo," les dice Chris. "Toda la zona está acordonada".

Miro al asiento de atrás para ver a mamá y a Irene. Tienen las caras como las de Lisa y Lilly —frescas, deseando ver algo que nadie puede explicar, para engañarse a sí mismas un poco y sentirse más cerca del Cielo.

• VIAJAMOS POR LA I-25 y nos detenemos en Ratón, Nuevo México para comprar comestibles. El nombre es cómico, no conozco muchas ciudades con el nombre de un roedor. El olor de la pequeña ciudad se agarra a las narices como si fuera incienso. El lugar es muy bonito. Una llovizna hace que las colinas que rodean a Ratón parezcan nubladas. A lo lejos, las montañas de Sangre de Cristo, de un púrpura oscuro, se alzan majestuosas sobre la región.

Mientras caminamos hacia la tienda, miro atrás para asegurarme que las guadalupanas estén bien. Se han negado a caminar bajo la lluvia diciendo que la lluvia hará que nos resfriemos todos, el aire frío que se mete en el cuerpo causa dolores y calambres. Michael y Ángelo andan por la tienda con el carrito de las compras, cargándolo de paquetes de nueces, semillas de girasol, gelatinas y todo aquello que les impide quedarse quietos. Cisco va detrás de ellos, coqueteando con las muchachas de Ratón, fingiendo que él, en realidad, no conoce ni a Michael ni a Ángelo.

Uno de los asistentes me pregunta si somos la familia que dice el Internet que va al Muro de Vietnam.

"Mi papá es un veterano de Vietnam y vio su página en el Internet," dice. Llama a otro asistente, "Oye, Scott, aquí está la familia de la que mi papá hablaba la otra noche. ¡Han ganado dos millones de dólares del gobierno!"

"En realidad, no fueron sino noventa mil," le digo. "Y no lo ganamos, ellos nos lo debían."

"¿Dónde está su mamá?" pregunta el primer asistente cuyo nombre es Jeffrey, después me entero. "Nana . . . ¿es así como se llama?"

"¡No, ella no se llama nana! Esa palabra quiere decir abuela en español."

"¿Puedo conocerla?" Le digo al asistente que puede conocerla a ella y a su amiga. Los chicos comienzan a poner nuestras compras en bolsas y no permiten que nadie les ayude. Jeffrey dice que quiere contarle a su papá que empacó la comida de la familia Ramírez. Lisa y Lilly están a nuestro lado y los chicos hacen todo lo posible para no mirarlas y acabar de embolsar la comida. Al poco rato, algunas personas se reúnen alrededor nuestro para hablar sobre el Muro. Una señora dice que es igual que ir a la iglesia.

"Después de haber llorado, uno tiene ganas de rezar."

"Todos deberían ir allí," dice la cajera. "Es una experiencia única en la vida."

Llega el gerente de la tienda; es un hombre robusto, de cara rojiza que sonríe fácilmente. Pregunta si somos la familia Ramírez. Manuel le dice que sí y el gerente pregunta si nos importaría esperar a que llegaran los periodistas a la tienda. Les gustaría fotografiarnos con los empleados de la tienda.

"Estas cosas no ocurren todos los días en Ratón. Su mamá nos está enseñando todo lo que sabe sobre la fe," dice. "Y creo que ella dice que ha oído voces."

"¿Qué voces?" le pregunto.

"Eso es lo que han dicho en las noticias. Su mamá oyó voces que le decían que fuera al Muro."

"Bueno, podría haber sido en un sueño."

"Me parece que no. Cuando mi madre murió hace unos cuantos años, puedo asegurar que oí su voz un par de veces. ¿No cree usted que el mundo sobrenatural puede enviarnos mensajes?"

Miro los pasillos de la tienda, y veo que a nuestro alrededor hay al menos veinte personas.

"¿No cree usted en lo sobrenatural?" Me pregunta otra vez el gerente.

"Naturalmente, creo en las fuerzas del mundo invisible. No haría este viaje si no creyera eso."

Michael y Cisco se me acercan. "Universos paralelos," dice Michael.

"Otros mundos que reverberan muy cerca al nuestro. Eso es lo que estamos viviendo. Hay muchas cosas sobre las que no sabemos nada."

"¿Este muchacho es quien preparó la página en el Internet?" pregunta el gerente.

"Ese soy yo," dice Michael.

"¡Bien, bien, felicidades por haber tenido una idea tan buena!" Al terminar el gerente esta frase, entran dos periodistas con un fotógrafo y una enorme luz que enfocan en nuestra dirección. "Aquí están, pasen señores. ¡Sí, los Ramírez están visitando nuestra humilde tienda!" La lente de la cámara nos enfoca a todos.

"¿Hay algo que quieran decir—cualquiera de ustedes? ¿Teresa, Priscila, Paul, Manuel, Michael . . . Quién falta? Como ven, ya sabemos sus nombres," dice uno de los periodistas.

Es Paul quien responde. "Estamos haciendo lo que nuestra mamá quiere, nos dirigimos al Muro. El dinero y todo eso no nos importa. Lo importante es llegar al Muro para que mamá pueda cumplir su promesa. Pero hay un problema."

¿Un problema?

"Sí, Jesse no está con nosotros. Estas deberían ser unas vacaciones familiares, pero estábamos demasiado ocupados en tratar de sobrevivir, y ahora que tenemos este dinero, seguimos sin tener esas vacaciones. Nada puede compensar la muerte de mi hermano—ni la del hermano de cualquier otro, en todo caso."

Chris mira a Paul. "Creo que Jesse tenía razón," me dice al oído.

"Nunca he visto a Paul ponerse así."

Miro por los ventanales y veo a Gates hablando por teléfono. Estará llamando a Queta, a Erica, o tal vez a Kamika. Terminamos de hablar con los periodistas y vamos hacia nuestros vehículos, seguidos por el gerente y los periodistas. La llovizna se ha convertido en una lluvia ligera, dejando ver algo de sol. Mi mamá diría que las ciervas están cargadas con sus cervatillos en el bosque cuando llueve así. Deja de llover antes de que lleguemos a la camioneta. Les presento a Jeffrey y a Scott a las guadalupanas. Al principio, los dos muchachos se sorprenden al ver a las dos ancianas. No sé qué esperaban. Los chicos son corteses y estrechan la mano de las ancianas. Ellos son güeros de ojos azules, que acaban de conocer a dos matriarcas de otro mundo.

"Que Dios los bendiga a los dos," dice mi madre, y a Jeffrey le dice, "Dile a tu papá que me alegro que regresara de Vietnam porque hoy te he conocido a ti, su hijo." Jeffrey se emociona al oír esto y se lleva la mano de mi mamá a los labios.

"Ese chico es encantador," dice Chris.

"Esto le gusta mucho a mi mamá," le digo.

El gerente se presenta. "Yo soy Emery Billings, señora Ramírez. Le estaba diciendo a su hija que yo sí creo en que usted oyó voces. ¿Por qué no? Yo oía la de mi mamá muy a menudo después de que murió."

"Las voces, sí. Me murmuraban. No sé qué decían, pero sí sé que eran la de mi hijo y la de los otros hombres en el Muro."

"Siga creyendo eso, señora Ramírez. Nada es más importante que hacer lo que uno cree correcto." Estrecha la mano de mamá, luego la de Irene. Me mira.

"Que tengan un buen viaje. Ojalá yo pudiera ir con ustedes. Nunca he estado allí."

"No lo diga en voz muy alta," le digo. "Mi mamá quiere que todo el mundo vaya con nosotros. Mire allá," señalo a Peloamarillo y a su madre, Sarah. "Indígenas zuñi. Un hijo de ella, Caballo Fuerte, conocido como Eddie Bika, murió en Vietnam. No los conocíamos, pero ellos dos viajan con nosotros."

"Estupendo," dice él.

Jeffrey y Scott están bajo la lluvia con el gerente, Emery Billings, que se despide agitando la mano y haciéndonos con el pulgar la señal de la buena suerte a medida que nos alesamos. Otros también nos saludan desde la puerta de la tienda, algunos salen al estacionamiento de carros, llevan paraguas, o bolsas de papel para protegerse de la lluvia que ha comenzado otra vez a caer. Los periodistas nos filman mientras nuestros vehículos entran a la carretera.

El día ha sido agotador. Viajar con lluvia nos deja sin energía. Las oscuras nubes me hacen desear ir a la cama, y con Chris a mi lado la idea de ir a la cama es tan fuerte que empiezo a frotarme el cuello para reducir la tensión. Chris pone su mano sobre mi brazo. "Tal vez podrías frotarme un poco el cuello a mí," dice. Yo sonrío. "Seguro." Su mano ha dejado su calor en mi brazo. Irene suspira, cuando yo pensaba que se estaba quedando dormida.

Ya tarde, el lunes dos de junio, llegamos a Colorado Springs y nos dirigimos a nuestras recámaras en el Travelodge. Manuel estuvo cómodo allí durante uno de sus viajes de negocios con gente de la India que eran los que administraban esa cadena de hoteles. Ahora quiere devolverles el favor como cliente.

"De veras," me cuchichea Chris mientras sacamos las maletas de la camioneta, "tengo un cuarto para mí solo, y necesito un masaje en el cuello." Tengo ganas de gritar "¿DÓNDE ESTÁ EL CUARTO?" Pero todo lo que puedo decir es "Después de cenar, veré cómo está mamá." Lo digo descuidadamente como si nada. Manuel nos mira mientras ayuda a Priscila a meter sus cosas en el cuarto. Me roza al pasar con dos maletas. Una de ellas me golpea la rodilla.

"Lo siento," dice. "¿Te he hecho daño?" Se detiene para mirarme, luego se agacha para mirarme la pierna de cerca.

"No, estoy bien."

"Yo debería tener más cuidado, o tú deberías ser más cuidadosa, o los dos deberíamos serlo."

"No importa, está bien."

• EL TIEMPO NOS CONTROLA. Horas, minutos y segundos de nuestras vidas se escapan a paso reglamentario. Tratamos de estar al día, pero se nos escapa y nos fuerza a esperar el mañana. A veces no queremos nada más que detener el mundo y exigir que el tiempo también se detenga. Michael dice que el tiempo es relativo y depende de lo rápido que nos movamos. Los objetos que viajan a la velocidad de la luz tienen otra relación con el tiempo. Esto les plantea un problema a los astronautas que se van al espacio por largas temporadas. Si el viaje es muy largo, ¡al regresar los astronautas pueden ser más jóvenes que sus nietos! Las fuerzas de la naturaleza dictan el tiempo terrestre, así como el proceso de nuestro envejecimiento y la forma en que vivimos. Es verdad que cuando algo es importante para nosotros, el tiempo pasa rápidamente y cuando sufrimos el tiempo pasa muy lentamente.

Estamos en un túnel del tiempo yendo hacia Washington. Hemos entrado en una órbita que nos arrastra hacia el muro como si fuéramos un bumerán. Vamos a regresar, pero no seremos los mismos. Cuando lleguemos al Muro, ¿será eso el principio o el final? ¿Será verdad que hay universos paralelos como dice Michael, imágenes plenas que se repiten en el universo, desafiando nuestros conceptos del espacio, lugar y sustancia? Y finalmente, ¿nos estamos acercando a Aztlán, o ya lo habremos pasado?

Puertas Azules •

os calcetines de Chris cuelgan sobre el respaldo de una silla en su recámara. Parecen medias blancas de Navidad. Dice que siempre tiene los zapatos y los calcetines listos. Uno nunca sabe cuando hay que salir corriendo. "Es una costumbre que me queda de la guerra. Se me pegó. En el campo de batalla nunca nos quitábamos las botas, no importaba lo infectados que tuviéramos los pies con la putrefacción de la jungla. Quitarte las botas quería decir que ya estabas medio muerto y que alguien te las estaba quitando para que te pudieras morir en paz."

Pongo los calcetines de Chris sobre la mesita de noche y me siento en la silla. Él está sentado en la cama con sus pantalones cortos de pana, una camiseta y sin zapatos. Nunca antes le había visto las piernas. Son peludas y más delgadas de lo que me esperaba. La cama es extra grande con un cobertor anaranjado brillante. Es más grande que la cama grande que compartí con Ray en nuestra casa de la calle Canterbury. Me pregunto si la gente de veras necesita todo ese espacio.

"Espero que algún día no tengas que dejarlos listos para salir corriendo," le digo.

"Algún día." Chris me mira fijamente. "Relájate. Somos adultos, no chiquillos."

"No creo que nadie me haya visto entrar aquí."

"¿Y qué pasa si te ven?"

"Tú ya sabes cómo es la gente."

"Sí, puedo imaginarme a Manuel rompiendo la puerta para entrar aquí a rescatarte."

"Siempre ha estado loco por mí."

"Pues más vale que se le pase."

"¿Qué quieres decir con eso?"

"El vato tiene que aprender que 'no' es 'no.' Uno pensaría que, después de todos estos años, ya lo habría aprendido. Pero puedo entender cómo se pudo haber enamorado de ti."

Observo cuidadosamente todo lo que hace Chris, lenta y deliberadamente. Sus pies desnudos pisan suavemente la alfombra. Con los ojos calculo cómo su cuerpo podría sentirse sobre el mío. Es más alto que Ray, más anguloso, sus músculos se ven fuertes. Se sienta en el borde de la cama y se arrima a mí. Es raro cómo cambian las caras, pero nunca los ojos. Los ojos de Chris son los mismos. Me veo reflejada en ellos, la chica de la preparatoria de la que él se despidió en el aeropuerto y la mirada en sus ojos, triste y temerosa. El hambre que sentí temprano en la mañana llena el espacio entre nosotros. Me hace temblar.

"¿Tienes frío?"

"No, no tengo frío." Quiero sonreír, pero no puedo.

"No estés nerviosa," dice él. El centro del pecho me empieza a doler en cuanto él dice eso, como si alguien hubiera encendido un cerillo dentro de mí. Se arrodilla a mis pies y apaga la lámpara. Ahora estamos envueltos en una densa oscuridad.

"No apagues la luz, no puedo verte."

"Así es como era en Vietnam, Teresa. Era tan oscuro que te juro que podía ver átomos negros flotando en el aire."

"Debiste sentir mucho miedo." Me doy cuenta de unos números de un rojo vivo que resplandecen, son los del reloj digital sobre el televisor, 12:31 A.M. Miro los números cambiar . . . a las 12:32 A.M.

"Después de un rato, todo eso se iba," dice Chris. "Entonces te convertías en parte de la oscuridad, como si fueras un árbol o una piedra—no más te quedabas allí y tratabas de no moverte. A la noche no le importaba de qué lado estabas, nos cubría a todos por igual. La única excepción era que el enemigo conocía el lugar con los ojos cerrados y nosotros no. Estábamos en el patio trasero de su casa. Imagínate de noche y en el patio trasero de la casa de otra persona."

Sentí la frente de Chris, sentí unas gotas de sudor frío en la mano.

"Chris, estás sudando. ¿Estás bien?"

"Me ocurre a veces. Creo que mi cuerpo se acostumbró a las noches de Vietnam como si fueran una lección de historia. Ojalá que no fuera así, pero no importa, quítate los zapatos, Teresa, y te daré un masaje en los pies."

"Yo soy quien te lo tiene que dar en el cuello. ¿Te acuerdas?" Mi voz me suena como si fuera un eco en los oídos. Parece como si estuviese en una caverna.

"Olvídalo, quiero darte un masaje en los pies," dice. La llama en el pecho me llega ahora al estómago y a las ingles. Me tengo que sentar derecha en la silla.

Chris comienza a quitarme una de las sandalias, pero no puede quitar la correa. Siento sus dedos fríos sobre las piernas. Está tanteando, prueba otra vez. De alguna forma la situación es cómica, como si fuéramos dos jóvenes tonteando en el asiento trasero de un carro.

"Chris, enciende la luz."

"Puedo ver en la oscuridad. Eso lo aprendí en Vietnam."

"Ahora no estamos en Vietnam."

"¿Es que tienes las sandalias pegadas a los pies?"

"Lo que pasa es que estás nervioso. Deja que yo lo haga."

"No, yo puedo hacerlo." Prueba con la otra sandalia.

"Chris, estás apretando más las correas . . . me estás haciendo daño en el tobillo." En la oscuridad, siento su cara y está húmeda de lágrimas.

Me arrodillo en el suelo junto a él. Me abraza y pone la cabeza sobre mi hombro.

"Hueles igual que el día en que me fui a Vietnam, Teresa. Estabas tan linda, tan linda, y sigues estándolo. Juro que llevé tu aroma todo el camino hasta Vietnam. Creo que lo que quiero hacer contigo es lo que no pude hacer por tu hermano—descalzarte, darte paz. Todo lo que hice fue cubrir con mi camisa la cara de Jesse. ¡Dios mío, como siento no haber ido con él en el helicóptero!" Lo abrazo fuertemente. Él llora sobre mi hombro. Nuestras lágrimas se mezclan en la oscuridad. Nos levantamos a la vez, abrazados.

"Acuéstate, Chris." Lo llevo de la mano, como a un niño soñoliento, suave y lentamente hasta la cama. Sus dientes comienzan a castañetear. Lo cubro con una manta. Su cuerpo comienza a contraerse. Chris se queja. Me quito las sandalias, acordándome de las del Santo Niño y lo gastadas que estarían si Él hubiera tenido que caminar hasta Vietnam. Me echo junto a Chris y lo envuelvo en mis brazos, poniendo su cabeza sobre mi pecho donde el cerillo encendió en mí el fuego. Le acaricio el pelo.

"Jesse me dijo que no iba a regresar, Chris." Murmuro esas palabras y me tengo que tragar los sonidos que quieren escapar de mi garganta.

"Jesse sabía más que yo. Así era él. Sus pensamientos se movían en el espacio, como si pudiera ver cosas de las que los demás no sabíamos nada. ¿Yo? Yo creí que iba a morir, y que Jesse regresaría."

"¿Es por eso que regresaste . . . para saber si podías morir?"

"Tal vez. Había tantos chicanos allí, y todavía más cuando retiraron las tropas y sólo quedaron ciertas compañías. Teníamos las primeras filas del espectáculo. Tú sabes que ningún chicano se va a quedar atrás si sus amigos están en el frente. Tal vez yo quise estar con ellos. Peor era vivir todas las pesadillas, todo el lío. La gente nos acusaba de matar niños. Me dejé crecer el pelo. Odiaba todo lo que me hacía recordar la guerra. Ni siquiera le contaba a la gente que yo había estado allí, así de mal estuve. Comencé a marchar con los que protestaban durante un tiempo, más tarde no pude hacerlo más porque pensé que eran un hatajo de cobardes, haciendo como los gabachos y quemando sus tarjetas de enlistamiento. Pobres hijos de la chingada, pensaba yo. Luego me sentí mal porque yo no quería que fueran a Vietnam. Yo sabía que la guerra estaba mal, muy mal, y seguíamos peleando. Tu nana me dio una pequeña oración, ¿te acuerdas? La guardé junto a la foto de mi mamá y fue la única cosa que no se me perdió. Así éramos los chicanos, guardando los crucifijos, las fotos de la Virgen de Guadalupe y de nuestras mamás. Estábamos en un mundo de hombres, pero nos refugiábamos en nuestras mamás. Nunca le dije nada de esto a Margie. Volví a Albuquerque y me casé con ella, y nunca supe por qué lo hice."

"Ray tampoco me dijo nunca nada sobre Vietnam, y él ni siquiera estuvo peleando en el frente. Era mecánico."

"Es como si hubiéramos estado encadenados juntos, Teresa, como si todos hubiéramos ido al infierno y nadie más nos comprendiera. Margie y yo tuvimos dos hijas. Ella acabó divorciándose de mí y no la culpo. Todavía la quiero. Margie pudo haberse conseguido el tipo que quisiera. No sé por qué me esperó. Después de Margie, tuve otros dos asuntos con mujeres y ellas hicieron lo mismo. En realidad no me importó, porque no las amaba. Un día, me miré al espejo y no pude aguantar lo que vi. Estaba muy disgustado conmigo mismo porque no podía sacarme a Vietnam del cuerpo. Ese fue el día en que casi me pego un tiro. Si no hubiera pensado en mis dos hijas, probablemente lo habría hecho, pero me acordé de todos los chamacos huérfanos que había visto en la guerra, llorando, durmiendo en las calles, algunos de ellos violados, o dedicados a la prostitución y a la venta de drogas. Vi sus caritas en mi imaginación, tan pequeños. Eran muy pequeños, y yo era un gigante, 'Soldado número diez' me llamaban porque sabían que yo no torturaba ni hacía las chingaderas que otros hacían. Estaba avergonzado de mí mismo al ver las cosas que otros soldados les hacían. ¡Y me seguían llamando 'Soldado número diez'!"

Abrazo a Chris con fuerza hasta que el dolor en mi pecho queda reducido a un puntito. Chris mascula algo sobre los niños en Vietnam, uno de ellos paralizado por un balazo en la espina dorsal, una niña violada por uno de los soldados del Ejército de la República de Vietnam, una anciana golpeada con la culata de un fusil por un americano, que corría queriendo encontrar a los 'Sal y Pimienta,' los famosos soldados, uno blanco y otro negro que habían desertado y se habían unido al Vietcong.

Me duele la garganta. Tengo preguntas que hacerle a Chris. ¿Qué dijo Jesse antes de morir? Y sobre la mujer de la que me había hablado, la que le enseñaba vietnamita—¿quién era ella? En este momento no tendría ningún sentido. Finalmente se quedó dormido y yo también me dormí.

Me despierto sobresaltada. Chris está envuelto en una cobija junto a mí. Los dos estamos acurrucados en el centro de la cama. La recámara está helada por el aire acondicionado que ha estado funcionando toda la noche. Me hace pensar si en Vietnam tienen invierno. Quiero levantarme antes que los demás.

Me salgo cuidadosamente de la cama, Chris se da la vuelta y me pone la mano en el muslo. Está calientita. En lo profundo de mi pelvis siento un dolor. Quiero meterme otra vez en la cama y dejar que sus manos encuentren todo mi cuerpo, pero la recámara ya está iluminada por la luz del amanecer. La luz alumbra la verdad. Ya no soy la chica de preparatoria de la que Chris se despidió en el aeropuerto Sky Harbor, y él no es el joven soldado que torpemente caminaba mirando hacia atrás junto a mi hermano para llegar al avión que los llevaría hasta Vietnam y los cambiaría para siempre.

Me acaricia el pelo suavemente y deja que su mano se deslice tiernamente sobre mi hombro. "No te vayas, Teresa."

"Tengo que irme." Me pongo las sandalias. "No tienes que ayudarme a ponérmelas. Todo está bien."

"Lo siento," dice él.

"¿Por qué lo sientes?" Le pregunto. Me inclino sobre él, le arreglo la cobija bajo la barbilla y le doy un beso en la frente.

Marzo 6, 1968

Querida mana,

Casi todas las casas de aquí tienen puertas y contraventanas azules. Dicen que el azul representa la esperanza. No sé qué esperanza pueden tener. El presidente Johnson vino y se fue, prometiendo enviar más tropas. ¿En qué piensa? ¿No puede ver lo que va a ocurrir? Esta gente lleva años peleando. Ayer, Chato, un tipo de Texas, dijo que iba a hacer todo lo necesario para volver a casa. No creo que tenga éxito, aparte de hacerse matar. Dos gabachos fueron enviados a casa el otro día, uno de ellos porque su mamá conoce allí a un senador y el otro porque lo pusieron de contador en la base. Los chicanos no tienen mamás que conozcan senadores y ninguno de ellos ha estudiado más allá de la secundaria y tal vez ni eso.

La mayor parte de los grupos raciales se mantienen separados aquí. Cuando peleamos, bien, ese es el momento de golpear a los otros y no importa quién está junto a ti, pero cuando regresamos a la base, o vamos de Descanso y Recuperación, estamos con el grupo al que pertenecemos. Traté de jugar a los dados con los negros. Me recuerdan a Gates. Eso marchó bien hasta que uno de ellos me acusó de tramposo y de jugar como un mexicano. Me llamaron "taco." Les dije que yo era de los Estados Unidos, pero no lo creyeron. Es difícil esto. No quiero ser demasiado chicano, porque los mexicanos me dicen que quiero ser blanco. Es tan malo como el Vietnam del Norte, Vietnam del Sur. Aquí la gente está muy confundida, no sabemos quién es del norte y quién es del sur. Los del Ejército de la República de Vietnam que están con nosotros se supone que son del sur, y nos causan tantos problemas que mejor sería no tenerlos aquí. Algunas veces el Vietcong dispara contra ellos y no contra nosotros. Ya he visto que, si llega el momento de rescatar a alguien, nos salvamos primero nosotros antes de ayudarles a ellos. Para mí eso es una traición. Algunos de los compañeros dicen que los del Ejército de la República de Vietnam son putos. Se están tocando entre ellos constantemente, duermen juntos y cosas así. Yo les dije que así son las cosas aquí. El padre John me lo dijo. Él estudia todas las costumbres. El otro día el padre John dio una misa y el altar era una caja. El evangelio fue sobre un hombre que vivía en unas tumbas y estaba endemoniado. Jesús hizo que los demonios salieran de él y los metió con los puercos. Había tantos demonios que se llamaban Legión. Fue extraño, porque esa misma tarde vi a un campesino llevando una manada de puercos a la ciudad. Era la primera vez que veía algo así. He visto búfalos de la India, pero no puercos. Me sorprendió que alguien no hubiera matado a los puercos para comérselos. Me pregunto por qué Cristo metió a los demonios con los puercos. ¿Qué te parece a ti, hermana? A mí me parece que somos nosotros los que actuamos como demonios, y los puercos no son sino eso, puercos. Tal vez los demonios necesitan destruir algo cuando salen. ¿Es eso lo que estamos haciendo?

Creo que sé de qué se trata esta guerra. Es sobre el recuento de cadáveres. Cada vez que hay una batalla tenemos que salir a contar cuántos del

Vietcong hemos matado. El teniente McCoy, un tipo al que he llegado a odiar, me preguntó el otro día cuántos cadáveres había. Bueno, yo no tenía ningún número para él, pero de todos modos él escribió 21. Me dijo que siempre había que poner un número impar, porque así parece más cierto. Todos los números van a la base de campo y nadie viene a comprobarlos. Algunos tipos van demasiado lejos y empiezan a cortar los dedos y las orejas de los cuerpos que encuentran. Un tipo dijo que él había visto a unos de las Fuerzas Especiales que habían caído en una emboscada hecha por el Vietcong. El Vietcong les había cortado ya te puedes tú imaginar el qué, y se los habían metido en la boca. Lo siento si esto te enferma, hermana, pero esto es lo que llamamos guerra. Algunos de los nuestros cortan partes del cuerpo porque saben que eso es una de las peores cosas que se le puede hacer a un vietnamita. Éstos entierran pronto a sus muertos. Algunos de ellos mueren al tratar de llevar a sus muertos a la base para enterrarlos allí. El padre John me dijo que ponen el alma de los muertos en la sepultura. He visto las sepulturas aquí y allí. Ya te he hablado de eso, ¿recuerdas? Las tumbas no están en filas rectas, como las nuestras. Dondequiera que se muere alguien, allí lo entierran. Algunas de las familias se han llevado con ellos las tumbas porque no quieren que sus antepasados sean molestados por los extranjeros. Creen que los espíritus de los muertos los atormentarán si no han construido una vivienda para ellos, hasta las prostitutas y los sin hogar reciben algo.

Hay un muchacho que anda con nosotros. Chris se ha hecho amigo de él. Lo vi compartir su poncho con el muchacho ayer cuando llovía.

La palabra vietnamita para la lluvia es "mua" y para lluvioso es "co mua." Aquí tenemos mucho de eso. He estado pensando, hermana, en como los Estados Unidos, rezan pidiendo la paz, y luego dan la vuelta y se arman hasta los dientes para la guerra. ¿Somos una Legión?

Escríbeme tan pronto puedas. No hay aquí nada peor que no recibir cartas. Diles a Paul y a Priscila que hagan sus tareas escolares. Yo no puedo ayudarles desde aquí, así que hazme ese favor. Dales a mamá y a nana un beso de mi parte, y checa cómo está papá.

SCUB,
Jesse

Releo la carta de Jesse en mi cuarto antes de que se levanten las muchachas. No sabía que el azul era el color de la esperanza en Vietnam. Me propongo pintar de azul la puerta de nuestra casa cuando volvamos a Phoenix.

El Pequeño Saigón •

Nos reunimos en el restaurante Denny's para desayunar el martes 3 de junio por la mañana. Chris no está con nosotros.

"¿Qué le hiciste, Teresa?" pregunta Priscila.

"¿De veras quieres saberlo?"

"Lo sabía. Todos estos años hablando de mí . . . haciendo parecer que soy . . ."

Mamá la para. "Priscila, no dejes que los chicos ordenen comida que no van a comer, *mija*. Desperdician todo."

"¿Me estás escuchando, mamá? ¡Tu angelita no es tan santa después de todo!"

"¡Están peleando otra vez," dice Lisa.

"No estamos peleando," le digo.

"Miren, toda esa gente nos está mirando otra vez," dice Irene. "Ustedes dos muchachas dejen de discutir, y ustedes muchachos," dice, señalando a Michael y a Ángelo, "dejen de discutir sobre qué es lo que van a comer. Si estuvieran en mi casa, comerían chorizo y frijoles y ya, ¡oyeron!"

Una mesera se acerca. "Ustedes deben ser los Ramírez, ¿verdad?"

"Sí, somos nosotros," le digo.

"¿Esta señora es su mamá?" La mesera mira a mamá. Yo asiento con la cabeza. "Señora, es usted una heroína," dice. "¿Me puede dar su autógrafo?"

La muchacha saca su bloque de pedidos y arranca una página. "Guardaré esto como recuerdo de ustedes."

Mi mamá la mira. "¿Qué quiere usted que haga?"

"Firme su nombre," dice la chica. Yo miro a mamá para ver si de veras lo va a hacer.

"Teresa, ¿tienes una pluma?" Yo busco en mi bolsa y encuentro una pluma, mamá la toma y firma su nombre y lo adorna. "Ahí lo tiene," dice, "pobrecita, ¡qué muchacha más linda!" Otra mesera se acerca, y mamá firma otra hoja de su bloque de pedidos. Toda la gente en el restaurante nos mira.

"Vaya, hombre," dice Priscila. "Espero que aquí no haya reporteros."

Veo que una mujer se acerca a nosotros. "Usted deber ser Teresa."

"Sí y ésta es mi mamá, Alicia Ramírez."

"Naturalmente, hemos oído hablar mucho de ustedes. Me llamo Corina Ybarra. Mi marido estuvo en Vietnam," suspira y después continúa: "Estoy orgullosa de ello, no importa lo que diga la gente de la guerra. Sólo que ya no vive. Murió de cáncer de la piel. Le salieron muchos tumores en la piel. Los médicos se los quitaban, pero aparecían otros. Sé que tenían que ver con el 'Agente Orange'. Ya sabe usted, el producto químico que usaban durante la guerra. Tratamos de demandar al gobierno, pero no resultó nada de nuestro esfuerzo . . . nada. Era joven, tenía sólo cincuenta y tres años, y allí está nuestro hijo y su mujer. ¿Ven ese niño?" señala a un niño sentado con la pareja. "Mi marido no estará aquí para verlo crecer. Hay tantas víctimas de la guerra de Vietnam y muchos de ellos no figuran en el Muro." Se vuelve hacia mamá. "La acompaño en su sentimiento," dice. A Irene le dice lo mismo. Mamá e Irene responden con las mismas palabras, viejas palabras que se usan para reconfortar a los dolientes. Se vuelve a su familia y todos nos saludan con la mano.

"Nunca había pensado en los que han muerto en los Estados Unidos como resultado de lo que vivieron en Vietnam," le digo a Priscila.

"A mí tampoco se me había ocurrido."

"¿Y qué pasa con los que han muerto de alcoholismo y por las drogas?" dice Manuel. "Tiene que haber muchos."

Las dos meseras han vuelto sonrientes, toman nuestras órdenes y nos dicen qué es lo mejor que tienen en el menú. Siento la nueva energía que hay en el aire. El sol brilla, la luz es blanca y templada. Mi mamá acaba de firmar otro autógrafo. Por Dios que es una heroína. Dos hombres se han unido a Willy, a Gates y a Peloamarillo en su mesa. Deben ser veteranos de Vietnam, o hermanos, primos y amigos de alguien que estuvo allí. Willy me ha dicho que la guerra en Vietnam es la más larga en la historia de América. Duró treinta años, dijo, y costó más de quinientos mil millones de dólares.

Tomo mi taza de café y les digo a los chicos que no deberían ordenar más de lo que vayan a comer. Hablo en voz muy alta. "Ya te he oído," dice Lilly, "no tienes por qué gritar."

Se acerca a Priscila y le murmura algo al oído. Priscila sonríe. ¿Estarán hablando de Chris y de mí?

Algo más está ocurriendo. Inesperadamente Priscila y Manuel se vuelven buenos amigos. Nunca en la vida los he visto hablar tanto juntos. No sé si hablan para evitarme o si de veras están interesados en lo que se dicen.

Manuel le enseña a Michael cómo llevar la contabilidad en una computadora. La gente mira cómo Michael teclea en la computadora. Piensan que es un pobre chico mexicano que no habla inglés y se preguntan qué está haciendo con una computadora.

Donna está sentada al lado de las guadalupanas. Paul está afuera, en la camioneta, fumando sin parar. Mi mamá le dice a Donna que lo ignore. Está enojado porque Manuel lleva todo lo referente al dinero y dice que lo tratan como a un niño. Está cansado de los sermones de Donna y está listo para volverse de aventones a Phoenix, pero yo sé que no lo hará porque nunca se lo perdonaría si a mamá le pasara algo. Así era Jesse. Hay una parte de Paul que no quiere tener nada que ver con Jesse y otra parte que lo pone en un pedestal. Debe ser enloquecedor ser el hermano menor de un hombre perfecto ante los ojos de su mamá.

Esta mañana mi mamá amaneció tosiendo. Ninguno de los remedios que tiene es para la tos, y me pregunto si deberíamos parar en una estación de bomberos para que le revisen la presión arterial y los pulmones. Los paramédicos nos dirán si necesita ser hospitalizada. Pero ella es testaruda, como dice Irene. Palmira me dio una cura, dice mamá. Me limpió el sistema, empezando por el alma. Estoy bien. ¿Y por qué molestar a los bomberos con los problemas de una anciana? Irene quiere ir a la estación de los bomberos porque los bomberos son muy guapos, dice, y necesita que le ayuden con sus piernas.

"No son sobadores," le digo, "todo lo que harán es decirte que vayas a ver a tu médico." Ella se siente frustrada pero sigue con ganas de ir.

Escucho retazos de la conversación de los hombres sobre sus experiencias durante la guerra, sus periodos de descanso y recreación, la comida de Vietnam, los vuelos de ida y vuelta, los oficiales que se drogaban fumando marihuana, los chicos que los acosaban en las calles. Nada sobre las batallas o la sangre. A todos los que queremos escuchar algo de eso nos dejan en ascuas. Willy dice que los vietnamitas le hablaban en su idioma porque creían que él los comprendía. Tenía que recordarles que era chino americano. Gates les cuenta que había una calle entera en una de las ciudades donde los negros vivían con mujeres vietnamitas y eran tratados como dioses. "La gente era buena," dice. ¿Qué demonios estábamos haciendo allí? Peloamarillo recuerda que su hermano salió para Vietnam cuando él volvía a Estados Unidos. No querían que dos hermanos sirvieran en el ejército a la vez. "Debería haber sido al revés," dice, "yo debería haber ido y él debería haber regresado."

Mi mamá está escuchándolos hablar con la cabeza inclinada como si fuera un pájaro escuchando instrucciones para volar. Sería capaz de ponerse alas, si con ellas pudiera llegar más rápidamente al Muro, alas con plumas que pudiera mover sin molestar a Dios al desafiar la gravedad en un Boeing 747.

Veo que Chris me hace gestos desde una de las ventanillas del carro. Imita los movimientos del conductor para decir que ya está listo para continuar el viaje. Le sonrío y lo saludo a la vez. Se siente tan bien verlo bromear otra vez. No sabía qué esperar de él esta mañana.

"Allí está Chris," le digo a Priscila. Ella no responde.

Cuando nos preparamos para continuar el viaje, ya hemos llamado la atención de otros. La gente nos mira mientras abordamos los vehículos. "¡El Muro de Vietnam o nada!" grita un hombre. Mi madre anda balanceándose en su bastón. Yo la sujeto por un codo. Priscila está cerca y viene detrás de nosotras. La gente nos desea buena suerte. Las dos meseras y los hombres que se habían sentado con Willy, Gates y Peolamarillo se unen a nosotros en el estacionamiento.

Michael se acerca a mí y me dice que hay un vietnamita que apareció en el Internet esta mañana. "Es del Pequeño Saigón en el condado de Orange, Caaa–lifornia," dice Michael. Michael alarga la primera sílaba de *California,* y suena como si la dijera por un altoparlante.

"No sabía que teníamos un Saigón en los Estados Unidos," le digo.

"El Pequeño Saigón," dice. "El Saigón más grande fuera de Vietnam."

"¿Quién es ese hombre?" le pregunto.

"No lo sé, pero dice que bien pronto lo conoceremos."

"¿Qué quiere decir eso?" Michael sale corriendo con Ángelo para llegar a la camioneta y a la computadora.

Déjà Vu •

Pasamos las sierras rojas de las montañas de Colorado. La cima de algunas de ellas es plana y parecen mesas. Chris me dice que el Jardín de los Dioses está cerca. Un lugar sagrado, dice él. Las rocas rojas de Colorado convergen en este lugar creando la impresión de una sorprendente fuerza, tan real que el aire se espesa. Tal vez sea como caminar en Júpiter, dice Chris. La gravedad terrestre lo abruma a uno, tirándole de los pies, y uno se hace más fuerte porque tiene que trabajar más para levantar los pies del piso y poder caminar.

Chris y yo no hablamos de lo ocurrido la noche anterior. No sé si Chris siente que no hayamos hecho el amor. Yo no. La verdad yo no sabía que él todavía amaba a Margie. Nada más la idea de ser la Consuelo de alguien me destruyó la posibilidad de cualquier relación romántica con Chris. ¿Estará avergonzado de haber llorado? Tampoco lo sé. Hoy está de buen humor y eso me hace sospechar que todo sea un acto teatral. Tenemos algo que decirnos el uno al otro, pero ninguno de los dos sabe cómo comenzar. Hay pequeños abismos entre nosotros. Debe ser un poco por Margie, un poco por Ray, pero más que todo debe ser por Jesse.

En Denver tomamos la carretera 24 durante un rato mientras cruzamos la frontera con Kansas, luego tomamos la I–70 que nos lleva a Topeka. Nos dirigimos hacia el centro del país, y todo esto nos es ajeno. Lo único que conocemos es el Suroeste. De cuando en cuando un chofer o un camionero toca la bocina cuando pasamos. Algunos saludan con la mano o sacan el brazo por la ventanilla y nos muestran el dedo pulgar erguido. Tal vez nos han visto en la tele o visitado la página del Internet o han leído algo sobre nosotros en los periódicos. No he visto periodistas por aquí. Les gusta la conmoción de las grandes ciudades.

En el cielo se ven relámpagos. Oímos la tormenta. Comienza la lluvia, golpea las ventanillas y más tarde se convierte en granizo. El granizo es del tamaño de una pelota de golf. Chris me dice que en los sitios elevados debe hacer frío y el granizo ha llegado hasta nosotros empujado por las corrientes de aire. Mi mamá e Irene sacan los velos de encaje y los usan como chales. Es una forma de protegerse contra los rayos, dicen. Yo les explico que las ruedas de goma nos protegen de las corrientes eléctricas, pero ellas fingen no oírme. Me alegro de que las banderas que ondean en las camionetas sean de plástico. Mamá me dice que cubra el espejo retrovisor, porque un rayo podría dar en él y rebotar hacia ellas. Irene dice que su abuela también temía a los rayos. Ella había trabajado en el campo toda su vida y huía de los rayos para refugiarse en las carpas hechas de cartón y lona. Así era como sufría la raza antes de que César Chávez ganara la batalla por los derechos de los pobres y obligara a los ricos terratenientes a proveer viviendas decentes. "Antes de eso nos trataban peor que a los animales," dice Irene. "El apéndice de mi abuelo se reventó, pobrecito viejo, y no había doctores en muchas millas a la redonda. Mi familia era muy pobre para poder pagar un hospital, así que murió bajo un árbol."

Ha cambiado el paisaje; ahora estamos en los grandes llanos de Kansas que yo solamente había visto en las películas. Las praderas verdes se extienden a ambos lados de la carretera, y desaparecen en el lejano horizonte. No hay granjas ni edificios que obstruyan la vista de millas y millas de ondulantes colinas verdes. El rico olor a tierra húmeda se percibe por todas partes. Estamos en el país de Dorothy, justo el del *Mago de Oz*. En cualquier momento espero ver pasar su casa volando con la malvada bruja del oeste persiguiéndola sobre su escoba.

Chris me dice que el paisaje de Vietnam no se parece a ningún otro que él haya visto.

"Un día estábamos en las calles asfaltadas de los Estados Unidos y al siguiente en las junglas. No había término medio. Nada que te hiciera contener la respiración. Las junglas eran tan verdes, tan hermosas. Luego te encontrabas en un lugar que había sido bombardeado por la fuerza aérea de los Estados Unidos, o fumigado con el Agente Orange y parecía un paisaje lunar. Cuando primero llegamos allí, éramos los CCN, los Chingones Chicos Nuevos." Mira hacia atrás para asegurarse de que las guadalupanas no le van a pedir que cambie el nombre de los CCN. Su voz es casi un murmullo. Quiere que lo que me dice quede entre nosotros dos. "¡Y los muchachos eran tan jóvenes! Recién graduados de la prepa. Yo y Jesse éramos los mayores y no teníamos sino veinte años. ¿Te imaginas?" Mira hacia fuera como si quisiera ver más allá del horizonte.

"El calor, no puedo explicar el calor que hacía allí. Te sofoca, luego hace que pierdas toda el agua que llevas en el cuerpo, hasta juras que te vas a pegar un tiro en el pie con tal de salir de allí. Y los olores, la gente haciendo sus necesidades al aire libre . . . el hedor. La gente era tan pobre que verla te revolvía el estómago." Deja de hablar como si alguien hubiera parado la grabadora. Mi mamá está escuchando.

"¿Eran muy pobres?"

"Sí, doña, muy pobres, excepto algunos de los que vivían en las ciudades."

"¿Y Jesse, qué hizo él?"

"Él les tenía lástima doña. Quería ayudarlos, no pelear contra ellos. Hizo amistades allí entre algunas familias. Le hacían pequeños regalos, casi siempre fruta, buena fruta. Le traían la fruta del dragón, nueces lichi y muchas otras frutas. No recuerdo cómo se llamaban."

Imaginé entonces a Jesse, con los dientes enrojecidos de tanto comer granadas como las que comíamos en el verano. Los veranos, cuando él hacía el papel de rey David y tirábamos piedras a los blancos en el patio de atrás. Eran unos Goliats a los que intentábamos derribar.

"Las frutas de Vietnam . . . ¿Había granadas?"

"Nunca vi ninguna, pero puede ser que las hubiera."

"¿Tenía Jesse amigos allá?"

"Sí, algunas familias que conoció en Bien Hoa, en realidad en un suburbio de la ciudad de Bien Hoa."

"¿Eso está cerca de Saigón?"

"Muy cerca."

"Dile, *mija,* de la llamada que recibí después de que muriera Jesse."

"Alguien llamó a mamá desde Saigón dos años después de la muerte de Jesse. ¿Tienes alguna idea de quién pudo haber llamado?"

"No, pero pudo haber sido alguna de las personas que conocía. Son muy amigables y cuando les caes bien suele ser para toda la vida."

"Quienquiera que fuera le colgó el teléfono a mamá. ¿Por qué harían eso?"

"Allí todo está controlado por los comunistas. Tal vez quien llamó fue obligado a colgar."

"Mi mamá sufrió mucho por esa llamada. Ella pensó que Jesse seguía vivo, o que había sido capturado por el Vietcong. Pensamos que había seguido a los Sal y Pimienta y se había unido al Vietcong. Todavía nos obsesiona esa idea. Y ahora hay un vietnamita que le envía mensajes a Michael por la Internet."

"Podría ser alguien que conoció a Jesse durante la guerra y, de alguna forma, ha conseguido venir a los Estados Unidos."

Chris levanta las cejas, me aprieta la mano y me mira. Me doy cuenta de que hay algo más que quiere decirme, pero no quiere hacerlo delante de mamá.

"¡Dile, *mija,* cómo enviaron a mi pobre hijo a la dirección equivocada!"

"Cálmate, mamá." Extendí la mano y se la puse sobre la rodilla. "Es verdad, Chris, el ejército envió el cuerpo de Jesse a la dirección equivocada. ¿Se puede creer algo así? Por eso nos debían dinero, por el error que habían cometido con la dirección."

"Eso es lo que nos hacen a los pobres, nuestros hijos no eran los hijos de los gringos. ¡No les importábamos!"

"Todo lo que tengo de mi hijo es una bandera americana," dice Irene. Ella también está llorando.

"Jesse era muy valiente, doña Ramírez. Puedo asegurarlo. Yo estaba allí cuando él murió," dice Chris. "No tenía miedo." Su voz suena hueca como si estuviera hablando desde muy lejos. Se mueve en el asiento y agarra el volante con las dos manos en vez de con una.

"No llores, nana," dice Lisa. Se inclina sobre el asiento y abraza a mi mamá. "Tío Jesse no quiere que estés triste."

"Sí, tienes razón, mijita. No debería llorar, pero no puedo evitarlo."

"No llores, mamá," le digo, "vas a comenzar otra vez a toser." Apenas digo esto, comienza a toser. Busco en mi bolsa, encuentro una pastilla para la tos y se la doy.

Los llanos parecen interminables. Siento pánico. No hay dónde llevar a mamá si le ocurre algo. Miro por la ventanilla trasera de la camioneta y veo la de Peloamarillo con Paul al volante. Detrás de ellos viene el carro de Willy. No puedo ver ni a Manuel ni a Priscila, pero me imagino que son los últimos. Quiero decirle a Chris que tengo miedo, pero no puedo hacerlo. Pasamos pequeños pueblos que no dan la impresión de tener un hospital, mucho menos un aeropuerto que nos devuelva a la civilización. Aquí tengo que tener fe en la Virgen y el Santo Niño. ¿Qué otra esperanza nos queda? ¿Un tornado que nos arrastraría hasta la tierra de Oz?

"Ay, ¿cuánto más tenemos que aguantar?" pregunta mamá. "Con fe, Alicia," dice Irene. "Nuestra fe es lo que nos llevará al Muro."

El dolor me empieza en la frente y me sigue a los ojos. Me paso los dedos por debajo de los lentes de sol tratando de presionármelos para alejar el dolor que ahora me llega a los pómulos. Mantengo los ojos cerrados por unos instantes. Los abro y el paisaje todavía es extenso con llanos verdes, casi sin carros. Las nubes oscuras se alejan y se empiezan a ver franjas de cielo azul.

Las ancianas han dejado de llorar y comienzan a dormirse. El sufrimiento las ha agotado. Recuerdo el anuncio que vimos a la salida de Albuquerque—PARE DE SUFRIR. Ojalá las ancianas durmieran todo el camino hasta Washington, así no podrían alimentar el recuerdo de la muerte de Jesse, viejo sufrimiento pero todavía muy fresco en el recuerdo. Ya es bastante que yo tenga que ayudarlas hasta el Muro cuando lleguemos allí. Me quito los lentes de sol y pongo la cara entre las manos.

"Todo va a salir bien, Teresa," dice Chris. "Ya te contaré más cosas esta noche."

Pasamos Bunker Hill y vemos un cartel anunciando el perrito de la pradera más grande en el mundo, también una vaca con cinco patas. Lisa y Lilly quieren parar a ver esas anomalías, y sé que los otros muchachos probablemente también querrán verlas. "No tenemos tiempo," les digo. "De todas formas probablemente son falsas." Abilene, Kansas. Por alguna razón ese nombre me suena conocido. Chris me dice que el presidente Eisenhower nació ahí. Tal vez lo haya visto en un libro de historia.

En Salina paramos en una gasolinera con una tienda para comprar tortas y cargar gasolina. Sólo hay unas pocas personas. Un anciano, sentado a la entrada de la tienda pide un cigarrillo a Gates. Gates se lo da y comienzan a platicar sobre el Muro de Vietnam. El viejo le dice a Gates que sirvió en la Segunda Guerra Mundial. Dice que, al volver de la guerra, tuvieron desfiles y fiestas, y que era una pena que los veteranos de Vietnam no tuvieran nada. Todo por culpa de esos *hippies* de pelo largo, dice él, que protestaban y hacían quedar a los militares como tontos. Nadie los podía controlar, dice el anciano, andaban por Central Park fumando marihuana, y quemando la bandera americana y sus tarjetas de reclutamiento. "Cobardes," dice el viejo, "eso es lo que eran. Y Nixon observándolos, amenazándolos, y todo lo que hace es terminar la guerra, sin más ni más, y el ejército se retira de Vietnam."

"Tuvimos suerte de que al final salimos de allí," dice Gates.

"¿Suerte? ¡Deberíamos haberlos bombardeado hasta eliminarlos a todos! ¿Para qué carajo sirve el ejército si no para hacer lo que se debe hacer?"

"Que tenga usted un buen día," dice Gates alejándose. Puedo ver que está enojado al verlo lavar con gran energía las ventanillas de la camioneta.

"Cálmate," le digo. "La gente no comprende lo que estaba pasando allí."

"Entonces deberían callarse."

Paul y Donna salen de la tienda, agarrados de la mano. Creo que han hecho las paces. Miro el tatuaje en el brazo de Paul, con una *A* hecha dentro de una *O* y casi me río. Una mujer que está hablando en el teléfono público los mira fijamente. Tal vez nunca haya visto a un chicano de la mano de una mujer gabacha.

Paul maneja la Toyota gris con las varitas emplumadas zuñi. Donna está con él, también Peloamarillo y su mamá Sarah. Paul va de primero cuando dejamos atrás Salina, que he descubierto se pronuncia con un acento sobre la *i*. Nuestra camioneta va detrás de Paul y los últimos son Willy y Susie en el Nissan Máxima. Vamos por una parte desolada de la carretera de Kansas. La monotonía se apodera de nosotros al viajar por esta desnuda y casi muerta carretera que se extiende ante nosotros. De cuando en cuando vemos una difusa colina a lo lejos. Chris mira repetidamente en el espejo retrovisor.

"¿Qué pasa?" le pregunto.

"La patrulla de caminos de Kansas viene detrás de nosotros, eso es lo que pasa."

"No nos harán nada. Estoy segura que han oído hablar de nosotros."

"Nunca se sabe. Esto está muy lejos de las grandes ciudades. Algunos de estos policías son tipos retrasados, que no tienen idea ni les importa quiénes somos."

"Mamá, hay luces de policía detrás de nosotros," dice Lilly.

"¿Dónde?"

"Detrás de nosotros, es un carro de la policía."

"Problemas, aquí llegan los problemas."

"¡*Déjà vu!* No he tenido problemas como éste desde la marcha por la moratoria en el este de Los Ángeles."

Chris me mira sorprendido. "No sabía que tú habías estado allí."

"Ah, ¡yo te podría contar algunas historias sobre eso!"

El carro de la policía nos adelanta y se acerca a la camioneta de Paul. Es obvio que desean que Paul se detenga, pero Paul sigue manejando.

"Pero, ¿qué está haciendo Paul?" me pregunta Chris. "Más vale que se detenga antes de que esos tipos se enojen."

"¿Quién sabe lo que está pensando? ¡Qué suerte la nuestra que hayan escogido parar al único que ha estado en la cárcel!"

Paul continúa conduciendo por lo menos unos dos minutos más, que a mí me parecen una eternidad. La sirena de los policías empieza a sonar. Me sobresalta.

"¡Párate, tonto! ¿Qué cree que está haciendo?" Bajo el cristal de mi ventanilla para gritar a Paul que pare. Finalmente se hace a un lado de la carretera con el carro de la policía pegado a su defensa. Chris para nuestra camioneta detrás del carro de policía. Las luces rojas y azules del carro de la policía siguen parpadeando y contrastan con el verdor de la hierba en la pradera. A lo lejos, el cielo se ha ennegrecido de repente justo sobre las montañas detrás de las cuales había desaparecido el sol.

El policía que manejaba el carro es el primero en salir. El estómago le cuelga sobre el cinturón. Sus pantalones apenas le llegan a las botas negras. El policía que se queda en el carro parece un novato. Está hablando por la radio. El primer policía se pavonea hasta la camioneta como si fuera el rey de la pradera. Hace gestos de impaciencia a Paul para que baje la ventanilla. Después de que Paul la baja, le grita en la cara.

"¿Dónde está tu *green card*, buey?"

"¡Vete a la chingada!"

"¡Ay, carajo!" Abro la puerta para bajarme de la camioneta. El novato ha salido del carro y me grita algo.

"¡Señora, quédese en su vehículo!" El novato es un pelirrojo alto y pálido. Lleva lentes de sol con cristales azules. Se pone entre nuestro carro y el de ellos.

El primer policía abre la puerta del vehículo de Paul y lo arranca del asiento. "¡Apóyate en el carro, buey!" Empuja a Paul contra la camioneta. "Abre las piernas," grita sacando su macana y golpeando a Paul en las piernas.

"¿Qué pasa, *mija?*" Mi mamá está sentada en el borde de su asiento.

"Todo está bien, mamá, Paul sabe lo que debe hacer."

"La policía, Alicia. ¡La policía está arrestando a Paul!" Irene está a punto de llorar.

"No, Irene," le digo. "Solamente están haciéndole unas preguntas".

"¿Desde cuándo la policía hace preguntas a los mexicanos? Nos meten en la cárcel, eso es lo que hacen." Mamá pone su mano en la manija de la puerta, como si la fuera a abrir.

"Mamá, quédate en el carro. ¿No has oído lo que ha dicho el policía?"

"¡Mamita, se van a llevar al tío Paul arrestado!" grita Lisa.

"Cállate, estás empeorando las cosas," le digo.

El novato pide ayuda por la radio.

"¿Dónde te hiciste esos tatuajes?" le pregunta el primer policía a Paul.

"En el mismo sitio donde tu mamá se hizo los suyos," dice Paul.

"¡Un sabelotodo! ¡Oye, Harry, aquí tenemos un sabelotodo!" Donna le dice algo al policía que yo no puedo oír. "¡No se meta en esto, o acabará usted igual que su novio!" grita el policía. Le retuerce el brazo a Paul en la espalda hasta llevarle la mano al hombro.

"¡Qué te parece esto, eh, diciendo esas cosas de mi mamá!" Le pone las esposas.

"Espera un poco. Tómalo con calma," le dice el novato. "Acaban de darme la noticia. Esta es la familia Ramírez. Van de camino al Muro de Vietnam." Señala la camioneta de Priscila y los letreros que Michael había puesto en las ventanillas.

"Son pinches ilegales, ¡y tú lo sabes! ¡Muro de Vietnam! Carajo, qué va a saber esta gente de eso."

"Te repito que esto nos puede costar caro," dice el novato.

Chris abre la puerta de la camioneta y está listo para salir cuando el primer policía saca la pistola. "¡CON UNA CHINGADA, NO TE BAJES!" grita con todas sus fuerzas.

"Chris, ¿qué haces? ¡Ese tipo está loco!" le digo.

"¡Es un psicópata, el hijo de su chingada!"

Mamá abre la puerta trasera y sale antes de que yo pueda detenerla.

"¡Mamá, párate! Mamita, no . . . ¡vuélvete al carro! Mírenla. ¿Dónde está su bastón?"

Mi mamá no responde. "La estoy previniendo, señora," dice el primer policía, "entre en el carro o la . . ."

"Usted no me va a hacer nada a mí," dice mi mamá con una voz tan tranquila, que el policía no dice otra palabra. "Este país ya me ha quitado a uno de mis hijos, señor policía. Usted no puede llevarse al otro."

"¡Mamá, vuelve al carro!" grita Paul. El novato se echa a un lado y la deja pasar.

"No, *mijo.*" Se pone al lado de Paul, se recarga en la camioneta y levanta los brazos. "Arréstenos a los dos," le dice.

"¿Quién es mamá, la Rosa Parks chicana?" Mi mamá levanta la cabeza tanto que la curvatura de su espalda desaparece. Yo estoy fuera de la camioneta y me acerco apresuradamente a ella. Oigo otras sirenas que se acercan y el radio de los policías puesto al máximo.

"Estoy bien, *mija.* No es nada. He visto estas cosas toda mi vida. Tenemos que educar a estos gringos."

Dos coches más de la policía se acercan y se detienen. El tráfico se hace más lento en ambas direcciones y otros tres carros se han detenido al otro lado de la carretera.

"¡Tenemos una chusma que se resiste a un arresto!" grita el primer policía.

"¡No tenemos nada!" grita el novato. "Es gente que va a visitar el Muro de Vietnam. Ya te lo dije. Mi hijo los ha visto en la Internet. ¿No ves su dirección electrónica en las ventanillas?"

Michael está fuera de la camioneta, gritándole a los policías. "¡Mi papá tiene derechos constitucionales! No le pueden hacer esto. Ya lo verán— llevaré la queja hasta la Corte Suprema. ¡No pueden acosar a un ciudadano americano!"

"¡Callen a ese chamaco!" grita el primer policía.

"No" dice mi mamá. "Es un genio, señor policía, y no puede evitarlo." Todos están fuera de las camionetas y rodean la de Paul. Irene está al lado de mamá.

"¿Dónde está su *green card,* señor policía?" Pregunta Peloamarillo. "Usted está en mi país. Mi familia ha estado aquí durante cuarenta mil años. Me parece que estos policías son descendientes de esos cabrones Texas Rangers."

"¿No lo sabías, Peloamarillo," dice Gates, "este es uno de los amos blancos que quiere que todo mundo se postre ante él. ¡En Sur África le hicieron la misma chingadera a Nelson Mandela! ¡Mandela tenía que llevar documentos de identificación para viajar en su propio país! ¿No sabías que para este tipo todos nosotros somos iguales? ¡Este tipo es tan bruto que oye cantar el gallo, pero no sabe si es por el pico o por el culo!

"¡Cállate!" grita el primer policía, "o te arrestaré por acosar a un policía."

"Caray, qué aterrado estoy," dice Gates riéndose. ¡"Y pensar que arriesgué la vida en Vietnam para salvar tu miserable pellejo!"

Willy está tomando fotos. "¡*Guau*! Qué noticia más interesante será esta, 'La policía de Kansas arresta a una familia cuando iba al Muro de Vietnam.' ¿Es que ya no hay nada sagrado?"

"No hace falta nada de eso," dice uno de los policías llegados recientemente. En la mano tiene una tablilla de anotaciones. Su voz tiene un tono serio. "Este policía los confundió con un grupo de ilegales que estamos buscando desde que cruzaron la frontera del estado. Es obvio que no son ustedes, así que pueden continuar su viaje. Ustedes son la familia Ramírez, ¿verdad?"

Ignoro su pregunta. "¿Así de fácil? ¿Nos dejan ir después de que nos han acosado y avergonzado delante de estas dos ancianas y nuestros propios hijos? ¡Me parece que esto no se queda así!" Me volteo y le pregunto a Manuel si tiene algo donde escribir. Me da un librito de notas y una pluma. Comienzo a anotar los números de las placas de los policías mientras el primer policía le quita las esposas a Paul. Las guadalupanas están susurrando oraciones, anticipando nuestra salida de allí.

Chris me ayuda diciéndome los números de las placas. "Pueden contar con tener noticias nuestras," le dice al policía con la carpeta sujetapapeles. "¡De veras que sí!"

Priscila está gritando. "No tienen otra cosa que hacer por estos lugares, ¿verdad? Necesitan jugar con las vidas de otros. Pues hoy han metido la pata bien metida. Somos chicanos y hemos estado aquí antes de que nacieran sus abuelitos, ¡y los vamos a demandar en la corte! Estos abusos a los inmigrantes ya los conoce todo mundo, hombre."

"Cálmate, Priscila," le dice Manuel. "Estos tipos deberían estudiar historia antes de meterse a policías."

"Lo siento mucho, señora," dice el novato a mamá. "Espero que no crean ustedes que todos los policías de Kansas somos así. Créanme, yo no soy así."

"En todas partes hay gente mala y buena," dice mi mamá. "He visto esto durante toda la vida."

"Paul lleva a mamá del brazo. Ella reposa la cabeza en su pecho. "Mamá ¿por qué has hecho esto? Vamos, deja que te ayude a subir a la camioneta."

"Tengo que ayudarte, *mijo*. ¿Crees que yo quiero a Jesse más que a ti? Los quiero mucho a los dos, pero en formas diferentes porque son personas diferentes, pero los dos son hijos míos." Ella lo mira a la cara. *"Mijo*, no sabes que si tú fueras el que estuviera en el Muro, yo haría este mismo viaje por ti—¡sí, sí que lo haría!" Los dos lloran. Paul se agacha para abrazar a mamá y la rodea con los brazos.

Paul acompaña a mamá hasta la camioneta, Irene va con ellos. De repente mamá se encuentra sin fuerzas. Las ha usado todas para defender a su hijo.

En Topeka, oigo a Paul y a Michael hablar de la brutalidad de la policía y del caso de Rodney King mientras estamos desempacando los bultos. Al verlos juntos, todo vuelve a la normalidad. Los veo moverse juntos mientras descargan los bultos de las camionetas y sonrío. Michael es casi tan alto como su papá. Lisa ayuda a mamá y a Irene a bajar de la camioneta. Las guadalupanas se ayudan la una a la otra y caminan hacia el cuarto. Para ellas el día ha sido muy largo.

Sobre el horizonte, se ve el sol poniente y aparece un velo formado por jirones de nubes grises. El aire está húmedo. Lo aspiro consciente de que estoy en el corazón mismo de un país sobre el cual no sé nada. Los rayos del sol poniente hacen que el cielo se ponga de un brillante color naranja. Don Florencio decía que los chicanos son descendientes de la gente del Sol, y no estoy segura de que eso sea lo que quiero ser. Yo preferiría seguir a la luna y esperar no ser sacrificada a ningún dios furioso. Los cuchillos de obsidiana no me hacen ninguna gracia. Me confunde la brutalidad de mis antepasados. La violencia y la opresión de otros es un misterio para mí. ¿Podría yo haber hecho lo que la policía del estado de Kansas ha hecho? ¿Podría yo ser tan brutal como los asistentes del *sheriff* fueron el día de la marcha de la moratoria? Jugar con la violencia y el poder es lo que todos hacemos. Esa es otra razón por la que vamos al Muro. Somos víctimas de nuestra pasión por la violencia y el poder que ha llevado a este país a la locura de Vietnam.

Abril 1, 1968

Querida mana,

Pensé que te escribiría en el Día de los santos inocentes, excepto que no tengo nada con que engañarte este año. Espero que les hayas hecho alguna broma a Paul y a Priscila, no más para mantener la tradición familiar. ¿Recuerdas cuando les dije que había capturado un cocodrilo de verdad en la alcantarilla y no era sino una lagartija que había encontrado en el jardín? Los convencí de que se había encogido al tamaño de un mini cocodrilo porque no tuvo suficiente agua—¡vaya si los convencí! Luego les grité, "¡Inocentes palomitas que se han dejado engañar!" Y los dos se me fueron encima, pero yo me estaba riendo de veras y no podía separarme de ellos. Me revolcaba sobre la hierba, riéndome hasta que me dolió el estómago. Qué días aquellos, ¿verdad?

Creo que don Florencio me hizo una broma aquí en Vietnam. Soñé con él el primero de abril, y ¿adivina qué pasó? Lo vi vestido de mujer. Era él, lo juro que era él. Llevaba puesto un penacho como los que llevaban los guerreros aztecas, y fumaba su pipa de madera de palo de hierro, pero llevaba un vestido, un vestido largo. Lo miré y le pregunté "¿Es usted, don Florencio?" "Sí, mijo," dijo él. Me miró como solía hacer, pero estaba mirando en mi corazón. Había una luz detrás de él, muy brillante, pero no me hacía daño en los ojos. "Si es usted, ¿por qué está vestido de mujer?" le pregunté. "Donde yo vivo no viven ni hombres ni mujeres." dijo él, "solamente espíritus. No importa si eres varón o hembra, lo único que importa es cómo has vivido." Luego le dio una fumada a su pipa y te juro que pude oler su tabaco. El humo hizo un círculo alrededor nuestro y nos mantenía unidos, y allí estábamos, él vestido de mujer, fumando su pipa, yo con mi uniforme del ejército rodeado de toda esa luz. Me sentía tan bien que no puedo explicarlo. Me sentí poderoso, como si acabara de ganar un premio. Luego me agaché para limpiar mis botas, pero no eran botas, sino un par de sandalias de color café, como huaraches. Y pensé que ya no importa, los huaraches me llevarán a donde tengo que ir. ¿Acaso no lleva sandalias el Santo Niño?

Contéstame pronto. Estamos siempre yendo de un lugar a otro así que no sé cuándo vas a recibir esta carta. Estamos tratando de no acercarnos a la zona de batalla, pero es difícil porque no sabemos dónde está. Charlie es un guerrillero, así que no sabemos dónde está y todos los sitios son zona de batalla. El otro día pasé un pequeño altar a un lado de la carretera. Se veía tan pobre, una casa para las almas errantes. Tal vez alguien haga una para mí. No te preocupes, mana, las cosas no son tan malas como parecen. El otro día vi morir a un tipo. De veras que no sé quién era, pero sufría mucho y, de repente, su cara se mostró blanda y en paz, como si estuviera mirando a través de todos, y después murió. Tal vez la muerte sea un cambio de perspectiva. Aquí vemos las cosas de una forma y al otro lado las veremos de otra. ¿Crees que Dios es varón o hembra? Nunca pensé que le haría esa pregunta a nadie. Lo que sé es que comprende el vietnamita, porque aquí la gente le reza constantemente. No he visto a la familia de la que te hablé últimamente. Me imagino que se llevaron su aldea a otro lugar. Estoy tratando de encontrarla porque quiero encontrar a la hija, ella es la que me enseña vietnamita. La extraño. Cualquiera la extrañaría, pero yo soy el afortunado aunque toda la familia tenga que estar presente cada vez que hablo con ella. Ya te contaré más.

Estoy mirando a unos campesinos en un arrozal. Esta gente es extraordinaria. Trabajan sin importar lo que esté ocurriendo. Los nuevos retoños de arroz necesitan mucho trabajo, transplantes, hasta que crecen del todo. Yo no sabía eso. Mucho del país ha sido destruido por los bombardeos, y el resto quemado con Napalm o atacado por el Agente Orange. No es raro ver la ladera de una colina toda verde y el otro lado todo quemado. Parece como si los Estados Unidos no pudieran decidir si matarlos o dejarlos vivir. Me imagino que eso es la paz para nuestro país, que se puede ir a otro país y ocuparlo. En otras palabras, dejen que los destruyamos, para que haya paz. Uno de los coroneles dijo el otro día que la forma de acabar la guerra sería llevarse a Vietnam al medio del océano y allí bombardearlo hasta que no quedara nada. Deberían tirarlo a él al mar, a ver qué le parece.

Estoy cansado, hermana, muy cansado. Tal vez lo que digo no tenga sentido. Pero no he dormido en dos días por las muchas cosas que ocurren. Besa a mamá y a nana, y dale un abrazo a papá. Asegúrate de que Priscila y Paul coman sus Cheerios. Qué no daría yo ahorita por comer una cajita de cereal. Llevaría esta carta al buzón de correos pero aquí no tenemos. Lo siento si te llega con retraso. Estamos en una misión especial, aunque no sé qué quiera decir eso.

Un viejo me está haciendo señas. Esta gente cree que los chicanos somos como ellos. Parecemos más vietnamitas que americanos, esa es la verdad.

Oye, te he dicho, que tienen árboles de hule aquí, árboles gigantes. Me recuerdan esa canción, la que dice que una hormiga no puede mover un árbol de hule, pero tiene muchas esperanzas de hacerlo, o algo así. Así que pon eso en la lista de las razones por las que estamos aquí. Árboles de hule, otra máquina de hacer dinero.

Creo que se acerca un helicóptero. El viejo hace señales y salta para arriba y para abajo. Le daremos comida enlatada si es que es un vuelo de aprovisionamiento.

Dile a Espi que le escribiré en cuanto pueda. Me alegro de poder terminar esta carta porque tal vez sea la última que tenga que escribir.

SCUB,
Jesse

Cuando llegó esta carta a mis manos ya era mayo y estaba en mi tercer año en la secundaria Palo Verde. Leerla me hizo reír y llorar. Reír porque don Florencio estaba vestido de mujer, llorar porque Jesse estaba abrazando el otro mundo. Él tenía razón, fue su última carta. Después de esta, ya no hubo más.

Thom •

En Topeka tengo que controlarme para no salir corriendo al cuarto de Chris y averiguar lo que sabe sobre Jesse. Allí, en el cuarto de Chris, quiero apagar la luz para que la noche se haga otra vez negra como la tinta. Estamos en otro Travelodge construido cerca de la autopista.

Cisco me dice que Chris ha salido con Willy, Gates y Peloamarillo, y que dijo que volverían en un par de horas.

"Se fueron al Highlander Lounge, a dondequiera que esté eso."

"Él no me había dicho que iba a salir."

"Mamá, él no te cuenta todo. Puede hacer lo que se le antoje. ¿Verdad?" Cisco me mira cuidadosamente, "¿Mamá?"

"Sí, tienes razón, claro que sí." Cisco no queda convencido. "Me imagino que los veteranos quieren tener su noche libre."

Paul dice que deberíamos ir al bar de al lado a tomarnos un trago. Donna, Susie, Priscila y Manuel deciden ir con él. Me invitan y yo les digo que tal vez vaya más tarde. Sarah, la mamá de Peloamarillo, ya está durmiendo en su cuarto. Lisa y Lilly tienen un cuarto para ellas solas esta noche. Dijeron que querían ver películas y llamar por teléfono a sus amigos. Cisco ha decidido que puede cuidar a los dos chamacos y así ellos no tienen que compartir cuarto con nadie más. Yo sé que Michael estará ocupado durante horas con la computadora, respondiendo a su correo electrónico. Dice que el vietnamita del Pequeño Saigón le está contando cómo es el verdadero Saigón en Vietnam. Su familia vivió en Saigón durante la guerra.

Acabo de dejar a las guadalupanas en su cuarto. La última vez que las vi estaban rezando el rosario. Habían puesto dos velas sobre la cómoda y también las fotos de Jesse y de Faustino. Las fotos ahora están en marcos dorados. Mamá parece estar mejor de su tos y se ve más fuerte que en meses. Por alguna razón la pelea con la policía del estado de Kansas nos ha dado energías, nos ha alegrado, como si hubiéramos ganado al estar protestando en un piquete y conseguido lo que queríamos en una huelga. Hacer algo juntos nos hace más poderosos, tenemos la idea de que todos hemos hecho lo justo en el momento oportuno.

Tengo un cuarto para mí sola y llamo a Elsa para ver cómo están. Ella estaba medio dormida y apenas pude oírle decir que todo estaba bien. Marqué el número de Espi y salió su contestador. Tengo tantas cosas que decirle que acabo por no decir nada. Estoy segura de que sabrá que soy yo quien ha llamado.

Me siento inquieta. Tal vez debería ir al bar de al lado. Decido no hacerlo. Lo que quiero es hallar a Chris, pero de ninguna manera voy a salir a buscarlo por Topeka. Ha sido capaz de salir cuando sabe bien que quiero averiguar qué le pasó a Jesse. Tal vez por eso ha salido. ¡Hombres! ¿Por qué creía yo que uno de ellos me iba a decir la verdad? Tomo el teléfono y marco la recepción. Un hombre contesta y le pido la dirección del Highlander Lounge. Me da direcciones y me dice que ha recibido dos llamadas de estaciones de radio de Topeka preguntando por nosotros. Me pregunta también si quiero sus números de teléfono y le digo que no. Le repito nuestra dirección electrónica y le digo que les pida que nos escriban por ese medio.

El nombre Highlander me hace pensar en un lugar con música ranchera del Suroeste. Me doy un regaderazo y me pongo pantalones vaqueros negros, botas cortas negras y una camiseta sin mangas de seda roja. Manejo poco más de una milla antes de llegar a un bar, un poco mejor que el Penney's Pool Hall de Phoenix. Tiene hileras de luces blancas de Navidad formando un arco sobre la entrada. La estatua de bronce de un vaquero se erige sobre un montículo delante del lugar. El bar se construyó en imitación a una enorme cabaña de troncos. Es martes y me sorprende verlo lleno de gente. Paso hileras e hileras de carros en el estacionamiento y finalmente encuentro un lugar para dejar mi carro. Camino lo más rápido que puedo. Dos tipos me silban. "Oye, chula. No entres ahí. ¡Aquí estoy yo!"

Me alivia ver que un guardia de seguridad de hombros anchos se me

acerca. Lleva una camiseta con grandes letras naranja: SEGURIDAD HIGHLAN-
DER. Una mujer en el mostrador de la entrada, vestida con ropa del Suroeste
y sombrero, me dice que hay que pagar diez dólares para entrar. Me explica
que esos diez dólares son porque los Hermanos Bronco, Billy y Búster van
a tocar esta noche. Son muy conocidos por todo Kansas, dice ella, y por eso
está lleno el lugar. Cuando entro, Billy y Búster están en pleno acto tocando
sus guitarras. Hay una mujer con ellos en el escenario tocando un piano
electrónico. Me lleva unos segundos acostumbrarme a la poca luz. Algunos
hombres me miran. Uno de ellos casi se cae de su taburete del bar y tiene
que volver a sentarse bien. Tengo ganas de salir corriendo de allí, pero no
tengo dónde ir excepto de regreso al motel. Veo a Chris y a los otros en
una de las mesas. Hay una mujer hablando con Chris, es una morena que
lleva el pelo atado en una cola de caballo. Lleva una camiseta sin mangas que
resalta su cintura y la amplia curvatura de sus pechos. Chris me ve y hace
gestos para que me acerque. Hay bebidas sobre la mesa.

"¡Hola!" dice Chris. "¡Qué sorpresa!" Me da un beso en la mejilla.
Tiene aliento de whisky. La morena nos mira.

"¿Te dijo Cisco dónde estábamos?"

"¿Cómo crees que he llegado hasta aquí?"

"¿Qué dices? No te puedo oír, la música está muy alta."

"Sí, él me dijo." Casi estoy gritando.

"¿Estás enojada conmigo?"

"Me habías dicho que íbamos a hablar de Jesse. ¿No te acuerdas? No tenemos mucho tiempo." Chris me ignora.

"Oye, Pamela, ésta es mi amiga de Arizona. Se llama Teresa."

"¿La famosa Teresa Ramírez?" Pamela tiene una mano sobre el cuello
de Chris. Le da un trago a su bebida.

"La misma." Chris me mira. "Todos nos están pagando los tragos, ¿verdad, muchachos?" Mira a Willy, a Gates y a Peloamarillo que hablan y ríen.
Gates tiene una güerita sentada en las piernas.

"Sí, ya veo."

"Pide un trago, Teresa," me dice Willy. Llama a la mesera y yo pido una
margarita.

"Relájate, Teresa. Vamos a divertirnos un poco," dice Chris.

Pamela se levanta. La falda se le sube por las piernas hasta mostrar la
línea de las pantimedias. "Bueno, diiis—cúlpenme, pero no quiero ser una
entrometida." Apaga su cigarrillo en el cenicero, me mira y se ríe.

"Entrometida, ¿en qué?" Le pregunto.

"Ay, no querida. ¡Tienes toda la pinta de andar buscando pelea! Yo no he hecho el amor en semanas y necesito . . . ¿tú sabes a qué me refiero?" Se ríe y se va.

"¡Puta!"

"Teresa, relájate. ¿Es que no puedes aguantar una broma?"

"¿Una broma? No estoy yo de humor para bromas."

"¿Qué?"

"He dicho, que no estoy . . . bueno, ¡no importa!"

"¡Ven!" Chris me toma la mano, comenzamos a bailar una polka del Suroeste. "¡Qué suave te sientes, chula!" La gente sonríe y nos saluda con la mano. Yo también les sonrío. "¡Así se baila!" dice Chris.

A la mesa nos siguen llegando tragos pagados por los demás clientes. Me tomo un par de tragos y enseguida me siento mareada. Cuando la mesera se vuelve a acercar, le pido una soda. Bailo con Willy y con Peloamarillo. Gates baila con la güera. Pronto estamos todos sudando y el gerente del bar enciende un enorme ventilador para refrescar el bar. Peloamarillo está bailando un *jitterbug, Rock Around the Clock,* con una mujer, y ganan el primer lugar. La gente aplaude, grita y silba. Se han ganado una botella de tequila.

"Me voy," le digo a Chris. "Es casi medianoche. ¿No tienes que manejar mañana, Chris? ¿Te acuerdas del viaje?"

"Lo tengo todo bajo control," dice Chris. Sonríe estúpidamente. "Quédate conmigo, ¿tal vez esta noche? ¿Qué dices, quieres quedarte conmigo?"

"Estás enamorado de Margie."

"Eso era ayer," dice él.

"¡Estás borracho! Me voy."

Salgo con la esperanza de que Chris me siga, pero se queda allí. Me pregunto si Pamela volverá a la mesa con él. Al llegar al motel veo salir a Susie de su cuarto.

"¿Dónde está Willy?"

"Están todos en el Highlander Lounge." No le digo nada sobre los Hermanos Bronco, ni sobre Pamela, ni sobre la güera sentada en las piernas de Gates.

"¡Los niños andan de parranda! Yo no voy a aguantar esas chingaderas."

"Pronto volverá."

"¡Más le vale!" Se ven los focos de un carro en el estacionamiento. Es el de Willy.

"¡Ya era hora!" le grita Susie. "¿Qué carajos te crees? Ya no estás con la Infantería de Marina, cuate."

"Lo siento, cariño. Se me pasó un poco."

"¿Dónde están los demás?" le pregunto.

"Ah, todavía están pachangueando de lo lindo." Susie y Willy comienzan a discutir camino a su cuarto.

Le echo una ojeada al cuarto de mamá antes de irme al mío. Está sentada en la cama, reposando contra las almohadas. Tiene uno de sus chales con flores puesto sobre los hombros. Irene está en la otra cama, profundamente dormida.

"¿Qué hora es?" me pregunta mamá.

"La una de la mañana."

"¿Por qué estás despierta?"

"¿Por qué lo estás tú?"

"No has estado buscando pelea en los bares, ¿verdad?"

"¡No, no he buscado peleas en ningún bar! ¿Qué clase de mujer crees que soy?"

"No hables tan alto, vas a despertar a Irene. ¡Ay, cómo ronca esa mujer!"

"Yo no la oigo roncar."

"En cualquier momento comenzará. Ahora, ¿oyes eso?" Irene ha comenzado a hacer un ruido como si estuviera haciendo gárgaras de agua.

"No le hagas caso. Acuéstate, mamá. Trata de dormir."

"Tengo mucho en qué pensar." Mira la foto de Jesse sobre la cómoda. "No sé qué es lo que Jesse quiere decirme. Hay algo que me quiere decir. Lo sé."

"¿Cómo lo sabes?"

"¿Cómo hacen las madres para saber todo de sus hijos? Una madre nomás sabe. Las palabras no son la única forma de comunicación. ¿Cuántos días más, *mija?*"

"Tres, si todo va bien. Deberíamos llegar allí el viernes. ¿Por qué? ¿Es que no te sientes bien?"

"Nunca me siento bien. ¿Pero qué importa? ¿Andará el Santo Niño por estos lugares?"

"Mamá, ¿cómo puedes creer tú en esas cosas?"

"No hables tan alto. Si Irene se despierta, no se callará nunca. Dios está en todas partes."

"¿Andando por ahí como niño en sus zapatitos? Mamá, eso es un cuento."

"Tú no comprendes, Teresa. El Niño es un símbolo. Todo es un símbolo de alguna otra cosa. Un símbolo. El Niño nos enseña a ser humildes ante Dios, un Dios que caminaría hasta acabar con sus zapatos, buscando a quienes ama. Él nos enseña. Aprende, Teresa, aprende a ver más de lo que ves."

"Pues no sé cómo."

"Escucha, eso es todo lo que tienes que hacer. Tu alma hará el resto." Mamá toma un poco de agua del vaso sobre el buró. "Ahora vete a dormir, *mija*. Tenemos que salir de aquí por la mañana."

"¿Mamá, crees que estás lo suficientemente fuerte para . . ." No me deja terminar.

"¿A quién le importa quién está fuerte o débil? ¿Qué importa?"

Irene se despierta y se da la vuelta. "¿Quién está débil?"

"No importa quién, Irene. Todos somos débiles. Vuélvete a dormir."

Camino a mi cuarto me doy cuenta que la luna de Topeka es color gris plata y que la rodea un halo. La noche está templada. Oigo grillos en unos arbustos cercanos. El ruido de los carros que pasan por la autopista es constante. Un sonoro bocinazo viene de uno de los camiones diesel.

Veo a Chris parado delante de la oficina del motel.

"Hola," dice. "¿No me digas que aquí no venden café?"

"Están cerrados. ¿Qué quieres hacer? ¿Quitarte la cruda?"

"Sigues enojada conmigo ¿verdad?" Se acerca a mí, y pone sus manos sobre mis hombros.

"¿Dónde está Pamela?" le pregunto.

"¡Qué voy a saber yo!"

"Hueles a cervecería."

"Tenemos que hablar. ¿Tu cuarto, o el mío?"

"El mío."

Entramos en mi cuarto. Cierro la puerta y nos envuelve la oscuridad.

"No prendas las luces," dice Chris.

"No iba a hacerlo." Chris se sienta en el sofá. Me quito las botas y me siento en el borde de la cama. Un rayo de luz se filtra por una rendija en las cortinas. Puedo entrever el óvalo de la cara de Chris y el contorno de su cuerpo.

"¿Por qué te escapaste?"

"Aquí estoy."

"Pero te escapaste antes de volver."

"No lo comprendes. Ustedes los que no fueron, no comprenden. Ustedes estaban bien tranquilos aquí."

"¡Y ustedes no acaban de comprender cómo nos sentimos nosotros!"

"Bien . . . ¿por dónde . . . quieres . . . que comience?"

"Por el principio. Es lo más lógico."

"Me siento como ante un confesionario. Un sentimiento reconfortante para el hijo de un penitente, ¡de veras que sí!" dice Chris. Se remueve en su asiento. No lo puedo ver en la oscuridad, pero me imagino que se ha cruzado de piernas y está reclinado contra el respaldo del sofá. Hace una pausa, luego comienza. "De cualquier forma, voy a empezar. Una noche antes de que Jesse muriera. Quiero contarte esto: el tipo contra el que Jesse peleó esa noche fue el mismo a quien salvó antes de morir. ¿Te imaginas la clase de hombre que era tu hermano?"

"Estábamos en un cuchitril. Era un tugurio. Ni siquiera parecía un bar, podría haber sido la casa de alguien, con sillas y mesas. Allí había toda clase de chavos, casi todos de infantería. Estábamos reunidos un grupo de chicanos de todos los Estados Unidos, Frankie de Denver, Peter de Long Beach, y un montón más. Casi ninguno de ellos era ratón de biblioteca como tu hermano. No habían podido postergar su enlistamiento porque no iban a la universidad. Salíamos juntos, sabes, porque nosotros éramos los vatos, los camaradas que estaban tratando de sobrevivir la guerra, mirábamos a los pinches gringos, sabiendo que ellos no tenían ningún problema. Los gabachos siempre se protegían los unos a los otros. Muchos de ellos eran anormales, drogadictos, incluso los oficiales; y los negros, ellos estaban igual que nosotros. Pero sabes, cuando estábamos en las colinas, a nadie le importaba de qué color era tu piel. Algunos de los chicanos eran marihuanos, tengo que admitirlo, pero tratábamos de no golpear a los vietnamitas. ¿Cómo íbamos a hacer algo así? Algunos de nosotros veníamos de familias emigrantes. Los veíamos en sus pequeñas parcelas de tierra, y por Dios que se parecían a nuestras nanas y tatas. Algunos de nosotros habíamos salido de los algodonales para ir a las trincheras en Vietnam. Además de esto no conocíamos nada. Después de un tiempo llegué a odiar a los vietnamitas, no más porque habíamos perdido tantos hombres en la guerra. Algunos vietnamitas eran muy traicioneros. No podíamos descifrar sus caras. Podían llevar una bomba de mano escondida en los pantalones y estar sonriendo y haciendo reverencias. Me caía de la patada hacerles daño, especialmente cuando había chamacos jugando."

"Esa noche estábamos bebiendo, jugando a las cartas, y nuestra actitud era a la chingada con todo, tú sabes, a la chingada con todo. Jesse estaba con nosotros, pero tú lo conoces, siempre estaba por encima de nosotros. No perdía el control como nosotros, incluso cuando estaba bajo el efecto de una droga. Una de las mesas estaba ocupada por gabachos y una muchacha, una vietnamita muy linda a quien Jesse conocía, los atendía. Se llamaba Thom y nos mostró una vez a Jesse y a mí su nombre escrito sobre un papel, lo había escrito con una *h* pero lo pronunciaba *Tom*. Nos dijo que quería decir aroma hermoso. No era una de las putas, era sólo una chamaca que limpiaba el local y ayudaba como mesera cuando estaban demasiado ocupados. Bueno, allí había un gringo grandote, a quien llamábamos Tennessee, porque venía de allí . . . de cualquier forma, él comenzó a agarrar a Thom y ella comenzó a gritar y pedirle que la soltara. Jesse vio todo esto y de repente tiró sus cartas sobre la mesa y le gritó al gabacho, '¡Déjala en paz!' Le gritó como si le estuviera rugiendo al tipo, tú sabes, con su voz de sargento. El tipo agarra otra vez a Thom y Jesse se levanta. '¡Te dije que la dejaras!' Pero esta vez el tipo empuja a Thom y se levanta. Debía medir más de seis pies dos pulgadas y tú sabes que Jesse era chaparrito. '¿Alguien dijo algo?' pregunta el gabacho, haciéndose el tonto. 'Me parece haber oído el zumbido de una mosca volando.' Todos los gabachos se echan a reír, como si se fueran a orinar en los pantalones. Tennessee mira a Thom otra vez y Jesse dice, 'No la toques, pinche cabrón.' Entonces Tennessee le dice, '¿Quién va a detenerme?' Y tu hermano le dice 'Yo.' Yo le digo, 'Cálmate, Jesse, no queremos problemas con estos cabrones, ya sabes que son un montón de pinches maricas, pueden llamar a la Policía Militar.'

"Tennessee se acerca a Jesse, y Jesse se veía tan chaparrito junto a él que yo creí que Tennessee lo iba a golpear en la cabeza como si tuviera un martillo en la mano. Para entonces se han levantado todos, los chicanos y los gabachos. 'A la madre,' dice Pete, 'vamos a romperles el hocico, vatos.' Y eso es lo que íbamos a hacer, defender a Jesse, cuidarle la espalda, sin importar lo que pudiera ocurrir. Una de las cosas que los vatos no sabían era que Jesse era El Gato, yo les dije, 'Oigan, *wátchenle,* están viendo al Gato.' No sabían de qué chingados les estaba hablando. Todo sucedió en unos segundos, Jesse soltó una combinación de derechazo e izquierdazo al cuerpo del otro y lo tiró. El pendejo gabacho nomás se quedó allí, tumbado boca arriba, sin aire para poder respirar. Jesse saltó sobre una silla como si fuera Superman y gritó, '¡ÁNDENLE, CABRONES! ¡VÉNGANSE! ¿QUIÉN SIGUE? ESTAMOS EN SU PAÍS, CABRONES, ¿NO TIENEN USTEDES NINGÚN RESPETO POR ELLOS?' Los gabachos lo miraban no más como si estuvieran en la mágica zona del crepúsculo. Estábamos preparados para barrer el suelo con ellos ya que su hombre principal estaba fuera de combate. Estábamos muy exaltados y allí iba a haber una batalla campal cuando oímos el silbato de la Policía Militar que apareció con el teniente Hopkins. Los policías militares también estaban listos para pelear y tenían sus macanas listas. Estaban acostumbrados a esto. Pero el teniente era un tipo cabal, a todo dar, no le importaba un carajo de qué color tenía uno la piel, mientras uno hiciera lo que se debía hacer. Él mira a tu hermano y grita con todas sus fuerzas, '¡Ramírez!' Todos nos quedamos paralizados, luego grita, '¡Siéntate allí!' y Jesse dice, 'Sí, señor,' y se sienta en la silla como un corderito inocente. El teniente Hopkins nos mira a todos, luego mira a Tennessee que seguía en el suelo y le echa una mirada fría, y todo lo que dice es, 'Caballeros, sigan como estaban.' Luego se marcha de allí como si no le importara un carajo si destruíamos el local o no. Cuando los gabachos vieron que el teniente nos había respaldado, se sentaron y dejaron a Tennessee retorciéndose en el suelo."

"La combinación de ganchos de derecha e izquierda fue la mejor que tiró Jesse. ¡Ojalá que lo hubiera podido ver tirándosela al policía ese! ¡El Gato . . . el ganador!"

"Bueno, esa noche Jesse usó esa combinación. Y esa noche fue cuando me enteré de que Jesse y Thom eran novios. La familia de ella vivía justo en las afueras de Bien Hoa en un ranchito. Eran católicos y budistas mezclados, pero mayormente católicos, porque me recuerdo que Jesse y Thom iban a la iglesia los domingos. El padre de ella estaba en el ejército de Vietnam del Sur, y eso es lo que le causó problemas a la familia cuando cayó Saigón."

"Es la misma mujer que Jesse mencionaba en sus cartas," dije. "Pero nunca me dijo cómo se llamaba. Me dijo que le estaba enseñando vietnamita. De cualquier modo, ¿qué me podía decir de ella? Que se había enamorado de una vietnamita, que no era la clase de mujer que podría traer a casa para que mamá la conociera?"

"No es que Thom fuera prostituta, ni nada de eso, sólo que hacían falta muchas agallas para casarse con una vietnamita y volver a los Estados Unidos con ella. Creo que si no hubiera muerto, la habría traído a casa. Antes de que lo mataran sólo hablaba de eso, hablaba de Thom, y me pidió que la cuidara si a él le pasaba algo. Pero tú ya me conoces, nunca hice nada por nadie. Acabé perdiéndole la pista. No la volví a ver."

"Recuerda, Jesse siempre quiso tener novia. A él le encantaba la canción de Neil Diamond, *Solitary Man,* porque siempre estaba buscando la mujer ideal y nunca la encontró. ¿Crees que esta mujer . . . Thom, fue quien llamó a mamá?"

"Pudo ser ella."

"¿Qué ocurrió el día que mataron a mi hermano?"

"El día que murió Jesse. ¡Ojalá pudiera olvidar ese día para siempre!"

"Dime cómo murió. ¿Dijo algo?"

"No, nada. No tuvo tiempo. Ese día yo iba de cabeza del grupo y los compañeros dependían de mí para que los llevara al otro lado de la colina, que no era sino un montón de tierra. Más tarde me enteré de que allí era donde la gente enterraba la basura."

"¿Puedes concebir por qué peleamos? Los oficiales siempre nos decían, '¡Recojan su equipo, tenemos un trabajito que hacer!' Éramos los peones, los que hacían todo el trabajo sucio. Éramos de carne y hueso, pero para los oficiales en el cuartel general no éramos sino alfileres en sus mapas. Nunca nos decían adónde íbamos, ni qué tan lejos habíamos llegado, nada. Corríamos de un lugar a otro sin saber adónde íbamos."

"Me quedé parado por un minuto intentando comprender cuál sería la causa del mal olor, y mirando a los gusanos arrastrarse por la tierra, cuando Jesse fue herido, justo en el cuello. No me enteré hasta que Pete gritó como si estuviera loco, '¡Jesse está herido! ¡Jesse está herido!' Llamen a los enfermeros.'

"Una vez más Tennessee fue la causa de todo. Oí que Jesse lo había arrastrado hasta una trinchera, porque Tennessee tenía un balazo en el estómago. Entonces fue cuando hirieron a Jesse, después de poner a Tennessee en la trinchera."

"¡Carajo, me enfermé sólo de pensar en eso! ¿Qué hubiera hecho yo en su lugar? ¡Yo les habría dicho a sus amigos que ellos arrastraran su cuerpo gabacho hasta la trinchera! Tennessee me importaba un carajo. Eso es lo que yo habría hecho después de lo ocurrido en el bar. Pero tú conoces a Jesse, él no era así. Los enfermeros llegaron en un helicóptero Huey, pero ya era tarde, Jesse murió antes de que yo llegara a él. Todo lo que hice fue quitarme la camisa y cubrirle la cara con ella. No pude aguantar verlo así por última vez. Recuerdo que alguien estaba gritando. Más tarde, los compañeros me dijeron que había sido yo . . . Yo era quien gritaba. Ni siquiera me acuerdo de lo que grité."

Pienso en Jesse con la camisa de Chris cubriéndole la cara. "¡Dios mío, cómo me gustaría haber estado allí para acariciarlo por última vez!"

El silencio entre Chris y yo es más denso que la oscuridad. Me acuerdo de Li Ann en mi clase del segundo grado y de su mamá Huong, y me pregunto si Thom se parecía a Huong, delicada, frágil, casi una niña. Las mujeres intercambian sus imágenes en mi mente, manos, pies, hasta que la cara de Huong se convierte en la de Thom. Me habría gustado que Jesse me hubiera contado más cosas sobre Thom. ¿Son celos lo que siento, o enojo porque Jesse me había ocultado una parte de su vida? Tener una novia era uno de sus sueños. Una orgullosa americana no le resultaba atractiva, y no me sorprende que una mujer dulce como Thom se hubiese ganado el corazón de Jesse.

Oímos voces que cantaban afuera. Chris abre la puerta y son Peloamarillo y Gates los que cantan y bailan. Caminan bailando a lo largo de una línea imaginaria y regresan bailando.

"¡Oigan, ustedes, dejen de hacer ruido! ¿No respetan nada? Todo el mundo está durmiendo."

Peloamarillo me ve parada en la puerta. "¡Hola, Teresa, tú y Chris, vengan aquí y bailen con nosotros! Vengan, ¿ya no se acuerdan cómo bailar?"

Chris cierra la puerta, y busca mis manos en la oscuridad. Las aprieta tanto que me hace daño en los dedos. "Bueno, eso es todo lo que sé, Teresa. Ese día le perdí la pista a tu hermano. Luego para empeorar las cosas, no volví con él en el vuelo de regreso a la base. Todos estos años me he sentido culpable por eso. ¡Perdóname! ¿Me perdonas?"

Chris me seca las lágrimas, y yo hago lo mismo. "¡Le perdiste la pista a mi hermano! Después lo dejaste ir solo. ¿Encerrado en una bolsa de plástico? ¡Ni siquiera quiero imaginármelo!"

"¿No quieres imaginártelo? ¿Cómo crees que me sentía yo? Te estoy pidiendo que me perdones."

"No te culpo. No hay nada de qué culparte, Chris. Tú no eras más que un muchacho. No supiste qué hacer. No hiciste nada malo." Reclino la frente en el hombro de Chris. Me abraza.

"Repítelo," dice.

"No hiciste nada malo." Chris me toma la cara entre las manos, luego, con un dedo sigue la línea de mis labios y se lleva el dedo a los suyos.

"Tus lágrimas son dulces."

"Mentiroso." Los dos nos echamos a reír.

El canto de afuera se hace más ruidoso. Chris abre la puerta. Las luces de seguridad se han encendido en el lote del estacionamiento.

"Ustedes dos van a hacer que nos echen de aquí, ¡cállense!" Chris se voltea y me besa. "¿Quieres bailar, Teresa?"

"Sí, he esperado treinta años." Me seco las lágrimas y me pongo los zapatos.

Peloamarillo y Gates forman una línea y Chris y yo bailamos, pasando entre ellos. Todos estamos cantando y aplaudiendo. El gerente sale de la oficina.

"Ya sé que ustedes son los Ramírez," dice. "Pero aunque me cueste caro, si ustedes no se meten a sus cuartos, voy a llamar a la policía."

"Ya los conocimos," dice Gates con sarcasmo.

Priscila sale de su cuarto. "¿Es que están locos? Teresa, ¿te has vuelto loca?"

"Ven aquí, Priscila," le digo. "Tú y Manuel, vengan. Vamos a bailar."

"¡Claro que no!"

Oigo lejana la voz de Manuel. "Más vale que se calmen. Este gerente va en serio. Va a llamar a la policía."

"Está bien," dice Chris. ¡Vámonos a la cama!" Se aleja con Peloamarillo y Gates. Veo luces aquí y allí en las ventanas del motel. Un hombre grita. "¡Ya cállense! ¿Es que no vamos a poder dormir tranquilos?"

"Ya se acabó," les digo a Priscila y a Manuel. "No hicieron nada mal."

Priscila tiene las manos en las caderas. "¿Qué tiene eso que ver con este desorden?"

"Todo," le digo.

• PARA CUANDO SALIMOS DE TOPEKA el miércoles 4 de junio, nuestro grupo ha crecido. Pepe y su hermano Gonzalo nos acompañan siguiéndonos en su camioneta Dodge. Son dos de los hombres que Chris y los otros conocieron en el Highlander. Su camioneta está cargada de cajas de cerveza. Yo ni siquiera sabía que hubiera chicanos en Topeka, pero ellos me aseguraron que había muchos. Algunos de ellos trabajan en los campos como ellos dos. Los dos son chaparros y fuertes, tienen la piel muy morena de las horas que han pasado trabajando bajo el sol. Nos dicen que su mamá murió de tanto sufrir, un año después de la muerte de su otro hermano. Ella nunca llegó a ir al Muro y ahora ellos quieren hacerlo para rendir homenaje a su hermano.

Estoy orgullosa de que las fronteras de Aztlán se hagan más y más anchas. A don Florencio le gustaría saber hasta dónde hemos llegado desde que nuestros antepasados vivían en las siete cuevas. Los indígenas huehues habrían aplaudido, diciendo que la raza tenía derecho a regresar al norte, a Aztlán, el lugar de donde salieron.

Manuel se negó a rentar otro vehículo para Pepe y Gonzalo y les dijo que si querían venir con nosotros, tendrían que hacerlo en su propio carro. Mamá le pidió a Manuel que los dejara ir con nosotros. "Son unos buenos chicos," dijo, "que han perdido a su hermano mayor, Gustavo, en Vietnam. Y para empeorar la cosa, también murió su mamá. ¿Puede uno imaginar tanto sufrimiento?"

Yo no le dije nada a mamá acerca de cómo Chris le perdió el rastro a Jesse el día en que lo mataron. No importa lo que ocurrió ese día en el campo de batalla. Jesse fue a ayudar a Tennessee, y si no lo hubiera hecho, no habría sido el hermano que yo conocía. Yo quería saber más sobre Thom, la mujer de la que se enamoró Jesse. Aroma hermoso. ¿Será que ella también lo amaba? ¿Vivirá todavía?

Esta mañana Chris parece un niño con deseos de agradarme, igual que Manuel cuando me dio chocolates el día de San Valentín.

Luz Estable •

Michael me dice que la luz se mueve en ondas que no interfieren las unas con las otras cuando sus caminos se cruzan. ¿Cómo puede ser? Uno pensaría que los elementos se mezclarían, pero no es así, todo permanece con sus propias características, cada electrón en una órbita diferente a las demás y, a pesar de todo, "consciente" de todo lo que hay alrededor de él. Nuestra realidad es solamente una luz estable. En otra dimensión podríamos viajar a la velocidad de la luz y nuestro concepto del tiempo sería eterno. No veríamos las cosas ni horizontal ni verticalmente porque todos los puntos en el espacio serían idénticos. Así pasa con nosotros, viajamos sobre un rayo de luz en nuestro camino al Muro, somos una telaraña intacta con Jesse en el centro. Aún así, estamos separados el uno del otro, cada uno con sus propios pensamientos, conectándonos con él en cien formas distintas.

Creo que las guadalupanas esperaban que Chris y yo nos enamoráramos. Pero no ha ocurrido así. No sé cómo lo saben. Creo también que están decepcionadas de nosotros. Lo que sé es que permanecieron con sus maridos y toda la vida durmieron en la cama matrimonial. En sus caras se ve un gesto de tristeza, las arrugas, que ayer anticipaban una historia de amor, están de vuelta.

Chris sigue enamorado de Margie. Tal vez piense que los disgustos que tuvieron no fueron tan graves y que los buenos tiempos fueron mejores. Yo siempre estoy recordando los malos momentos entre Ray y yo. No quiero pensar en los buenos. Tal vez escogí a Ray para satisfacer mis deseos de sufrimiento y calmar la sangre indígena que me corre por las venas. Me pregunto si soy adicta al sufrimiento, una estrafalaria que espera tomar la decisión equivocada, dar el mal paso. Mamá e Irene se aprendieron de memoria la fórmula del sufrimiento desde antes de nacer. Lo han aceptado de la misma forma en que han aceptado sus pies hinchados y sus rodillas adoloridas. Los hombres descuidados, fríos, traidores, todo es parte de su plan para lacerarse el cuerpo con alfileres.

Pienso en Thom y en Huong, la mamá de Li Ann, que no son sino una y la misma, pequeñas mujeres que acarrean grandes secretos y grandes sufrimientos. ¿Dónde está ella, esta mujer que tuvo en la palma de su mano el corazón de Jesse? Chris no me ayuda. Nunca encontró a Thom. Hay algo en mí que me impulsa a volar de Washington a Saigón.

• SALIMOS DE TOPEKA más tarde de lo que habíamos planeado. Para cuando los hombres se levantaron y se curaron la cruda, era ya casi mediodía. Pasamos por Kansas City, y pagamos peaje para entrar en Missouri. Todo esto es nuevo para nosotros pero, de alguna forma, tenemos que acostumbrarnos. Por todas partes la gente nos reconoce. Algunas veces nos siguen en sus carros por un tramo.

A veces vemos un helicóptero volando sobre nosotros, transmitiendo otra noticia sobre dónde estamos. Parece como si todo Estados Unidos estuviera involucrado en una historia de misterio: "¿Dónde están los Ramírez?"

Paramos en las gasolineras y la gente nos pregunta cómo está mamá. Algunos quieren estrechar su mano, otros tomar su foto. "Es increíble," le digo a Chris, "mamá se está haciendo famosa." En una gasolinera de Kansas City, Missouri, veo unos mensajes en la computadora de Michael, son del hombre en el Pequeño Saigón que se llama a sí mismo, lnrlittlesaigon@aol.com. Hay gente de pie cerca de la camioneta. Ven a mamá y a Irene por las ventanillas y comienzan a saludar. Mamá e Irene sonríen y también las saludan.

"Exhibicionistas," le digo a Chris. "¡Estas viejas guadalupanas son unas exhibicionistas!"

No nos lleva mucho tiempo cruzar el río Kansas y entrar en Missouri. Truman nació en Missouri. Sin embargo, ¿Él qué significa para mí? Otro desconocido sobre quien he leído algo en los libros de historia. Hay un gran cartel anunciando una casa de la pradera, y me hace recordar a Laura Ingalls Wilder, la autora que escribió sobre su niñez en el siglo diecinueve. Chris me dice que parte de la Guerra Civil sucedió en Missouri. La batalla de Lexington fue una de las mayores, dice él. Me pregunto si los hombres y mujeres de Aztlán, que caminaban juntos y se agrupaban en círculos al final del día, llegaron hasta aquí. Ahora es mi familia la que va de paso por aquí recordándole al mundo que Aztlán existió.

En el camino a Saint Louis pasamos por un restaurante cuyo propietario se llama Ruiz–Castillo. Todos quieren detenerse allí y pedir comida mexicana. Estacionamos nuestros carros en la carretera y hablamos de eso, finalmente decidimos que no valdría la pena. Esta comida no es como la que tenemos en Phoenix, dice Manuel, y sólo piensen en el tiempo que vamos a perder.

En Saint Louis, las guadalupanas quieren parar en una iglesia para rezar un rosario, y casi nos hacen detenernos al entrar en Illinois y ver un cartel que anunciaba el santuario de Nuestra Señora de las Nieves. Chris me dice que perderemos dos horas mientras ellas salen de la camioneta, entran al santuario y todos toman fotos y compran *souvenirs*. Además, tenemos que tener en cuenta a los turistas, y a la gente que va a pedir el autógrafo de mamá, como si fuera estrella de cine. Dice que tenemos que seguir camino, si queremos llegar a Richmond, Indiana, antes de que oscurezca. Mi mamá tiene hoy la cara pálida y se queja del estómago. Irene le da medio limón para que lo chupe y le dice que eso le quitará las nauseas. Me preocupa pensar si será algo más que eso, tal vez es la pena que lleva en el corazón que se ha disfrazado de indigestión. Le digo que podemos parar en algún hospital, y ella contesta que eso nos haría perder más tiempo aún. Tengo ganas de llamar al doctor Mann, pero mamá dice que solamente la regañaría, ya que él está en Arizona y ella ¿en Missouri? La carretera de Saint Louis nos lleva hasta Illinois. Cruzamos un puente para entrar a Illinois y vemos casinos flotantes en Casino Station. Hay barcazas como las que aparecen en las historias de Mark Twain, arrastrándose lentamente por las aguas del río. Saint Louis tiene edificios con enormes agujas en lo alto y un gigantesco arco de metal que separa Missouri de Illinois. Por todas partes se ven edificios construidos al estilo colonial francés.

Por fin estamos en Indiana, la encrucijada de los Estados Unidos. No me impresiona lo que veo de Indianápolis; casi todos los edificios que se ven son viejos y parecen pequeños. Me asombra la historia de lo que nos rodea, sin duda, lugares que parecen escenas de una colonia inglesa. Pasamos una ciudad llamada Terre Haute, y me pregunto si ése es un nombre inglés, o francés, o indígena, o una combinación de los tres.

La tarde del miércoles 4 de junio llegamos a Richmond. Las guadalupanas están dormidas una al lado de la otra en el asiento trasero. Mamá tiene como almohada el hombro de Irene, que a su vez se apoya en una almohada de verdad contra la ventanilla. Los moteles de Richmond están llenos, y el Travelodge donde Manuel nos había reservado cuartos, los había alquilado a otros. El gerente estaba muy disgustado cuando vio quiénes éramos, pero no había nada que hacer, excepto manejar unas millas hasta otro motel que tuviera cuartos disponibles. Chris y yo le sugerimos el Sheraton, o el Hilton a mamá pero ella dice que no. Eso es para ricos, dice, ¿y qué pasa si los chamacos rompen algo? No nos queda más que manejar por la calle mayor en busca de otro motel.

Descubrimos por qué todo está ocupado, mucha gente relacionada con la medicina ha llegado a Richmond para asistir allí a una convención médica sobre el envejecimiento y cuidados geriátricos. Se trata de una convención llamada Intergenerational Communication Link. Eso podría ser bueno para mí, si me pudieran ayudar a comprender a las dos ancianas con quienes he viajado estos días, ayudarme a comprender por qué ellas tienen que hacer este viaje en este momento, cuando ambas conocen el estado del corazón de mi mamá, estado que la podría llevar a su tumba. ¿Por qué no se regresan y se dedican a cultivar pasionarias? Verían así en sus propias manos la historia del sufrimiento. Mamá e Irene no me dicen lo que piensan. Guardan secretos, y sólo los comparten con la Virgen, la madre de todas las madres. Quiero gritarles, "¡La muerte es algo verdadero!" pero no vale la pena. Sólo me mirarían y me preguntarían cuántas millas más nos quedan hasta el Muro.

Por fin conseguimos cuartos en el Motel Budget, un lugar con persianas torcidas y alfombras raídas. Los tipos que habíamos recogido en Kansas, Pepe y Gonzalo, dicen que ellos han estado antes en ese motel, lo que lo hace parecer aún peor. La gerente corretea alrededor de nosotros tratando de refrescar el aire con un atomizador y nos da más toallas limpias. La mujer, que dice trabajar allí en el turno de noche, me cuenta que ha leído algo sobre nosotros en los periódicos. Su tío fue a Vietnam, dice, y ahora está diabético en un hospital para veteranos, lo cual no tiene nada que ver con la guerra, pero está en un lugar que se la recuerda constantemente.

Nuestro cuarto huele a cigarrillos y tenemos que aguantarnos. Los muchachos ocupan un cuarto en el piso de arriba y Cisco casi tira a Michael por la barandilla cuando le aplica la llave del bombero. Es una llave que causa que el oponente sea arrojado unos metros por el aire. Otro huésped en el motel corrió a detener la pelea y descubrió que en realidad no lo era, lo cual lo puso furioso. Parecía uno de esos Ángeles del Infierno, y creo que estaba descontento porque no pudo usar el cuchillo que ya había desenvainado. No nos falta más que un día para llegar al Muro. Estaremos en Frederick, Maryland, mañana antes del anochecer, después de eso no nos queda más que voltear las caras hacia el Muro. Decidimos lavar la ropa en Frederick y tener todo preparado para cuando lleguemos a Washington. Mamá dice que no quiere que Jesse la vea con la ropa sucia. Le digo que Jesse no puede "verla," pero ella insiste en que quiere verse bien.

A las dos de la mañana sigo sin poder quedarme dormida. Comparto el cuarto con Lisa y Lilly. Las dos se quedaron dormidas sin haber apagado la televisión, encuentro el control remoto y la apago. El cuarto se oscurece, excepto por el farol que hay afuera y que ilumina nuestra ventana. Oigo gente en los otros cuartos, un hombre y una mujer que discuten. Golpes en la pared, un televisor todavía prendido. Me levanto y abro la puerta, veo un cielo sin luna y sin estrellas. Gotas de lluvia caen acá y allá con grandes espacios entre ellas, reflejando los colores de los carros y las negras manchas de los charcos sobre el asfalto. Todo se ve triste. Extraño a Ray. Extraño a Chris. Tal vez extrañe estar en los brazos de un hombre y estar tumbada junto a él imaginando que el mundo nos pertenece, que la magia entre nosotros durará hasta la mañana.

Salgo del cuarto y me arrepiento de haber respirado profundamente. El olor de las calles me llega a la garganta. Miro el balcón y veo a Chris, apoyado en la barandilla, fumando un cigarrillo. No me ve en la oscuridad. Termina el cigarrillo y tira la colilla al piso. Se para con las manos en los bolsillos y mira al cielo. Quiero subir las escaleras y abrazarlo, pero no lo hago. Solamente me haría más vulnerable al dolor, y esta noche estoy tan cansada que si oigo algo más, explotaré. Me pregunto si estaría hablando con Jesse.

El Cruce del Río Salado •

Hay algo que al acercarse uno a un lugar le hace desear voltearse y comenzar de nuevo todo. No se puede explicar. No quiero que termine este viaje, aunque es en lo único en lo que he pensado durante semanas. Las llegadas son el comienzo de muchas cosas y yo quiero saber qué es lo que va a comenzar con esta. Hemos estado en contacto con Jesse de tantas maneras que me pregunto si todavía necesitamos tocar su nombre en el Muro. Nada puede disuadir a mi mamá de hacerlo.

Pasamos el río Mad al entrar a Ohio el jueves 5 de junio. Hasta ahora hemos encontrado dos Springfields, uno en Illinois y el otro en Indiana. Me pregunto si habrá más. Vemos lugares que parecen pueblos alemanes. Todo es tan verde que imagino estamos en un invernadero gigante. En una gasolinera la gente nos dice que la tierra ha sido recuperada y replantada donde había sido abusada por las industrias. Millas de bosques bordean la carretera y se ven muchas flores silvestres. Vemos granjas construidas tan cerca de los árboles que me pregunto si la familia tendrá lugar para estacionar los carros y abrir las puertas.

En un área de descanso encontramos un par de camioneros que van a California. "Ohio es un bonito lugar," dicen, "pero la nieve se apila demasiado para nuestro gusto. Detestamos manejar en invierno." Es difícil imaginar que haya tanta nieve que la gente se pierda en ella. Los camioneros han recogido a un tipo que viaja de aventones y que dice haber estado en la zona desmilitarizada con los Infantes de Marina en 1969. "Vi tantos combates en Hue, que me fue difícil recuperar la salud mental," dice.

Donna me dice que el tipo parece completamente loco y las dos esperamos que no decida venir con nosotros al Muro. Demasiado tarde. Para cuando salimos del área de descanso, Pepe y Gonzalo lo han convencido de que viaje con nosotros hasta el Muro, le dicen que no tendrá otra oportunidad. Naturalmente, mi mamá dice que está bien y Manuel se enoja porque dice que el tipo es un loco perdido. "Podemos tener problemas si lo llevamos, doña," le explica a mi mamá. Mamá ni siquiera responde. No importa lo que digamos, la respuesta para Fritz, será "sí." Fritz dice que sus abuelos se establecieron en Ohio a fines del siglo diecinueve. Eran de origen alemán y escocés, muy trabajadores, que se ganaban el pan con el sudor de la frente. Sus papás eran igual. Fritz dice que a él no le gusta sudar, así que se marchó de casa al cumplir los quince años, y esto llenó de angustia a sus padres. "Luego, mire lo que ocurrió," me dice. "Dios se vengó de mí. Me envió a Vietnam y allí sudé tanto que casi todo el tiempo estaba encharcado en agua."

Todo el país viaja con nosotros y ahora Fritz está echándole el ojo a Donna. Donna ya le ha predicado, preguntándole si ha descubierto ya al Señor, que nunca es tarde. Paul se pone su cinta roja alrededor de la cabeza, lo que significa que quiere parecer peligroso. Acosa a Fritz, y yo creo que Fritz piensa que no vale la pena pelearse por Donna, especialmente después de haberla oído predicar. Paul bromea con Fritz. "Oye, conocí a tu primo, Fratz, el otro día," le dice. Fritz nomás sonríe, la broma no parece importarle.

En Ohio, Irene empieza una discusión sobre una crema para las manos. Dice que se la hacen de aloe vera porque eso ablanda y hace más blanca la piel de las manos. Mamá dice que eso no es verdad porque el aloe vera es mejor para el pelo, y no tan bueno para la piel. Dice que compró una vez una crema con vitamina E en una farmacia, y que está comprobado que se mete por los poros de la piel y restaura la humedad. Yo no sabía que mamá se preocupaba por su piel. Me doy la vuelta y veo que tiene la piel clara, suave y casi sin arrugas. Trato de imaginármela cuando era joven con su piel obsequiosa, sus pechos bien formados con la piel cremosa tersa alrededor de los pezones. Me sorprende ser capaz de imaginármela así. Siempre la he visto como asexual, alguien que no consiguió que mi papá se quedara en casa. Me ve mirándola.

"No seas tan cabezona, Irene," dice mamá. "Qué vas a saber tú de cremas, tu familia trabajó toda su vida en el campo."

"Perdóname por decir esto," responde Irene, "pero he vivido toda mi

vida entre hierbas y aprendí de la persona que más sabía de ellas, mi abuelita, que era una curandera en las montañas de Jalisco."

"¡No comiences con curanderas!" dice mamá. "¡Mi mamá era más experta en eso! Agarra su bolsa y parece dispuesta a salir de un salto por la
puerta de la camioneta mientras está en marcha.

"¡Ay, déjenlo ya!" les digo.

"Tienes razón, Teresa," dice mamá. "¿A quién le importa quién usa
qué? Tenemos la piel tan seca como la de una serpiente, no hay nada que
pueda cambiar eso."

"La mía no," dice Irene. "Yo tengo la piel blanda porque uso aloe vera.
Miren, toquen mi brazo." Acerca el brazo a mamá.

"¡Esta mujer! Qué bárbara. ¡No quiero tocarte el brazo! Ya te he dicho
que la piel no me importa."

Lilly está sentada justo detrás de mamá. "Toque *mi* piel, nana," dice, arri-
mando su cara a la de mamá.

"¡Ves, esto es una piel hermosa, mijita tiene una piel perfecta!" Los ojos
de mamá se llenan de lágrimas. "Recuerdo cuando vi a Jesse después de que
naciera, ay, pensé que estaba mirando a un ángel. Su cara era tan blandita
que yo no podía dejar de besarlo, y ahora miren, ¡todo lo que me queda de
él es su nombre! ¡Para mí la guerra nunca se acabó!" Irene saca un Kleenex
y admite que para ella tampoco se ha acabado. La pelea sobre la crema para
las manos ha terminado.

Pasamos Columbus y la tierra resplandece con hectáreas de árboles en
flor, fresnos, pinos blancos, robles.

"¡Quedémonos a vivir en Ohio, mamá!" dice Lisa. "¡Estos bosques son
tan lindos!"

"¿Qué te parece, Chris?"

"Si puedes aguantar los inviernos," dice Chris.

"Ella ni siquiera puede aguantar el de Arizona," dice Lilly.

"Miren quién habla."

"Niñas, déjenlo ya," les digo. "No nos vamos a mudar a Ohio, a menos
que algún día se quieran ustedes venir por sí solas."

Paramos en Newark para comer en un restaurante familiar que estaba
lleno. Los reporteros de Newark aparecen pronto. Hablan con Gates, Peloamarillo y Willy. A Priscila y a mí nos preguntan sobre mamá y empiezan a
contar cuántos somos en total. "Todavía estamos creciendo," les digo. "No
se sabe quién será el siguiente en unírsenos." Una mujer le da a mamá una
medalla de San Cristóbal.

"Para que le haga juego a su otra medalla. Para que los proteja todo el
camino hasta el Muro." Hay lágrimas en sus ojos. "Mi novio murió allí,"

292 • QUE BAILEN SUS ESPÍRITUS

dice. "Habíamos sido novios desde la preparatoria. Miren." Le muestra a mamá la foto de un guapo joven con uniforme de los Infantes de Marina. "¿Guapo, verdad?"

"¡Muy guapo!" dice mamá y le muestra a la mujer una foto de Jesse.

"¡También muy guapo!" dice la mujer.

Michael me dice que mire los mensajes que está recibiendo en la computadora. Le pregunto por el vietnamita del Pequeño Saigón, pero dice que ya no recibe más mensajes de él.

Paul ayuda a Michael a responder mensajes que prepara con gran rapidez. "De tal palo, tal astilla," le digo, "¿o es al revés?" Me quedo asombrada cuando veo listas y listas de nombres que han enviado mensajes a nuestra página web: Adams, Acosta, Lane, McMillan, Shubert, Tan, Redding, Alarcón, Yusef, Vital, Stein, Ortiz, Johnsart, Williams, casi treinta Smiths, montones de García y de Hernández, Hendrix, Jordan, la lista es interminable. Veo uno de Barry y de Eleanor Kinney, la pareja de ancianos que conocimos en el bosque Coconino de Flagstaff y que tienen un hijo que estuvo en Vietnam. Los mensajes contienen súplicas, deseos de buena suerte, oraciones, historias tristes, bendiciones y muchas otras peticiones. *Toquen su nombre, mi hijo, mi marido, mi hermano, mi primo, mi tío . . . toquen su nombre, toquen su nombre.* Hay uno de Holly Stevens, la reportera de Phoenix. *Prepárense para Frederick,* dice ella.

"¿Qué quiere decir con eso?" le pregunto a Michael.

"¿Yo qué voy a saber?" dice Michael. Se ve frustrado, irritado, porque no tiene tiempo para responder todos los mensajes.

"No te preocupes, *mijo."* le dice Paul. "Haz sólo lo que puedas."

Nos dirigimos a Wheeling, Ohio. Pepe y Gonzalo nos saludan al adelantarnos. Fritz va sentado en la caja de la camioneta. Me preocupa pensar si estarán haciendo algo más que beber.

"Si llegamos todos en una sola pieza, será un milagro," dice Chris.

"No lo digas en voz alta," le digo, "por aquí hay gente que cree en los milagros."

Wheeling es un pueblo de viejos edificios de ladrillo, con ventanales blancos. Casas de dos pisos que dan a la calle. Hemos pasado Livingston, Lancaster, sólidos nombres ingleses, luego pasamos por el Valle de Egipto. Me pregunto si la zona fue colonizada por egipcios. Apenas me puedo imaginar a los descendientes de los constructores de las pirámides viviendo en los mágicos bosques verdes de Ohio. Sólo me los puedo imaginar en el desierto. Wheeling es la última ciudad que pasamos antes de entrar a West Virginia.

"Ya casi llegamos, mamá," le digo. "Estamos entrando a West Virginia."

Mi mamá suspira y se persigna. La miro. Está más delgada que en Arizona. Hacerla comer es una causa perdida. Siempre lo deja para más tarde, luego a mí se me olvida si ha comido o no. Apenas si puedo acordarme de sus medicinas. Una por una, todas las píldoras han desaparecido, y mi mamá se ve igual.

Hay días en los que no quiero darle las medicinas porque nada parece ayudarle. Priscila cree que deberíamos parar en un hospital y hacer que vean a mamá en emergencias. Ella misma ha dicho un par de veces que la iba a llevar. Mamá no quiere ni oír hablar de eso y sigue diciendo que la Virgen la protegerá. Dice que para ella la manda es la vida.

Viajamos por el extremo norte de West Virginia y entramos a Pennsylvania. El campo es de un verde exuberante con bordes de hierba también verde a lo largo de la carretera. Pasamos Jessop Place y me recuerda a Jesse. Pasamos por un túnel construido bajo las montañas Allegheny. Estas montañas son de un color verde azul, altas, místicas. A Don Florencio le habría gustado explorarlas, tal vez incluso vivir en una de sus cuevas. En Pensylvania vemos el primer cartel anunciando el Distrito de Columbia; A WASHINGTON, 127 MILLAS. Chris comienza a tocar el claxon y todos los demás hacen lo mismo. Esto me recuerda a Erica cuando dejó a Gates justo en la autopista antes de que subiéramos por la rampa de entrada. Otros conductores también tocan el claxon. Veo las varitas emplumadas de los zuñi y las banderas de los Estados Unidos, México, China y Sur África ondeando al aire.

"¡Vaya, qué viaje!" le digo a Chris. "¿Te imaginabas tú lo bello que es este país?" Antes yo no sabía lo hermoso que era. Para mí, Estados Unidos no era sino una palabra, y ahora es algo que puedo sentir—lo puedo tocar, y no sé por dónde lo toco. ¿Con la mente? ¿Con el corazón? ¿Con el espíritu? No lo sé, tal vez con las tres cosas."

"Sí, en Vietnam los muchachos a veces se sentían así. Recordábamos lo que habíamos dejado aquí y sentíamos nostalgia, nomás queríamos regresar y ver un partido de béisbol o comer un *hotdog*. ¿Yo? Yo quería escalar las montañas Sandía. Ya sabes, las montañas que viste en Albuquerque. Llevaba a mis hijas allí los domingos. Veíamos la puesta del sol y cómo las montañas se teñían de un color púrpura oscuro que luego se hacía más y más oscuro hasta desaparecer, y todo lo que se podía ver eran sombras. Gigantescas montañas que desaparecían."

"Jesse debe haberse sentido igual. Me escribió sobre el Río Salado. Así lo llamábamos. Casi me ahogué en él cuando era pequeña, pero era un lugar especial. Jesse lo recordaba cuando andaba por el delta del Mekong."

Pasamos la línea Mason-Dixon, y la historia que leí en las clases de la preparatoria cobra vida ante mí. En estos lugares tuvo lugar la Independencia Americana y se pelearon las batallas de la Guerra Civil, son lugares con mucho significado para millones de personas cuyos hijos un día cruzarían los Estados Unidos y llegarían a encontrarse con nosotros, los hijos de Aztlán.

Ya es de noche cuando entramos a Frederick, Maryland, pero todavía puedo distinguir las flores silvestres a lo largo del camino, blancas, violeta, amarillas. Sorprendentemente, hace un poco de frío. Mi mamá dice que pasemos la noche en Frederick para lavar la ropa y rezar. Dice que ella no puede ir a ver a su mijito con la ropa sucia y sin calcetines limpios que ponerse. Yo quiero seguir viajando esa noche y llegar a Washington D.C. pero también quiero dar la vuelta y que todo esto desaparezca como un sueño al despertarme por la mañana.

• EN FREDERICK conocemos a una muchacha que está lavando la ropa en una lavandería y que ayuda a Sarah a cargar la lavadora. Sarah le dice que cuando ella era niña en la reservación, solía ir al río y golpear la ropa sobre las piedras mojadas para lavarla. "En vez de jabón, usábamos bórax," dice Sarah. "Eso es todo lo que los misioneros podían darnos. Más tarde mi mamá se compró una lavadora con un exprimidor de rodillos por el que se pasaba la ropa para secarla. Ella odiaba esa máquina. La usó tres veces, luego la llenó de agua lluvia y la usó como bebedero para nuestros caballos. Después de eso volvimos a golpear las ropas en las piedras mojadas del río."

La muchacha le dice a Priscila que se llama Bridget. Gracias a Dios que no es veterana de Vietnam, demasiado joven para ello, así que no creo que nadie sienta la tentación de invitarla a ir con nosotros al Muro. Ella sólo conoce la guerra por los libros que leyó en la escuela. Nos indica qué lavadora usar, ya que ella va allí todas las semanas. Acaba de casarse, nos dice, y es muy feliz como recién casada. Le digo que ella es la primera persona casada y feliz que haya visto en mucho tiempo. "Es fácil," dice, "seguimos actuando como cuando éramos novios. Hacemos cosas especiales el uno para el otro constantemente." Esto me hace reflexionar y pensar en cuánto tiempo les durará esa felicidad. Me siento pesimista y sólo le sonrío y la felicito por vivir de forma tan feliz. Para mí, vive en una burbuja de jabón que va a explotar algún día y la dejará caer al suelo.

Las guadalupanas ya están de vuelta en el motel preparándose para el gran día que será mañana. Esta vez su cuarto está en el segundo piso y tienen que usar el elevador. Mamá dice que su cuarto es mejor que los que hay en la planta baja, donde hay que aguantar los carros estacionados delante de la puerta. Han decorado la mesita con un mantel y puesto un par de floreros con rosas de seda. Encienden unas velas y ponen la imagen de la Virgen y del Santo Niño. Ponen también, delante de las imágenes religiosas, las fotos de Jesse y de Gustavo. Pepe y Gonzalo le han dado a mamá una foto de su hermano Faustino. Esto muestra cuánto quieren a su hermano, dice mamá. Irene dice que ella casi se muere, como la madre de Gustavo después de enterarse de la muerte de su hijo. Tal vez esto hubiera ocurrido, dice Irene, pero que ella tenía muchos problemas con sus otros hijos como para poder morirse. La foto de Gustavo no está enmarcada, y se apoya contra las de Jesse y Faustino. Muestra a un hombre joven, con camisa y corbata, vestido como para ir a una boda o una fiesta.

Una de las parpadeantes velas está aromatizada y hace que el cuarto del motel huela a una iglesia en miniatura. Las dos imágenes celestiales miran a las ancianas, sin pestañear, silenciosas. "Nos han ayudado a llegar hasta aquí, no nos van a dejar de la mano ahora," dice mamá. "Dios obra en todo."

Más tarde, Priscila y yo regresamos de la lavandería con la ropa ya doblada y lista para poner en las maletas. Encontramos a las guadalupanas arrodilladas ante el altar provisional recitando una letanía de alabanzas, un cántico que se mueve en círculos sobre sus cabezas, que respira sobre las parpadeantes llamas de las veladoras. Bendito sea Dios, bendito sea su santo nombre, bendito sea Dios en sus ángeles y en sus santos, bendito esto, bendito aquello—el cántico sigue por lo menos durante quince minutos más. Me hace recordar una canción que mi mamá nunca terminó el día en que nos enteramos de la muerte de Jesse. Bendito, bendito, bendito sea Dios, los ángeles cantan y alaban a Dios. Me invade una profunda nostalgia por la voz de mamá y me sacude como una descarga eléctrica que me hace dejar caer las ropas que estoy guardando. Las guadalupanas están tan envueltas en sus rezos que ni siquiera me miran. Quiero gritarle a mamá—¡CANTA LA CANCIÓN—CANTA "BENDITO"! Hace tanto tiempo, tanto tiempo. No digo nada. No más me quedo donde estoy detrás de ellas y escucho su cántico. Hipnotizada por el cansancio del viaje y sintiendo que la manda entre mamá y el Cielo habrá terminado antes de que pase otro día.

Jesse parece sonreírnos a todos desde su puesto entre las imágenes celestiales. Conozco a Jesse. Probablemente diría, "Sáquenme de aquí" si se viera atrapado entre las dos ancianas. No diría nada de la Virgen y El Santo Niño, sentía demasiado respeto por todo eso.

Priscila sale del cuarto antes que yo. "Mamá no debería arrodillarse así, se hace daño en las rodillas."

"No te preocupes," le digo. "Ella es más fuerte que nosotras dos en lo que se refiere a rezar y a tener fe."

"Eso no la va a ayudar en Washington," dice Priscila. "¿Has pensado en lo que de veras va a pasar allí? ¿Tú crees que mamá podrá aguantar todo esto? Vamos a ver el nombre de Jesse en el Muro." Priscila dice estas últimas palabras como si murmurara una oración. *Vamos a ver el nombre de Jesse . . .*

"También vamos a tocarlo," le digo.

"Dios mío, ¿por qué nos ha tenido que ocurrir esto? ¿Es que hemos hecho algo malo?" Pregunta Priscila. "Tal vez no amamos lo suficiente a Dios, o a nosotros mismos. Tal vez Dios se haya enojado y por eso se llevó a Jesse. Él era el mejor de la familia. ¿Crees que Dios haría algo así?"

"¡No es un dios azteca! ¿De qué estás hablando? Jesucristo mismo se sacrificó, ¿qué te parece eso?"

"¡Todavía extraño a Annette, Teresa!" dice de repente Priscila. "Dios mío, este viaje me está matando. ¡Nunca volveré a tocar a mi niña! Mamá puede tocar el nombre de Jesse, y todo lo que yo tengo es la lápida en la tumba de Annette." Priscila llora, secándose las lágrimas con el borde de la camiseta. Hacía años que no la veía llorar y se me había olvidado cómo me sentía al acariciar su pelo y secar sus lágrimas con mis dedos. "Tal vez todo esto sea un castigo por lo que hice de joven. Tú lo recuerdas . . . cuando yo no escuchaba a nadie."

"Ya te he dicho que Dios no hace esas cosas. No se pasa el tiempo pensando en cómo hacemos daño. Él no piensa como los seres humanos. Él sabe que sufrimos, pero hay algunos sufrimientos que Él no puede evitarnos, así como nosotras no podemos evitar el de nuestros hijos. Esas dos ancianas ahí, ellas saben lo que es sufrir y siguen creyendo que Dios es bueno. No más porque sufrimos no quiere decir que Dios no esté cerca de nosotras—que no nos ame. Yo sé todo lo que has sufrido por Annette. Siempre lo he sabido, tal vez por ello me alegra verte tan cerca de Lilly. Pensé que tal vez una de mis hijas te reconfortaría."

"Sí que lo hace. Lilly es la razón por la que he sobrevivido todos estos años. Me ha dado la oportunidad de ver lo que es tener una hija."

"Piensa en todo esto, Priscila, siempre hemos estado al lado de mamá. Ella tiene que cumplir la manda." Nos tomamos de la mano, como lo hacíamos de pequeñas, y nos preparamos para bajar al primer piso. Antes de dar un solo paso oímos a Michael y a Ángelo subir corriendo por las escaleras, suben jadeantes. Nos dicen que Peloamarillo y su madre, Sarah, han comenzado una hoguera detrás de un contenedor de basuras, y que están canturreando y moviéndose en círculos.

"Es un ritual zuñi," dice Michael. "Una ceremonia de limpieza espiritual de su tribu."

"¿Me puedo poner plumas como hace Peloamarillo?" pregunta Ángelo.

Bajamos corriendo las escaleras antes de que el gerente llame a los bomberos y denuncie a Peloamarillo y a su mamá. Para cuando llegamos, Peloamarillo está sentado fumando la pipa de la paz ante un fuego humeante en lo que parece ser una tina como las que usábamos para bañarnos cuando éramos niños. Lleva unas plumas rojas y amarillas en la cabeza. Estoy contenta de que haya adelfas que rodean todo y no dejen ver ni a Peloamarillo ni a su mamá desde el estacionamiento. Sarah está sentada junto a su hijo, lleva puestos una falda color blanco y negro con tirantes, una bufanda floreada, unas polainas blancas y en la mano lleva una pluma de águila. Me llega el aroma de artemisa quemándose y de inmediato me relaja el cuerpo. Recuerdo a don Florencio y pretendo que él es quien ha encendido el fuego.

"¡Esto le gustaría a Jesse!" le digo a Peloamarillo.

"Mis antepasados no nos dejarían acercarnos a un lugar sagrado como el Muro sin una ceremonia de limpieza que nos prepara para el mundo invisible."

"¿Y qué es lo que nos tiene preparado?" Pregunta Priscila.

"¿Quién sabe? Es mejor no hacer demasiadas preguntas. Las respuestas vendrán por sí mismas. Mis antepasados estuvieron escondidos del hombre blanco durante años, en las *kivas* donde adoraban a sus dioses en secreto. Mucho de lo que se revela es secreto. Mi mamá, que está aquí a mi lado, sabe tanto que es sabia, pero no habla mucho porque sabe que los dioses harán, de cualquier forma, lo que quieran."

"¿Dioses?" le pregunto.

"Dioses, algo así como seres que nos protegen, pero sólo hay un Gran Espíritu. Tenemos a Shalako que baila, seis de ellos tienen máscaras enormes. Cuentan la leyenda de cómo los zuñi vinieron del centro de la tierra hasta un lugar de reposo en un río. Más tarde, el hombre blanco detuvo el río con una presa, y ahora vivimos en pueblos."

Peloamarillo espolvorea el fuego con polvo sagrado y el fuego lo convierte en pequeñas chispas.

"Jesse y yo conocíamos a un viejo llamado don Florencio, un descendiente de los aztecas. Él espolvoreaba polvo sagrado sobre el fuego para limpiar el aire de malos espíritus. Creía que nuestros antepasados venían de siete cuevas, situadas en algún lugar llamado Aztlán, en el norte de México."

"Los zuñi creen que ellos son el centro de la tierra," dice Peloamarillo.

"Creo que todo el mundo cree estar en lugares sagrados. Mi hermano, Caballo Fuerte, ahora vive en un lugar sagrado, tal vez en el centro de la tierra, ¿quién sabe?"

Michael y Ángelo se adornan con plumas y comienzan a danzar alrededor de la humeante tina. Atraen las miradas de otros huéspedes en el motel, y muy pronto el encargado del mantenimiento aparece con una manguera para apagar el fuego. Echa agua en la tina y el fuego se convierte en humo gris.

"¡Esto es contra las leyes municipales!" dice en voz alta. "¿Qué están ustedes haciendo? ¿Quieren que nos cierren el motel?"

Manuel, Chris y los demás han bajado para ver qué está pasando, y el hombre nos dice que si vamos a hacer la danza de la guerra, nos vayamos a otro motel. Pronto tenemos un público formado por huéspedes del motel.

"No estamos haciendo la danza de la guerra," dice Manuel. "¡Nosotros estamos en contra de la guerra! Somos una familia que va al Muro de Vietnam. ¿No ha oído usted hablar de nosotros?"

"Seguro que sí," dice el hombre. "Sí, he oído hablar de ustedes, y de veras que no me importa dónde vayan mientras no quemen este lugar."

"No importa lo que pase ahora," dice Peloamarillo. "La ceremonia ya ha terminado. El Gran Espíritu nos protege." El hombre vacía el agua de la tina en las adelfas mientras nosotros nos alejamos, luego levanta la tina y la pone en el contenedor de basura.

"Bola de locos," dice. "Todo el mundo se está volviendo loco."

Pienso en las guadalupanas, en su cuarto con las parpadeantes veladoras, las silenciosas imágenes y los rezos que flotan en círculos sobre sus cabezas, y decido no creer que el mundo se esté volviendo loco. Alguna vez lo creí, después de la muerte de Jesse. Sonrío al hombre y esto me sorprende. Parece tan infeliz, todo su cuerpo parece un puño enfurecido.

• ESTOY CONTENTA DE QUE Chris comparta un cuarto con los muchachos esta noche. Siento ganas de meterme a la cama con él. También hay una parte de mí que quiere llamar a Ray por teléfono solamente para oír su voz. Para mí, el Muro es más importante que la vida, es una estructura inmensa, más grande que la Gran Muralla de China de la que Willy nos habló el otro día. Dijo que la Gran Muralla China tenía mil millas de longitud. "¿Es también un muro de lamentaciones, como el Muro de Vietnam?" le pregunto. "No, claro que no, excepto que murieron miles para construirla, eso hace que sea un tipo de muro de lamentaciones."

A eso de la una de la mañana, Irene llama a mi puerta para decirme que mamá no se siente bien y está llorando. Voy al cuarto de ellas y veo a mamá sentada en la cama, su pelo parece un pequeño halo sobre la almohada. Lo primero que pienso es que está oyendo voces. Me siento a su lado con la esperanza de que no sean las voces. Siento un escalofrío.

"¿He hecho bien, *mija?*" pregunta ella entre sollozos mientras recupera la respiración.

"¿De qué hablas, mamá?" Me siento junto a ella, y arreglo las sábanas a su alrededor colocándole el pelo en orden sobre la almohada.

"En haberme quedado con tu papá. Fue tan malo con nosotros—con Jesse—luego Jesse se fue. Yo sabía que lo hacía para alejarse de su papá. ¡Pero yo me quedé con él! Ay, ¿me podrá perdonar alguna vez Jesse? Tal vez no lo haya hecho aún—¡tal vez he llegado hasta aquí y Jesse ni siquiera quiere verme!"

"Mamá, es su nombre lo que está en el Muro. El Muro no tiene ojos."

"Tú no comprendes, *mija*. Los espíritus no necesitan ojos para ver."

"Jesse no está enojado contigo mamá. Tú sabes bien cuánto te quería a ti y a papá. No podía quedarse en casa cuando los otros muchachos estaban perdiendo la vida en Vietnam. Pero, déjame preguntarte, ¿estás tú enojada con él?"

"Ay sí, por haberme dejado lo estoy. ¿Por qué tuvo que hacerme eso? Le pedí que siguiera estudiando—pero no, ya viste que no hizo lo que le pedí."

"Y conmigo, mamá, ¿estás enojada conmigo?"

"¿Enojada contigo? ¿Por qué iba a estarlo?"

"Por no haberte contado que Jesse me dijo que no iba a volver. Lo supe antes de que se marchara."

"Tu nana me lo dijo. Yo lo sabía, pero no quise creerlo. No deberías sentirte culpable. Escondí todo dentro de mí y no quise verlo.

"Mamá, ¿recuerdas cuando perdiste a Inez por el susto que te di cuando casi me ahogué en el Río Salado?"

"¿El susto?"

"Sí, el miedo. Doña Carolina dijo que el miedo te podía dejar congelada en un sitio, podía incluso matarte. Siento que perdieras a Inez por mí. ¡Fue mi culpa!"

Mamá me mira, sus ojos agrandados por la sorpresa. "¡Mija, tú no hiciste que yo perdiera a Inez! Me enfermé desde el momento en que quedé embarazada con ella. Algo en mi vientre no estaba bien, por eso no sobrevivió Inez. ¿Y tú te has culpado de ello todos estos años? ¡Pobre *mija*! ¡No tuviste la culpa de nada—nunca!"

Me inclino y la beso en la frente. Las dos lloramos. No la suelto hasta que ella deja de llorar, e Irene comienza a hablarle, prometiéndole que Jesse estará contento de verla. "Allí está, sonriendo junto con Faustino y Gustavo," dice Irene, señalando la foto de Jesse. "Nuestros hijos saben que estamos aquí."

Siento que Jesse nos está observando y que sus átomos se mezclan con los nuestros, que no flotan indiferentes, sino que están en un lugar determinado. Pongo la mano para tocarlo, pero sólo encuentro el vacío.

• ESA NOCHE EN FREDERICK sueño que estoy pisando cuerpos en un río de Vietnam. La jungla es como la que he visto en los libros sobre Vietnam y en la tele, excepto que los árboles dan enormes sombras y tienen nidos de pájaros en los troncos. Llamo a El Ganso para que venga desde la otra orilla del Río Salado a recogerme, pero no viene. Veo cuerpos flotando a mi alrededor. Los empujo con los pies para que se hundan. El agua es del color de la sangre. Luego trato de pisar los cuerpos para así cruzar el río. La orilla se ve muy lejana y yo estoy muy cansada. Siento que se me hunden los pies, pero sigo caminando sobre los cuerpos como si fueran tierra firme y así poder llegar a la otra orilla sin la ayuda de nadie. Ya estoy en la orilla, saludando extasiada con las manos. ¡Lo logré! Lo peor ya ha pasado. Me despierto y recuerdo lo que había dicho mi mamá, "¡Nada fue culpa tuya—nunca!" Sonrío en la oscuridad, porque nunca más me ahogaré en el Río Salado.

Frederick •

El viernes 6 de junio por la mañana, seguimos en Frederick. Es como si no quisiéramos irnos de allí. El sol brilla y el día está increíblemente claro. Desayunamos en un restaurante barato que parece un vagón de tren y que exhibe toda clase de artefactos relacionados con la época de los trenes y de los tranvías. Mamá se ve fuerte y su energía nos vigoriza a todos. Hemos estado viajando, hipnotizados por las puestas del sol en un país tan hermoso que quisieras abrazarlo con el corazón. Hemos visto tantos paisajes que todos se mezclan en uno solo. Los desiertos parecen ser bosques con menos árboles y el diseño de las estrellas por la noche es el mismo sobre Denver que sobre Pittsburgh. Las familias americanas se ven igual en un McDonald's de Ratón, Nuevo México, que en Topeka, Kansas. Es la misma tradición de madres, padres, abuelos, y padres solteros con hijos.

Nunca he visto los ensangrentados campos de Vietnam. Jesse sí los vio. Yo he vivido protegida, observada por el Cielo, seducida por los vientos sobre los llanos y montañas de Estados Unidos, seducida hasta el punto que creo que el sistema americano de vida es la única realidad. Aún somos extraños, los restos de Aztlán que salen de cuevas parpadeando bajo la blanca luz del sol y recorren las desviaciones de Estados Unidos para llegar a su muro de las lamentaciones, limpiando los arbustos para encontrar el camino a Washington, la ciudad del dolor, derecho al corazón del guerrero que encantó al sol para que recorriera los cielos en el espléndido imperio de los aztecas.

• TERMINAMOS DE DESAYUNAR y regresamos al motel. Para cuando llegamos, vemos que el estacionamiento está lleno de carros y camionetas de las estaciones locales de radio y televisión. En la oficina del motel hay reporteros con cámaras y micrófonos esperándonos.

"Mira, hombre. ¡Mira esto! Somos celebridades ¿o qué somos? Así que esto era lo que Holly quería decir con 'Prepárense para Frederick,' " dice Chris.

"¿Es una rueda de prensa, mamá?" me pregunta Lilly.

"Me imagino que sí."

"¿Ocurre algo malo?" pregunta mamá.

"Sólo es gente, mucha gente que quiere hablar con nosotros. No te pongas nerviosa, mamá."

"No creo que esté nerviosa," dice Chris. "¿Y tú, Teresa?" Mete la camioneta al estacionamiento, se quita las gafas de sol y me mira fijamente. "¿Bueno, estás bien?"

"No lo sé. Todos estos retrasos. Tenemos que seguir el viaje."

"Será difícil deshacerse de los reporteros. Hace tiempo que nos esperan. Probablemente saldremos en el programa de las seis de la tarde."

Un hombre se acerca a nuestra camioneta mientras Chris la estaciona. Yo bajo la ventanilla y él se inclina sobre ella. "¿Cómo están? Me llamo Diego Mendoza." El nombre hispano me sorprende. Tiene la piel muy clara, podría haber pasado por gringo.

"Soy del Canal 10 de Noticias; nos gustaría hacerle una entrevista a su mamá." Detrás de él hay por lo menos diez reporteros más con las cámaras preparadas.

"¿La pregunta es si ella quiere hacer una entrevista con ustedes? Tenemos mucha prisa por llegar al Muro de Vietnam. De hecho vamos a llegar tarde."

"Entiendo, pero la entrevista no tomará mucho tiempo, ¡se lo prometo!" Brevemente se pone la mano sobre el corazón, como si estuviera tomando un juramento. "Toda la nación esta pendiente del viaje de su familia, Teresa. ¿Porque usted es Teresa, verdad?

Con la cabeza le digo que sí. "La fe de su mamá y el amor por su hijo es lo que la ha hecho arriesgar su vida para llegar hasta aquí, por eso es que todo el país está pendiente de su viaje." Sonríe ampliamente. "¿Me comprende?" Luego mira a mamá. "¿Señora Ramírez, ¿quiere usted hablar conmigo?"

"¿Es usted mexicano?"

"Sí. Mi familia es de Guadalajara."

"¿Conoce usted a los Mendoza, de Phoenix? Hubo una familia Mendoza que nos ayudó cuando nos quedamos sin dinero y sin comida. Te acuerdas tú de ellos, Teresa?"

"No, mamá, no los recuerdo."

"Pues yo sí," dice Irene. "Era una familia grande. ¡Tenían quince chamacos!"

"Tu papá era tan orgulloso, Teresa, aunque no tenía de qué. No nos dejaba recibir ayuda del gobierno cuando se quedaba sin empleo. Los Mendoza nos ayudaron dándonos comida de la que el gobierno les daba a ellos. La comida la metía a escondidas a casa para que tu papá no la viera. Sí, claro que hablaré con usted."

Diego Mendoza les ayuda a mamá y a Irene a salir de la camioneta. "¿Le pusieron Juan Diego a usted por el indígena que vio a la Virgen en el Tepeyac?"

"El mismísimo."

"La Virgen debe estar enviándonos un mensaje. ¿Tú qué piensas, Irene?"

"Ella hace milagros," dice Irene. "Debe estar diciéndonos que pronto estaremos ante el Muro."

Caminamos con mamá hasta la entrada del motel. Nos siguen los reporteros y los fotógrafos. Todos nos alcanzan. "¿Van a dejarla hacer esto?" pregunta Paul.

"Ella quiere hacerlo. Pregúntaselo tú mismo."

Paul camina hacia mamá y el reportero. "Perdóneme," le dice a Diego Mendoza. "Necesito saber si mi mamá quiere hacer esta rueda de prensa."

"Ella me dijo que estaba bien."

"¿Es verdad eso, mamá?. ¿Tú quieres hablar con toda esta gente?"

"Sí, *mijo*. No te preocupes. Este hombre se llama Diego Mendoza. Unos Mendoza nos ayudaron cuando nosotros teníamos hambre."

"¡Él no es de esa familia!"

"Todos somos familia."

Miro a Paul. "Te lo dije."

Comienzan las preguntas mientras nos sentamos en la sala del motel. Mamá e Irene se sientan en un sofá floreado. Yo me siento al lado de mamá. Paul está parado detrás de ella y Priscila se sienta a mi lado sobre el brazo del sofá. Los muchachos están sentados sobre la alfombra. Todos los demás encuentran sitio en una silla, o en un sofá, en muchos casos, se quedan parados donde pueden. Las brillantes luces de las cámaras me hacen sentir que estoy sobre un escenario.

Diego Mendoza hace las primeras preguntas. "Ya casi llegan a Washington," dice, mirándome a mí directamente. "¿Qué nos puede contar de su viaje, Teresa?"

"El viaje ha sido duro y a veces pensamos que no llegaríamos al final. Pero todo ha valido la pena, tenemos un país tan hermoso, además de que toda la gente que hemos conocido en el camino ha hecho que de veras valiera la pena."

"Y pensar que todo comenzó con usted, señora Ramírez." Mendoza mira a mamá, "¿Usted oía voces?" Yo miro las caras de los que nos rodean para ver cómo reaccionan a estas palabras. Nadie hace ningún gesto. Todo permanece bajo control.

"¿Voces? Sí, pero no podía distinguir lo que decían. Nunca las había oído antes."

"¿Cómo sabe usted que era su hijo quien le hablaba?"

"¿Tiene usted hijos?"

"Sí."

"¿Y usted conoce sus voces?"

"Sí."

Diego Mendoza sonríe.

Una reportera pregunta, "¿Cómo se siente, señora Ramírez? ¿Ahora que ya casi está allí?"

"*Mijo,* quiero decir Jesse, no me pidió que viniera aquí en vano. Me siento fuerte. ¡Podría hacer el resto del camino a pie!" Todos se ríen con mamá. "Es la manda, mi promesa lo que me hace sentir fuerte. Prometí que iría hasta allí y voy a tratar de cumplir. Dios me guía en el camino, y la Virgen." Levanta el medallón. "Llegaremos allí. Mi amiga, Irene, también tiene un hijo en el Muro."

Irene se inclina ante un micrófono. "Mi hijo se llama Faustino Lara," dice. Irene dice el nombre de su hijo lentamente, como queriendo que todos lo oigan correctamente.

Un reportero quiere saber cuántos mensajes hemos recibido en la computadora. Las cámaras se vuelven hacia Michael. "Más de dos mil," dice él. "Algunos mandan dos o más mensajes, pero siempre hay alguien que nos envía uno.

"¿Michael, cuántos años tienes?"

"Doce. Ahí está mi papá," señala a Paul.

Un reportero le pregunta a Paul, "¿Qué se siente ser papá de un chico tan inteligente?"

"Se siente bien. Toda mi familia es inteligente. Estoy orgulloso de mi hijo."

"Su hermano, Jesse, ¿ganó la Medalla de Honor del Congreso?"

"No. Se ganó el Corazón Púrpura, una Medalla de Bronce, una Estrella de Plata, y otras medallas. No son las medallas lo que define a un soldado, es la clase de persona que es. Uno no puede olvidar a Jesse porque él era alguien especial. Era mi único hermano, pero también era algo más. Era como un padre para mí, un amigo en quien yo siempre podía confiar. Era mi héroe."

Priscila me susurra al oído, "¡Caramba!"

Una mujer se levanta y dice, "En cuanto a esas voces, ¿ su mamá las ha oído en alguna otra ocasión?" ¿Podría ese fenómeno estar relacionado con alguna de sus medicinas, o con su salud?"

Priscila responde rápidamente, "Si ustedes creen que mamá necesita Prozac, ¡están equivocados! Ella es la persona más sana de mente que he conocido." Hay una pausa mientras los reporteros hablan entre sí.

"Lo siento, no quise ofender," dice la mujer.

Un hombre se dirige a los veteranos. "Ustedes han estado en el ejército. ¿Ha visitado alguno de ustedes antes el Muro?"

Todos le responden que no. Veo a Pepe, Gonzalo y Fritz parados justo afuera de la puerta. Les hago señal para que entren, y ellos, con la cabeza, me dicen que no.

"Yo ni siquiera quería venir en este viaje," dice Gates.

"Y eso, ¿por qué?" pregunta el hombre.

"No creía que me lo merecía. Mi vida ha dado algunos tumbos, podría decirles," Gates sonríe. "Pero las cosas han cambiado. Me gustaría agradecer aquí a la familia Ramírez, especialmente a la señora Ramírez, por haberme invitado a venir. Estar aquí me hace darme cuenta de la suerte que tengo de haber tenido un amigo como Jesse."

"Todos estamos relacionados con los muchachos en el Muro," dice Chris, "aunque no lo sepamos. Cuando estábamos en aquellas colinas, les puedo decir que peleábamos sólo para defendernos los unos a los otros. No podíamos depender del gobierno. Nada tenía ningún sentido." Miro a Chris y asiento con la cabeza.

"En el Muro espero conocer a otros chinoamericanos que hayan estado con el ejército en Vietnam," dice Willy. "Los vietnamitas pensaban que yo era uno de ellos cuando yo no iba de uniforme."

"¿Algún comentario por parte suya? Perdón, pero ¿cómo se llama usted?" Un reportero está mirando a Peloamarillo.

"Yo soy Peloamarillo. Esta es Sarah, mi mamá," pone sus brazos alrededor de ella. "Mi hermano, Caballo Fuerte, murió en Vietnam. Siempre hemos enviado guerreros a batallar. No es nada nuevo para nosotros."

"Ni para ninguno de nosotros," dice Manuel. Los chicanos somos otro grupo que ha sido enlistado de izquierda a derecha, igual que los negros y otras minorías."

"Entonces, ¿fue el error del gobierno el que hizo posible todo esto?" pregunta una mujer.

"Sí," respondo yo. "El dinero era una antigua deuda. Enviaron a Jesse a la dirección equivocada."

Diego Mendoza me mira y dice, "Creo que el presidente Clinton va a enviar a sus ayudantes para encontrarse con ustedes en el Muro."

"Esta es la primera vez que oigo eso," le digo.

Nuestra rueda de prensa termina con algunos comentarios de los muchachos que saludan a sus amigos que los estarán viendo en sus casas; yo saludo a Elsa y a mi nieta, Marisol. Dejo escapar un suspiro de alivio. "No quiero volver a hacer esto nunca más," me dice Priscila. Mi mamá e Irene esperan sentadas como dos reinas a que alguien las lleve a la carroza real. "A ellas probablemente no les importaría," le digo a Priscila. "¿Te hubieras imaginado que mamá podría hacer todo esto?"

"Me imagino que las sorpresas vienen en paquetes pequeños," dice Priscila.

• ANTES DE SALIR del motel, recibo una llamada del teniente mayor William Prescott, quien me dice que al ejército le gustaría organizarnos una ceremonia en el Muro el sábado por la mañana. Me dice también que al presidente le gustaría rendir tributo a los hombres que sirvieron en Vietnam, especialmente a los soldados hispanos. Le doy la noticia a mamá, y ella me mira, su cara refleja el cansancio. "Ya era hora," dice.

El Muro •

L legamos a Washington al atardecer del viernes 6 de junio de 1997. Nos ha retrasado la rueda de prensa. No nos ha debido tomar más de dos horas de camino pero ha tomado toda una tarde. Pasamos verdes y onduladas colinas, espeso follaje, flores silvestres y árboles enormes. Casas pintorescas, algunas con establos pintados de rojo y con tejados de zinc aparecen acá y allá en el paisaje. Avanzamos lentamente, esperando que nuestros vehículos se pongan en fila para que nadie se quede atrás y se pierda. Hemos decidido vivir a lo grande y quedarnos en el Capitol Hilton, a unas pocas cuadras de la Casa Blanca.

"¿Ha llovido?" le pregunto a Chris.

"No, ¿por qué?"

"Todos los carros se ven recién lavados." Él mira en el espejo retrovisor y se ríe. "No más relucen por el sol, Teresa. Hemos llegado, eso es lo que aclara todo."

El tráfico se está haciendo más espeso, algunos carros nos pasan a toda velocidad. Algunos parecen seguirnos haciéndonos parecer una caravana de por lo menos cincuenta carros. Las banderas y las varitas emplumadas de los zuñis sobre nuestros vehículos baten al aire, como si saludaran animadamente.

"¡Mira, mamá! ¡Mira a toda la gente que nos sigue!" Mamá se voltea para mirar por la ventanilla.

"¡Ay, Dios mío! ¿Cabremos todos en el hotel?"

"¡Mamá, no todos van a quedarse con nosotros! Probablemente son gente que vive por aquí. Han estado leyendo historias de nosotros, o mirándonos en la televisión."

"¡Que Dios los bendiga!"

"¿Te los imaginas a todos ellos en el hotel con nosotros?" me pregunta Chris.

"No lo digas tan alto. Le podrías dar ideas a mamá."

Vamos por Georgia Avenue al noreste de la ciudad. Vemos negros por todas partes, cruzan las calles, andan por las banquetas, sus hijos juegan delante de las amontonadas casas de apartamentos.

"¡La capital!" grita Irene con alegría. "¡Hemos llegado, Alicia, y podremos tocar los nombres de nuestros hijos! ¿Qué dirían ellos si nos vieran aquí? ¡Ay mijitos!"

Entonces, sin avisar, mi mamá empieza a cantar con una voz tan clara y tan fresca, que parece de treinta años en vez de setenta y nueve.

Bendito, bendito, bendito sea Dios,
los ángeles cantan y alaban a Dios,
los ángeles cantan y alaban a Dios.

Me volteo a mirarla y veo su radiante cara. Si pudiera tomarle una foto, habría sido para enmarcarla y ponerla en uno de los vitrales en la iglesia de San Antonio. Saludo con la mano a Manuel y a Priscila que van en la camioneta detrás de la nuestra. Mis lágrimas hacen que los vea borrosos.

Yo creo Dios mío que estás en el altar
oculto en la hostia que vengo a adorar,
oculto en la hostia que vengo a adorar.

Bendito, bendito, bendito sea Dios,
los ángeles cantan y alaban a Dios,
los ángeles cantan y alaban a Dios.

La voz de mi mamá me llena los oídos, me hace desear que nunca pare, ni ahora ni nunca. Su voz es otra vez mi canción de cuna que me acaricia el alma. Damos la vuelta en Constitution Avenue y vemos el Capitolio delante de nosotros, imponente, majestuoso. A sus costados están los edificios donde está el Smithsonian, en algunos ondea la bandera americana a la entrada o en los mástiles que hay en el césped. La hilera de nuestra caravana de carros se curva detrás nuestro mientras la voz de mi mamá anuncia que ya hemos llegado, los mexicas de Aztlán, para honrar a nuestros guerreros caídos en la batalla.

• PASAMOS POR LOS EDIFICIOS CONMEMORATIVOS, pero no nos detenemos a verlos. A lo lejos, apenas distinguimos el camino que va al Muro y al Muro mismo. Una ansiosa energía se apodera de nosotros, queremos echar a correr hasta llegar al Muro y queremos también alejarnos de allí corriendo. Decidimos ir primero a nuestros cuartos y allí esperar la ceremonia que el ejército nos ha prometido hacer por la mañana. Mi mamá no dice nada cuando le digo que vamos a quedarnos en el Hilton. Yo esperaba un discurso sobre el establo en el que nació Cristo, y como la Virgen no tenía ni una cobija decente para envolverlo, pero ella solamente dice sí con la cabeza, me pregunta si habrá cuartos para todos, incluyendo a Pepe, Gonzalo y Fritz. Pobres, me dice, probablemente beben para olvidar su dolor. Así es con los hombres, dice, siempre quieren ocultar su dolor.

Mamá se ve tan fuerte que yo juraría que tiene diez años menos. Tiene buen apetito. Es la primera vez en semanas que se termina la comida. Mamá e Irene bromean entre ellas como colegialas, riéndose de todo lo que han pasado para llegar a esta ciudad. Me las imagino de adolescentes, riéndose tontamente y tapándose la cara con las manos, llevando medallas con copias en miniatura de su Virgen. Han llegado hasta donde están sus hijos inmortalizados en el granito, esculpidos en silencio, reflejando la luz del sol que brilla en el cielo.

Esa noche Chris y yo decidimos irnos a bailar. Hay una tregua entre nosotros, un arreglo que nos permite sentirnos cómodos el uno con el otro. Somos los peregrinos que han atravesado valles, colinas y paisajes encantados, para llegar al final de la promesa de una anciana, manda que ella le había hecho a Dios, un pacto que nunca podría ser roto, excepto por la muerte. Deberíamos haber ido a Magdalena, en México, allí por lo menos podríamos haber levantado de su duro almohadón la cabeza de San Francisco, y habríamos sabido que nuestros rezos estaban siendo escuchados. No sé qué es lo que se supone que tenemos que hacer en el Muro, excepto tocar el nombre de Jesse—todo este camino para tocar su nombre.

• • •

• MANUEL, PRISCILA, PAUL, DONNA, Y GATES deciden pasar la tarde con nosotros. Los muchachos, Willy, Susie y Sarah se quedan en el hotel con las guadalupanas. Peloamarillo, Gonzalo, Pepe y Fritz quieren ver la parte sórdida de la ciudad para ver si pueden divertirse.

Las visitas a nuestra página *web* se han triplicado según nos vamos acercando a Washington. Responder a la mayor cantidad posible de preguntas ocupa todo el tiempo de Michael. Nuestros cuartos están en el piso Towers del Hilton, y con ellos viene nuestro propio conserje quien nos atiende personalmente. Tenemos nuestro propio fax, que Michael y Cisco usan para enviar respuestas a algunos de los que nos han enviado mensajes por la computadora.

Las ancianas montan su altar temporal sobre una mesita que envuelven en un lino blanco. La imagen de la Virgen, la estatua de El Santo Niño, junto a las fotos de Jesse y de Gustavo, están en el centro del altar, sus caras familiares relucen entre las parpadeantes velas.

El personal del Hilton cuida constantemente de nosotros. Han oído hablar del dinero que hemos recibido del gobierno y conocen nuestros nombres por las historias que sobre nosotros han leído en los periódicos. Este lugar pone nerviosas a las guadalupanas. No están acostumbradas a tener sirvientes. Los cuartos son demasiado elegantes, dicen. Me alegra pensar que ya es tarde para salir en busca de otro hotel.

Le pedimos a un taxista que parece ser extranjero que nos lleve a un club nocturno. El taxista lleva un turbante en la cabeza. Apenas entendemos el inglés que habla y tenemos que confiar en él para que nos lleve a un buen lugar. Necesitamos dos taxis para ir al Club Noche Libre. Estamos todos juntos en la capital de la nación, Chris, Gates, Priscila, Manuel, Donna, y yo, emperifollados, muy elegantes, celebrando el final del viaje de nuestras vidas.

Todos los que están en el Club Noche Libre parecen extranjeros. Se hablan cien dialectos del inglés a la vez. La mayoría de los clientes parecen centroamericanos. El lugar está repleto de gente y lleno de humo, es pequeño y está iluminado por pálidas luces de color violeta. La música es salsa de la buena. ¡No puedo creer lo pequeño que es el sitio! Esto no parece importarle a nadie, todos se amontonan más y más cerca los unos a los otros. Por lo que veo, no creo que a nadie le importe mucho lo que están bebiendo. Nos llevan a una mesa después de haber pagado diez dólares cada uno, y nos sientan en un rincón oscuro cerca de la puerta. Manuel y Priscila están mano en mano.

Se ven tan serios, tan conservadores. Estoy convencida de que Priscila y yo hemos cambiado nuestros papeles. Yo soy la oveja negra, y ella es la señorita elegante de buenos modales. ¿Cómo puede haber sucedido esto? Llevo un vestido rojo de seda que he comprado en Dillard's, una elegante tienda en Phoenix. Se me pega al cuerpo y resalta mis curvas.

• AL PRINCIPIO NO LO VEO, pero Gates sí. Se están dando palmadas en la espalda, y palmadas estilo El Cielito antes de que me dé cuenta de quién es, casi vuelco la mesa en las piernas de Chris antes de salir corriendo hacia él. ¡Es Ricky Navarro! Ni siquiera la excitación de haber llegado a Washington se puede comparar a lo que siento cuando veo a mi joven príncipe azul, el vecino que debería haber nacido rico, brillando allí como una amatista bajo las luces violeta del Club Noche Libre.

"¡Teresa, estás aquí, estás aquí!" dice mientras me abraza y me levanta, dando vueltas conmigo bajo las luces violeta que extienden un halo sobre todo el lugar.

"¿Eres tú?" le pregunto repetidamente. "¿Eres tú?" Casi me siento en el suelo para allí intercambiar tazas de té y secretos. Si yo pudiera enmarcar esta escena, estaríamos en un club vacío. No veo sino a Ricky. Todos los demás parecen estar viéndonos desde afuera, como si estuviéramos en un escaparate.

"Bájala," dice Chris. "¿Qué quieres, marearla?" Ricky me baja y le da la mano a Chris, pero todavía sujetándome por la cintura. Me mira otra vez. Y yo lo miro a él, a su elegante cara y sus ojos verdes. Se ha dejado crecer la barba, que está perfectamente recortada alrededor de su cara. Lleva un saco negro, una corbata negra y todo lo demás es blanco.

"He estado enviándote mensajes electrónicos, pero no quería que supieras que era yo quien te los enviaba. ¡Quería sorprenderte! Llamé al hotel y tu hijo, Cisco, me dijo que estabas camino al club."

"¿Qué estás haciendo tú en Washington?"

"Trabajo en la Administración de los Veteranos. Después de que enderecé mi vida, decidí hacer algo por los veteranos que nunca tuvieron suerte. Trabajé en California durante años como consejero para los veteranos del Vietnam y luego me transfirieron aquí."

"¿Con tu familia?"

"Mi ex mujer vive en San José con nuestra hija."

"¿Y qué ocurrió con la *hippie,* Faith?"

"Quién sabe. Perdimos todo contacto hace años."

"¿Y tu marido, Ray?" me pregunta.

"Acabamos de divorciarnos." Ricky sonríe ampliamente.

Luego murmura, "El viejo Ray no estaba a tu altura. No te merecía, Teresa, nadie te merece, sólo yo."

Manuel, Priscila, Paul y Donna estrechan la mano de Ricky y lo abrazan. Ricky no se va de mi lado esa noche, y no lo haría nunca más.

• Debería acordarme que la magia no dura mucho. Nunca sustituye a la realidad durante mucho tiempo. El príncipe encuentra a la princesa encerrada en la torre y luego tiene que pelear contra un dragón que escupe fuego para ganarse su amor. ¿Acaso, bailando aquí con Ricky, estoy olvidándome de mis cuentos de hadas? Quiero controlarme, pero no puedo hacerlo. Cada vez que me acerco a Ricky quiero abrazarlo y bailar con él poniendo mis pies sobre los suyos. Quiero que nuestros cuerpos se encuentren, formas espléndidas, curvas ardientes encajadas las unas en las otras. A nuestro alrededor hay un aroma, como si hubiésemos creado un perfume nuevo.

Aunque estoy bailando veo con facilidad a Sarah, la mamá de Peloamarillo cuando entra al Club Noche Libre. Es una mujer a la antigua entre todos los demás que son modernos. Lleva puesta su ropa zuñi y se recoge el pelo en un moño. Sarah se dirige hacia mí con un hombre que parece ser el dueño del club.

"Diculpen," dice él. "Esta señora la está buscando." Los ojos de Sarah se ven grandes. Me mira fijamente.

"¿Qué pasa, Sarah?"

"Tu mamá, Teresa. Willy la ha llevado al hospital. Está muy enferma." Lo dice en voz tan baja que me demoro en reaccionar. Luego se me doblan las rodillas, como lo hicieron en el aeropuerto las de mamá cuando le dijo adiós a Jesse. Ricky me toma por el codo.

"Está bien, Teresa. Yo te llevaré al hospital."

"¿Cuál hospital?"

El que está en la Universidad George Washington, los paramédicos la han llevado allí," dice Sarah.

Manuel y Priscila salen corriendo por la puerta con Donna, Gates y Sarah. Toman un taxi antes que Chris y yo nos subamos al carro de Ricky.

Llegamos al hospital y encontramos a mamá en la unidad de cuidados intensivos. Estas palabras asolan mi mente. *Cuidados intensivos.* Me alegra que Chris y Ricky estén conmigo. Los necesito a los dos para llegar al elevador y subir al cuarto piso. Cuando salimos de él, veo a Irene acurrucada en un rincón sobre uno de los sofás, es un gorrión desvalido con sus alas rotas. Los chicos están con ella, sentados en otros sofás y sillas. Las gemelas están sentadas con Irene, y los muchachos están juntos, sus caras entristecidas. Ángelo se apoya en Cisco, quien está medio dormido. Willy y Susie están juntos, de pie. Willy se acerca a mí.

"Lo siento, Teresa. La traje tan pronto como pude. Tenía dificultades para respirar y no quise arriesgar nada."

Le doy un abrazo. "Gracias, Willy. Estabas allí cuando ella te necesitaba."

Miro a Irene. Está llorando. "Tu mamá, Teresa. Ahora va a tener que luchar para cumplir la manda."

"Qué importa la manda. Dios no la va a condenar por no cumplirla." Me enoja pensar ahora en Dios. ¿Será una broma todo esto? ¿Serán cómplices El Santo Niño y La Virgen? ¿Figuras milagrosas que han enviado a mamá al Muro sólo para hacerla caer justo antes del día señalado?

"¿Dónde está Dios ahora?" le pregunto a Irene.

"En todas partes," me responde.

"Es imposible hablar contigo," le digo. Camino por el pasillo y veo a Sarah apoyada contra la pared junto al cuarto de mamá. Priscila, Paul, Manuel y Donna están en el cuarto, alrededor de la cama de mamá. Mamá está conectada a un monitor y a un tanque de oxígeno. Se ve pálida y tiene el pelo revuelto.

Priscila se acerca a mí y me dice, enojada, al oído, "Te lo dije, ¿verdad? Te dije que mamá no lo aguantaría. ¡Carajo, Teresa! Nunca me haces caso." Las palabras de Priscila me cortan como si fueran un afilado cuchillo.

La enfermera entra y nos dice que hay demasiadas personas en el cuarto. "¿Qué le ha ocurrido?" pregunto. Ella me saca al pasillo.

"Su mamá ha tenido un ataque al corazón," dice, "y creemos que puede tener un coágulo de sangre en la arteria izquierda."

"Ese costado le ha estado dando problemas por años," le digo a la enfermera. "Puedo darle el nombre de su médico en Phoenix."

"Sus hijas ya nos lo han dado y ya hemos hablado con él. El cirujano no la puede operar en en este momento. Nunca saldría de la operación. Estamos haciendo todo lo posible por ayudarla." Me mira y me toma la mano. "Lo siento. Aquí recibirá los mejores cuidados que nos son posible ofrecer. Si hay alguien más a quien usted quiera llamar . . ."

"¿Le gustaría que viniera un cura o el capellán a verla?"

Las puntas de mis dedos son carámbanos. "¿Ahora?"

"Sí, ahora."

"Ah . . . un cura. Nosotros somos católicos—ella es muy tradicional— de la vieja sociedad de Las Guadalupanas, así se llaman."

"Ya veo. Tenemos un cura, pero ya se ha marchado hoy. Lo puedo llamar y pedirle que vuelva esta noche."

"Sí, por favor." Estoy tiritando. Me tiemblan los labios. La enfermera les dice a todos que tomen turnos para visitar el cuarto de mamá. Donna dice que ella se quedará en el cuarto conmigo. Priscila no me mira al salir.

Tomo la mano de mamá. Ella abre los ojos y me mira como si buscara a alguien en el gentío. Se esfuerza por enfocar los ojos.

"Soy yo, mamá. No intentes hablar. Todo se va a arreglar. Los médicos de aquí son muy buenos, recuerda que estamos en la capital, donde sólo tienen lo mejor de todo."

Ella murmura, "Dios es lo mejor de todo. Él hará su voluntad." Quiero decirle a mamá que deje de hablar de Él, pero no lo hago.

"Deja de llorar," le digo a Donna. "Mamá no necesita oír eso." Donna se suena las narices en un pañuelo.

"No puedo creer lo que está ocurriendo," dice.

"Pues está ocurriendo," le digo yo, tratando de mostrarme fuerte.

Paul está parado en la puerta del cuarto de mamá. Me hace señas para que salga.

"Acabamos de recibir una llamada del vietnamita del Pequeño Saigón. Está aquí en Washington y viene camino del hospital."

"¿Viene aquí? ¿Quién es?"

"No nos lo ha dicho. Sólo que viene para acá."

"¿Qué vamos a hacer?"

"Nada, sólo podemos esperar. Oiremos lo que tenga que decirnos."

Regreso al cuarto de mamá y me siento en silencio. Se ha quedado dormida. Le tomo la mano, la tengo, flácida, entre las mías. Sonrío al ver sus uñas pintadas de rojo por las gemelas. Me pregunto qué significará la visita del vietnamita. ¿Conocería a Thom? ¿Cómo afectará todo esto a mamá?

Miro a Donna y murmuro. "El hombre del Pequeño Saigón viene para acá." Los ojos azules de Donna se abren asombrados. "¿Quién es?" Me encojo de hombros. Mamá parpadea y Donna se echa otra vez a llorar. Me pongo el dedo índice sobre los labios para hacer que pare, pero no lo hace. Sacudo la cabeza y observo a Donna llorar silenciosamente con el pañuelo en la cara. Después de más o menos una hora Paul entra al cuarto.

"Ya están aquí," murmura.

"¿Quiénes?"

"Ya lo verás."

Chris se encuentra conmigo tan pronto como salgo del cuarto. "¡Aquí está!" me dice. "¡De veras que está aquí!"

"¿De qué estás hablando? ¿Quién está aquí?"

"¡Thom!" El nombre ocasiona una reacción en cadena en mi cuerpo. Es como si hubiera dicho ese nombre todos los días de mi vida. Me lleva unos segundos poder volver a hablar.

"¿Quieres decir Thom, la novia de Jesse en Vietnam?"

"¡Su mujer! Me acaba de decir que se casaron allá. También está su hijo."

"*¿Su hijo?*"

"Sí, tuvieron un hijo."

"¡Oh, Dios mío!"

Chris va conmigo al recibidor, y allí, parada delante de mí, hay una familia vietnamita. La mujer es muy bonita, pequeña, lleva el pelo corto peinado en ondas alrededor de su cara. Lleva un par de pantalones al estilo asiático y una blusa floreada. A su lado hay un hombre que se parece tanto a Jesse que mis rodillas sí se doblan del todo esta vez. Me inclino hacia delante y Chris me sujeta.

"Tómalo con calma, Teresa. ¡De veras que son ellos!" Chris me lleva de la mano como si yo fuera una sonámbula.

"Thom, esta es Teresa, la hermana de Jesse." Veo relucir una cadenita de oro con un pequeño elefante de jade que cuelga de su cuello. Su cara parece de seda, su voz es tranquila, refinada.

"Me da mucho gusto conocerla," me dice. Los ojos se le llenan de lágrimas. Voy hacia ella y la abrazo, un tierno abrazo que me hace ver que no estoy soñando. Nos miramos la una a la otra y vemos a Jesse allí, entre las dos. Él está reflejado en las pupilas de las dos mujeres que lo amaron. Con tan sólo una mirada sabemos más la una de la otra que si hubiéramos sido vecinas todas nuestras vidas.

"Sí . . . a mí también me da mucho gusto conocerte," le digo. "No te puedes imaginar lo feliz que me hace."

"Este es el hijo de Jesse," dice ella enlazando su brazo con el de su hijo. "Se llama Lam."

"Lam." Digo su nombre y me suena muy extraño. "Lam . . ." Lo miro y veo una sonrisa que reconozco desde la cuna. Las facciones morenas, las cejas derechas, sin curvatura, los dientes perfectos. Es varios centímetros más alto que yo.

"Jesse era mi padre, y este es mi hijo," dice, sujetando de la mano a un niño de unos cuatro años. "¡Este es Joshua Ramírez! Saluda a tu tía, Joshua."

"¡Joshua Ramírez! ¡Oh, Dios mío, llevas el nombre de la familia! ¡Jesse debe estar aplaudiendo en el Cielo!" Miro intensamente los ojos de Lam y de Joshua y, por primera vez la profecía de don Florencio tiene sentido para mí . . . *una nueva forma—tu hermano regresará bajo una nueva forma. Nuestros antepasados han caminado siempre sobre la tierra.*

Joshua me mira solemnemente. "Hola," dice. Yo pongo una rodilla en el piso y lo beso en las mejillas. Lisa y Lilly ya están allí paradas.

"¡Mamá, qué lindo! ¡Es adorable!"

"Vinimos por avión del Pequeño Saigón, en el condado de Orange, en California," dice Lam.

"Sí, mi sobrino Michael me dijo que le enviaban mensajes desde allí."

"Mi mujer está visitando el verdadero Saigón, en Vietnam, que ahora se llama Ciudad Ho Chi Minh. Mire, ahí está," dice Lam señalando a Michael. "¡Ese es el muchacho con quien me he estado comunicando por el Internet!"

Michael se acerca y Lam le estrecha la mano. "¡Bien hecho! ¡Me has ayudado a encontrar a la familia de mi papá! ¡Bien hecho! ¡Eres un chico listo!" Michael tiene una gran sonrisa y el pecho se le hincha. "Trabajo para una compañía de computadoras, ya hablaremos . . . ¡Eres un chico muy listo!" añade Lam.

"Ves, te lo dije, tía, ¡la página de nana en la Internet es súper útil!"

"¡Sí, es muy útil! Tienes razón, Michael. Pero Lam," pregunto, "¿cómo es que usted nunca averiguó dónde vivía Jesse?"

"Bien, la historia de mi familia es triste," dice él. "Cuando mi mamá salió de Vietnam su papá le prohibió buscar a Jesse. Mi abuelo era un oficial del ejército de Vietnam del Sur, y ya tenía grandes problemas con los comunistas. Para empeorar las cosas, mi mamá ya estaba embarazada conmigo, con el hijo de un soldado americano. Todo su pueblo fue arrasado por las llamas, todo quedó destruido. Ella no pudo salvar ni una de las cartas de papá con su dirección. Su familia apenas pudo escapar con vida de Vietnam. Tuvieron que subirse a los botes del río para escapar."

"¿Pero y el matrimonio? Yo pensaba que ustedes se habían casado."

"Mi papá nunca aceptó ese matrimonio," dice Thom moviendo con tristeza la cabeza. "Nunca. Con el paso de los años acepté mi destino, pero rezaba por el día en que pudiera encontrar a la familia de Jesse. Y ahora, miren, estamos aquí todos juntos . . . ¡es un milagro!"

Todos los que me rodean parecen fotografías de naturaleza muerta. Nadie se mueve cuando me doy la vuelta para anunciar, "¡Esta es la familia de Jesse que vive en el Pequeño Saigón del condado de Orange, en California!"

"¡Sí! Dice Irene. "¡Se nota que es el hijo de Jesse! ¡Y la mujer de Jesse es tan bella!"

Thom y Lam se vuelven hacia Paul, mirándolo fijamente.

"¡Se parece a tu papá!" le dice Thom a su hijo.

"Jesse era más guapo," dice Paul con un guiño.

"Enseguida regreso," le digo a Thom.

Entro en el cuarto de mamá con Ricky y Priscila. Priscila se queda a un lado de la cama, Ricky y yo al otro. Tomo entre las mías una mano de mamá.

"Mamá, tengo algo que decirte, algo muy importante." Ella abre los ojos y suspira, luego mira a Ricky, que está junto a mí y lo reconoce. Mamá comienza a llorar.

"Soy yo . . . doña . . . Ricky."

"Ya sé que eres tú, Ricky," dice mamá. "Tu mamá," murmura mamá, "¿Cómo está, mijo?"

"Esta bien, doña. Ahora vive en San José." Mamá sonríe y cierra los ojos.

"Mi antigua vecina—tu mamá, tan trabajadora. Nunca pensé que te vería aquí, *mijo*. Tú y Teresa jugaban juntos. Yo pensaba que algún día te casarías con ella, pero tú te fuiste."

"Ahora estoy aquí, doña."

"¡Mamá, hay alguien aquí que quiero que conozcas!" le digo. "Ha venido desde muy lejos para verte. Alguien que conoció a Jesse en Vietnam. ¿Mamá, me escuchas?" Ella dice que sí con la cabeza. "Mamá, también vino con otra persona." Mamá presiente la electricidad en mi voz y abre los ojos.

"¿Quién? ¿De qué hablas? ¿Por qué estás tan bien vestida, *mija*? ¿Es que ya me he muerto? ¿Son estos mis funerales?"

"¡No, mamá, todavía vives! Escúchame bien . . . abre los ojos. Vas a ver algo . . . pero no te asustes. ¿De acuerdo? ¿Recuerdas cuando decías que Jesse te llamaba para que vinieras aquí? ¡Ahora te creo!"

Salgo al vestíbulo y le hago señas a Paul de que traiga a Thom, a Lam y a Joshua. La enfermera ve lo que está ocurriendo y no nos dice ni una palabra. Yo tengo a Thom de la mano y la llevo al lado de mamá.

"Mamá—aquí está la esposa de Jesse—se casaron en Vietnam."

"¿La mujer de Jesse?"

"Sí, ¿verdad que es muy linda?" Mamá dice que sí con la cabeza. Las lágrimas le ruedan por las mejillas. Thom la abraza y la besa en la frente.

"Suegra," dice Thom. "Yo quise a su hijo. Era un hombre muy bueno. Me trataba con mucho cariño. Fue un buen marido conmigo." Ella acerca a

Lam a su lado. "¡Mire!" le dice a mamá. Mamá mira a Lam y se incorpora apoyándose en un codo.

"¡Jesse!" grita. "¡Me hiciste abuela!" Se apoya en las almohadas y extiende los brazos hacia Lam. Lam la abraza tiernamente, luego deja que ella le bese cada uno de los dedos de la mano, como besó los de Jesse cuando se fue a Vietnam. Hace la señal de la cruz en la frente de Lam.

"Ahí está mi Dios que es testigo de este milagro. ¡Vine aquí sin saber lo que se me iba a dar hoy! Esto es lo que Jesse me estaba diciendo aquella noche—que tenía una mujer, un hijo, un nieto."

Lam acerca a Joshua. Mi mamá está riendo y llorando a la vez, abrazada a Joshua. "Mira no más. ¡También soy bisabuela! ¡Lo hiciste bien, Jesse!"

Ricky, que está detrás de mí, me abraza la cintura, dejando que mi cuerpo descanse en el suyo. Priscila está llorando. Se me acerca y me pone la cara en el hombro.

"Lo siento. Me equivoqué. Mamá tenía que haber estado aquí." Sostengo a mi hermana y las dos nos apoyamos en Ricky. Manuel entra y le pone las manos en los hombros a Priscila.

"Está bien, Priscila—lo que estás sintiendo," dice, "es normal."

Mamá habla con Lam. "Ahora puedo morir en paz," dice.

"No hable de morir, abuela," dice Lam. "Apenas acabo de conocerla. No quiero perderla ahora."

"Dime," le dice mamá a Thom. "Cuéntame cosas de mi hijo, cuéntame qué te dijo."

"Me dijo que la quería mucho. Que usted causó el retraso del avión que iba a Vietnam porque quería darle una galleta. Que usted fue muy buena con él—que fue una excelente mamá." Thom sonríe amablemente.

"¿Dijo algo sobre su papá?"

"Sí, pero no más dijo que su papá se olvidaba de él algunas veces, pero que a pesar de eso lo quería."

"¿Mi hijo—fue feliz? ¿Fue feliz alguna vez en Vietnam?" Mamá retiene las manos de Thom, llevándoselas a la cara, queriendo tocar a la mujer que había tocado a su hijo.

"Sí, fuimos felices juntos. Nos casó un cura, el padre John. Estoy orgullosa de que fuera mi marido."

"Gracias, gracias Santo Niño, Virgencita. Dios estaba en Vietnam con mi hijo. ¿Qué más podría haber deseado yo?" Mamá cierra los ojos y su cara se relaja dejando ver una sonrisa perfecta.

Irene regresa al hotel con Sarah y vuelve con las cosas que había en el altar del cuarto de mamá. La enfermera nos da permiso para encender una veladora. Luego Irene hace lo que las guadalupanas han hecho durante muchos años. Se sienta a la cabecera de la cama y les dice a Donna y a Sarah que se sienten a los pies. Así mantiene la tradición de las guadalupanas de poner guardas estacionados uno en la cabecera y uno a los pies de la moribunda guadalupana hasta el final. Ponen la cinta alrededor del cuello de mamá, es la cinta de la sociedad de Las Guadalupanas. Es roja, blanca y verde, los colores de la bandera mexicana, símbolos de la Virgen. Esperan . . . y rezan.

• MI MAMÁ MURIÓ el sábado 7 de junio a las 3:24 de la tarde del día que ella iba a cumplir la manda tocando el nombre de mi hermano. Justo antes de morir, sujetó las manos de Thom y de Lam. La sonrisa perfecta que apareció en su relajada cara permaneció en ella después de haber muerto. Nos estaban ocurriendo tantas cosas que parecía que nos caía lluvia por todas partes. Yo no tenía tiempo para ataques de nervios. No nos quedaba nada más que hacer sino preparar el cuerpo de mamá para que se lo llevaran a Phoenix. Irene escogió la ropa con la que íbamos a enterrar a mamá, y también envió la medalla de la Virgen y la cinta, la cinta roja, blanca y verde para que se la pusieran sobre los hombros. Dicen que Dios verá la cinta y reconocerá a mamá como una de sus criaturas. Mamá había llevado en la maleta un vestido con un borde de encaje en el cuello y en los puños. Las gemelas me piden que les diga a los de la funeraria que le quiten el esmalte rojo de las uñas. Dicen que ellas se las habían pintado tan sólo para ir al Muro, y que no creen que nana hubiera querido llevarla así a su propio funeral. Les digo que tal vez sí habría querido hacerlo después de todo.

"¡Mira esto!" le digo a Irene, mostrándole el vestido de mamá. "¿Crees que sabía que iba a morir?"

"¿Quién sabe? Tu mamá escuchaba más la voz de Dios que la de ninguno de nosotros."

Sólo la muerte había podido romper la promesa que le hizo a Dios. Antes de morir, me había mirado y dicho, "Tú tocarás el nombre de mijito por mí, Teresa—tú lo harás por mí—¿sí, *mija?*" Era una pregunta y una orden. "Sí, ¿hazlo por mí? Lo invisible solamente pide de nosotros aquello que estamos dispuestos a hacer."

Yo no soy nadie para romper la manda. No quiero terminar como el hombre que se tragó la aguja. Miré a mi mamá, a los ojos, aquellos ojos grises, descoloridos, los miré de cerca. Era importante para mí mirarlos de cerca. Así lo requería el poder de la manda.

"Sí, mamá, sí lo haré. No te preocupes, adelántate a nosotros si tienes que hacerlo. Salúdame a Jesse, dile que lo extrañamos y que estamos con-

tentos todos de haber venido hasta aquí para tocar su nombre y para conocer a su familia. Dile que quiero a su mujer y a su hijo y a su nieto. Dile que
salude de mi parte a don Florencio, también a nana . . . y a papá."

Mamá posó suavemente su mano sobre la mía y no dijo nada más. Todavía siento la presión de su mano, fría y dura sobre la mía. Dejo que la
mano de mamá absorba el calor de la mía, a cambio de eso ella pone el peso
de la manda sobre la mía.

• EL TENIENTE PRESCOTT, acompañado por otro oficial militar, vinieron en representación del ejército de los Estados Unidos, a ofrecernos el
pésame. El teniente nos dice que la ceremonia ante el Muro ha sido pos-
puesta hasta el domingo. Nos pregunta si podremos asistir, y nos dice que
rendir homenaje a nuestros hombres es muy importante para el ejército.
"Sí, naturalmente que estaremos allí," le digo, "la promesa de mi mamá
será cumplida pase lo que pase."

Después de que se van, Ricky me dice que la ceremonia es propaganda
para darle al gobierno de Clinton crédito por reconocer a los 191,000
hombres de ascendencia hispana que estuvieron en el ejército durante la
guerra de Vietnam, y eso sin contar todos los otros con raíces latinas que no
llevan apellidos hispanos. Me dice que nosotros no sabemos nada de esto, y
yo le digo que cuánta más publicidad mejor. Con esto estoy citando a Michael. Los chicanos son una gran parte de los latinos y hemos venido desde
muy lejos para que nos oigan.

El ejército nos dice que el cadáver de mi mamá será llevado en avión a
Phoenix acompañado por una escolta militar. Mi mamá se moriría otra vez
si supiera que planeamos llevar su cuerpo a Phoenix, o tal vez ni siquiera le
importaría, considerando que había anticipado su vuelo al más allá primero
que todos nosotros.

Regresamos al hotel para planear la visita del domingo al Muro. Llamo
a Elsa en Phoenix, a Espi y a Ray. Elsa llora durante toda la conversación
que tengo con ella. Priscila y yo lloramos cada vez que nos vemos. Paul
actúa estoicamente, su cara muestra su tristeza, está pálido y no sonríe.
Donna está deschecha. Parece que hubiera perdido a su propia mamá.

"Tenemos que ser fuertes," le digo a Priscila. "Tenemos que hacerlo
por ella." Fuertes, fuertes, fuertes . . . repito esta palabra tantas veces que se
convierte en un grito de batalla. Nadie sabe qué decir. De repente, todos
están callados. Ni siquiera nos llama la atención el bullicio de la vida en
Washington.

Michael me dice que la actividad de la *web* en la computadora es enorme y constante. Nuestra historia ha sido recogida por las estaciones de noticias, locales y nacionales. Tarjetas de pésame y flores llegan al Hilton. El personal del hotel se ve presionado para encontrar sitio para las coronas y ramos de flores que llegan y deciden poner algunos en los patios y en las terrazas.

No recuerdo haber comido nada el domingo, ni siquiera recuerdo haberme cepillado los dientes. Sólo pienso en la muerte de mi mamá y en la manda. Llegamos al Muro a las nueve y media de la mañana. El sol brilla sobre nosotros. La mañana es templada, un poco húmeda. Los carros se alinean en las calles, y por todas partes se ve gente esperando, observándonos mientras salimos de los carros y comenzamos nuestra caminata hacia el Muro. Los fotógrafos apuntan sus cámaras en nuestra dirección. Veo una lápida que dice MURO MEMORIAL DE VIETNAM.

Caminamos por un sendero bajo árboles rodeados de hierba verde. Cientos de pájaros revolotean y cantan entre los árboles. De vez en cuando vemos una ardilla en un árbol. Vamos lentamente con Irene entre nosotros, dando un trabajoso paso tras otro. Vamos en una procesión, la sagrada marcha del Pueblo del Sol dirigida por El Santo Niño y La Virgen. Don Florencio estaría muy orgulloso de nosotros.

Veo a algunos adolescentes patinando por las calles. La gente está sentada en las afueras de la Casa Blanca protestando el uso de las armas nucleares. SI LA BOMBA GRANDE EXPLOTA, TODOS NOS IREMOS CON ELLA, dice una de las pancartas. Las palabras NO TRAICIONEN LA PAZ aparecen en un enorme estandarte que cuelga entre dos árboles. Parece una escena de la década de los sesenta. Algunos de los que protestan contra las bombas nucleares llevan gastados pantalones de *jeans* y pañuelos alrededor de la cabeza. Siempre he cuestionado nuestra filosofía de promover la paz y construir armas de guerra al mismo tiempo. No tiene sentido. Parece como ir al médico buscando una cura a nuestra enfermedad y beber veneno al regresar a casa.

Nos falta recorrer un buen trozo del césped para llegar al Muro. Ahora camino con Priscila, Paul, Manuel, Thom y Lam, quien lleva a Joshua en sus brazos. Me vuelvo a Priscila.

"¿Te duele el pecho?"

"Sí."

"También a mí."

Todos los demás nos siguen. Lisa y Lilly ayudan a Irene. Cisco y Michael van juntos. Michael lleva la computadora portátil y el teléfono celular en la mochila y ya anticipa conocer a algunos de los que han visitado la página *web*. *El Muro de Vietnam tiene la forma de un ángulo en V que conecta el Mo-*

numento a Washington con el Monumento a Lincoln. El Muro se ve exactamente igual a como lo describieron mis estudiantes de segundo año de primaria en un trabajo escrito que hicieron. El sitio es más grande y más impresionante que lo que yo había visto en las tarjetas postales de Washington. Las aguas del río Potomac son grises, serenas; reflejan el cielo, los árboles, y detalles de otros monumentos. El monumento a Washington y el Memorial a Lincoln se destacan por su fuerza, bordeando el Muro de Vietnam. Respiro con dificultad. Me preparo para lo que viene. Parece que me estoy preparando para escalar una montaña.

Vemos cámaras y un estrado puesto a cierta distancia del Muro. En el estrado hay un anuncio, BIENVENIDA SEA LA FAMILIA RAMÍREZ. Ahora estoy nerviosa.

"¡Ay, Dios mío . . . Ricky, mira el gentío!" Alrededor nuestro hay una infinidad de personas, blancos, negros, morenos, amarillos, rojos, todas las naciones parecen estar representadas allí. A pesar de la cantidad de gente, hay silencio, como si estuviéramos en la iglesia. Algunos se enjugan las lágrimas.

"¿Qué se supone que tenemos que hacer?" Le pregunto a Ricky.

"Sólo sé tú misma," dice él. "Eso es lo que han venido a ver, a todos nosotros aquí, honrando a nuestros hombres."

Nos toman una foto y un guardia del parque llega y nos dice que podemos buscar el nombre de Jesse en el directorio para así saber en qué panel se encuentra. Caminamos por la banqueta hasta algunos puestos con libros en los que se pueden buscar los nombres de los soldados. Buscamos el de *Jesse A. Ramírez, nacido el 23 de abril, 1947, fallecido el 7 de junio, 1968.* Chris ayuda a Irene a buscar el nombre de Faustino. Gates busca en otros directorios junto a una mujer que se parece a Kamika. La debe haber conocido anoche. Me alegro de que Erica esté a 2,300 millas de distancia. Gates se ha sobrepuesto a su actitud de víctima. El viaje lo ha hecho más fuerte al haber leído acerca de Mandela, y sobre la lucha de los negros para ganar el respeto que se les debe. Peloamarillo y Sarah buscan a Caballo fuerte, alias Eddie Bika. Pepe y Gonzalo buscan a su hermano Gustavo. Fritz busca el nombre de sus amigos. A Michael no se le olvida buscar el de Robert O'Connor para la reportera pelirroja, Holly Stevens. Le digo a Cisco que busque a "Recogiendo Plumas de Águila," que aparece en el Muro bajo el nombre de Benjamín Rush, sobrino de una indígena de Albuquerque. Recibimos papeles que parecen recibos de caja y otros papeles con pequeños lápices para que los frotemos sobre los nombres y así los tengamos como recuerdo.

Ahora ya estamos listos. Hay gente a nuestro alrededor y el teniente

Prescott está sobre el estrado. Ricky está hablando con él y nos hace señas para que nos acerquemos. El teniente me estrecha la mano.

"En nombre del Secretario del Ejército, le doy la bienvenida a usted, a su familia y a sus amigos al Muro Memorial de Vietnam."

"Este es el hijo de Jesse," le digo al teniente Prescott, "que viene con su mujer y su hijo." Él parece sorprenderse.

"¡Encantado de conocerlos!" Más tarde, hubo discursos del Ejército, de la Fuerza Aérea, de los Infantes de Marina y de la Armada, en los que se felicitaba a los veteranos no anglosajones y a sus familias por haber servido a la patria durante la guerra de Vietnam.

Las cámaras se acercan a nosotros y veo un par de reporteros hablando por unos micrófonos . . . "La familia Ramírez ha llegado al fin de su viaje, han recibido noventa mil dólares que el gobierno de los Estados Unidos les debía por la muerte de su querido familiar, el sargento Jesse A. Ramírez. Trágicamente, la familia ha perdido también a su matriarca, Alicia Ramírez, quien falleció ayer por la tarde en el hospital de la universidad George Washington. Han estado viajando toda la semana, desde Phoenix, Arizona, trayendo con ellos otras familias minoritarias, todos víctimas de la guerra en Vietnam."

Me alegra haber oído al reportero decir "víctimas" porque yo siento que también mi nombre está en el Muro con el de Jesse. Miro a Thom y a Lam, y me pregunto si ellos tienen en Vietnam un muro para honrar a sus víctimas. El llanto de las madres es el mismo en todo el mundo. Veo que Angelo lleva una pluma zuñi en el pañuelo que lleva en la cabeza. Va junto a Sarah, vestida con sus ropas zuñi, y Peloamarillo que lleva ropa de ante. En el sendero de piedra alrededor del Muro hay regalos, pequeñas banderas, flores, ositos de peluche, gorras, una pelota de béisbol, fotografías.

Antes de que lleguemos al primer panel se me acerca un hombre blanco y alto.

"¿Teresa?"

"Sí."

"Soy Ronald Bradford—pero Jesse me conocía más como Tennessee."

"¿Tennessee? ¡Ay, Dios mío, Tennessee!"

"Hola, Tennessee," dice Chris, acercándose y estrechándole la mano.

"¡Qué gusto de verte!" dice Tennessee. Se abrazan y se palmean los hombros a la vez.

"Tu hermano me salvó la vida," me dice Tennessee mirándome, "y señora, quiero decir, Teresa, les estoy tan agradecido, que mi corazón está deshecho, lo ha estado todos estos años." Empieza a llorar y me toma entre sus brazos. Yo sujeto al hombre por el que Jesse dio la vida, pero sé que lo habría hecho por cualquier otro si hubiera hecho falta. Así eran las cosas entre los muchachos que fueron a Vietnam. Lucharon en la guerra, los unos por los otros.

"¿Estos son tus hijos?" señalo a los dos adolescentes que están detrás de él.

"Sí, y si no hubiera sido por tu hermano, ellos no estarían aquí. Por favor, acepten ustedes nuestro cariño." Los dos muchachos nos abrazan a Priscila y a mí, y estrechan la mano de Paul. Tennessee se vuelve a Thom. "Lo siento mucho," le dice a ella. "Su marido era un gran hombre." Thom se ve muy pequeña al lado de Tennessee. Ella se levanta en la punta de los pies y lo abraza. Tennessee se vuelve a Lam y lo abraza. A Joshua le da un beso. "¡Miren esto! ¡Nunca habría creído que llegaría este día!"

Han ocurrido tantas cosas que Priscila, Paul y yo nos hemos hecho expertos en aceptarlo todo, igual que las guadalupanas aceptan todo, la vida, la muerte, el amor, la pena, la alegría. ¿Quién sigue? ¿Qué sigue? El viaje nos ha probado y agitado nuestras plumas de guerreros, nos ha hecho iguales a los hombres del Muro. Tal vez es por eso que nuestra madre quiso que viajáramos juntos durante días y días, para así llegar al meollo de quiénes somos.

Caminamos hasta el primer panel y alguien nos dice murmurando, *"Que Dios los bendiga a usted Teresa, a Priscila, a Paul . . . que Dios bendiga a su mamá, y a su hermano Jesse . . . Nosotros los amamos a ustedes . . . Estamos aquí para lo que necesiten."*

Llegamos al primer panel. Se ve tan pequeño. No tocamos el Muro. Yo espero hasta encontrar el nombre de Jesse. *Ángel Ruiz Sánchez . . . Robert Cinosa González . . . Aurelio Garza Herrera . . . Pedro Caudillo . . . David Ezequiel Padilla . . . Aníbal Ortega Jr. . . . Miguel Pagan . . . Ernesto Coto . . . Frank Alday . . . Arturo Barriga . . .* Según camino veo más y más hombres con apellidos hispanos.

"¡Oh, Dios mío . . . miren todos estos nombre hispanos! ¡Se han llevado a todos los jóvenes de nuestros barrios para hacer esta guerra!" Estas palabras las he dicho gritando. Un reportero las recoge en su libro de notas. Priscila y yo tenemos las manos juntas. Ricky me pone los brazos sobre los hombros.

"Muchos de ellos eran de Puerto Rico, ten eso en cuenta."

"Otros eran de México, Centro América y América del Sur. Pero todos eran latinos."

"¡Apenas puedo creerlo!" dice Priscila. "¡No puedo creer esto!"

Frank Navarro . . . Bobby Joe Martínez . . . Juan Marcos Jiménez . . . Filiberto Chávez . . . Paul Galaniz . . . Leroy Valdez . . . Rudy López . . . Robert López . . . Arthur Castillo Tijerina . . . David Urías . . . Pablo Durán . . . Wilfredo Reyes–Ayala . . . Francisco Díaz . . . Joe Hernández . . . Steve García.

Los paneles se hacen más grandes. *Juan Martínez . . . Jesús Martínez . . . Antonio López Jr . . . Steve Gómez . . . Tom Gálvez . . . George Ramiro Sosa . . . Juan O. Sánchez . . . Encarnación Rodríguez Jr. . . . Dennis J. Rodríguez . . . Cristóbal Figueroa Pérez . . . Jaime Rivera López . . . Leandro García . . . Félix Alvarado Ruiz . . . Paul A. Miranda Jr. . . . Ernesto Soliz Cantú . . . Juan Macías Jiménez . . . René Zaragoza Hernández . . . Manuel Martínez . . . Joseph A. Mena.*

"¡Jesús, Dios mío . . . No! ¿Dios mío, cómo pudo ocurrir esto? ¡Esto no puede ser verdad—Es una pesadilla!"

Los paneles ahora se agigantan sobre nosotros. *Tony Cruz . . . David Moreno . . . Pedro Valenzuela . . . Anastacio Gómez . . . Agapito González . . . Daniel M. Arizméndez . . . Pedro A. Rodríguez . . . Rudy M. Oliveras . . . John Salazar . . . Luis A. López-Ramos . . . Julio A. Hernández . . . Juan F. García–Figueroa . . . Ricardo R. Tejano . . . Luis G. Gómez Mesa . . . Gerónimo López Grijalva . . . Felipe Herrera . . . Jesús Mejía . . . Joseph A. Padilla . . . Octavio Molina–Rosario.* Cada uno de estos hombres tiene una historia y, tal vez, una mujer anciana como mi mamá que vestirá luto por toda una vida. Apenas puedo mirar al Muro, pero tengo que hacerlo. He visto un avión volando sobre nosotros, meciéndose en el cielo azul; sus alas blancas desaparecen a lo lejos. *Carlos Cruz Aguirre . . . Felipe Cantú . . . Manuel Herrera.* No tengo que ir muchos más lejos para ver otro nombre hispano. *Joe Gutiérrez . . . Joaquín Castro . . . Joel González Vera . . . Vicente Ramírez González Jr. . . . Ángel L. González Martínez . . . Arturo Serna Rodríguez . . . Ramiro López Salinas . . . Pedro JT. Mota . . . Benito Contreras Jr.,* y luego veo a nuestro *Francisco José Jiménez* de Arizona. Esto es una masacre, una burla cruel. Cada uno de estos nombres es una vida. Me vuelvo hacia el gentío, cientos de personas están en el camino de piedra, sobre los céspedes, bajo los árboles, y junto a las aguas del Potomac.

"¿Cómo dejamos que ocurriera esto?" Me responde el silencio.

Llegamos al panel donde está Jesse y, justo sobre nuestras cabezas está su nombre . . . *Jesse A. Ramírez.* Priscila y yo lo miramos como si estuviéramos viendo la cara de Jesse. Nos vemos reflejadas en el Muro. Siento en mi mano la presión de la mano de mamá, lo que me da a cambio de haber cumplido la manda. Su promesa me da fuerzas para hacer lo que tengo que hacer. Estiro el brazo y toco el nombre de mi hermano, sintiendo un calor en la mano a medida que trazo las letras de su nombre rugoso bajo mis dedos. Las cámaras me filman. Yo me quedo allí por lo que parece un largo tiempo, acariciando el nombre de Jesse. "Hola, te he extrañado . . . hola, te quiero. Hemos llegado."

"Tú nos pediste que viniéramos, y aquí estamos," le digo. "Yo cuidé de mamá, como tú me pediste, Jesse, ahora la tienes ahí contigo. Cuida de ella por nosotros. ¡Tienes una hermosa familia! Fue muy importante para mamá conocerlos antes de morir—muchas gracias por eso, Jesse. Ella fue siempre la primera en tus pensamientos."

Priscila viene después, luego Paul, Thom, Lam, Joshua en los brazos de Lam, estirando el brazo para tocar el nombre de su abuelo. Después Chris, Gates, Willy, Manuel, Tennessee y los muchachos tocan el nombre de Jesse. Alrededor de mí hay muchos tocando el nombre de su hombre. El Muro refleja nuestras caras como si fuera un espejo. Hemos viajado por Aztlán al lugar donde nuestros guerreros están inmortalizados en piedra, sus nombres, sus historias escondidas entre los átomos de granito. Nuestros caminos se han cruzado con los de ellos, hemos intercambiado órbitas, dejemos que bailen sus espíritus.

Epílogo •

Nuestro vuelo salió de Washington el martes. Esta vez el Ejército cumplió su promesa. Nos llevaron en un avión militar acompañados por una escolta hasta Phoenix. Nuestro avión tenía en un costado las palabras *Freedom Bird* pintadas con brillantes letras azules. Vi gente mirándonos, mientras nuestro avión sobrevolaba el Muro. La Fuerza Aérea también nos respaldó. Enviaron dos de sus *jets* para guiarnos fuera de Washington. Papá hubiera aplaudido. Los jets volaban al unísono con nuestro avión de por medio. Un par de veces aceleraron hasta alejarse, volviendo hacia nosotros tras hacer un gran anillo de humo blanco en el cielo. Una vez fuera de Washington, volvieron a hacer un enorme anillo alrededor nuestro y desaparecieron en la distancia.

Habíamos comprado boletos de avión para todos los de nuestro grupo que quisieran volar a su lugar de destino. El ejército nos dio un permiso especial para llevar el ataúd con los restos de mamá con nosotros, justo detrás de nuestros asientos. Irene se situó a la cabeza del ataúd, y Donna al pie del mismo. Allí estuvieron con ella todo el viaje y siguieron con ella después de llegar a Phoenix, hasta que el ataúd fue depositado en la fosa. Irene le quitó la medalla a mamá y me la dio a mí. Me dijo que mamá le había pedido que me la diera. Donna dice que quiere ser una guadalupana, e Irene dice que ella será la primera guadalupana gabacha en el mundo.

Michael y Lam están sentados juntos, disfrutando mutuamente de su compañía. Lisa y Lilly deciden turnarse para sostener a Joshua sentado en sus regazos. Thom pasó todo el camino hasta Phoenix sentada en silencio. Nos invitó a visitarla en el Pequeño Saigón.

Mientras el avión volaba fuera de Washington, dio una vuelta en el cielo para pasar directamente sobre el Muro Memorial de Vietnam. Yo miré hacia abajo, hacia el Muro que brillaba bajo el sol. El avión dio una sacudida.

"¿Turbulencia?" le pregunté a Ricky.

"¿Quién sabe?" dijo.

"Mira, tía," gritó Michael. "¡Mira la luz sobre el ataúd de nana!"

Durante unos segundos el ataúd de mamá estuvo bañado por la luz concentrada de un proyector que hacía destacar las vetas de la madera de roble.

"¡Es Jesse!" dijo Irene. "¡Está en contacto con su mamá!"

No respondí. He aprendido a no dudar de lo imposible. Si algo he aprendido en este viaje, es eso. Nadie sabe si un espíritu puede bailar en la cabeza de un alfiler, o emitir rayos de luz cuando menos lo esperamos. Miré otra vez hacia el Muro. De él brotaba una luz como un rayo láser, que llegaba hasta nosotros. Era bueno saber que mi hermano no iba a regresar a casa. Se suponía que yo sí. Por eso escribí este libro, para contarle su historia a todo el mundo.